JN196517

わが青春の記録

下巻

四國五郎

三人社

凡例

一、本書は四國光氏所蔵『わが青春の記録』（画と文、四國五郎、私家版）を撮影したデータをもとに作成しました（撮影：鹿田義彦様）。

一、刊行にあたっては、鮮明な印刷となるよう努めましたが、原本自体の状態によって、印字が不鮮明あるいは判読が困難な箇所があります。

一、原本の判型は、縦23㎝×横17㎝です。今回の刊行では、原寸に近い大きさで収録しました。

一、原本の白頁は、省略しています。

一、個人情報にあたる箇所は、著作権者の了解を得て、削除しました。

一、目次のうち「わが青春の記録」の項目は抄録です。

一、下巻付録「豆日記」の㉜～㉟は天地を反転させて掲載しました。

（三人社）

シベリアで共に過ごした60名以上の仲間たちの名前を刻み込み、ペンキで上から塗りつぶした飯盒。ソ連から命がけで持ち帰った記録の一つ。

収容所（撮影地、撮影日、設営場所不明。1948年頃、ナホトカと思われる。）
提供＝シベリア抑留者支援・記録センター

ナホトカから帰国した際に四國が着用していた軍靴。この中に抑留の記録を書きこんだ『豆日記』を隠して日本に帰った。

峠三吉『原爆詩集』（ガリ版刷り、1951年）装丁：四國五郎

弟・直登（左）15歳、兄・五郎（右）18歳（1943年）

目次

●下巻

日本人
鎮魂の墓標
1991.10.7 Goro

わが青春の記録

1924－1932－1941－1945－1948－1949

シベリアへ！

金蒼まで

いよいよ出発！　何処え？
帰るんだ　帰るのにきまっている。一〇〇粁あまり
の行軍だと云うが　そうすると　梅江？、
延吉？、　それとも朝鮮？
みんなてんでに装具をまとめ　食器代りのカンづめ
の空缶をぶらさげ　薪を背負って出発する。
小雨の降り出した中を、えんえんと　長蛇の
列をつらねて　行く先は？　わからない。
しかし移動をしていると云うこと自体が一ヶ所
に暑さに耐いながら　ごろねしているよりはうれしい。
やがて列は三大隊の陣地あたりにかかる。
私には満洲の地理はさっぱりわからない。しかし
この進んで行く方向は帰る者の方向では
ないような気がする。　とにかく　行軍を落伍
しないように　おくれないように、みんなについ
てゆくために全精力をあげねばならない
戦争あとで拾ったアルミの弁当箱につめた
めしを　すこしづつ喰っては歩く。

夏草や つわものどもの 夢のあと…
鉄斗に 草がふみにじられ 無数に穴の 掘られた山をぬける。 小雨の中を 名も知らぬ山そこえ 丘をこえて 山峡に 一泊する。
薪がないので 草を千切っては めしを炊く。 暖をとるに火は乏しい。 躰は雨に びっしょりとぬれ 雨はなおも降りしきっている。 八里ばかりの行軍に つかれ切ってうずくまったまま、 ねむり 翌日は 又 出発。
私ら 若い兵隊は 糧秣を載せた 輜重車を馬がわりに 引っぱらされる。

ボロボロにくたびれきった無数の人間
前后に自動小銃を擬せられて
魂の ぬけた人の隊列
日本帝国主義打倒！
独立朝鮮万才！
貼られたビラを横目で にらみながら
なにも知らない 人の群
人民とは 何か？
ファシズムとは何か？

日本帝国主義とは… 天皇とは何か?
忠勇なる兵隊とは何か?
ボロボロにくたびれ切った人の群
飢えと不道徳の 無智の行為
食料が不足するので 行く先々 畑と云う畑
の芋は 掘りとられ 踏み荒されてしまう.
敗戦・捕虜、の事実は 今まで ある程度
の自尊心のようなもので 保たれていた 道徳を完全
にうちやぶってしまった. どのようなあさましいことも
もはや問題ではない 畑をみつけると われ先にかけ
集って気狂いのように 芋を掘る.
敗戦し 武装解除になったと云うに 未だに 鉄
のような 軍隊組織は そのまま のこり 掘りとった
芋は まず 班長なり古年兵の腹に大部分
おさまってしまう. 兵隊は以前として 兵隊.
上級の者に 芋を ささげ 空腹をかかえて
芋掘りをしながら行軍する.
八月の下旬とは云え 満州の夜は ぞくぞく
と寒さが 募って来る.

行軍と野宿。
やがて大荒行の山脈にかかり その巨大な
山をこすに二日掛かる。
坂道をつかれ切った足どりでのぼってゆく。
ソヴエトの兵隊は水を缶詰の空缶に汲んで
来てくれるが 脂の臭いが鼻について飲めない。
木の根につまずきながらゆけば この山の中
にも跡なのキャタピラの あとがあり 屍臭
がプンと鼻をつく。
傷き やせおとろえた馬が山みちを迷って
突っ立っている。 そのいつ死ぬるともわからぬ
病馬を中隊長は みつけ その太った馬を
のせて 行く。 馬部隊の者は 同じ苦しみ
をわけて来た 馬に対する愛情は格別。
可哀そうな馬への愛情は 中隊長に対する
憎しみにかわる。
山でまた一泊。 そうして四五日 金蒼なる部
落につく。 この小さな部落の 住民は 殺る
そのみだれて みなどこかへ去って居り ガランと

したまばらな家がならんでいる
山のふもとに もと日本軍の使用していたら
しいバラックが二つ三つばかり立っておりその附近
の樹木は切りとられて 鉄条網が張られ
仮の収容所となっており 我々より先に
沢山の日本兵が入っており 我々をものめずらし
気に ながめている。
金蒼神社とかかれた鳥居が日本侵略
政策のなごりを のこして 突っ立っており
その社殿は 満洲人のために 破壊されて
しまっている。
一体日本へはいつかえれるのか?　お上の方たちは
帰れるぞ と 云っていた将校たちは／金蒼へ入る
とり別れてどこかへ行ってしまった。
柵に入ると同時に 器具検査をうける。
あかじみた袋・缶詰の空缶、ぼろ切れ・
しらみの繁殖した 腹まき、[illegible]
モノばかり しかし 生きるために どうして

も必要なものばかりが 掌の上に ひろげられて
夕方近い風に吹かれている。
その夜は入るところもなく 寒い金倉の山肌に
へばりついて ふるえながら明かす。
朝になると ふるえながら みんな 燃料をそこら
あたりでさがす。柵から出ることは 出来ないので
せまい囲いの中をうろつき廻り 草を千切り
木の根っこをひきぬく。そうしてそれを焚いて
暖をとる。
金倉は海抜が高いので はげしい寒さで
ある。なんといっても住む家を持たねばならぬ
ので こわれた円匙などで キユウクウ（土を
芝生もろともに切りとったもの）をとり つみかさ
ねて 土窟のようなものをつくり その中に
もぐり込んで 生活する。それでも火は
一晩中燃えていなければ 寒くてねむれない
水が悪いので下痢患者が続出。
毎日の仕事は てんでに 土深く かくれてゐる

木の根っ子掘りである。
食糧が不足して来た。使役に外え
出るようなときは大豆のこぼれているのを一粒づつ
たんねんにひろってポケットに入れ　或は馬糧
用の豆カスが雨にさらされてすてゝあるもの
をほじくり取って持って帰る。
毎日わずかな黒パンに小豆が申のようなもの

帰れると云う希望だけで疲れきった躰を
搬んでこゝまでやって来たのだが　いつ帰れる
ともわからなくなってしまった。
いやさで停戦していて　やめて帰れるとか
無条件降服をしたのだから　賠償のため
に何年か強制労働されるのだとか　内地
精築のために引っぱり出されて　それが完
成したら全員銃殺されると云う　日本
軍隊の経験から割り出した憶測だとか
いや全蒼の鉄道が今修理中だが

修理が出来たら ここから出て うちで かえるのだとか
やはり帰る方の予想が多かったけれ共 ここに
着いたのが八月の末であり 二週間近くこの
土竈で生活をしたので いろいろな疑心暗鬼が
心の中にひろがった。
秋は早くやって来た。 柵の外の樹々は黄色く
なり 中には真っ赤に紅葉したものもある。
その赤い木の葉をみているとそぞろ内地が恋しく
なって来た。
ある日 よく知っている二大隊の友達が夕方
ひょっこりやって来て しばらく話して帰ったが
翌朝彼はこの柵の中にはいなかった。
朝はまためずらしく濃い霧が一ぱいたち
こめており なんだか銃声を二三発きいたような
気もした。 逃亡したのである。 うまく逃げ
られればよいが。 彼は満語はたくみであるが
満人鮮人はすべて日本人には激しい敵
意を持っているから 心配であった。
私も柵の 三重に張られた 鉄條網。

をみつめながら　逃げようか……と考えてみる、しかし満語は出来ず　この辺の地理にもくらい私に　そんなことは出来ないとあきらめる。

日記は大切に毎日つける。時々　外に集合して服装検査をうけることがあったが　そのようなときは　日記帳はカンパンの袋に入れて　土壁の間にかくしたり莚の下に挿しこんだりして　大切に守る。ソヴエト兵は　父母のある　手帳など時に不審がって持って行ってしまうのである。

この土窟の中の　人間はわれの一た、うした生活の中にも古年兵と初年兵の別があり下士官の別がある。初年兵は何年たっても初年兵であり。年令や三十近い召集の年よりか古年次兵・班長のために毎日　使役に出されては　こきつかわれた

"おーい 汽車だ！"
とある朝 だれかが叫ぶ、みんな土窟からとび出してみると 目の下の谷の鉄路の上を 山林鉄道の汽車の様な小型な車がけむりを出してうごいて居る、朝の空気を汽笛がゆるがす。
"汽車だ！、"
"修理が出来たらしい"
貨車も何もないのに やがてそれに乗って帰れるかも知れぬと云う 淡いのぞみのために 子供のように 汽車が来た 汽車が来たと おどりあがる。
汽笛の音が妙に郷愁をそそる。
汽車は帰って行ったが もう貨車も客車も来なかった。 あゝ、帰るための汽車ではなかった がっかりとして 又土窟での階級章にしばられ 食糧は不足し 寒さと雨もりになやまされる 野獣のような生活をつづける。

シベリア之……

金蒼で二十日間ばかりくらしたころ
いよいよ帰るんだ 出発だ と云う日が来た
てんでに 襦袢を合せて 背負い よたよた
になった外套をつけ 頬かむりをし コモの巻い
たのを肩からかけ 栄養不良で 重い足を
引きづって 整列する
そして 鉄条網の柵の向から出たときの うれ
しさ、"帰れる!" と云うので 疲れ切つ
た躯だが足は自然と軽くなる
又百粁あまり行軍らしい いよく 帰れ
る 金蒼での 苦しい生活よ さようなら
これも又なつかしい思出となるであろう
いざ 内地之と 足どりもかるく 行軍する
再び異様な風体の捕虜行進がはじまる
金蒼の柵の中にいるとき 走っている人間がある
"オヤ あいつ 走っている" と不思議な
ものでもみるように みんな ながめたほど 弱り
切って居り 一里位あろうか 便所之行くにもフラリ

フラリと歩いていたのだが 帰れる！と云うことに
とたんに元気が出て来て不思議なほど足が進む．
そうして二〇日前金蒼之と歩いて来たみち
を逆にとってかえし 大荒行の山脈にかかる．
山腹之一泊．原始林をきりぬいた曲り
くねったみちに あかあかと焚火が連なり
捕虜は五六人づつ集っては夕食をはじめる．
冷い雨が 松の高い梢をさあっとすぎて行き
幹とみきの間を霧がかける．
そして雲の切れ目に月をみせる．
この一歩一歩 今日の明日の行程はすこし
づつ少しづつ日本之近づいているのだと云う
ことを誰も信じてうたがわない．
たおれてはならないと思う 枯枝をへし折つ
て来たものを 焚いては腕をあぶり 背を
あぶり暖をとる．
翌日は晴．
巨大な山の肌を異様な脈装に眼を光らせ

垢じみた顔、ひげをのびほうだいに伸ばして
いる人間がぞろぞろと蟻のようにすゝむ、すゝむ、
地球の皺ひらくだの背のようにうねりう
ねりつきることを知らない。
屍臭！へし折れてあかく枯れたカン木の
あるところ　たこ壺から半身をのぞかせ
或は道ばたに雑布をしぼりすてたように
よれよれと弱細って兵隊の屍体がある
鉄帽の紐が顎に喰い込みそこに表情の
ない頭ガイ骨がうつろになった眼孔で空
をみつめている。　屍臭！　屍臭！
自分の屍をそこにみ出したように　兵隊は顔
をそむけて　そのかたはらを　通りぬける。
死と云うことは……　それは……　人間の死
と云うことは……　歩くことに全精力を
そゝぎつくしている兵隊たちは　想念のまと
まらぬまゝに　屍臭のたゞようあたりから
遠ざかる。　そーして又新たな屍臭が

この墓穴からはい出したような兵隊の行列の行手にあらわれる．
路上になげ出されている人人馬人馬馬
おり重なってくされ骨もあらわになった馬馬
人馬馬　防毒マスクがちらかり　これは
また何か　紙片がおびただしく生きている
行進の靴にあふられて　ヘラヘラと舞いうごく．
更に山腹に一泊．
缶詰の空缶に米を入れ水をそそぎ　焚火
にかざしては拵える夕食
小枝で　かきまぜ　かきまぜしてはその僅かな
エネルギーを補給してくれる食物を　楽しみを
前にして充分たんのうし　しかるのちに喰らう猫の
ように　もてあそぶ．そうして　その量のあゝ
なんと云う　すくなさ・・・　みんな　不足な表情
で焚火をみつめる．　しかしねむらねばならぬ．
これから何日つづくかわからぬ行軍のため
にねむらねばならぬ．木の葉を折り敷い
てその上に　丸くなって人と人の躯をひしと

くっつけ合ってねむる.
翌日　山をぬける。足の下のみちは
水平をたもっている。雨になる。頭から.
むしろをかむり　褌までもぐっしょりぬれて
すっかりぬれてしまえば　雨も意識のうちから
消えてしまうけれども　それでも　むしろは　みん
なの頭にのせられたまま、よたよたと歩く
さっき　や、力のある足どりで私を追いぬいて
行った　二三人が　くすぶった顔で呆と　みちばたの
石にこしかけて休んでいる　その前を私は　だま
って歩いてゆく.　私が　つかれはてゝ　ぬれた土の
上に腰をおろして休む　その前を何十人かの
兵隊が歩きぬけて行く.　一言も話をする
ものはいない　だれもが　ほかほかと湯気
のたつめしが茶碗に盛られているところだとか
味噌汁のネギを泳がしているところだとか
呆んやりと考えながら　ただ前え前えと
歩いてゆく.

その夜ぬれたまゝに畑にねる.
あゝ　なんと云うられしさ　大豆がうれている.
けだものゝように争ってそれも引きぬき　サヤごと
ブリキ缶でゆでては　もりもりと喰べる.
夜がとっぷりとくれて　溝から溝を廻って十り
をわたり向いの丘の畑に入り　ジャガ芋も掘る.
掘りとられた畑に残っている　芋をたんねん
にさがしては　明け方近くなるころ　帽子に一ぱい
もってかえる.　逃亡させないために射つ弾丸
の音を　のがれながら　分隊えもってかえり　これ
を、うでてたべる.　あゝ芋の戦務の美味さ
翌日は空缶に入れ腰にブラ下げ　青大豆
を喰らいながら歩く.
陽春え!
あゝ　みおぼえのある風景がやがて我々の周
囲をとりかこむ.　そーしてこゝにも戦争の
あとが戦にふみにじられたように　のこっている
九中隊が全滅した　たこ壺のある山の切通
しをぬける　あの背のひくい樹々の下に

九中隊の兵隊たちは もう白い骨になって
よこたわっているだろう
あゝ琿春 快晴。
兵器廠の丘までくれば遠く琿春の街が
みわたせる。
小休止 とうもろこしをかじる口を明けて
みんな琿春をのぞむ ここは なつかしいところだ
丘は野菊が夢のように咲きみだれている
琿春の街に対する感傷は やがて帰れる
と云うよろこびに よりうれしいものとなる。
野菊の中に ねころびながら その花を砥で
靴ぞこのような襟首に挿してみる。
私は日記をつける。

琿春の街に入る。支配者として 君臨していた
日本の兵隊たちが みじめな ボロを
まとい コモを かぶり 缶をぶらさげて
街を歩むのを 満洲人たちは 路ぼうで

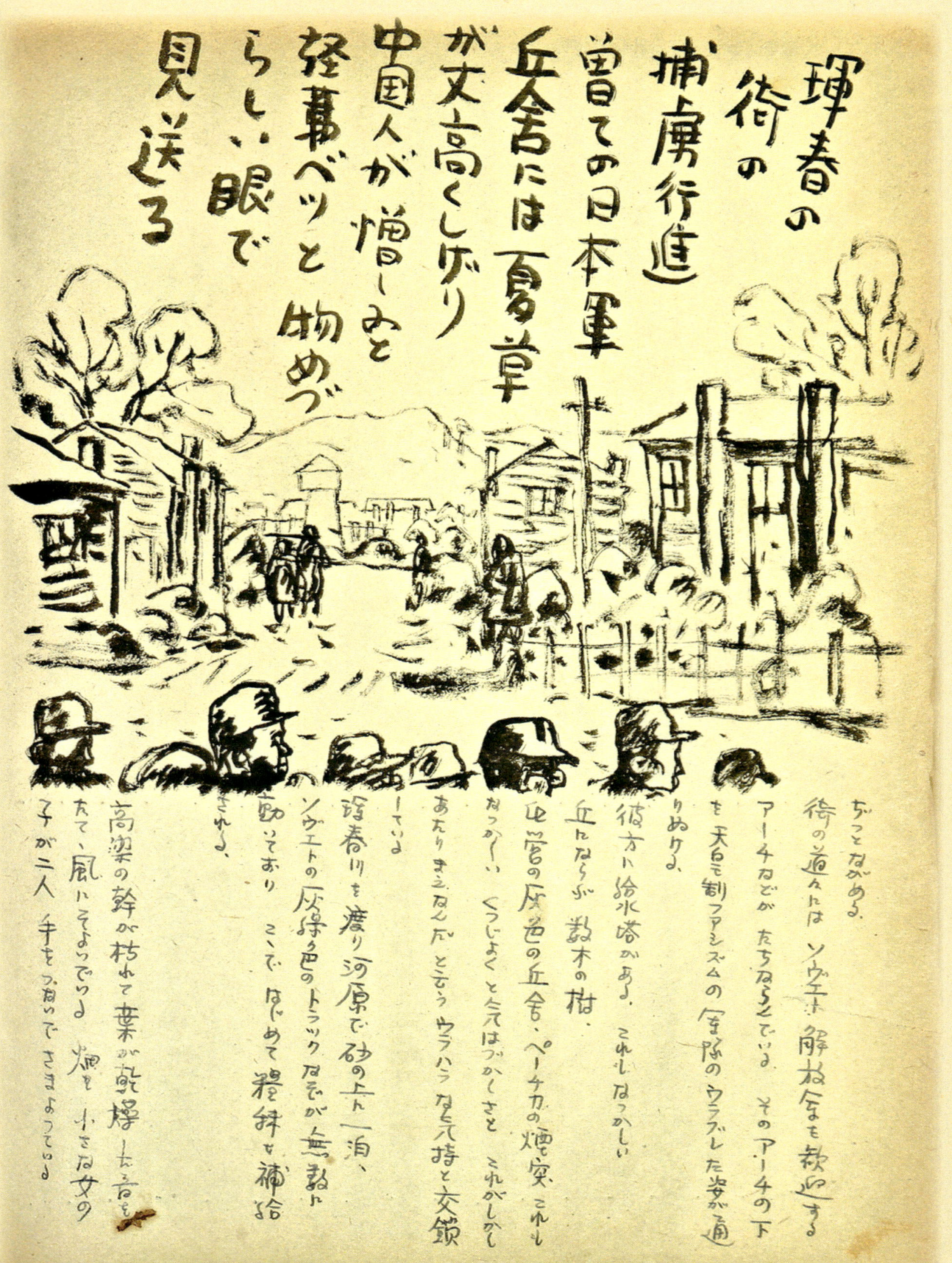
琿春の
街の
捕虜行進
曽ての日本軍
兵舎には夏草
が丈高くしげり
中国人が憎しみと
軽蔑ベツと物めづ
らしい眼で
見送る
ぢっとながめる。
街の道々には ソヴエト解放軍を歓迎する
アーチなどが たちならんでいる その アーチの下
を天皇制ファシズムの軍隊の ウラブレた姿が通
りぬける、
彼方に給水塔がある。 これもなつかしい
丘にならぶ 数本の樹。
兵営の灰色の兵舎、ペーチカの煙突 これも
なつかしい くつじょくと気はづかしさと これがしかし
あたりまえなんだ と云う ウラハラ な気持と交錯
している
琿春川を渡り河原で砂の上に一泊、
ソヴエトの灰緑色のトラックなどが無数に
動いており ここで はじめて 糧秣を補給
される、
高粱の幹が枯れて葉が乾燥した音を
たて、風にそよいでいる 畑を 小さな女の
子が二人 手をつないで さまよっている

着物・膝っ子ぞうまでの着物・
日本人の女の子だ。親たちは死んでしまったのか　それとも　はぐれたのか　幼い二人は手をつないで　さまよっている。
可愛いそうな　その子らをみながら　我々に
果て何が出来ると云うのか、我々に何か
出来ると云うのか、　天皇の命令で引っ
ぱり出された私らはあの満洲の兵に抛り出
されたのではないか、
関東軍！と同時に将校たちは家族を
沢山の家財道具へと共に列車にのせ南へ
向って出発した。
避難列車第一号は　軍人幹部の
家族をのせて出発した。
コケオドシの偽瞞にみちたスローガンで引っぱり
出した開拓団の者たちは　関東軍の
撤った　満洲民族の　炎のような　日本人
に対する反感の中にとりのこされた。

クラスキノにこえる満ソ国境

或はファシヨ将校の命令によって　ひとまとめにーて
爆死させられ、或は炭坑の中に入れて皆ごろし
にーてーまった。
日本帝国主義者の生んだ犠牲者　その中に
私たちの数千人の一団も……　その中に入る。

我々の進むみちは　太陽をもぬけて　国境
へと向う。樹一つない　国境の山へとのぼる
そーて　みちは　ぱったりと　断え　草を踏ならし
溝の多い　凹凸の　みちをゆく。　そーて夜
となる。
満洲とソヴエトとのちようどで　境界にみんな
火を焚き　むしろをかぶって　ねむる
丸く大きな月がその上を照らす。
あてどもなく　歩きながら　何度目か……もう
何度目かの　この丸い月。

朝　我々はソヴエト領内を歩いてゐる
白い大きな道路が曲り曲って丘から丘へ

つづき　そこには見なれない文字の道標が
いくつも突っ立っている。
灰緑色のトラックがうなりをあげて　おびただ
しい日本人捕虜の行列のかたはらを何
台となくすぎて行く。　そのトラックには　つめる
だけの日本糧秣廠の食糧がつみこまれてし
ある。そうしてそのなかには　樽づめの梅干さえ
ある　"ハ、ン　ロシア人は　梅干も　たべるのか？"
とそれをながめる　日露戦争以来　言いならさ
れたロスケと言う言葉で　それをロスケの
掠奪と理解する。　しかしそれは　やがて
私ら日本人の口に入るべく　送られていたのだった
ただ帰れる。　我々は　日本へ帰れるのだ
ウラヂオストックか　それともクラスキノ　から乗船して
日本へ向うのだと　だれしもが考えている。
らくだの背のように　ゆるやかに　うねりうねるはてしない
道を　あきれ歩く。　そして　丘の彼方　コベルト
色に輝く海が目に入る。

クラスキノ 河原

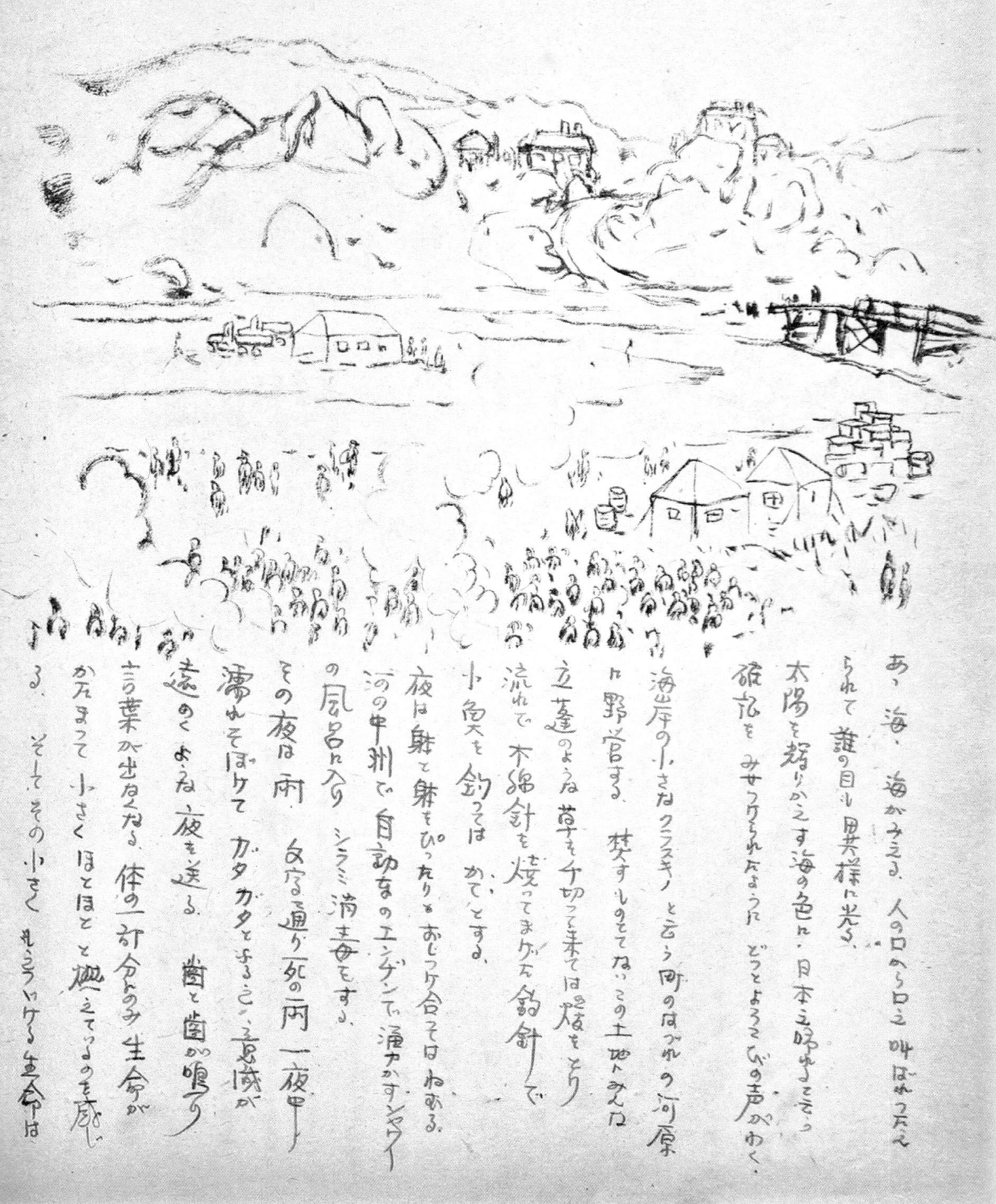

あゝ海、海がみえる。人の口から口え叫ばれつたえ
られて 誰の目にも異様に光る。
太陽を照りかえす海の色に、日本え帰れるという
希望を みせつけられたように どっとよろこびの声がわく。
海岸の小さなクラスキノと云う町のはづれの河原
に野営する。焚すものとてない この土地にみんなは
立蓬のような草を千切って来ては煖をとり
流れで 木綿針を焼ってまげた釣針で
小魚を 釣っては かてとする。
夜は躰と躰をぴったりとおしつけ合ってはねむる。
河の中州で自動車のエンジンで湧かすシャワー
の風呂に入り シラミ消毒をする。
その夜は雨 文字通り死の雨 一夜中
濡れそぼけて ガタガタとふるえ 意識が
遠のくような 夜を送る。 歯と歯が鳴り
言葉が出なくなる。体の一部分のみ 生命が
かたまって 小さく ほとほと と燃えているのを感じ
る。 そしてその小さく もえつゞける生命は

うつとりと煖い部屋で姫達のふとんねる
まり　ねむつているところを想像する　そして
雨水が　臍を流れる体は　まつたく　あたゝかい
ふとんの中に　ねむつている　さつかくにおち入る。
この無感覚　うつとりと一た頭を　はつと
となりの兵隊が名をよんで　よびさます、
がくぜんと私は又もとの　雨にぬれそぼけて
おこりのようにふるえている自己にかえる。
なんと云う夜の長さ。　なんと云う夜のながさ。

半壊した木橋をわたり又もや行列がはじまる。
"汽車に乗るんだ" と云う言葉が又口から口
につたわる。　クラスキノの町をぬける。
白ぬりの家々。　物めづらしいその屋根の傾斜。
沢山のロシア人が　我々を見つめている。
可愛い少女の瞳。眼。
又日ぐれがやって来る。　なめらかな道路を
ブリキ缶のガクンガクンと鳴るのを背負いやが
て　丸はだかの山の上に一泊。

小溝の中で何百人もの人が水をくみそのどろどろ
れ濁った水で高粱を炊く 夜があけてみれ
ばそれはまるでかたく黒いタドンである。

ボシエットの駅 長々とつらなる貨車
どっとここでも かんせいが上る。
あゝ今日から歩かなくても よい と云うよろこびと
この汽車で帰れる！、と云うよろこび
ここで黒パンなるものをはじめて喰らう。
そーしてフハイカ と よぶ綿の入った あたゝかい
上衣をもらう。
レールの黒い鉄の長い直線に云い知れぬ
郷愁がある。上車をまって 又 むしろた風を
よけてねむる。

ドラム缶のかたづけに駅の番小屋のようなとこ
ろにゆき そこではじめて ソヴエトの労働者
なるものをみる。私らにはまづ彼がすばらしく
がんちょうな体躯の持主に みえる。

彼奴らは ぶっきらぼうな感じもうけるソ連兵
決して粗暴ではなく別に我々日本人捕虜を
けいべつしてはいないようである そうして仕事には
ばか真面目な顔で対している
その労働者から 我々は 金槌を モロトクだと
か 釘を グボージ 鉄を ガレーザーなど
とロシア語では云うと云うことを おしえてもらう

乗車 われ先にと 貨車の中に
入りこむ こゝには床がある 屋根もある 一
あゝ屋根がある 屋根が頭の上にあると云う
ことは なんと云う うれしいことだろう
我々と一緒に沢山の防寒被服 トラック
などがつみこまれる
やがて私は この貨車がウラヂオへ向い
乗船して日本へ帰れると云うことをギワクを
覚え そして そのことは確定的なものと判断
される しかしみんな 帰れると考えており
或は 思っていないかもしれないがそれを口に出す者は

北え 北え

一人もいない.

その夜 幾十日ぶりかでねむる あたゝかい屋根の下
につかれた躯を横たえているうちに 列車はウラ
ヂオストックをすぎ 北え! と進んでいる.

夜あけ… ボーとなる工場の気笛の音を
船だ! と叫ぶ人々の声をしり目に 列車は
太陽の出る方角を直線で 劃って 北え 北え
と進んでいる.
そうして みんなの夢は くだける.

毎日 毎日 街をすぎ 工場をすぎ ひろいひろ
い農場をすぎる.
北え 北え. 列車の止るのを待っては下車して
水を求め 雑炊を煮て 発車のあいずに
半煮えの雑炊を貨車に あわてゝ 押しあがり
うごき出して 貨車の中で食事をする.
ロシア文字の よめない我々には 列車がどこ
を通過するのか わからないうちに ウオロシー
ロフをすぎ マンゾフカ・ スパスクと

通過してイマンを過る。
北へ北へと延々たる貨車からみる
樹々の葉はすっかり枯れて冬の風景となる
我々はシベリア鉄道を北上してハバロフスクから
ニコライエフスクに出て樺太を通って帰るんでは
ないか？ とも考えてみる
吾等は帰ると云う吾等は なんとしてもつなぎ止め
ておきたいのである。
今日が何日で何曜日であるかと云うことは
日記をつけている私をのぞいては誰もさだかで
なくなる。 ある日 ある町で私はロシア人
とははっきりと異なる人種が駅で働いているのをみる。
私にはそれがラテン人であるとみえる。そうだラテ
ン人に違いない。黒いまゆ 青い目 そうだラテン
人だ。 何とかして話をしてみたいと手まね
足まねで話しかけてみる。「君たちはなにか……
彼等はけげんな顔で私をみつめている。
イタリア人であったなら 日本人の我々には
好意を持つかも知れぬ…… 私は彼等を

ゆびさして鉤十字（ハーケン・クロイツ）の印を指で描いてみせた　するとやにわに彼たちの方から私に向って
ボールドのような鉄片が飛んで来た、
私はあわてゝ躯を引っこめたが　なんのことかわけのわからぬ気持であった。
大祖国防衛戦争に全力をあげて斗ったソヴエトは荒れはてゝいた。
駅々には浮浪児らしい子供が必ず二三人うろうろしており　列車が止るたびに　沢山の人間がかけよっては
パンのかけらだとか　ジャガ芋をさし出して日本人捕虜の持っている万年筆だとか　時計と交換した。

私は社会主義の国をよくみておこうと考えた。
私には社会主義と共産主義とどうちがうかと云うことをわからなかった。しかし　このまずしさは何うだ　みろ！　これがロシアだ　ざまあみろと云う気持だった。

長いながい鉄橋を汽車は渡った。私ら

にしそれがアムール河であり　ハバロフスクを通
過したと云うことだけは　わかった。
貨車はそうして進路を北東にとり　又進んだ。
貨車の窓からみる風景は　白樺の木　モミの木
に変る。　停車、　飛びおりて炊サン、
又はずらりと尻をまくってする野ぐそ……
又北東へ　北東へ。　コムソモリスクをすぎ
二日ばかり走り無電塔のあるドーフと云う
山の中に　列車は　ぴたりと止った。

原始林の中を一本　とこまでも突きぬけて
いる　みちを又行軍することになった。
を発に先だって体の衰弱しているものは除外さ
れ自動車でゆくことになった。
いよいよ我々はこの白樺とモミの果しない原
始林の中に　生活することになるらしい。
私の体は　この大自然の中で生命をたもて
るかどうか自信のない気持である。
更に再び捕虜の行進がはじまる。

まさに 失望と呆痴の曲を かなでながらする
行進、
鉄錆色の流れ
霜枯れのした 草原
大森林、
どこまで行っても かわることのない自然が私ら
をとりまいている、 単調な同じことのくりかえし
は人間を さつかくにおち入らせる
道ばたには巨大な鉄砲が投りすてられたまゝ、
黒く光っている 古釘一本と云えども
ひろい集め 蚊帳の吊手 窓の格子まで
とりはずして 兵器を拵えた日本人達
私らには これは 不思議な 物体として目にうつる
そして 製材所らしい 空家に入りこんで一泊。
はじめて ペーチカのある 家の中にねむる。
あゝ あたゝかい一夜
更に北西え 北西え！
北斗の星を 頭の上にいたゞいて ねむり

霧枯れた大森林の中をつらぬく一本の
道 曽て鉄道建設の企てがされんらく もりあげられた路盤を
たゞたゞ歩く
赤肌をみせた小山のかげに一泊

小雨の中を歩く
冷い雨が泪のようにぽちぽちとおちる
我々より先に入ソした日本人が気のぬけた
ような路上に ぼんやりと立っては我々を迎
える。帰るまでをこの土地で労動すること
になるであろうことは確実となった。
ある丘で 三軒くづれ残っている丸太を
つみあげた家のあるところで 田村班長に
ぱったりとあう。相変らず血色のよい
元気な顔。彼も生きていた
あわたゞしい。会合をおえて又北西え
と進む 山の中で陽はおち小雨の中
に四角形の天幕を張って一泊

穿いていた靴は破れ去ってしまって私は地下足
袋とはきかえた．跣足のうらが痛い．
だが破れた靴下だけのはだしで 氷の
のこった割石ののぞく路を歩いているものもある．
呆痴な顔に 兇険な 冷灰な眼！
どこまでつづく がっしりと つみあげられた
路盤． ときには大きく曲り 時には
頭をサクランさせる 直線を つきのべて
路盤はつづく．
その路盤の下に小枝をありあつめて めし
を炊き もと囚人たちの？ 家はこの路盤
を建設しかけた人々の 使っていたと おもわ
れる丸太のドームに一泊．
東に北西に 北西に
一本の流れ うずをまいて 密林の中からしみ
出した 水をあつめて 流れる河を渡る
木橋 コトコトと音をさせて
特殊な香りを放つ 湿地に赤茶けた色

そのこす背のひくい木に腰をおろして
ひるめしをくらう。　あと四五里で目的
地につくと云う。　どのようなものが待ちうけ
ようとも　もう歩くことはいらないだろう！

路盤をはづれて右手に入る
眼くらみするような白さ。　白樺の林に入る。

白樺の林はつづき、どこまでも　めくるみする

白樺の白い肌。

白樺の林がつきて目の前にひらける　曾て耕され
たらしい畑。そのはてに　湖水とも、ながれとも
つかぬ水を前にして、立つ柵にかこまれた
丸太を重ねた家。

その前にみんなくたびれ切った躯をなげ出す。
あゝここで　我々は　いつの日か帰れるまで　とに
かく生きてゆかねばならない。

あおむいて　何事も考えることの力を失いつ
くした顔のよごれの上を　はらはらと氷雨
が降ってすぎる。

6号生活、

シベリアでの生活がはじまった。

メモと註解

内外人員数検査。

入所。

ペーチカを焚いて

鮒も拾う。

分隊炊事。

装具検査。

セースキン中尉

日本新聞一号。 第二次世界大戦の終結にあたってのスターリンの演説が掲載されている。日本帝国主義に対する 明快な言葉。スバリと云い切られ 平和をめざしての建設そのかけごえが高らかに ひびきわたっている。ファシズムの軍隊の兵隊たちは 虚脱状態にあり天皇制軍隊の機構のなかで ただ生きて帰れる日までをつづけようと キョトキョトと眼を

光らせている。思考力は 既に奪われてしまって ただその 新国の 活字が日本文字で あることの なつかしさと その内容に対して 考えることをしない 根拠のない 反撥が わずかに 残るのみ。

薪割り

材代

焚火と 郷愁

丸太小屋の そのガラス窓の奥に
あおい目の女囚の 顔があった。
ガラスごしに あおい顔
捕虜と 女囚
どちらも 旧い観念形態の中で 生きて
健康な希望のない人間。
どちらもしげしげと みつめ合った。
窓が開いて 女囚の手から投げられたパン一切
どっと かけよって
捕虜の それはみにくい つかみ合いがはじまった。

道路作業、

革命記念日であったか 明治節であったか すこしづつためた米を炊いて 炊事は 米のメシを分配した ラードまでも入っている ねっとりとした白っ米のめし、

あゝ これを腹一っぱいたべたら死んでもよい、鯖カン（鯖カンズメの空缶）に一杯のめしをたべおわり 空になった缶を前にして だれかが云った、

私は日記帳のすみに 米のメシの詩をかいた 喉をこそぐって 食道をすべりおちる 米のメシの味に ポロポロと泪をかみしめて 米のメシの詩を書く、

赤大根、 芯まで赤く 指まで染まる赤大根をひろって来ては その凍ったのを切って 別け合って喰べる その あまさ……

ラード缶、 握手をつけて 或はつるをつけて 毎日ためつ すがめつ それが唯一の悲しいたのしみ 唯一の財産、

道路作業の帰りみち 野菜貯蔵庫に
立よると 六十近い老夫婦が そこにいた。
鶴田兵長と私と 小泉ともう一人だれかと
老夫婦は一寸心配そうに しかしえがおをみせて 我々
いろ〳〵とたずねた。片言まじりの 言まね
足まね、彼等は一寸同情の眼でながめ、
ペーチカに あたらせ 大きな豆の煮たのを出
して 吾々に 喰わせてくれた。
木製の大きなスプーンをつかって その一つぶ一つぶ
の豆をすっかり 喰べて そこを去る。
背後で 大きな声がおこった。 なにごと、
ふりかえった私の目のまえに 小泉が 気まり
悪げな顔をしており 彼の外套の中から
ジャガ芋が 三つ 四つ 床の上にころがりおちた
四人は黙ったまま、野菜貯蔵庫の老夫婦
のところから 去った。 みんななにも 云わなかっ
た。 誰もの眼に あのテーブルの下に バンク
に入っていたジャガ芋が うつる。 だれもがそ
の 六つか七つ ぽけっとに入れたいと思ったのだから……

それを小泉がやっただけなのだ はづかしいことだ しかたのないことだ
老夫婦は私たちに喰わせた 豆もいれてあった 皿をもって いのり と 不審なまなざしで こちらをみおくっていた。

十二月になった。

7号生活。

六号の収容所から毎日 天幕建設と称して人員が出ていたが 三粁ばかりはなれたところに収容所が出来たので そこに移る。
モミと白樺のまばらな林の中に 丸太を皮もむかずにつみあげた天幕や旧いドーマの修理したものが ならび 雪をかむって白いけむりを出していた。

私の持つ若さだけが かろうじてもちこたえていた
元気が 失われて、病気になった。

重い足．その足をひきずることもし　あきなく
かって　彼は毎日　幕舎の中にゆては
佐存写医からもらった　リユマを　雪をとか
してつくった　灰臭い湯に　溶かしては飲む
黄疸，黄色い眼　だんだん食よく
が失せてゆく
アル中毒のヨイヨイ　のような足どりで　便所にゆき
ほとばしらせる小便は　真っ赤な　べにがらも
溶かした色である．
十五日間．作業を休んで　丸太の上にねる．
一きれのパン　一缶の　スープ。が喰べ切れない
すると初年兵の四十近い男が　食器を洗
ってくれる．その食べのこりを食べてくれる．
それが食べたさに　彼は私の病気が　よくなら
ないことを　ねがう．．．　彼が悪いのではない
なんでもない．それはあたり前のことだ．
人間は喰っていきているのだから　それはでも極
あたりまえの　ことなのだ
米がモミで配給になったので　炊るでは

丸太を輪切りにしたものを臼にくりぬいて 足ふみで
もみ搗きをはじめる。 毎日使役にきては
夜おそくまで もみ搗きをしては 帰って来る。
そのもみ搗きの志望者が 沢山でてくる……
もみつきにでると 夜中に仕事が終ってから 塩ます、
のゆでたのを一切だとか 或はスープの釜そこを
一杯づつもらえると云うのだ……
そしてそのもみつき場に 夜な夜な カッペライにする
者があり それがつかまったとか なぐられたとか
そんな噂が ヒンピンとある。
病気はよくなり ふらつく足で私も作業にでる。
一日に四回位から 一キロあまりのところえ 薪にする
立木の丸太をかつぐ仕事、
虚脱した人間に何ができよう、
ともすれば みんな仕事をやめて 焚火に向って
目をとぢ ぼうとして腰をおろす。
蒙古出身のカンボーイ(警戒兵)が時々
どなりに来ては仕事をさせる。

私は毎日 小さな 手帳をとり出しては
日記をつける。 それだけが たゞ 私のたのしみ
であり 人間らしい気持の最後の拠点である。
ある日 蒙古人のカンボーイに それを書いて
いるところをみつかり とり あげられかける。
片言のロシア語で なんとかいって それをとりかえ
す。 下宮曹の つめたい目が 私をにらみつけ
私が日記をつけることを 禁止する
"畜生！ だれが やめるものか この日記
ひろしまから 今日まで 大切にもちつづけ 肌の
ぬくもりで すりへってはいるが 私の生命のよろ
こびの最后の一カケラが 小さく おしちぢめられて
つめこまれたこの手帖． だれが日記を やめるも
のか"
それから私は ロシア人にも 日本人にも かくれて
日記をつけなければ ならなくなる。
日がくれて 幕舎にかえると 地獄変！
幕舎の正面 一番あたゝかいところに 曹長殿

が牢名主のごとく げんぜんと陣取り アゴでさしづして兵隊に凍ったパンを ノコで切らせる。
分配がわるい…　不寝番がわるい、と云ってはビンタをくれる。
"お前ら 殺してやるぞ！ この野郎！"
九州なまりの曹長殿の言葉。
兵隊はなんでも きかなければならないのだ、
白樺の皮のもえはぜる 煙につゝまれた 明りの中で ひとしきり けだものじみた 夕食のひとときがすむと 兵隊は すこし 腹のくちくなったところで頭の辺り氷の花が咲いている 丸太の棚のすみっこでねむりに入る。
ひそ ひその 語り合うのは 喰物のはなし。
ただ たべもの、はなし、その話題にでてくるたべ物のはなしに生つばをのみ そして ねむる。
小森上等兵と云う カントクエンの お百姓らしい丸い顔の小男と私は 万葉集の はなしをする
二人とも こんな くらしの中で やっとたがいにみつけあった 心のなぐさめ をこの万葉集の話

みにもとめる　そしてその詩の中に　なんとかして人間らしい心を互の　人の心のなかにつなぎ止めて　おこう　と　こころみる。

天幕の布を縫い合せてリユクサツク　を拵える。
あ、なんと云う　うれしさ、手製のリユクサツク

正月が近づく　幕舎の前に　モミの　葉を立て、門松たしたものもある。

寒い毎日　人間の躯の耐え得る最大限の寒さの毎日、　そして十二月三十日、
その三十一日の夜　みんな装具をまとめて
庭に集合
人の一杯つまったトラックがやって来る　そして　その人が降りたあと　こんどは　われわれが乗りこんで　どことも知らぬ　シベリアの夜の道を
走ってゆく。
私らと入れちがいに　やって来たのは　幹部候補生の者だと　だれか云っていた。

カンバヤシ大隊

一九四五年の十二月三十一日の夜
トラックにぎっしり のりこみ頭の上にシート
をかむって 零下三十度以下にさがった空
気の中を 走る.
あゝなんと云ふ寒さ みうごきも出来ずぎう
しりとつまった荷台の中で 息のするさえさ
えこらえ シートのすき間に見て飛ぶモミ
の森林をみる. 一時間半. 二〇粁も
走って私らは 収容所に着く.
そこは カンバヤシ大隊だと云う.

一九四六年 一月一日.
この収容所は 巨大なモミの森林につゝ
まれている.
十時ころとなって そのモミの梢の上に太陽
が白く姿をみせる.
兵隊は やせ ほそっていると云うに 将校

食をくらって デップリと太った カンバヤシ大尉は 我々を 寒いひろ場に集合せしめ一つ軍人は忠節をつくすを本分とすべしと五ヶ條を奉唱させ 一場の訓示をすえて 宮城を遥拝させる.

お、宮城?、

この私らに宮城が何のかゝわりがあると云うのか寒さから すこしでも自分の躰をまもろうと ばたばたと足ふみしながら でっぷり太った将校たちを ねめつけ 或は 炊事勤ム者、などをはじめとする 特権を利用して めしをたらふく喰っている 者を 怒りをもって ながめる.

森の上に 一きわ高くそゝけ立っている モミの巨木のあたり たしか日本の方角であり 私の家があるはずである. 私は毎日 宮城をヨウハイ する ときには その モミの ソただきに向って 母よ 二人の弟たちよ 元気であってくれ. そして 南方に生死もわからぬ兄よ 元気で かえってくれ. 私しかならず

生きて帰り みんなの前に顔をみせる！」
と呪文かなにかのように 口の中でとなえては
眼をとぢ 頭を下げた.

凍った土の上に丸太を重ねて 天幕を張り
更に丸太の寝台をこしらえて そこから生活
するドーマを建てる.

ピラ（鋸）とトポール（斧）で柵の中にドー
マをたてるのが毎日の仕事となる ひとかかえも
ある丸太に十数人 むらがって 雪の上をは
こび みぞを削りつみあげる.
枯枝を焚いて凍えたコケをとかして 丸太と
丸太の間に押入れてはつみあげて行く
働くことは苦痛である 國に生きづく苦痛
である労働をつゞけて来た人間にとってこの國
で働くことは それがたとえ自己の住ふドー
マであるにしても 割引なく苦痛であり
腹立たしくも 苦痛である.

ともすれば みんな 焚火にむらがり 仕事をサボる
焚火のあとに 孔をほり 立てる柱 雪のカケラ
をつめこみ 小便をひっかけて それですます。
希望も 意慾も 何もなく ただ 生命を
つなぎとめるだけの毎日の生活。
そのようにーして としつくしードーマは去来する。

寒さは ますます きびしくなって来た。
そうして私らは毎日 飯盒や缶詰の空カン
をぶらさげ 二粁ばかり はなれた製材所に
働きに行く。
そこでは 何百名の捕虜が 雪をふみしだいて
モミの森林の中にわけ入り 次々と 巨木を伐り
倒してゆく。 私らは その 枝をはらい
馬橇ではこばれたものを 手ごろの棒でころ
がしては つみあげてゆく。
ひるめしになると ラーゲル からやはり橇で スー
プを搬んでくる。 てんでに 仕事をやめて そ
こに集まり 缶をさし出しては 一すくいづつのス

プの分配をうけ やがて焚火をかこみ ひるめしに
する、高粱の中に塩ますを炊込んだものを
を大切にかゝえ 焚火にかざしては あたゝめ 腰にブラ
さげた袋から スプーンを出して 喰う、
そうして又丸太つみ、
将校は 泥柳の小枝を 鞭にして 持ち 兵隊
の中を歩き廻っては 仕事をトクレイする、
そうして又焚火にかえり ロシア人の囚人などに
マホルカ(刻みたばこ)をたかり 兵隊を横目
でにらんでは ふかす、
ロシア人として 仂くものはすべて囚人であり
大祖國防衛戦争に ファシスト軍に参加し
てソヴエトに銃を向けた者 或は社会主
義社会に生きて 根づよく躯にのこる
資本主義的要素 が させた犯罪の
ため刑を言い渡されたものであり
極度に性格的にも 悪質な者が多かった、
魂のぬけた私たちはよく 森にかくれては焚火に
躯をこゞめて 仕事から逃げた、そうして
それを囚人にみつかっては 棒で追いまわされ

一石、かん尻をなぐられる。
囚人になぐられ 怒りのうせた羞恥とも
悲しみともつかぬ この気持 人間性も失われ
肉体的にもつかれはて 我々兵隊はどうす
ればよいと云うのか……
この果しなくひろがるシベリアの大地の上で
この私らの毎日をくるしめているものは何か？
この私らをこの運命に追いやったものは何か？
ただ しかし生きねばならぬ。
ただ生きねば ならぬ。
丸太つみから製材工場附属の小さな建築
にうつる。
Y曹長の金切声
兵隊の苛々。
防寒帽にぬいつけられた星章。
のろうべき階級章よ いつまで われわれに
ついてまわる。
おしせばめられた人間性の最后のよりどころ
日記帳に私はコクメイに生活を記録する。

零下50°の雪原に
空気がキラキラ光ってとんでいる、
雪の上に
尻をまくってする野糞
かたく黒く石塊のごとく
我が腹わたのごとく
疲れはてた生命のわずかないとなみを
排せつする 雪原の野糞
わが黒きはらわたを千切りすて、
うたう 野糞の詩

馬糞をひく馬がひるとなれば頭をならべて
エンバクを喰らう。それがおわると 白い雪の
中を 黒い悪魔のごとく兵隊が特 核の目
そのがれてかけ廻り 馬のたべのこしたエンバク
を かいば箱のすみから よせあつめては ポケットに
入れてかえり トタンを火にかざし その上で エンバク
を煎って 喰らう。

夜、兵隊は 丸太のねどこから追され
ねむい目を こすりながら夜の凍った空気の
中で 孔ほりの夜間作業.
毛布を ほせば 兵隊がみはり
兵隊がめしあげ 食カン洗…
兵隊が 水くみ
炊事のための氷わりと氷はこび
兵隊
兵隊
一つぼしの兵隊.
入浴、木おけをかかえて わずかな湯をもらい
枯木のような肌をあらう.
もう躯の一部分となって黒茶けている あか
それにしても あ、裸になった みんなの躯
よくも やせたものよ.
兵隊の ガイコツの チンレツ.
毛孔と云う毛孔は黒くふさがり 斑点をえ
がいて ふくれあがり ザラザラとした感觸..

沈倫の書。

私は右のような姿で後に三頁あまりの文章を書いたことがあった（ゴーリキ病院で……）

その文章はだいたい今も私の記憶にある。病院で鉛筆をナメナメ書いたその文章は真実味にみちたギリギリのどん底のくらしが充分あらわれていたであろうが　今ここにその記憶をしとめても　充分には書きあらわせないだろう。

ファシズムはその最后の段階に至ると狂暴さは常識や平静な人では理解出来ないものとなる。それは彼のゲシュタポや日本の特高警察。憲兵をみれば明らかとなる。

日本の天皇の軍隊もその軍隊内のファシズム的支配がまさにくずれんとするときその狂暴さと専制的支配はことごとく兵隊の上に死の恐怖をもって覆いかゝってくる。

そのような時代　そのような時期における

私を含めた兵隊の姿が　これから書きしるす
沈倫の書である.
これは餓鬼の　地獄変相の図である.
更につけ加えるならば　この地獄変の絵巻は
はなやかなジャズをふりまく　ダンスホール・キャバレー
高級料理屋……走りまわる来る自動車
ニュールックのドレス　を看板として　今資本主
義国の　とくに　わがくに　に　くりひろげられている.
将校と　兵隊と.
権力をもつ者と　もたないものと
生きるために生命を　すりへらしている者と……

さて……　一つ二つ　なぐられたって　それは問題では
ないのである.　喰えばよい　喰えばよいのである.
一つぶのめし　一カケラのパン　一さじのスープが多
く自分の喉を通過すればよいのである.
だから　パンを切るとき　みんなの目は　猛獣のする
どさをもって　ランランと光り　パン分配もする者の
手もとをみつめる.　等分されていないか　どうか

パンをならべる手が こっそりと自分の上衣の下に
パン屑をかくしはしないか、
パンの外側と内側の重量は？．
切りあげたパンは ランランと光る目の前で くじ
をもって皆の 手に分配される． そのくじも
いかさまが行われてはいないか？．
そうしてわけられたパンは 手に持たれ 左右の者との
大きさを みくらべられ ボソボソと 独言され
口へはこばれる．
そうして 油断は出来ない
パンから目をはなせば いつ横の者の手がそ
のパンの すみを かきとるかも知れないのである．
毎日ならんでねている その者の手が！．
タルにつめたスープが炊事から 幕舎へ
はこばれる． そのタルを かついだ 者のうしろには
もう一人 その監視人が必要である．
よその中隊の者が 横からパッと 現われ やにわに
飯盒か缶で タルから すくいとって にげるから
それの番人がいるのである． それだけではない
そのタルをかついだ者が いつ口を タルのフチ
にあてて その スープを すゝる、かも知れ

ないのである
そのスープの分配、底の方と上では その濃さがちがう
かきまぜて それから わけねばならない
そして その分配する者がいつかくしもった缶にくら
がりでカスメ取るかも知れぬ、
わけられたスープをペーチカの上にかけても 監視せねば
ならない。 白樺の皮のもえるくらい 天暮の中―
でスプーンでスープをかきまぜながら 他人の缶から
自分の缶え すくい込んだり あるいは ひとさじ 口の中―
え ぬすみとられるか 知れない
分配一了ったタルは点検せねばならぬ、その底に
さっているスープの 残りを 洗うとみせかけて 水を入れ
その洗い汁を分配者が 飲みこむかもしれぬ
ランラン ランラン あかによごれた顔の中に
みんなの目が光り 牢名主 曹長が どっかと
これをみまもる。
ピンタ！ お前たち たたっ殺してやる！
曹長にたとえ なぐられても… 躯と躯をとっつけ
合って いつも横にねている ものでも なんでもよ
いのである。一さじの スープ。 一カケラのパン でも
より多く口に入ればよいのである。
一つ二つ なぐられても それは 問題ではないのである。

薪切り

兵隊たちは栄養失調になった。
四十すぎて召集された初年兵らはみな糞ずまりや衰弱で死んでしまった。
私も栄養失調に脚気 黄疸、それにジンゾウの如き症状もあって よろよろとして生きた。
そうして柵内での作業があてられた、
毎日薪切り作業。
すてられて凍っている魚の臓物をひろっては喰い働く。 器具検査、寒さ、どろぼう
その対照は缶詰の空缶！ ピンタ、曹長の殺してやる のせりふ。
私もピンタをくらう。羞恥も怒りも消えうせて
ただぐっと歯を喰いしばり生きるだけ……
あ、なにが一体我々をくるしめるのか、
ソヴエト側から休養を与えられている私の躯を
曹長は又二粁はなれた製材所までかりたてる。
遂に私はうごけなくなる！

医務室なるものが棚内のひとすみにあり
そこに一人の軍医と 特権をふりまわし
患者のパンのピンをはねる衛生兵がいた
ときどき ソヴェート軍の女医が診察に来
たが 彼女を 衛生兵や軍医 たちは 女賊"
と稱んだ 何のことか 私には わからない
しかし 私は その ソヴェートの 女医から 入室せよ
と云われ 医ム室の寝台の上に 横になった
躯中 くさった大根のように むくみ 歩み行きさえ
くるしく それには はげしく 咳が出た
そうして その咳の中には 血がまざり たん つば
備の空缶には みるみる 赤黒い 血が一ぱいにな
った
腫れ切って 自分の躯としての感覚を失った
その蒼黒いものから 私は 父の死をふと
思いうかべた いよいよ 死ぬるかも知れぬ
咳！ 咳！ 息をつく間もない 咳！
喉をかきむしるようにしてする たえまない 咳から

はき出される血の生臭さが口の中にひろがると
私はいよいよ　これはもう死ぬるに違いない
曽て多尼慎の大結核もついにこの衰弱と
おびただしい病気にもうかえ一たに違いない
いよいよ最后だ！　と云う気持と
なにを　そんな簡単に死ねるものか　必ず
俺は生きてかえると母に云ってある．母や弟たち
の前に　この顔を搬ばないで　なんで死ぬるもの
か　これくらいのことで死ぬるはずはない
と云う気持が入り交ちる．
しかしそれも現実の　くるしさに　どこかえ押しやら
れて生命に対する　痛みが　更にはげしく私
をきりきざむ．
何本か私の胸に注射がされた
ロシア語と女医の髪の金色がランプの
光を逆にうけて　私の目の前をうごく．
私は入院することになった
そうして　息もたえだえな船荷物のようにホロ
のある自動車にのせられ　うめきながら病院

えと呼ばれる.
あとで一緒にくらした みんなには 私はそれで死んだと云う デマが伝ってそれが信じられていた.

フイナアレ

二十三才の私は一応ここで フイナアレの幕を閉じる.
キラキラと澄んで輝く北斗七星を頭にいただき トラックにゆすられ ながら息も たえだえな私はフイナアレの幕をとじる.
若し私が二十三才と云う 若さの所有者.
疲れながらも 若い細胞を持っていたが為に 生命を 細くも 持ちつたえることができた.
そうして新らしい 私が生れた.
すこしづつ 人間を. 人間の 生きる社会を 心の中にきざみこみ やがて確乎として目の前に明るく燃え上る火をみつけ出したのだ リリシズムと 無智と 感傷癖を 生命のギリギリの一点におしちぢめて フイナアレの幕をとじる.

ゴスピタル

病院らしい門を自動車はくいり止った.
膨大した躯をバーニャ(浴場)の中にはこぶ
私の周囲を日本人が白い衣をつけたロシア人の男女がつきまとう.
裸体になりながらも私は日記を袴の中にかくして 消毒のために フン失することをふせぐ.
ドクトル ボーフ(あとで名前はわかったのだが)が私の躯に大きな日本の声をあげながら聴診器をあてる.
私の足の拇指は半分ばかり腐りかけている
それは凍傷のためなのだが そのためか私は
病室は外科らしいところに入れられる
夜十二時すぎ.
私は患者のねむっている寝台に割り込み
横になる. "イジ シュダア"と私を
案内してくれた看護婦の白い姿は
消える.

翌朝から私は内科の病室にかわる。
私は 苦しみの中からしづかに周囲をみまわす
小さな部屋は 真っ白く塗られその中に
コイチ(寝台)が十二三 並びそれぞれ
患者が白いシーツを かぶって横になっている。
割に元気なもの、 私と同じく かそかな生
命をつないでいるもの。
病室には 元気な患者あがりの日本人が
サネタール(衛生兵)とよばれて 患者の
世話をしている。
病院の勤務者らしく丸く太った兵隊が
七八人つねに病院内におりペーチカを焚き
たり 瀬戸びきの食器に 入れたスープ
やめしを運搬している
サネタールは本向と云う 二等兵 あゝ
二等兵が 部屋の責任者として行動
している? 階級制度がわずか
にではあれ ゆるされていることに よろこび

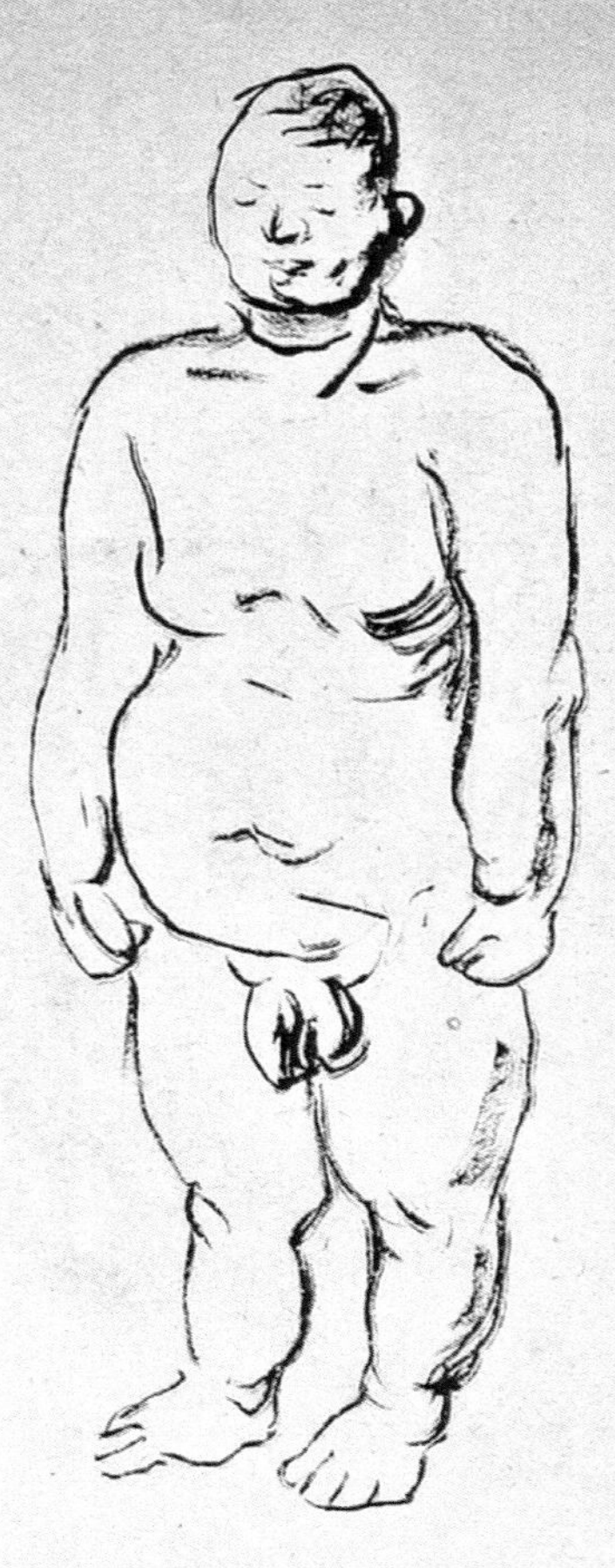

を感じると共に又反面、ミリタリシステムでたゝきこまれた慣習的な感情がかすかな反感をささえもたせる。
せきと共に吐っていた血は二日ばかりして止る。しかし躯のむくみは全然とれず、くびも腕もはち切れるばかりに腫れ腹は泥沼の中に死んだ蛙の白いふくれあがった姿を连想させた。性殖器なども異様に大きくなりまるで氷嚢をぶらさげている形となる。
ドクトルが何人も入りかわりやって来て診断の結果、私にはカ和ートと称するリンゴやアンズ、ぶどう等を砂糖づけにしたものをスープとしたものをあてがわれるだけで一切絶食することになった。
餓鬼のように喰うことをのみ唯一の生活ののぞみとして生きていた私は絶食することはつらいことであった。

…しかし一週間も絶食すると私の躯のむくみは急速に去って行った．

父の死の直前 むくみが去って行ったことが脳裏にチラリとうかぶ そうして毎日おびただしい小便を排セツし むくみは完全に躯から去る．

お、この躯．むくみの去ったあとは われながらぞっとするほど細々と干あがった蛇のように骨格をそのまゝ皮膚の下にあらわしていた． 便所迄の歩行も壁をつたってヒョロヒョロと歩み よくソッ倒した

ある日ドクトル ポゝフにレントゲンの撮影をしてもらう際 頭の感覚がすうっと去りその場でコン倒した．

〃シコク！ シコク！〃

カーチャが びっくりした声を何度も私をよんでいる声を遠くきゝ、甘満足感にみちたさわやかな無を心よく感じながら意識を失った．

そんなこともあったけれ共、ドクトルの診断の正しさとよくけん査された食事はだんだん躯を快方にむかわせた。私は死に対する危惧がもう必要ではなくなったのを知った。

24時間。

シベリアの夜はながい。朝六時半まだ窓の外はくらい暗にとざされている。セネタールが起きて床の掃除をはじめる。患者は毎日ねているのでだいたいこの時間にはめざめている。セネタールの注いでくれるぬるま湯で洗面する。一人づつ洗面が了ったころ勤務者が戸棚の上に200gづつ切りそろえてならべてあるパンをはこんで来る。それがコイケの上に半身を起している患者の前に一つづつ配られる。

やがて砂糖が一さじづつ配られる。
茶がミルク缶でできたコップに一杯づつ
さてパンをまづ たべようか それとも めしと一しよ
に食べようか と患者は考える。
精神的なおちつきはとりしどーしても まだ今のとこ
ろ食べることが まづ唯一の楽しみなのである。
それから三十分もして 大きな食器に入った
米のめしにバタアの油の光るのがはこばれる。
それが患者の朝食である。
殆どの患者が栄養失調症なので そのカロリ
ーえん分な食事し まだ食べ足りない不足な
気持である。しかし それで ひとまず まんぞく
して又横になる。
隣の者とぼそぼそと話が はじまる。
話題は きまって 何時帰れるだろうか？
と云うこと、食べるもの の話である。
ぼたもち、羊かん しるこ、すき焼
それらが幻想の中でより 華麗な美味
となって一さと食慾をそそって 患者に

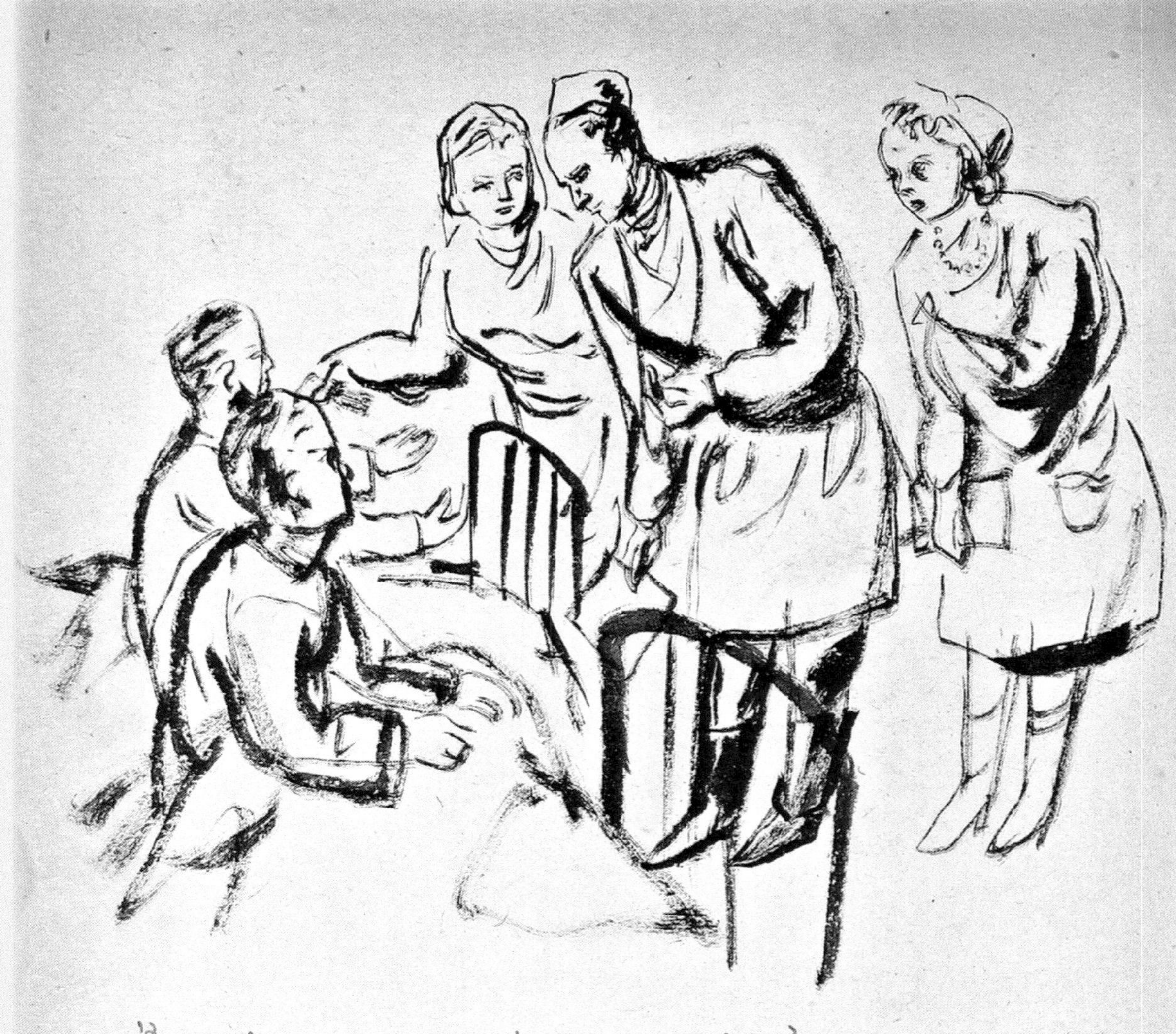

その口にかたられる。
やがて診察がはじまる
〃ドラスチ、ノオ カアクジエラ〃（今日は、
御気分はいかがですか……〃）と白い服の
ドクトルが白い服のシストラを二人ば
かりつれて入って来る。
シストラと云うのはロシア語で姉妹と云う
意味である。看護婦たちをきょうだい！
シストラと呼ぶのである。
ドクトルポポフは軍医大尉である。
背は日本人とおなじくらいなひくさで非常
にやさしい、声と常にニコニコした笑顔で
やって来る。
そうして脈をみる。聴診器をあてる。
打診する。
〃サアミヨールス、ネエトア・〃寒くは
ないか、〃ナンピラトオルイエス〃熱があ
るんではないかなどと親切にいろいろ
きく。それがいつの間にか覚えた日本
語とロシア語のチャンポンできくのである

そうして最后に自分の指を握らせる〃チカラ チカラ〃と力一杯にぎらせる。それで患者が毎日すこしづつ元気をとりもどして来るのをためすのである。

ドクトルは外にも男女合せて五六人いたがそれがみな非常に親切なことは日本人には不思議なくらいである。

〃クェアチ　ハラショウ　ネエト　ニチオ　バアリノイ〃（食事はすゝみますか　どうですか、病気はなんでもない　なんでもない）とドクトルに手をにぎられて云われる時一様に患者の頭には日本軍の軍医の姿がチラリと頭にうかぶ。不動の姿勢で頭をさげる患者の前にどっかと腰をおろした日本軍医は　ぞんざいな言葉で〃向うを向け！〃〃オい　こっち〃〃なんだ　これくらい元気を出せ〃〃お前らこれくらいの病気がなんだ　慢性だるみ病だ〃〃

同じ軍隊の中の軍医と兵隊との関係と戦勝国の軍医と捕虜との　この関係は

とつ、……
わからないもの……
帰りたい 帰りたいと 魂を奪われたような
人々の胸にも 失われていたヒューマニズムが頭を
もたげてくる.

シストラたち……
美しく きんせいの とれた躰と やさしい青い
眼を持つ マルシア 紅も白粉もつけて
いないこのシストラたちの なんと云う美しさ
明るい美しさ. これが又 日本の病院
の看護婦と くらべて 患者の眼にうつる.
この相違. あゝ この相違は どこから来
るのか…一体どこから来るのか?
カーチャ すこし近眼で せかくとした
特徴のある言葉 アマ色の巻き毛
姉さん! と云って甘えたい気持……
カーチャ 一番若い若いだけに なにかと日本
人にじょうだんや 愛嬌を日本語で
話かけて来る.
トーシャ・
ニーナ. クラワ…… この若い娘たちの

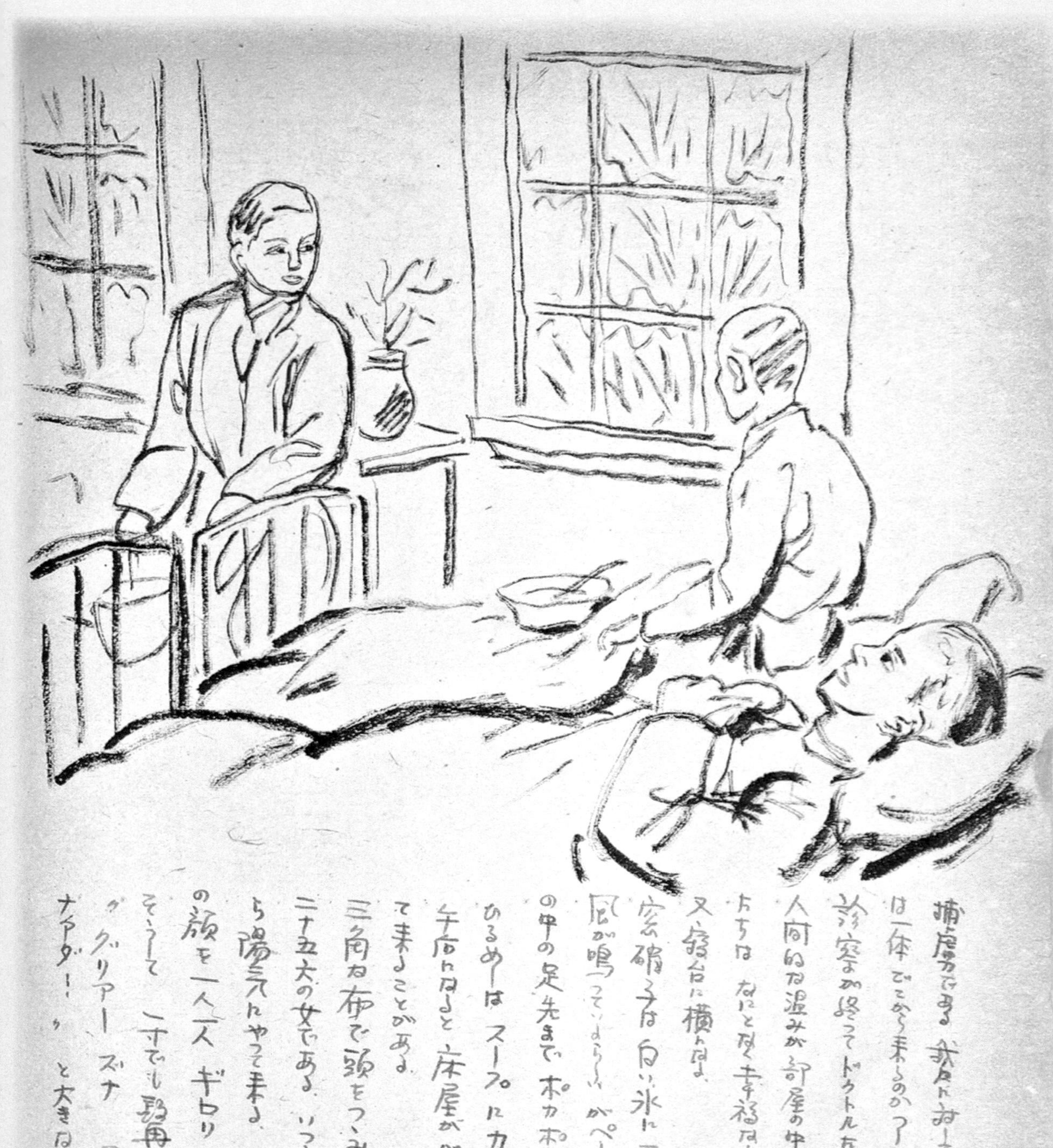

捕虜である我々にとってその明るい親切さは一体どこから来るのか？

診察が終ってドクトルたちは部屋から出て行く
人間的な温みが部屋の中にいつまでも漂う、患者たちはなにとなく幸福な気持を心の中に抱いて又寝台に横たはる。

窓硝子は白い氷に覆われている。戸外は風が鳴っているらしいがペーチカの暖味は、毛布の中の足先までポカポカと伝ってくる。

ひるめしはスープにカーシャ（かゆ）

午后になると床屋がバリカンをかかえてやって来ることがある。

三角な布で頭をつつみ白いエプロンを付けた、二十五才の女である。いつも鼻うたを唄いながら陽気にやって来る。そうして寝ている患者の顔を一人一人ギロリと目をむいてみてまわる

そうして一寸でも鬚がのびていると

“グリアー ズナ ステリッチ ペベリッチ ナアダー！” と大きな声を出す。

その美しくない顔だが実に愛嬌のある顔で一寸ツンとーしてすましかえったところの彼女の姿は私たちに、なぐさめと笑を与えてくれる
"汚ない　ひげそりとかみを刈ることが必要だ！"と彼女に言われた者はどうしても毛布の中からひっぱり出されサンパツさせられる。彼女の名前は忘れた。と云うのは彼女はトコヤ・カマンディル（床屋の責任者）とよばれねければ甚だきげんが悪いからつねにそうよんでいたからである。
そーしてその散髪るが少し荒っぽく　ひげそりのときなぞかならず一ケ所は小さなキズが出来る
"ニハラショウ カマンジル"（よくない　あなたは）と顔をしかめて彼女に云えば
"ニチオ　ニチオ、なんでもない　死ぬようなことはない"
とさっさとバリカンやそりをかたずけ　さようならと又鼻歌で病室を出てゆく。
夕食前になると　ミルク　サコーヒーが分配されめしがはこばれる。食器にはかならず小盛の

フライか みんちぼうる のようなものがついてゐる。
夜又ノスタルジアが みんなの胸に喰い込んで来る。
そーしてこのあたたかい病室から 零下数十度の
戸外之出ることが いとわしくなってくる。
ノスタルジアは 羽毛の枕に頬をふかく うずめて
いつまでもいつまでも くりひろげられる。
夜が更けて ペーチカの火のはぜる音が かすかになってゆく。

私の躰はだんだんと 快方之向って来た。
少しづつ肉がついて来た。
窓に差す陽ざしがなんとなく 春めいて 来た
三月のおわりに入院し もう五月も近くなって
来た。窓辺の小さな 鉢に播かれてあるのは
まさしくこれは 青い 草の芽だ
ある日 202 分所で編成したと云うブラスバンド
がやって来て 病院の廊下で 何曲も吹奏
した。ロシア人も日本人も みんな集ってそれ
をきく。寝台に半身を おこして あゝ、
何百日目に聴く音楽!

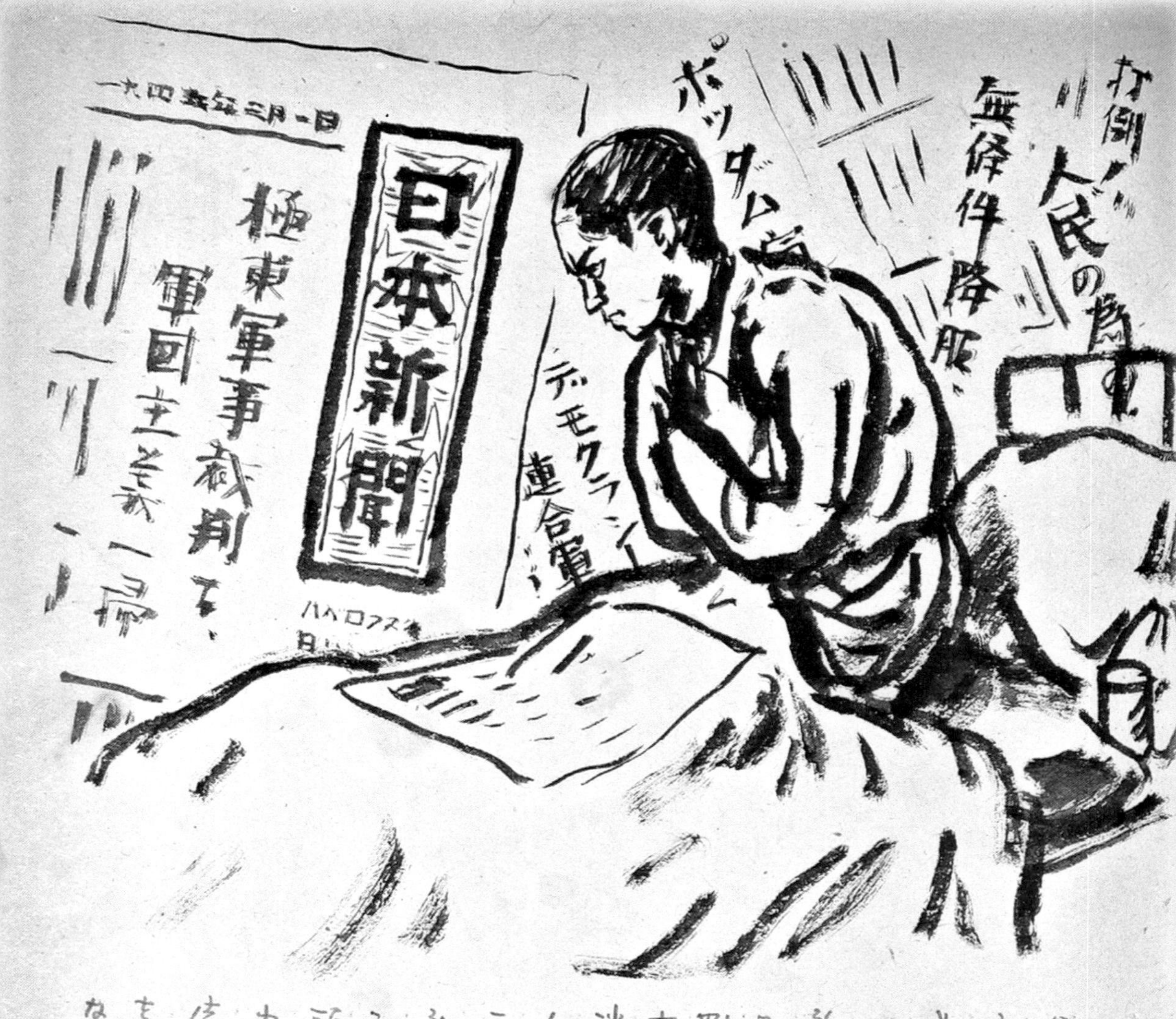

"別れのブルース"の曲さえ　あゝなんと言うなつかしくも美しいものとして響くことか……
忘れ去っていた人間のこころが音をたて、めざめてくる。

一週間に一度ばかりタブロイド型の日本新聞が配られて来る。　お、活字！
それには日本事情も載せられているよ

戦犯追放！
ポツダム宣言！
渉外局？
人民？
デモクラシー？

新聞は呆けた頭に考えることを要求する
こわれた時計を　たんねんにくみたてゝゆくように
頭の中は少しづつ整理され　考える力が出てくる。　私は数度死を経験した
倖せなことに又生きてゆける。　世の中の本質をつかまねばならぬ。　知らねばならぬ
なにもかも知らねばならぬ。　ソヴエトの人たちが

民族のちがう吾々になぜこんなに親切なのか
知らねばならぬ.
五月が近い、庭から雪がとけて光る水滴と
なってガラス窓の向うをおちはじめる.
ながいながいシベリアの冬がすこしづつ遠ざかりはじ
めたのだ

退院バラック

病院の一隅にアメリカ製のバラックが張られ
ており病室でよくなった者はこの宿舎に
移動して退院する日を待ったので退院
バラックとこれをよんでいた.
私も五月に入ってその宿舎に移動し
たが凍傷がまだなおっていないので2号棟
宿舎の方に移った.
この宿舎には山田と云う若い将校
あかりの青く斗がサネタールをもっているので
山田バラックとよばれた.

宇佐美・阿部と云う青年だけ同じサネタールとして患者の生活をしていたが　みな好感のもてる明るい青年たちだった

私をよろこばせたのは　このバラックには　日本新聞が部厚く綴られて備付てあることだった　毎日を私は　むさぼるように　それによみふけった、国際情勢について　日本の国内事情について　新聞には実にわかりやすく　のべられていた

日本民主化のために！、と題して　日本資本主義の特質、天皇制の問題などが載っていたけれ共　それらは　軍国主義的排外思想と　天皇制教育をうけている私にとっては　なかなか難解なことばかりであった。

くりかえし　くりかえし　私は読んだ　そうして　おぼろ気ながら　デモクラシーとは何かと云うことが　わかりかけて来た。

それらが理解されてくるにしたがって　シベリヤの大地を　覆っている氷がとけてゆくように

人生に対して　社会に対して　国家に対して抱いていた私のギワクが　つぎつぎと理解出来るものになった

生活のくるしさも　父や兄の死も　又現在私がこの土地にあること自体も　又なぜよい絵が描けないのと云うことも　とけ口のみつかった　もつれた糸のように手繰り出されて来た

そうだ　これだ　これだった、

考えると云うことは一つ一つの解決であり　一つ一つの解決は　生きてゆくと云うことに　勇気と希望をすこしづつ与えてくれた

サネタールの阿部と云う青年は　まだ二十六才だったが　学生る時　マルクス主義を読んだことのある青年だった

彼は気憶のさだかでなくなった　価値ある説や唯物史観を　私や山田、宇佐美におしえてくれた

そのようなことによって　阿部　山田　宇佐美私と親密な交りが出来上った

陽ざしがだんだんと明るくなり
ペーチカに投げ込む白樺の薪がぱちぱ
ちとはぜて燃え　天幕を覆った雪は
溶けて流れた.
春　骨と肉体がうずくような　待ちあぐん
だ春がやって来た.
ルパシカだけで戸外の木椅子に腰をおろ
して日向ぼっこが出来る
白樺の梢にうっすらと緑の霞がかゝった.
ドクトル　ポーラは毎日マルシアを連れて診
察にまわって来た.

入浴のときはルパシカ　もカリソーネも全部
ぬぎすて、　手拭までも新らしいのと交換する
のだが　その入浴が了って脱衣室に入ってゆくと
ニコライが大きな声で／オトをひろげて何か
喋っていた.　そのノオトには　エヂプトの
壁画のような　不きっちょな　人や花が二三

枚描かれており、彼はその絵の上に鉛筆をはしらせては ホドウジニク（画家）をきどってさわいでいるのだった。

あゝ 絵！ 私の生活からしばらく遠ざかっていた絵に対する 本能的な 欲望が グッとわいて来た

"ニコライ ヤリサワーチ"（ニコライ私が描こう）と そのノオトに 私は 鉛筆で ニコライの横顔をクロッキイーしてみせて

"ホウ オオチン ハラショー！！" 彼は目をみはって私の顔をみていたが 君は芸術家だ 偉大なる芸術家だ！ と云うようなことを私に向って言った。

そうして入浴がすんで幕舎にかえると早速彼は 鉛筆とノオトもさげて来て こんどは おちついて一枚描いてくれと云った。

そんなことで 彼は私と仲よしになった。

山田や宇佐美 阿部などと 以前から交際っていたので 日本語が達者で

東京ブルースや東京ラプソディイを
鼻歌でうたいながら歩いた
〝今もこの胸にニコライの鐘も鳴る……〟
彼らは歌の文句の内容はよくわからないらしい
、がニコライと自分の名前のがあるので甚だ
マンエツして このところを特に大きく歌った
朗らかな二十三才の青年

私が絵を描くと云うので シストラたち
はよく私のところに来て似顔を描いてくれと
云った 私はモデルを得たことで非常に
うれしかった 色鉛筆や紙を持ってきて
くれるので材料はそんなに不自由をしないで
毎日のように彼女たちのブロンドや アマ色
の巻き毛や あおい目 茶色な目 健康
な頬をスケッチした
彼女らは 私のまづい絵を〝オ、チン スパシーバ
ヴァリショイ スパシーバ〟と大よろこびで かならず
菓だとかパン あめなぞを置いてかえった

だから畫もすい切れないほど 私の枕もとには
たまり みんなこの補給源となったし
とりわけ 阿部、岩、宇佐美 熊谷
と云うトリオに対する 專賣局 と云う形
になった、

カーチャとリチナト マルシアに ロシア文
字を 教えてもらう、
ロシア語も 小さな手帳をこしらえて ひとつひと
つ覚える、

ポーバル(炊事)である コーフニアのカマンデル
アレクサンデと云うおじいさんが 私のところへ
来て いろいろ絵を描いてくれと たのむよう
になってからは 畫やペンは 豊富に私
の枕元にかさねられた、
アルバムに猫の絵を描いてから 親しくなり
よく私に 話しかけて来て そのたびに何か
持って来てくれたが 夏になるとウクライナ

あたりの故郷え帰って行った。

通訳のマコウシンが私のところえ来て　アレクサンデから元気でいるかと云う便りが私のところえ来ていたと持ってきてくれた。

白樺の皮をはいでは四角に切りとってトランプをつくる。

トランプ占いをしては　いつかえれるかを考える。

少女の絵を描いては　枕元にかざる。

病院にはロシア人（ロスキー　ホドウジニク）の絵かきが二人いた。

一人は白髪頭の無口な四十すぎの男で　いつも紙片とエンピツを持っては裸婁で院内をあるきまわり　私と同じく似顔絵やスケッチをしていた。

私が絵をみせてくれと云っても　羞恥の表情でみせることをきらったが　彼の絵に対する情熱は少年のように純粋で熱いものをもっていた。

その描く絵は北欧的なつめたくも重厚

な感覚をもっていた。

もう一人は二十四才だとか云ったが スラブ人らしい立派な体格の持主で それでいて東南欧人によくみる 黒い眉をしていた。

彼を私が知ったのは シストラのマルシアが一枚の絵と一緒に 彼を私のところへつれて来たのである。

その絵にはマルシアの顔が描かれてあり 彼女は "彼はプロホイ（悪い）絵かきだ" と云うのである。 そして まあ私たこの絵をみてくれ これは ちっとも似ていない こんな絵は きらいだから ひとつ 私に 描いてくれと云うのである。

そうして早口で 私が上手であることを ほめそやしておいて なんなら写真を持って来ようか それとも モデルになったほうがよいのか と 金髪を たくしあげるようにして ポーズまでつくるのである。 それで 私も 出来るだけ きれいに 一枚描いてやり その

少女趣味の口絵のような絵に 彼女はしづく
マシズクな表情だったのだが そんなことで
彼と私は 親しくなったのである.
彼の絵は 幼稚だったが しかし もう情熱だ
けはすばらしいもので 僕は学校へ行っていない
将来もゆけないかも 知らない しかし 学校へ
行かなくても きっと立派な 美術家になって
みせる とにかく今勉強中 なのだ と そん
なことを云って よく私が絵を描いているのを みにきては
真険にいつまでも みていた.
私が彼の肖像を描いてやったこともあったが
彼も私を描いてくれと云うと まだ駄目だ もっと
上手になってから 描いてあげよう と云った.
彼が病院を去るとき あわただしくやって
来て その大きな 手で 握手をもとめ
"ドスヴィダアニア ドスヴィダアニア" と
なんどもくりかえした.

デモクラアト

病院の勤務隊は山下と云う准尉が中隊長となっていたが　ここでも　天皇制軍隊の　システムの　が[illegible]一歩手前で　暴力をもって　それを阻止していった、全隊組織に対する兵隊の不満と日本新聞による啓蒙からめばえたデモクラチズムは　ゴーリンの病院にてデモクラートを　産み出した。それは　阿部　山田、宇佐美　それに　私を加えた　グループと　勤務中隊の方の野田、熊谷、[illegible]と云う　インテリゲンチャ出身の兵隊だった。そしてその二つが　いつとなく　一つになり日本新聞で　提唱された　"友の会"なるものを　つくりあげたのである。"友の会"と云うのは　日本新聞友の会と云うのが　正しい　名前であり　新聞

を中心にして これの研究会を 組織し
てゆく と云うのが 主眼だった.
それでまず 壁新聞を出すことになり
第一号が 私の手によって書かれ 病院
の一角に 掲示された.
兵隊によって 描かれたものが 掲示された
と云うこと自体は 非常にセンセーショナル
なものを みんなに与えたが その内容は
みんなに 理解されにくい ものであり 効果
はなかった. みんな物めずらしくその掲示
板の前に立ちどまり それをながめたが
初でそれを全部読んでくれるものはなかった.
その新聞は 新生 となづけられた.
次いで第二号を発行した. それには
ただ友の会の 組織を図表にしてのせた
もので 民主的日本万才! とか 日ソ
友好万才! と云う スローガンの入っているだ
けのものだったが しかしそれらも 兵隊によっ

つくりあげた組織がどんな指導力をもち 彼ら自身の利益とどんな関係があるかと云うこと自体がまだみんな理解出来なかった. 私自身また デモクラシーなるものが整然と頭の中には入っていなかった. 私は毎日くりかえしくりかえし新聞をよみ 阿部氏との話をつづけた.

新聞には 帝国主義とは何か? ことか 戦争の性格について 載せられており それを中心にして 座談会しみた 研究会をもつことがあった.

そのリーダーには京都帝大も出たと云う能容と云う男が 近眼のめがねを新聞にすりつけるようにして これにあたったが しかし "反革命" と云う言葉ひとつにも その解釈がつきかねて みな わからなくなってしまうと云う状態になることもあった.

そのようであったとは云え シベリアの病院の一角に民主運動が だんだんと頭

をもちあげて来たのだった。
それは ゴーリン病院だけでなく 全般的に
各ラーゲル（収容所）で 多少 早かった
ところ と おくれたところの違いこそあれ
兵隊たちの手によって 芽を吹いたのだった。
201収容所で その代表者の会議がもたれ
ると云うので 野田は出かけて行った。
留守になったが とにかく 壁新聞は出さ
ねばならぬ と云うので 阿部のところに集ま
り原稿を整理した。
"新生"を改めて"推進"とし第三号
を出した。それには 民主々義講座
反動とは何か？ と云った記事から
日本新聞をそのまま、転載したような論文
ゆく春の…と云った調子の俳句ものせた。
そして私が ひっせいの 頭をしぼって描きこん
だ漫画と云うのが
忠臣蔵の松の廊下 をもぢって
浅野タクミの守が 労働者、農民であり

吉良上野が財閥 地主であり
梶川与ッ兵ヱが 浅野タクミを ひきとめて
おり それが 反動と 誤解までつけた.
そうして 労働者 農民の 解放を 止め
後えひきもどし いつまでも そのまゝにしておこう
とするのが 反動である! と 説明をつけ
た. 当時の私には 労働者 農民の
進歩的イデオロギー と 忠臣蔵を つらぬく
封建的な 道徳観との関係について
説明し得る力はなかったし そうした無理解
がこんな漫画をかゝせたのだった.
だが その新聞は かなり多くの人に読まれた
第四号は 阿部. 山田. 熊谷. 宇佐美
と私を加え ランプの灯に頭をよせ こんどは
徹底的に みんなによまれる壁新聞をつくろう
ようと 各人三十分間のうちに 一つづつ詩を
つくることにした.
そうして 天皇をテーマにしたもの 資本
主義をテーマにしたもの など 七五調のもの

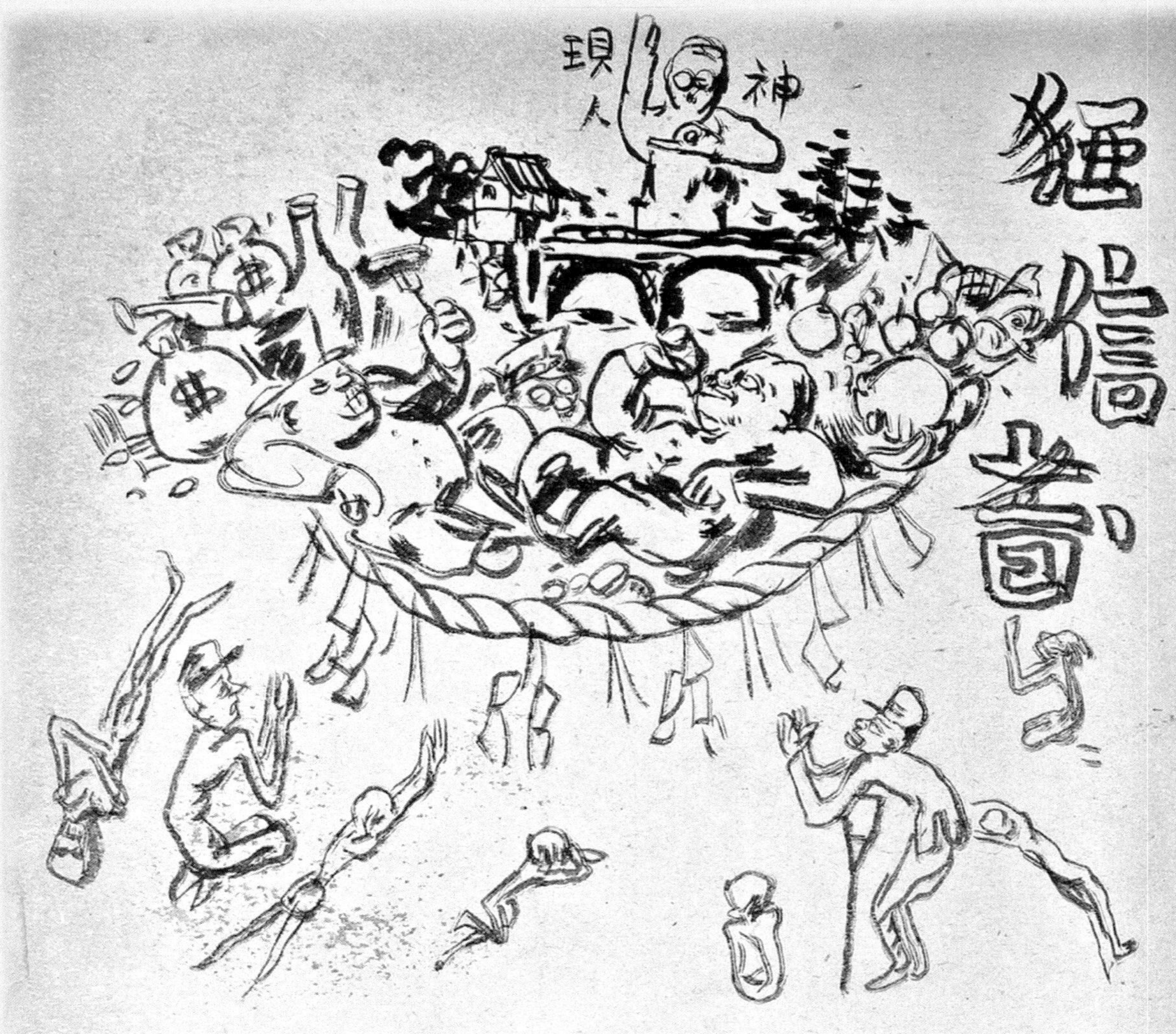

自由詩の形をとったもの幾十篇足らず
にマンガを加えて発行した。
これはすばらしい。反響をよんだ　いつも掲
示板の前には人だかりがし
"チェッ　共産党メ"と舌うちしていくも
のもあれば　喰い入るように見つめているものも
あった。
そのマンガは　私にとって　快心の作だった。
それは狂信者　と題して
絵の一番上に　現人神が　鎮座しており
その周囲に　官財閥　地主が　酒肴を盛り
あげて　飲み食いしており　弗の袋が　積み重ねられ
四メ縄が張られている。
その下の方で　戦災者　引揚者　孤児
労働者や百姓が　やせ細って　倒れながらも
手をあわせて　現人神を　拝んでいる　図な
のである。
私の絵が　社会的な問題を　とらえて　放っ
た　第一弾なのである。

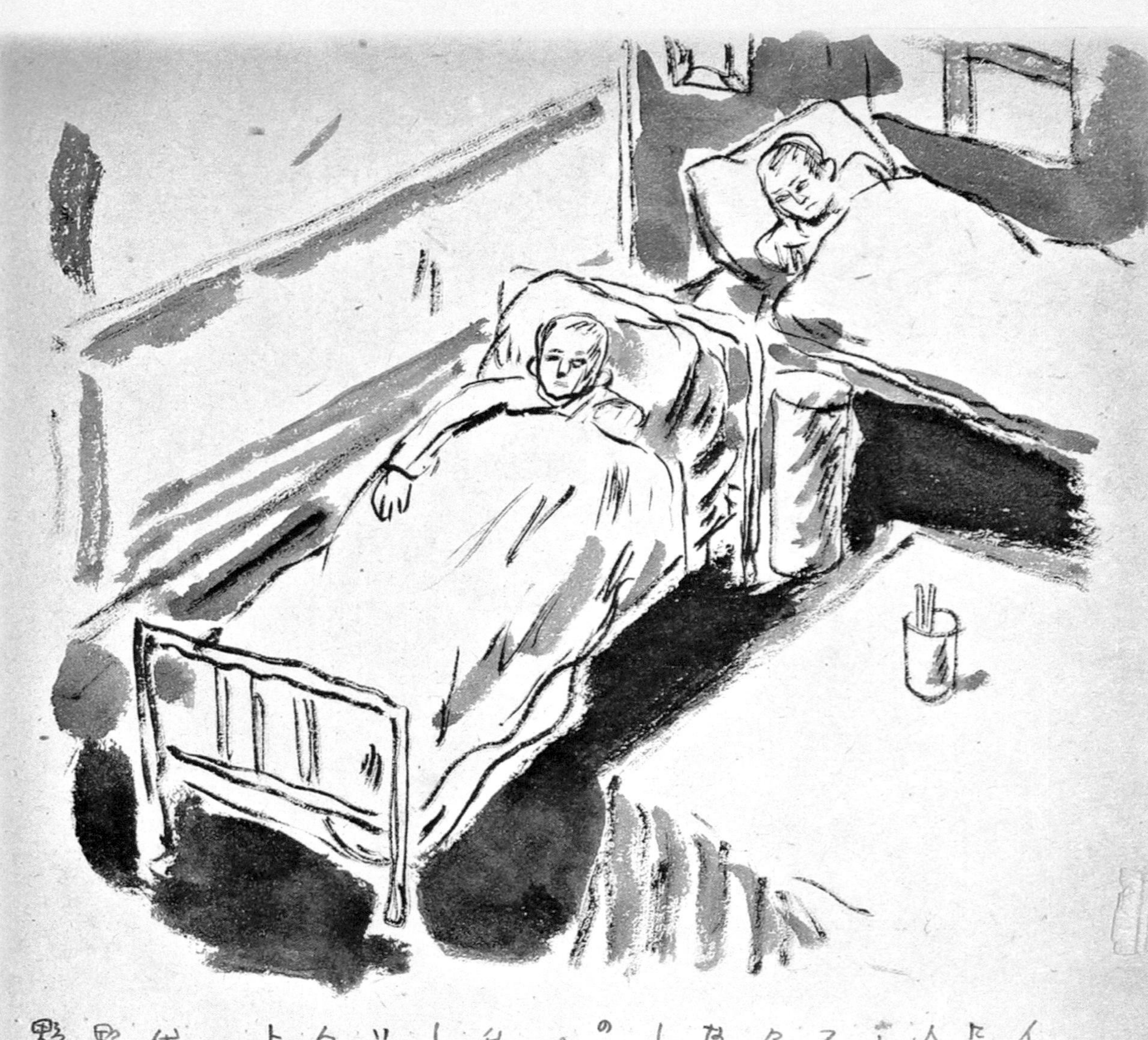

イワランの病院にいた勤務者たちが　コーソン
に入って来た
人数が多くなった　新らしい同志が参加
して来た
プチブル的なインテリゲンチャも　右翼民主
々義者も　利己主義者も　文学青年も
なにもかもふくめた　雑多なものであったが
しかし　デモクラシーは　少しづつ　少しづつ　みんな
の中へ入って行った

私は一層阿部・山田　宇佐美たちと親
しくなり　夜は阿部のベットに一緒に入り
いろいろと語りあった
文学が美術が政治　経済が　話題に
上された生活が　私の生活となった

代表者会議から野田氏が帰って来た
野田と阿部の間に割されていた一つの線
野田が地位と保身のために運動を利用

しようとしているらしい、と考えられたギワク
野田が阿部に対してその理論的な高さに
対して持っていた一種のケイ遠
これは一掃された、
と云うのは雑嚢を肩にして201ラーゲルから
帰って来た野田が先づまっさきに旅装のま
ま、阿部のところへとんで来て握手をし
とめ〝やろう！〟と誓ったことだった
友の会はだんだんと力を増して来た、

友の会第一回大会がひらかれた、
農民運動をした経験をもつと自称する
右翼民主々義者はハッタリ演説でみん
なをアッとおどろかした。山田は中学生
のベンロン大会もどきにむつかしい語句の多い
エンゼツをした。
選挙が行われ野田が委員長になり阿
部が書記となり組織が出来上った。

山下准尉は白い眼で これを にらんだ
彼にはまったく はらだたしい かぎりであった。
自己の権力が 彼が軍隊でトコトン まで教えこまれたところの そして まったく そう あらねばならぬところの 軍隊の命令 天皇の命令として 兵隊を 絶対服従させ得る自信が ぐらつきはじめた。

彼は反の会の者には猫なで声で 近よった
そうして外の者には "コノ野郎!"
"カスタカリ!" の ドラ声を連発した。
テイネイな声で 私らに近づく彼の顔の裏には 激しい敵意とにくしみが こもっていた。
反の会の集会が夜おそく つづけられていると
そのバラックの裏の方で
"コノ共産党野郎!"
と云う叫び声を きくことがあった。
それはまさしく 彼山下准尉の ものだった。

内地とシベリアと電話が通じまった。

ニュースヴァリユーのあることとか センセーショナルな書き方については私は要領を得ており壁新聞の小文章には持って来いであった。私はみんなの目をひく用語を用い はっと立止るようなモチーフをとらえては小さな創作をつくり推進で発表した。

友の会は 飯の分配だとか 炊事の不親切だとか ソ側の 糧秣の交付の不正だとか 患者の要求などをとらえては それを解決することにつとめると共に みんなの躰の中にしみこんでいる 軍隊的な 階級観念から ぬけ出るために努力した

白樺は萌え 丘々につゝじの花が咲き シベリアではじめて迎える 春がやって来た。ながかった冬の 次にくりひろげられる 春は素晴らしく美しかった。

ひろ場で勤務者たちは毎日作業が終ると野球をした。

階級章は みんなとりはずされた。○○班長殿とか ○○軍曹殿とよぶ者はいなくなり とにかく 山下さん だれそれさんと呼び合うように なった。軍隊的な残渣は多く残っているとしても これは一つの革命だった。入院して来る者は このゴーリン病院内のデモクラシーに目をみはった。そうして 日本新聞と 友の会なるものに関心を持っては退院して行った。

夏が来て 阿部、山田、宇佐美らも含めて 勤務者の約半数は転出して行った。この転出のすこし 前のことであるが ある日曜日、病院の廣場には小屋がけの舞台が出来 演芸会が行われた。捕虜の マンタンとした生活の中に 演芸会が行われると云うことは これも劃期的

なことであった、しかし 演し物は やくざ物であり 寸劇であり 宮本武蔵であり らくごであった、山田は 別れのブルースと青春日記を 持ち前の綺麗な声で唄った、宇佐美は 女形となり 実に色っぽい背の高い女を演じて 観衆を 寄せた、友の会では これはすこし ゆき方を かえなければと云うので 新しい恋愛とか 愛の勝利とか題して 封建的な おやぢの 反対する結婚を 蹴って 愛人と結婚する娘、青年に説かれて おやぢ も チョンマゲ を脱ぐと云ったもので 野田、綾木 と云った連中がまねした

こうして ほんのチョッピリ 演劇 活動の芽が出かけた ところだったので 勤務君の半数が 208に転属すると 208では 宇佐美などを中心にした 劇団が出来上った。

阿部・山田、宇佐美らが配属するとき
その日は雨あがりでドロンコに庭がなっていた
一つ一つ握手して病院の門で別れる。
白樺の樺がぬれて光っていた。

サネタール

私はサネタールをすることになった。
パラトカの掃除から患者の飯分配、
バアーニヤーのときの被服の取かえ。すべて
しなければならなくなった。
スターリッシ・シストラ（看護婦長）が私
のパラトカの係なので しょっ中やって来ては
ペーチカから煙が出ているの 寝台（コイケ）の整頓
が悪いのと 実に、うるさい。
みんな彼女のことを 梅干ばばあ とよんだ
そんな年をとっている わけではないのだが
いつも真っ赤に口紅をつけているので なにか
逆に 梅干ばばあと云った印象をみんなは
に与えたのである。

ある日 私は野田と一緒に ソ側の政治部本部え出かけて行った、未またに歩く 政治部将校の あとについて うす紅色の花の咲きみだれている 原っぱをよぎり 沢山 豚や山羊の むれあそんでいる家々のそばを通って しばらくゆくと 建物が五六戸 ならんで居り その中の一つが 政治部の本部だった、

そこには キタレンコ と云う大尉で日本語のすばらしく上手なひとがおり そのひとから 現在描いている ような 漫画なり ポスターを 描いてとなりの分所の205にも配るように と云って何枚も上等な紙をもらった。 いろいろ話をして私ら二人は 又病院え帰った。

私には 冬以外の シベリアの 野を歩いたのはこれがはじめてなので すべてが 美しい印象を与えた。 特に、うすべに色の 夾竹桃に似た野花は 眼をみはらせる美しさだった

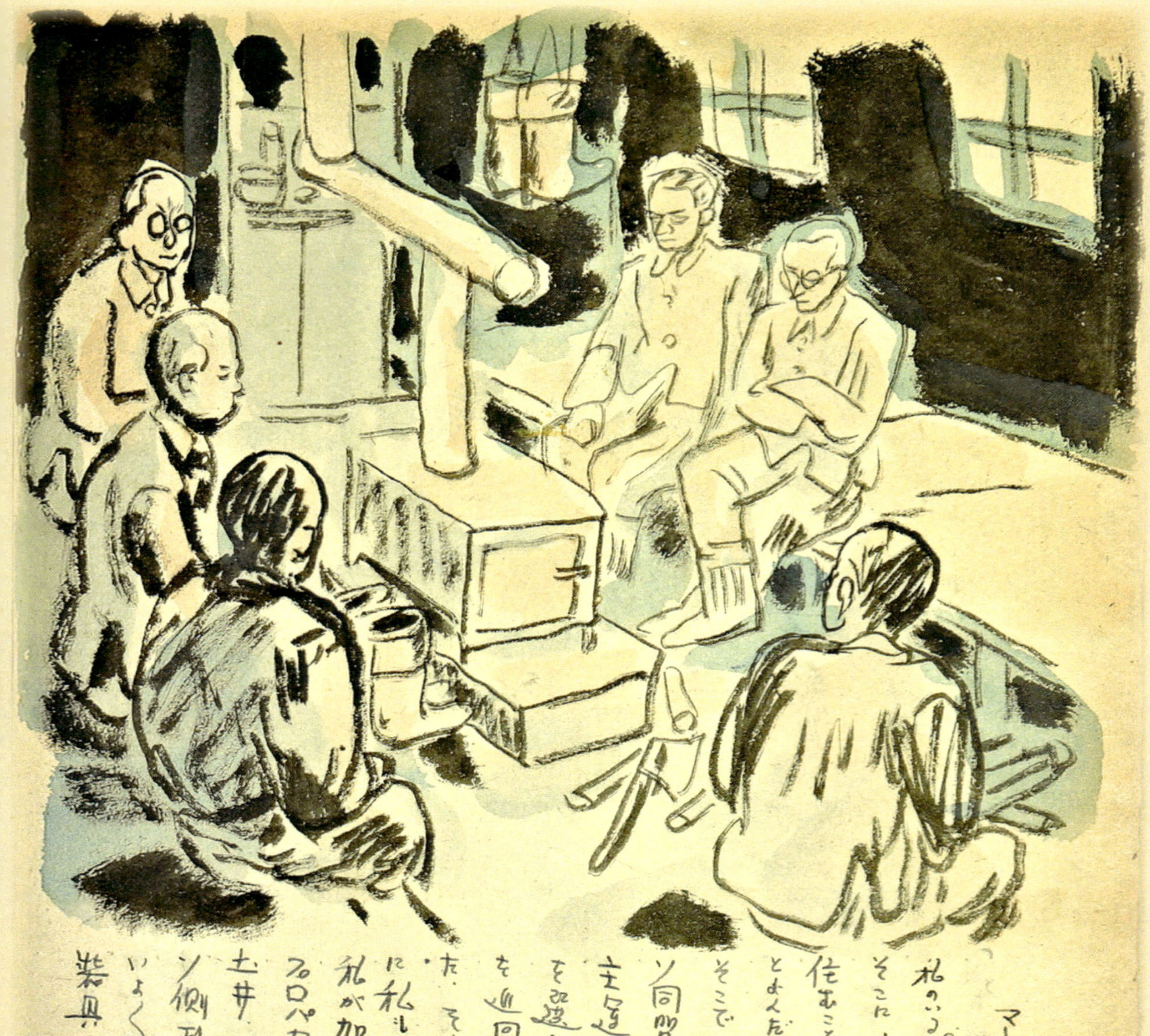

マーリンキ・パラトカ

私のいるパラトカのとなりに小さなパラトカが出来て そこに山下准尉と野田 通訳の広瀬氏が住むことになった。みんなそれをマーリンキパラトカとよんだ。

そこで友の会の会合などは行われた。

ソ同盟側は5地区に芽ばえた日本人の民主運動をのばすために日本人指導者を選定して 地区のオルグとして 各ラーゲルを巡回させ 民主運動を組織させようと計画した。そして竹内、土井、野田と云ったグループに私も加えて出発させることにした。

私が加わったと云うのは 私の漫画による プロパガンダが、意外に効果的であり、竹内 土井 野田 の三人が ぜひ加えてくれと ソ側政治部に要請したからだった。

いよいよ出発と云うので 野田と私の二人は 装具をまとめて 出発の準備をした。

そうして今夜にも出かけると云うことになっていたのだが 病院の方の同盟側の将校との連絡がうまくゆかず 遂に出発することが出来なくなった.
それで 極土井・竹内の二人が 各ラーゲルをプロパガンヂストとして 巡回し ゴーウン病院にもよくやって来た.
そのころ 隣りの大隊の205では 未だ軍国主義的勢力が強く 階級章が物を云い 友の会も未組織の状態だった.
私の漫画が 送りこまれ、破られ 又貼られ 破られ と云った状態がくりかえされ やがて友の会員がすこしづつ そこにもつくりあげられて来た.
205に くるみ沢と云う老人の中尉が居り これは文学者で よく私のところへ たづねて来た. 彼は絵かきとしての私に 欽在の私の政治的な活動が本心から出たも

のであるか どうかを きゝたい もようだった

事実私も 革命のための思想と芸術とが 充分結びつけて理解されていたのではなかった。ただ これは正しい と云う ばくぜんとした正義感と情熱だけの仕事だった、

くるみ沢は 新聞の切ぬきだとか ソヴエト文学史の一冊を こんきよく 訳しながら 日本にはまだ殆ど 紹介されていない ソヴエト文学なるものを 日本え持ってかえるのだといきまいていた。彼の考えと云うのは この捕虜生活を通じて とにかく 新しいものを 土産に持ってかえろうと 云う その域を 脱していないのだった。

ホルモリン

ホルモリンにある201ラーゲルでは 民主運動は かなり大衆的な形で進んでいった。

曽て病院を慰問に来た 楽団は 単な名曲を吹きこなし 懐古的なノスタルジアをそゝる 流行歌の 吹奏から 兵隊達

によって ひきおこされた 民主運動、即ち
反軍斗争に結びつく方向に進んだ
そうして 民主音頭 などという 歌を
こしらえては 各ラーゲルを巡回した。
それと共に 前衛劇団 なるものを つくりあげ
"シベリアから帰った男" とか "クスネの花"
などという芝居 と共に 女装して踊る タップ
のショウ なぞも加えて 各収容所を廻った。
それが ゴーリン病院にも来て 上演された
ことが モメントになって 勤務中隊にも
推進劇団が誕生した。

板橋事件

推進劇団を構成しているのは すべて みな
素人だった。
ただ芝居が好きだ という いわゆる 芝居気
のある人間によって作りあげられた。
友の会は この劇団を 反軍斗争と むす
びつけ デモクラシー と むすびつける ことが 必要

だった。
そこで問題として提起されたのは 脚本の問題だった その劇団に より脚本が供給されぬかぎり 演し物は 必然的に國定忠治や愛染かつら に おちてゆくことは 明らかだった。
般政・野田のすゝめで 比較的時間のヒマな ある私が 急速に脚本を つくりあげることになった。
私達は 現在の自分達の おかれている 生活の中から問題をつかみとり これをシナリオに かきあげて行く リアリズムな 創作態度で リアルな劇をつくりあげる と云うところには 思想が幼稚であったし 一般の生活、大衆自体も まだ ほど遠いものであった。
そこで 私は日本新聞に 報せられている 日本事情のニュースの中から 極めて ドラマチックなものをピックアップして シナリオとする 方法をとった。
板橋事件と云うのは 東京都 板橋で

元小林少将が造兵廠の配給物資を陰トクし これのテキハツに向った労仂者や市民を武装警官がトラックでやって来て検束した事件なのだがこれを三幕三場にまとめたものだった。もう一つは"幽霊大いに怒る"と題して玉砕して靖国神社にいる英霊がブルジョアジーやブル政治家のダラクにフンガイして幽霊になって出てあばれると云うコメディ それに千葉守司のつくった闇の花と云う復員して帰ったら曾ての恋人がパンパンになっていたと云うすじのもの この三つを勤務者のバラックで患者も入れて公演したのだった。

脚本のミジュクと演者のイデオロギーの喰いちがいはトンチンカンなところも続出したが しかし千葉、宮田、と云う連中の情熱と何しろ演劇などからかけはなれていたと云う生活の乾燥から来る吸引力

は大きくて　みんなに大きなカンメイを与え
推進劇団の発足第一日公演としては
大成功であり　劇団員も大いに乗り気と
なり活気づいて来た。
そうして　劇団員が脚本を中心にして　熱心
な練習をくりかえすその中から　イデオロギーは
確っかりした一つの方向にまとまり　理論的な向
上と　どうしてもついてゆけない者の落伍者を出し
この　シンチンタイシャにより　この劇団は友の
会運動の中軸をなして　発展して行った。

推進党。

野田の提唱により友の会を一応解散して　推進党なる団体を組織した。
友の会を解散した理由と云うのは　民主運動の活発化と共に旧い軍隊的秩序は影を失い　すべての者が友の会に参加し全員を包含したことによる　行動力の弱化と大衆之の追随が生れたと云うのである。

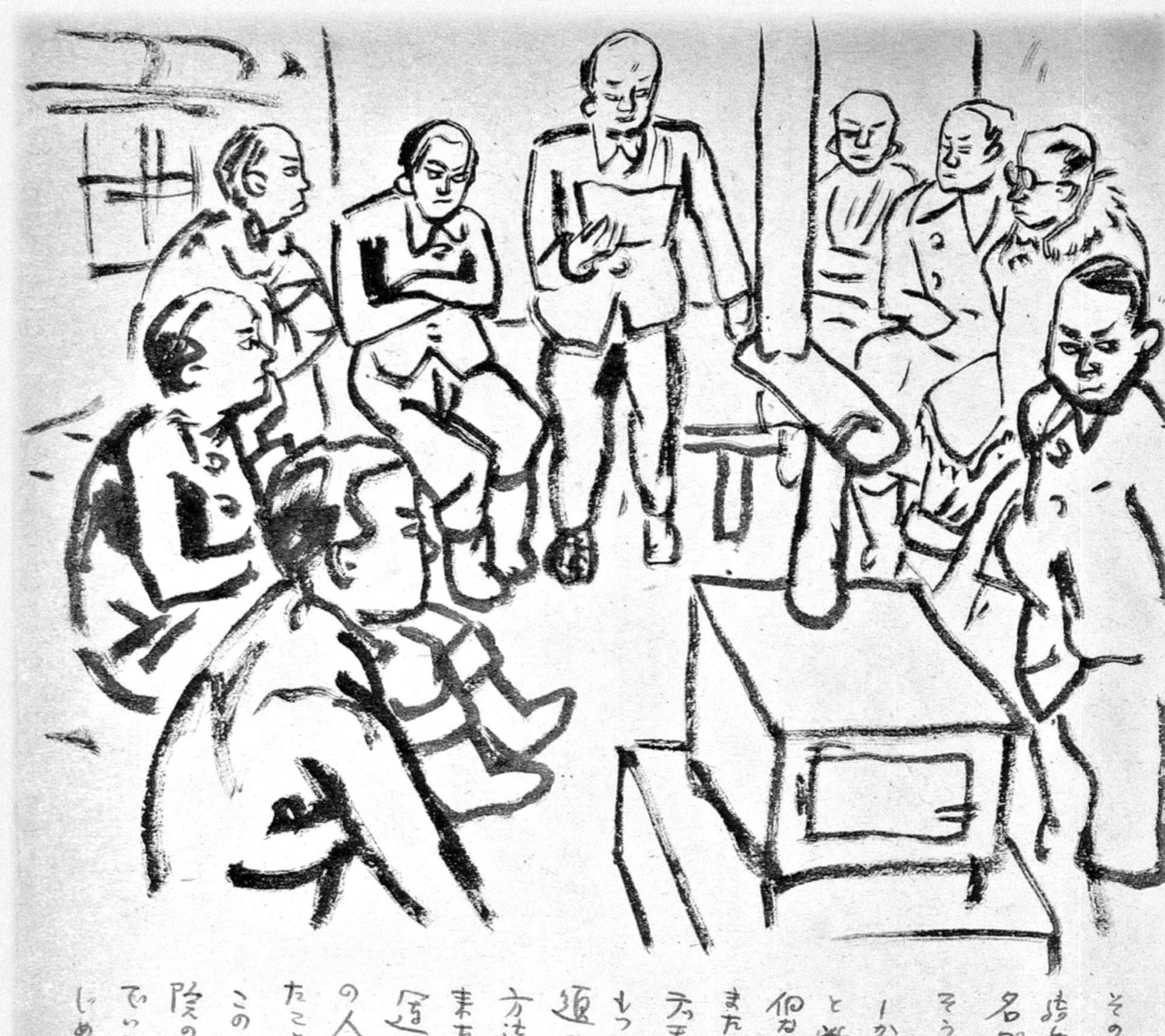

そのため友の会員中の積極的分子が結集して役員を定め推進党と名づケ行動綱領と規約を作成した、そうして私も中央委員の一人として参加した、しかしこのことは運動の大衆化をすっぽりと断ち切り特殊なグループとして大衆と別個な存在をつくり出した、

また役員の決定。組織の編成自体がデモクラシー的方法とかなりはなれた方法でもってつくりあげられた、と云うところに問題があり　これは　みんなのデモクラシー的方法の未熟から来る　不充分さで説明出来たとしても　このことは大衆に対して　民主運動そのものを　宗派的　天下りと一部の人間による　方向づけ　と云う印象を与えたことも事実　だった。

このようにジグザクを進みながらもゴーリン病院の民主運動は　少しづつ　前方え進んでいったし　各ラーゲルがそのような動きをはじめていた。

勤務隊.

又冬がやって来て丘も野も雪に覆はれた
ころ私はサネタールをやめて勤務者の一人
になった.
勤務者には炊事とか洗濯場, 木工,
床屋, 浴場と云うような固定したところで
働く者と 所帰フリでいろいろな仕事を
する者と二種類あり私は後者に入った.
入院してから約一ヶ月目くらいに私は二ヶ月めを
することになった.
それは私のこの躰がこの外気に耐え得るかと云う
テストであった.
入ソ当時の無気力と痴呆状態にある私
ではなく こんどは 立派なコミニストとなろう
と心がけ 精神的に一つの方向と希望をもっ
ている私だった.
こしてこの状態は 一寸した寒さ一寸したラポート
の困難さは おしくづして通ることができた.
最初はスターブの前での薪切りだった.

労働こそ神聖であり すべてを決定する根元となるもの…… そ 実際に体験しようと私は一所懸命だった。薪切りをしていると近所のマダムがやって来ては タボールをもって 実にあざやかに 薪割りをしては かついで帰った。私はこれを実に美しいものにみた。

膝をかくす迄に雪は積った。

私は焼木 牧[illegible] と云った人たちと伐採にサックリチオニ・ラーゲル(囚人収容所)の上の山え行った。

思想も感情もしっくり合った仲間と一緒にラボートをすることはたのしいことだった。

太陽の光にタボールの葉先がキラリ キラリと光り 大空につっ立った白樺やモミの樹は みぶるいして雪をおとした。

さあ。 汗ばむほどにピラ(鋸)をせわしく往復すると やがて 歯切れのよい音を立て、巨木はゆっくりと傾き ついで

すさまじい早さと響きをあげては 雪の中に巨木は倒れる。
フハイカをつけ ワーリンキをはった躯は ホカホカと温くなり 二三本倒すと もう防寒帽の頬垂れをあげて 汗をぬぐった。
零下三十度の 空気の中に誰の頬も あか、あかと 燃えた。

モスクワ外國語図書出版所で出版した日本語版の スターリン著 レーニン主義の諸問題"が手に入った。
ついで 小林多喜二 沢本鴎一、などの 蟹工船
三月十五日。
軍需工場。
部署。
縊死
工場え。
三日兵
山崇 站

工場細胞　などと云った小説が読めるようになった。

モミの木祭り

ソヴエトでは十二月二十五日クリスマスの日をモミの木祭りなるものが行われる。
モミの木で大きなクリスマスツリーのようなものが飾られ　さまざまなデコレーションがつくられて　ダンサワーチ（ダンスパーティ）がひらかれる。

星野泰三と云って　やはり絵の描ける男が一人おり　私と二人でその飾りつけを行った。
ちょうど十月革命30周年記念の年であり　これもふくめて　いろいろ　絵が必要なので　二人は毎日のようにソヴエト側の食堂に出かけては　色粉を解かして絵を描いた。
ソ側の文化部責任者と云ったところにノワノフと云うリチナント（将校）があり　彼の元で絵を描いたのだった。
食堂での仕事で私は　ボーバルのマダムや沢山

のシストラ、小さな子供たちまで沢山のなかよし
が出来た。
そうしてモミの木祭りの夜、食堂には色電球
が灯りモミの木のツリーを囲んでダンツがつづけら
れた。
日本人は映画に招待された。メーデーをとり
あつかった天然色映画だとかスポーツパレード
の映画さまざまなドラマ映画すべてがけん
らんとして人民文化の優逸性と健康をそ
くりひろげてみせてくれた。
イワノフの妻マルシヤはよく二人をよんでは
レコードをきかせてくれた。
日本人とソビエト人の親しさが増すにつれて
ソヴエト人はその人種的差別のない
明るさから よくドーマにつれて来ては
ごちそうしてくれたり 一寸外出するとき
には たのみに来て留守番をしてくれと
云い最上級の料理をこしらえてく
れたりした。
一九四弐年の大みそかの晩 私はニイナの家

で夜を明かした。

最高ソヴエト選挙

一九四七年二月九日、最高ソヴエト選挙が行われ その支度のため 私と星野はクルブえ毎日通った。

選挙はソヴエト市民にとっては全人民が政治に参加して意志表示をする日であり人民の祭りでもあった

クルブは綺麗に飾られ 選挙人名簿が貼り出され 毎日のように人々はこれを閲覧にやって来た。名簿をみに来れない者にはイワノフが電話をかけては間違いのないことをたしかめるのだった。そのようにしてソヴエトの選挙では資本主義国の例をみない99.9%以上と云う素晴らしい投票率をつくるのだった。立候補者の写真、その意見がかかれて掲示され 労働組合、ソヴエト等、ボリシエヴイキなどの應援メッセージのようなものが貼り出された

そうしてその当日　スターリンの胸像がおかれ　真っ赤な絨毯の敷かれた　机の前に投票箱がおかれ　ほとんど午前中に大多数の人々が投票を終った。

そうしてその夜は　そのクルブは　そのままダンサローチの会場にしつらえられて　勝利した人民の　美しさとよろこびを　遺憾なくふりまいて　ダンツがくりひろげられ

シストラも　子供も　髭に顔をうずめた老クリスチャン（農夫）も　若いソヴエト兵士も　みんな　美しい電燈の下で　おどりまくった。

オペラ

このゴーリンの村へ　ハバロフスクから　男女まわりのオペラがやって来た。

男女合せて　十名足らずのアルチスト　たちだったが　ロシア語の　わからない　私にも　考えさせられるものを持っていた。

私と205のクルミ沢氏と二人は招待されてストーブのほとりにすわって はじめから終りまで見物したのだが 演じたのは ゴーゴリ原作の ポリタナ・ナタリイ だった。ロシアの農村の封建的な そくばくの中でいろいろごたごたがあり 恋人同志が結ばれると云うすぢが ゴーゴリの持つユーモアも充分表現されていた。せりふは わからなくても その歌と ウクライナ地方の農民の服飾！最後の民族的なダンスは まったく気に入ってしまった。オペラのあとは アコデオンに合せて観覧者同志で ダンスをはじめたが 私はその青い灯の下で たのしそうにリズムに合せておどる健康な ダンスをみながら ふッと日本の農村の ことを考えた。ゴーリンの村を日本にたとえたなら 日本アルプスの中の小寒村か 北海道の人里はなれたところに相当するだろう

ヤースナヤ・ポリャーナ

だい一日本では豊かな・うちに かぞえられる農村
でも こんな農民のための クラブ をもっている
ところはない、 芝居は来ることはある。
みんな心まちして それを観にゆくことは ゴーリンと
かわりはない、 しかしその演劇は
股旅道中 であり 四谷怪談であり
新派大悲劇 であり マヽ子いぢめである。
この相違、 社会の相違、 社会の主人
公の相違は 単に 娯楽の例 をひってみて
もこんなに違うのだろうか?…
芸術的な作品が 上演され、 働く者の
クラブで上演され 働く者がそれをみて 充分
理解出来 たのしめる。 このような状態が
日本に いつの日か来るであろうか。
それはいつの日であろうか…
クラブには 西洋将棋などが備付てあり
いつも 何人 かの男女が集っては、なにかやっていた.

病院のカメンダント（支配人）の……名前は想い出せない みんな彼のことを 枯れスゝキと よんでいた と云うのは 彼の髪がまったく アマ色のスゝキ然としていたので……彼枯スゝキの マダム クラワ はこのクラブの番人で、いつも ストーブの前の椅子に 健康な体をよせて 編み物か何かをしていた。私らにとっては彼女はよい話し合手だった。

ところで。クラブでは毎日のように来ては タンツの練習を アコーデオに合せて マルシャ ヤニイナ トーシャなぞがやっているので よく見知っていたのだが それは それから一週間もたって何のための練習だったかが はっきりわかった。

ある日 クラブでゴーリンの村の人々は全員おしかけた。そうして [illegible]の演芸大会 とでも名づけるべきものがくりひろげられた。

マーリンキ ジョーシカ（小さなお嬢さん）たちの可愛い舞踊や歌。小さな男の子の エンゼツのようなものから はじまって シストラたちの合唱。毎日顔を合せており

毎日働いている人たちの歌声が高くひく、
低音と高音と一部二部三部四部と重って
もりあがり追いかけ綾織りのように交錯し
て私は働く人間の持つ美しさがこんなにも美し
いものと云うことをはじめて見出した。

私のモスクワ。アムールの流れ。
タワリッシ・スターリンを唄ったもの
それからリ・カルなリズムに溢れた歌。
合唱がおわると寸劇。バラライカの
演奏。ニーナとリータの踊り。
シストラ達が六人でおどるウクライナの民族
舞踊。

やがて又春が近づいて来た。

ゴーリン病院の反軍斗争は一応おわりをつげ
兵隊の自治的生活がはじまった。
こんどは毎日入院してくる患者に対する働き
かけが日程にのぼされてきた。

そうしてその活動の中から　民主グループ　炭の
中の　[illegible]偏向・患者に対する特権的な
官僚的な傾向について　斗争がくりかえされ
福田・神田と云う　過去において働き手
だった者の脱落が　あらわれて来た。

馬橇につんだ薪を　カントーラ（事ム室）
や各ドーマ・患者の部屋に搬ぶデポート
が私の役目となる。
吹雪の中を　一所懸命　橇に乗って
走る。

水汲み。
コーリンの村はづれの川に氷を割って水を汲
み各ドーマに分配する
ドロ柳の芽が　ふくらんで来た
すべて雪に覆われているが
この太陽の光は　もう春だ！

馬に水をやる

カニウシヤ（厩）

厩当番となる、
毎日 五頭の馬の手入れ・厩の掃除、
のん気だがあまり好きなスポーツではない
一週間で交代しては 鍛工場のすみでスト
ーブを焚いて夜番
一人ランプの下で 白樺ノオトと名づけた
創作帳に小説を書き 壁新聞や
漫画推進の原稿をつくる
更けた夜空をひとりで仰ぐ
高い白樺の梢にオリオンが三つならぶ
北斗星が その軸を大きく回転させて
時を刻む、 私はそのころ "原始天文学"
と題して 星の動きで時間を知る 文字
を書いたことがあった。
コーニ（馬）
フェージヤ・（カニウシア、カマンヂル）

仔馬が生れた
毎日 母馬の乳をしぼっては のませてやる
ヒヨロ ヒヨロと歩き出した そうして カンヌキ
をくぐっては出ようとしてこまる。

ドーマと食堂

パラトカから 勤務者は 薬局の横の
部屋をもらって ドーマに入った 部屋
は三つに分れており てんでに畑をつくっては
その中へ入る。
その建物の反対側に食堂もこしらえる
壁新聞も ポスターも その食堂に貼る。

スターリンドーマ

四月近くなって 勤務者は 病院の外
以前政治部の本部のあったところに移る
スターリンの白い像が立っているので 我々は
ここをスターリンドーマと名づけた。
患者の一部も ここに移動する。

サネタールの岡本で 山本がホルモリンの講習
会にでかけてゆき 帰って来た.
そうして新らしい清算をして 運動に参加した
民主グループが発足し 選挙の結果
私は書記と云うことになる.

カローワ（牛小屋）

私は牛小屋で働くことになった.
その仕事についたのは まだ雪がすこし残って
いるころで 草の芽はすくなく
十二頭の牛をつれて山本と二人で放牧
にでかけても牛の食べるものがすくないので
非常に苦労した.
ひるめしをたべて二人が夢中に話し合っている
間に牛はいつのまにか どこかえ行ってしまい
大あわてにあわてて足跡を追いかけ 日ぐれまで
さがしまわった と云うこともあった.
そのうち 草はどんどんのびてゆき 毎日の放牧
は 至極たのしいものとなった.
はんごう を腰にぶらさげ どろ柳の枝を一本

たずさえて野花の咲く草原にあることは
それ自体がすでに牧歌的な風景画だった
牛は一頭の雄牛と十一頭の雌牛でそれぞれ
ウカン　だとか　ベリカ　マトルカ　メリカと云
うように名前がついていた。
最初は牛は　おっかない存在だったがなれてくると
非常に可愛いものだった。
牛小屋の掃除や　飼葉の搬入、かいば
をやり　水をのませることにも　なれて来た。
夜は三日に一度くらい　牛小屋で不寝香をする
のだが　木椅子の上に横になって　ねむることにも
なれて来た。　最初は　航空少佐あがりだ
とか云う夫婦がカローワの責任者だったが
ペーチカ屋のソルタノフにかわった。
ソルタノフはしょっ中外に遊びに出るので　牛小屋
の管理はすべて日本人がやり　その点は自由
だったが　不寝香をしていると　ソルタノフのとこ
ろえ　首をかしげた女が　よくやって来て
壁ひとつへだてた　となりのベットの上で　明方
近くまで　バネをギシギシと　きしませて　嬌声

をあげ　たのしんでくれるのには　少からず　ヘイコウした。

小牛が産れた。これもまた可愛いかぎりだった。

千葉、星野がやはりカローワの仕事の方へまわって来た。

野花の咲きみだれるシベリアの大地の上で口笛を吹きながら　牛を追い　タワリッシと話し合いながら　仂けることは　こよなく私の趣味に合った。

炊事のタワリッシは　これまた特上の　のるめーを飯盒に一ぱいつめてくれる。

白樺の芽をふくころともなると　私らは白樺の汁をのむ。白樺のまっ白い樹皮にナイフでゴムを採取するときのようにスヂを入れ枯草の茎を挿しておくと　その多を通って淡い緑に澄み切った白樺の樹皮の下を流れる水が水滴になっておちる。その下に飯盒をあてておくと三十分足らずで一杯になった。

その汁と云ふのが 実にさわやかな甘味を持
って居り ちょうど水瓜の汁のような甘味
で 私らの暇をうるほすのだった。
そのころから 野や丘には 名も知らぬ木苺
が実る、百合の花が咲く、
チリムシャと称する 野ビルに似た草が生え
それが強い芳香を放って 私らのスープの上に
浮ぶ、
太陽に 若い白樺の葉が光って モミの梢を吹
く風は すっかり春の香りになった。

民主グループが出来、
着々と鞏固なものとなった。
壁新聞、漫画新聞は 一手にひきうけて
もう二〇号を こえた、
推進劇団もつぎつぎと公演し 演技も
上達し ますます みんなの中に浸透し
公演の日を こころまち するようになった。

そのころ グループを再検討する必要があると云うので グループに入るには、特定の人間の選衡によって きめると云う 甚しく 官僚的な方法をとったことがあった.

私と星野山本 野田がその 選衡員となり さながら 就職試験の口答諮問のごとく みんなに応答し 二三名をのぞき やはり みんなグループ員と云うことになった.

これは 実に小児病的な 非民主的な 偏向であり 一部の人間には 反感を与えた.

しかし 一般がそのようなことに関る までもなく 熱心さを喪していたのは事実だった.

ちょうどその頃 歯科医の戸倉と云う大尉の言動が問題となり これを 大衆討議にかけることになった.

落合と星野がリーダーとなり 千葉、富田と云った連中が 攻撃をはじめ 遂に グループを除名すると 云うところ迄来てしまった.

そうしてそれは 帰国の問題と関連して

民主運動に便乗する者をも生んだけれ共
一般の気持がぐっと昂揚しはじめたのも
事実だった.
レーニン主義・弁証法的唯物論について
遅々として勉強をすゝめる.
となりの205の劇団は前進座出身の
阪東春之助がいたため演劇活動は
急速にたかまった. そうして推進劇
団と交換公演をやるところまで来た.
ある夜私らは205に観劇に行った.
演し物は"樫の木"と題したものと彌次
喜多の諷刺的なコメディの二つだったが
205劇団もこれをモメントにして新しい建設
的な方向え進みはじめた.
ホルモリンでは映画スターだった滝口新
太郎なぞを加えて前衛劇団はすばらしく

成長していた。
前衛楽団も立派なオルグとして行動をはじめた。

そのころ日本新聞に帰國に関してのニュース
が発表された。
一九四六年十二月を初回船として三月十三日迄
に数隻の船で着々と帰國が行われている
帰國に関してのデマやオクソクに動揺し
ないで帰國して充分日本民主のため仂
けるようつとめなければならない
と云った意味のことが簡略に載せられていた。
ラーゲルも中隊も病室も帰る話で
わき上った。みんなが新聞をむさぼるよう
によみはじめた。そうして日本新聞に
みむきもしなかった者さえ熱心にこれに目を
通すようになって来た。

春と共に！

そのころ民主グループの総会がソ側食堂

朗読詩

春と共に

春が来る
松屋
白樺の
雪解けと共
春と共に
われわれは
ふる里へ還ってゆく

でられた。その時私は荒木、星野
宮田と云う連中の演説にまじって
〝春と共に！〟と題した詩
を朗読した。

春が来る
松屋根をぬらし
白樺の芽をあたゝめて春が来る。
雪どけと共に。
われわれは
プラカートを高くかゝげ
故国日本へかえってゆく
天皇制打倒とくろぐろとかかれた
プラカートの文字もあざやかな
日本民主化の百万の援軍として
われわれは帰る。

と云った調子の当時のダモイのニュースに
興奮している　みんなの心にとり入った　ながい
原稿幾枚にわたる詩だった。

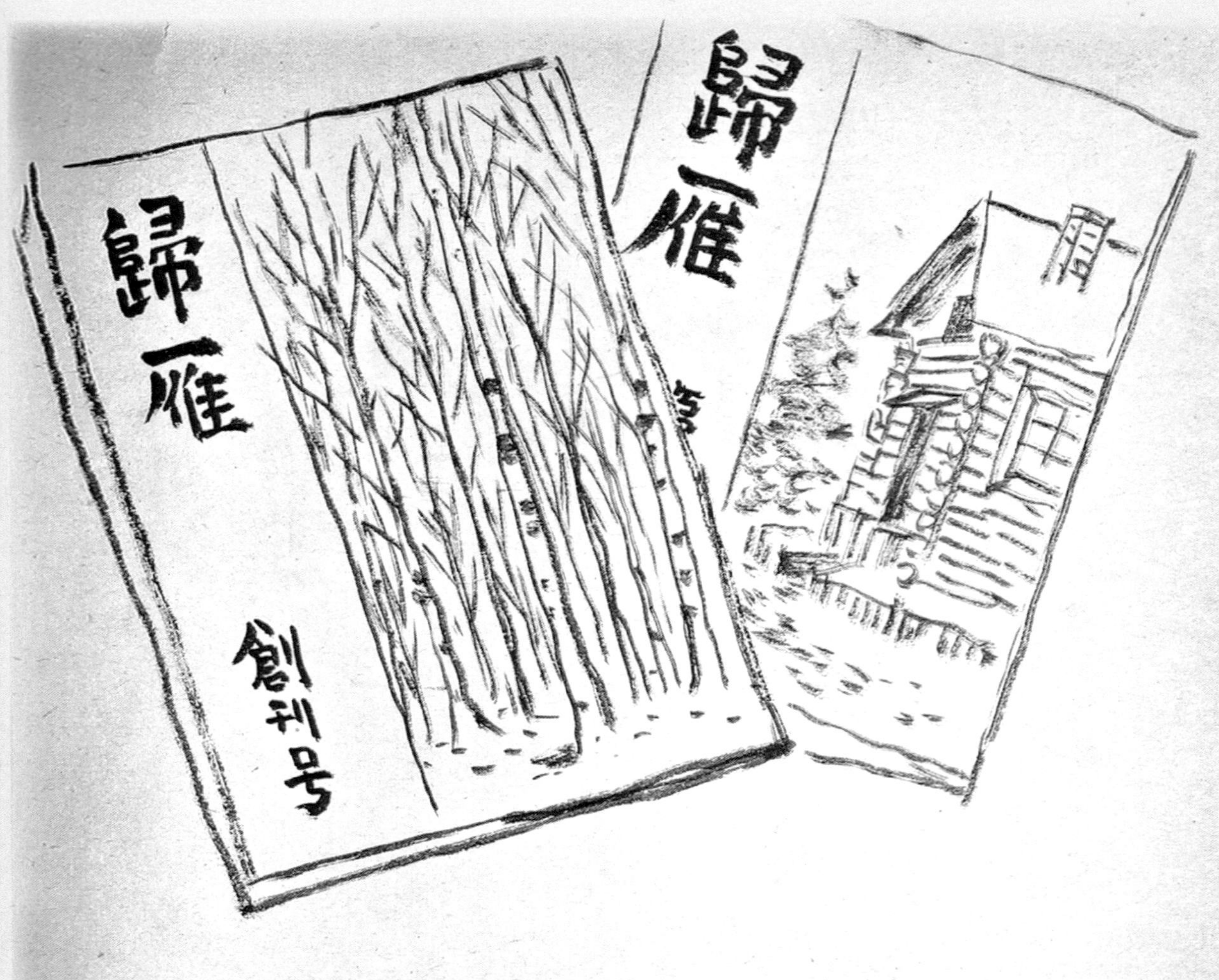

メーデー
劇団の公演と演説会、
メーデーの集って　はじめて演説を行う

帰雁

ゴーリン病院で文芸誌として帰雁を
発行していた
創刊号でしばらくとぎれていたのが星逗初
の日印協と共に第二号を発行した
まだ　各人のイデオロギーが俳句となり短歌となり
詩となると　月や花もうたいたくなったり
単なるスローガンのラレツのごときものになった
しかしこの小冊子や各部屋で発行
されている小新聞を通じて今迄一度もえ
をつくったことのない人間、日本官隊では
考えられもしなかったことが逐次育てられて
行ったのである
編集からカット製まで　これに私があたり
星野が俳句の指導にあたった

当時病室に 経済安定本部長官 膳の
甥と称する 膳と云う文学青年が居た
デカダンなところのある センチメンタルな青年
で 私のところへ 創作のノオトをとどけてきた
それには学生時代の追憶 資本主義の
生んだニヒルなリリシズムがつづられてあった
私はすかさず 帰りに プラカードと古釘と
返して 感念的な文学的遊戯と希望の
ない虚無を 論ばくして プロレタリアート
の明るくて行動的で 新らしい社会の主人公
としてのイデオロギーを表面におし出した 姿を
ゑがきだし 彼に応えた
それは幼稚なものだったが 私にとっては精一ぱいの
労作だった そのような 作品上の応酬をとり
かわすうち 彼の作品はいつの間にか 我々の側
にたつしかも彼のもつ文学的なセンスと結んだ
素晴らしい 詩をつくりだすようになった
″観念脱衣″
キノウ

ゾーヤ

キタレンコの妻の妹にゾーヤと云う少女がいた。十六才で 日本流にかぞえたなら十七か十八になるのだが 彼女は すっかり成人した女の躰をもっていた。

まったく健康な肢体と ふっくらと豊かにもり上った胸と 青い瞳をもった 少女っぽい顔をもち 毎日 ポポフ ドクトルの部屋に来ては いろいろと手助っていたのだが そのころ私は ポポフドクトルの ための外科治療の図解を描きに その部屋え出かけていった。

彼女はいつも ものめずらしげに私の描く絵をながめては やさしい声ではなしかけた。普通ロシア人は日本人には とくに わかりやすいロシア語で 話しかけるので よくわかるのだが 彼女にはそう云った経験をもたぬので 会話はつねに ひっかかりがちだった。

30Я
きみの搬ぶバケツの清水が
陽光にきらくと光り
反射がきみの頬を
チロチロと
ながる
歌よ
Мая ИБУ Мая

私は彼女のためにカーテンの飾りや刺繍の
ための花の絵を描いてやった
私は忘れかけていた心の中のなにかかたいかたまり
がすこしづつ大きくふくらんでくるような気持
になった　そしてそれは　物悲しい気持だ
った
彼女は　実に社会主義の　中へ生れ社会主
義の中へそだった　社会のくるしさ　ひがみ
悲哀と云うものを　知らない　花から太陽
にあたためられて　實った果物のようだった
私に対して　日本人だとして　民族や　口ぢ
ぐっと云うことによって　みぢんも　さべつや
異った感情を持っていなかった　それはソヴエート
人のもつ体質的な　性格なのだが　そのこと
さえ私にとっては　もの悲しいものだった

更に牛追いの歌.

夏がやって来た

朝三時ごろから 森の中では小鳥が啼き出
した
私らは七時に起床となっているので あかく
と太陽が照り それがもう頭の上まで来てから
床をぬけ出るのだった
そうして ならんで ラヂオ体操をやり 唄い
ながら 病院え出かけてゆく
この唄いながら行進する習慣は 毎日つづけ
られ となりのラーゲルの日本人につたわり
更に となりえつたわり 日本人は まとまって
歩くときは かならず 合唱するようになった
病院えつくと食堂に入り 朝めしをたべる
そして私は牛小屋の方え 出かける
そうして牛を追って 野え出かける
よく私らは 牛をゴーリン 河の方え追
つて行った それと云うのは ゴリンの
はづれに 大きな川があり その川には中の島
が一つあり そこには充分 あお草がしげつ
ているのだった そうしてその中え牛を追

込めば　どこえもゆかずに一日中遊んでゐるのだった、　そうすれば　私らは終日ぜんまいを　つんでスープをこしらえたり　流れた柳の枝のつりざおを　のばして小魚を垂ったり　ときには　裸体になって　泳いだり出来ると云う寸法になるのだった。
流れは　アムールの支流で　速く　つめたかったが小魚は　よくつれた、
パチンコをこしらえて小鳥を　射ってみたりまとをこしらえて　二人で射ちっくらをするそれに　あきると　小魚つりである
馬の尻っぽでこしらえた釣糸に鋼鉄線の釣針をつけ　柳の枝の竿で流れに垂らすと　すぐ小魚はかかった。
雨に見まわれる　ときがあった　小雨のときは私と星野はすかさず手も病院の裏え追ってゆき　私ら二人は洗濯場の雑場に入って　雨の止むのを待った。

ウラニウム エネルギイの悲劇.

私の白様ノオトにこう云う題でそのころ文字を書いた.

それはウ゚ラヴタの記者クルガーノフの日本旅行記の中に 広島と長崎にて…と云う一節があり 原子爆弾にやられた ひろしまの様子がかなり くわしく 描写されていたから私はそのような文字を書いたのである.

その梗概

私は帰還し ひろしま駅頭におり立つ 町の様子はすっかり かわってしまい 比治山らしい裸の山と 河の流れで だいたい見当をつけ段原あたりを通る そうして霞町の家のあたりまで たどりつく. 私の家はない 訪ねきいてみても 知らないと云う 知人は一人もあわない 私はがっかりとして田舎へゆく そこにも 母も弟もいない 南方にいた兄はおそらく死んでしまったであろうと思われる. 私はとほうにくれて 将来に対するいきどおり

をむらむらと覚える
と云うのと　もう一つは
広島はやられているが　霞町のあたりは比治山
の蔭になって　無事である。そして南方の兄
も帰って来ている　弟は金属労働者として
先頭に立っている　兄は労働学校で習った
経験から進歩的イデオロギーを身につけているよ
そこで私も帰って斗う一家になる
と云ったものであった。
しかし家庭のことは　ばくぜんとして　何もわか
らなかった。

日本へ便りが出せると云うので　冬のうちに
私は田舎あてに便りを書いた。
春になって返事がぼつぼつ来はじめたけ
れ共　私のところには来なかった。

そのころ
毎日曜は魚釣り大会　だと云うのでみ

アムールの支流にくりひろげられる 魚釣り大会

んなゴーリン河え出かけ つり針をたれ えものは全部もって帰って テンプラにして食べたり 一緒に泳ぎに出かけ シストラたちと一緒におよいだり 実にたのしい毎日だった。

づらり づらり
こちらの岸も
向うの岸も づらりと ならんだ
大公望.
おい 大声でうたうなよ
えものが逃げちまう.
今日の優勝は どうしてもおれだ
いや目方でくるなら俺だこれみろ
光る小魚の肌に
サンサンと降る太陽.
はやいながれの その岸に
まるまると陽やけした日本人
日本人の捕虜たち.

アフロヂテ
ゴーリン河の流れの泡に
アフロヂテが誕生する！
森のみどり
空のみどり
流れのみどり
ぽっかりとうかび
唄い　さゞめき
しぶきを　あげ
トーシャよ　大きな躯なんか　だめ
なんだなあ、日本人はそんなのを　金づち
って言うんだ、　なに　ロシア人はタポー
ル（斧）だって　そうか　トーシャはタポールだ
婦人の解放は階級的な解放なくしてはあり
得ず　革命こそが完全な婦人を解放する
その解放された女たちの美しさ、
しっこくを断った社会に育った
女の躯の　美しさ、

推進劇団

劇団の一〇回記念公演のために推進劇団と題した五幕の脚本を書く。民主グループがいながら文化の面になるとやはり話題は丹下左膳であり愛染かつらになるこれではいけないと云うので俺たちの劇団をつくろうって云うことになる。——一幕。

作業が了って夜おそく本よみからしぐさのけいこをしている民主グループがこれを援助する。糧秣のトラックが来てこれの夜間作業に率先して出かけてゆく——二幕

劇中劇・二幕もの、コメディー——三—四幕・

ナホトカの浜辺。劇団を解散して日本での活躍の決意をする——五幕

これの公演は賛否半々の批評だった。あまりにも概念的であること自身の生活をとりあげたこと自体がこれからの新しい行き方を示していること。

次の公演は 日本新聞に掲載された
片岡カオル原作の"斗群"をやることになり
脚本中の小市民的な部分をのぞいて
練習をはじめた。

キノウ、
毎週二本くらいソヴエトの映画をみる。
儲けのためにつくられる資本主義国の映
画にみられぬリアリズム、
芸術的な高さと大衆性

汽車。
鉄道建設がだんだんとゴーリンに近づいて来た。
ひと日 太陽の下をガアンガアンとレエルをなら
べる音がしたと思うと その翌朝は おどり
あがるような気笛を吹きあげて汽缶車が
やって来た。
その上に陽やけした初年兵時代の小原上
等兵が乗っており 労働者となった彼と
握手する。なつかしさ。

たいがあ.

たいがあ　と云うのは　ロシア語で　叢林の
ことを云うのである
ジャングル　と同じ調であって　シベリヤの地平
から地平えと果しなく　つゞく密林のことも
ロシア語で　たいがあ　と云う.
ハバロフスクから北東え二日も汽車に乗ると
コムソモリスク　に着く　それから　更に西北
え進むと　私が生活した　ホルモリン地区の
大密林がひろがる.
黒いモミと　また　ぱって　めざめるくらい白い肌
をもつ白樺の森と　それ自が　私らを
とてつもない力強さで　とりまき
その中で　私らは　ファシストの垢をすゝぎ
新らしい人間に　生れかわることが出来た.
眼をとぢると　果しない　たいがあの　ひろがり
シベリアの大地の　歌が　私には　いつも
浮び上る.

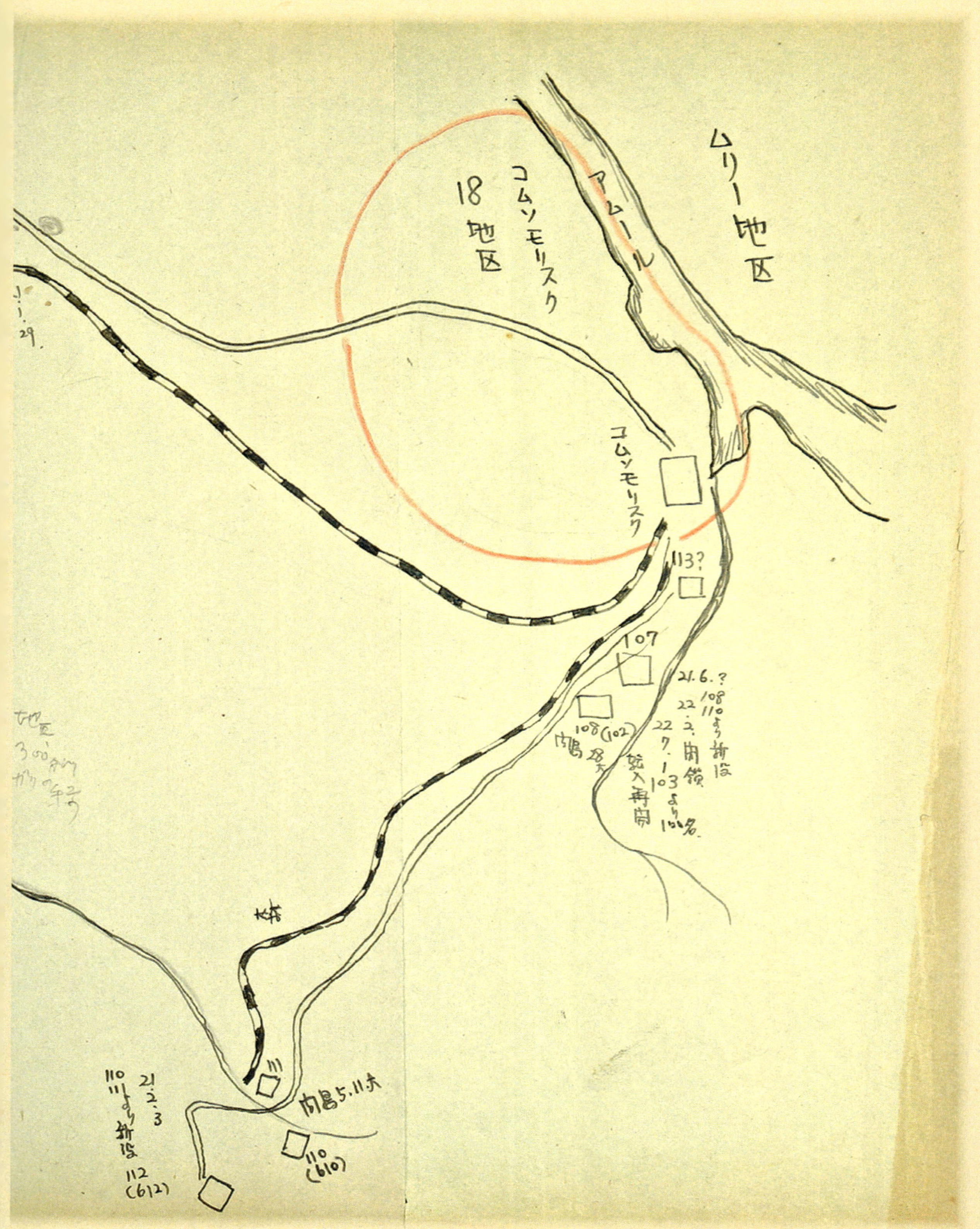
ムリー地区
アムール
コムソモリスク
18地区
コムソモリスク
113?
107
108(102)
21.6.?
108
110より新設
22.2.閉鎖
22.7.1
103より
100名
111
110
(610)
110
111より新設
21.2.3
112
(612)

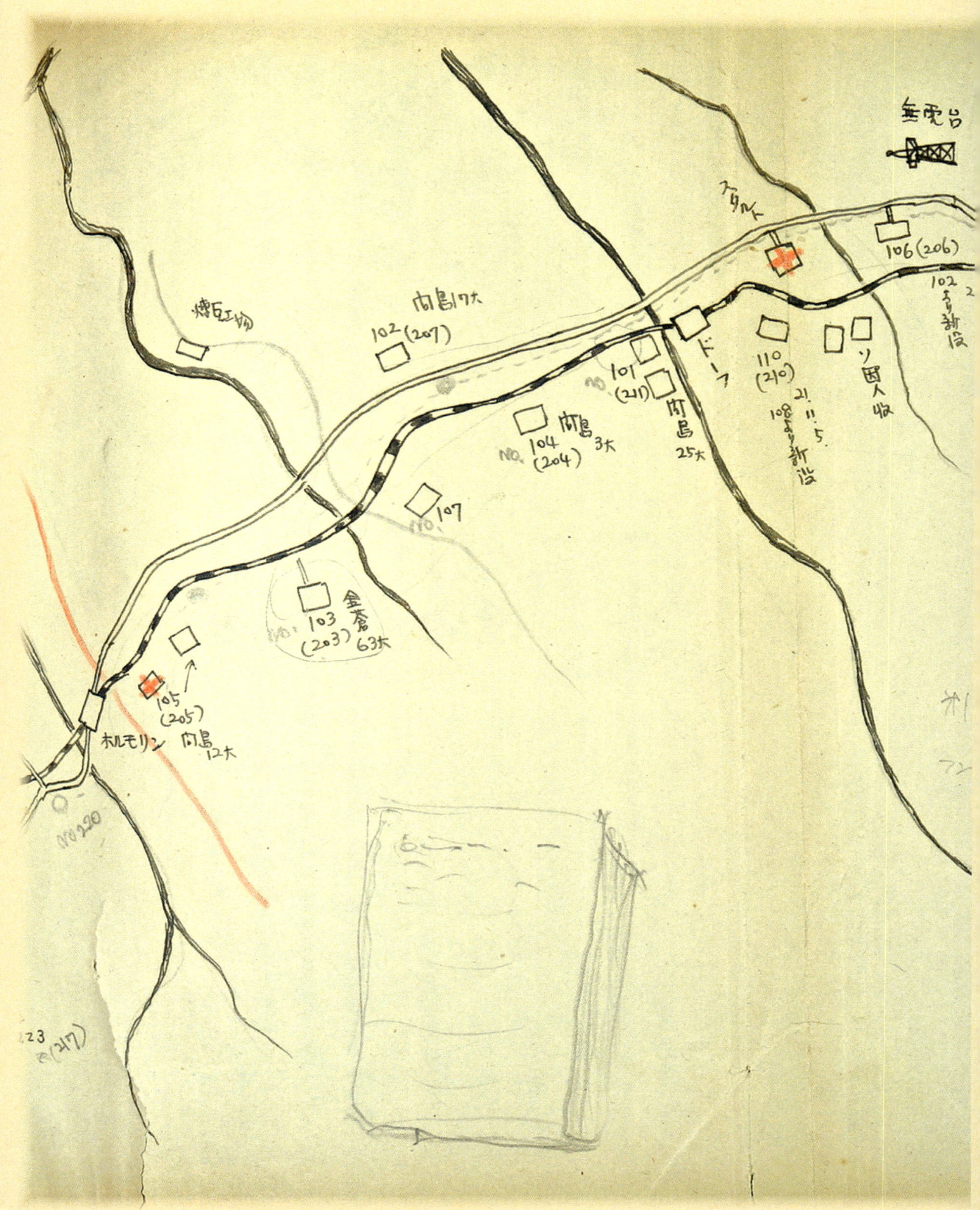
無電台
106(206)
煉瓦工場
102(207)
ドーフ
110(210)
21.11.5.
101(211)
104(204)
107
103(203)
105(205)
ホルモリン
NO220

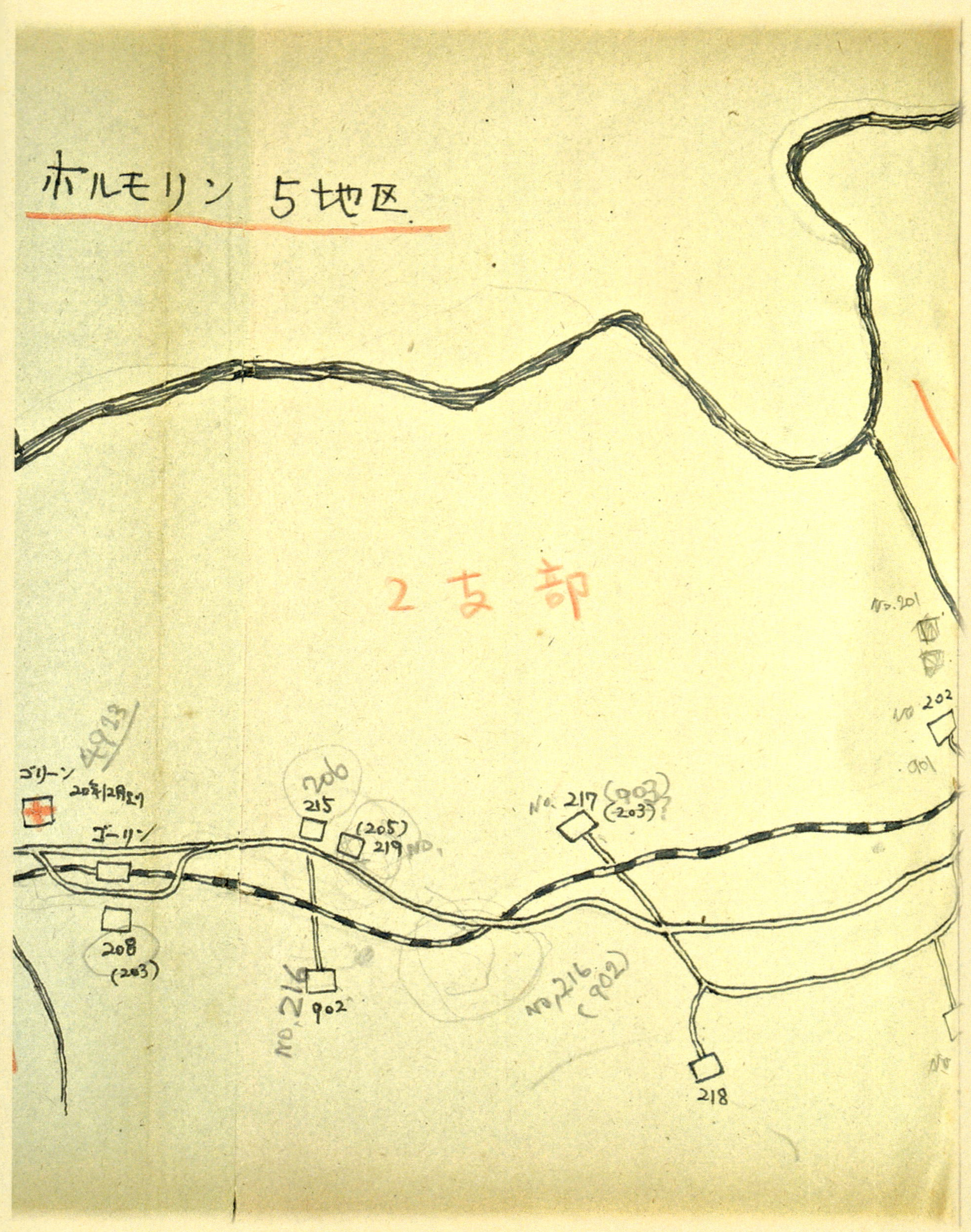
ホルモリン 5地区
2支部
ゴリーン
20年12月27
ゴーリン
215
(205)
219
208
(203)
902
No. 217 (903)
(-203)
218
No. 201
No 202
901

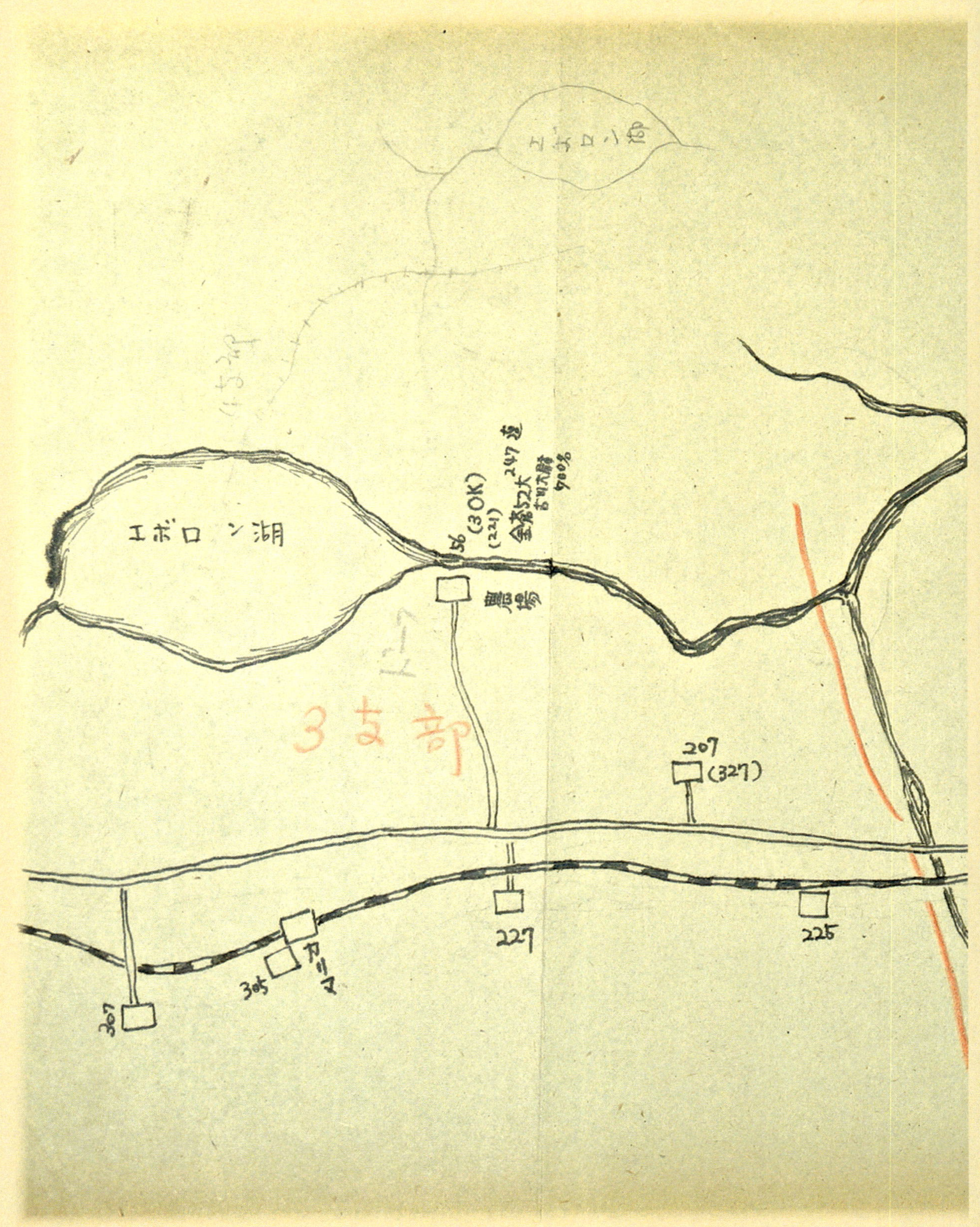
エボロン湖
(30K)
農場
3支部
207
(327)
227
225
307
305
カリマ

さようなら

たいがあ

さらば！ゴーリン。

一九四七年七月十三日．

牛を追って野花の中を歩いていると向方から星野が走って来た．息せき切っている．

〝やはり帰ることになったらしい，今からすぐシュターブ（本部）え行くように〟と云って私と交代してくれた．

牛小屋にかえり山本と一緒にドーマにかえる．ねている千葉を起してシュターブえ行く．シュターブには野田がミハイル少佐と一緒に私らの来るのを待っていた．

集ったものは私と山本，千葉，成田，病室の方から沢田，野口の二人合計六名．

ミハイル少佐は〝どうだうれしいだろう．元気でかえってパパやママをよろこばせておあげてくれ．〟と云い，何處えかえるのかと日本地図をひろげていろいろと話した．

そうして ぢゃあ 元気で さようならと 握手をする
帰還のための名簿が病院え送られる。
入浴して 被服を交換し 女医のシメルノワ
さんに 診断してもらう
彼女の大きな美しい眸が ニコニコとしているみ
なをみつめて "うれしいでしょう" と云う
帰れる！ と云うことは うれしいことには違いない
しかし なんと云う もの悲しいような気持だろう。
この美しい人たち、このなつかしい人たちと 別れて
しまわなければならない
それにもまして 同じドーマに起きふししている なかま
とも別れてしまわなければ ならないのだ。このことは
つらい。 特に民主グループの仂き手としてやって
いる人間ばかりなのだから 特にこれは 考えなけれ
ばならない つらい気持がみんなの顔に浮んだ
私と山本、千葉、の三人は 野田のところえ行き
この問題をもち出した。 野田の云うには
どうせ一度に全員帰れるものでは無い だから

どうしても 数人づつ出発することになり
略々これは 労働者の中の 第一回の出発な
のだから 日本へ帰っても やはり確信をもって
活動出来る人に帰ってもらった方がよい と考
えて ミハイル少佐の方へ君たちの 名前を出
したのだから やはり帰国して 実際活動
しみんなを はげますような ニュースでも おこして
くれ！
これが野田の 意見だった。
民主グループの 方でも 星野が ダモイの
問題で グループ内に イザコザが おきないように
食堂で この問題を 持ち出していた。
そしてグループの 意見としても やはり
山本 千葉 私の 三名が グループから
送る第一線として 最も適任であると
を決議していた。

私はドーマ之帰り 民主グループの諸君エ！
と返って 第一回に出発する我々は必ず
諸君のあとえつづくことを信じて生命をかけ
て日本民主化のため挺身する！と云って
とを表明した 決意文を書き署名して
二人が小指を切り血ぱんを押した
血ぱんの持つ封建的な ファシスト的な形式
は別として その時の二人は真険な気持で
あった。

装具をまとめる
スターリンドームのところで 自動車を
待つ間にポ、フドクトルにさようならを云い
にゆくと 〝お、よかったよかった 元気で
帰れてうれしい 私もうれしい いろいろあ
りがとう〟と例のニコニコ顔で云い紙包み
にした缶づめやパンを出して二人で喰ってる
ようにと 私にくれた。そうして握手しながら

〝ハラショウ、シコク 君が入院したとき 腫れ
ていて 生命も あぶなかったのだが こんなに元気
になった ハラショウ ハラショウ〟
と私の肩を叩いた。
私は涙が溢れて しかたがなかった。
まったく私は死ぬところを ポーフドクトルのため
に助ったのだ。
〝スパシーボ スペシーボ ヴオリショイスペシーボ〟
つたない ロシア語に最大限の感謝をこめて
私は手をにぎりかえした。

自動車が来る。
〝頑張れよ！〟
〝有がとう 必ずやる〟
〝先に帰ってすまない気持だが 必ずやる
から みんなによろしく！〟
〝さようなら さようなら〟
みじかい 強い握手 自動車に乗る。
手をふる 手をふる

野田、星野、彼もいる 彼も み
んな手をふっている さようなら さよう
なら だんだん小さくなる
病院のみえる鉄道路盤の上をこえる
とき 最后のゴーリン病院に眼で挨拶する。
ひるめしのあと 三人であいさつした それが
勤務者との別れであり 本館の前で
患者を前にした簡単な挨拶 あわた
だしい別れであった
病院はみえなくなる。
我々六人を送りに 通訳のマコウシンが一
緒に来てくれる。
自動車の窓にゆれて走る 草花。
路のデコボコも 一本の樹も 一コの石も
みな なつかしいものばかりだ それらが
ゆれながら どんどん 彼方之遠のいてゆく
路の両側には 夾竹桃に似た うす紅色
の草花が 夢のように咲きつづいている。

春の花々の咲き乱れるゴーリンよ さようなら

ゆれてゆれて遠ざかる。遠ざかる。
病院でよくみなれた ゴーリンの村はづれの三本
の巨大なモミの木もすぎた。
さらば! ゴーリン
さらば! ゴーリン
あとに残った民主グループの同志たちよ!
なつかしい 決して忘られない ソヴエトの人々よ!
さようなら ドスヴダアニア!

ホルモリン にて。
丸太をしきつめた道路も 木の間にのぞ
む遠い峯々も ドーマの一つ一つも
二年余のつめたいそぼ雨にぬれ うちひ
しがれ あんたんとした気持でこのみちを
奥へ奥へと歩いて行ったのだが
今 こぼれるようなよろこびを抱き日本
民主化のための抱負を抱いて そのみち
を一路・自動車は走ってゆく。
208もすぎた。

ホルモリン に着く．

あ、なんと云う変りよう．二年前 霜枯れた
丘に二三軒ぽつんと建てられていただけの
丸太小屋は 美しく色どられたトアマー
のずらりとならび 駅があり工場があり
住宅がある
そうして赤いネッカチーフに頭をつつんだ
娘さんたちが買物籠をさげて歩いている
どこからかスピーカーから 歌声が流れている
社会主義の優越性を．その建設の
早さをみせつけられて うらやましいような気
持になる．

駅に入る．マコウシンが乗車のための手つづき
をしてくれる間を 構内の椅子に横になって
ペピロスをふかす．
その青いけむりをながめているとさまざま
な感慨が 浮んで来る．
何日の後には私は日本の土の上に立っているで
あろう．ヘソある時であったならば それはただ

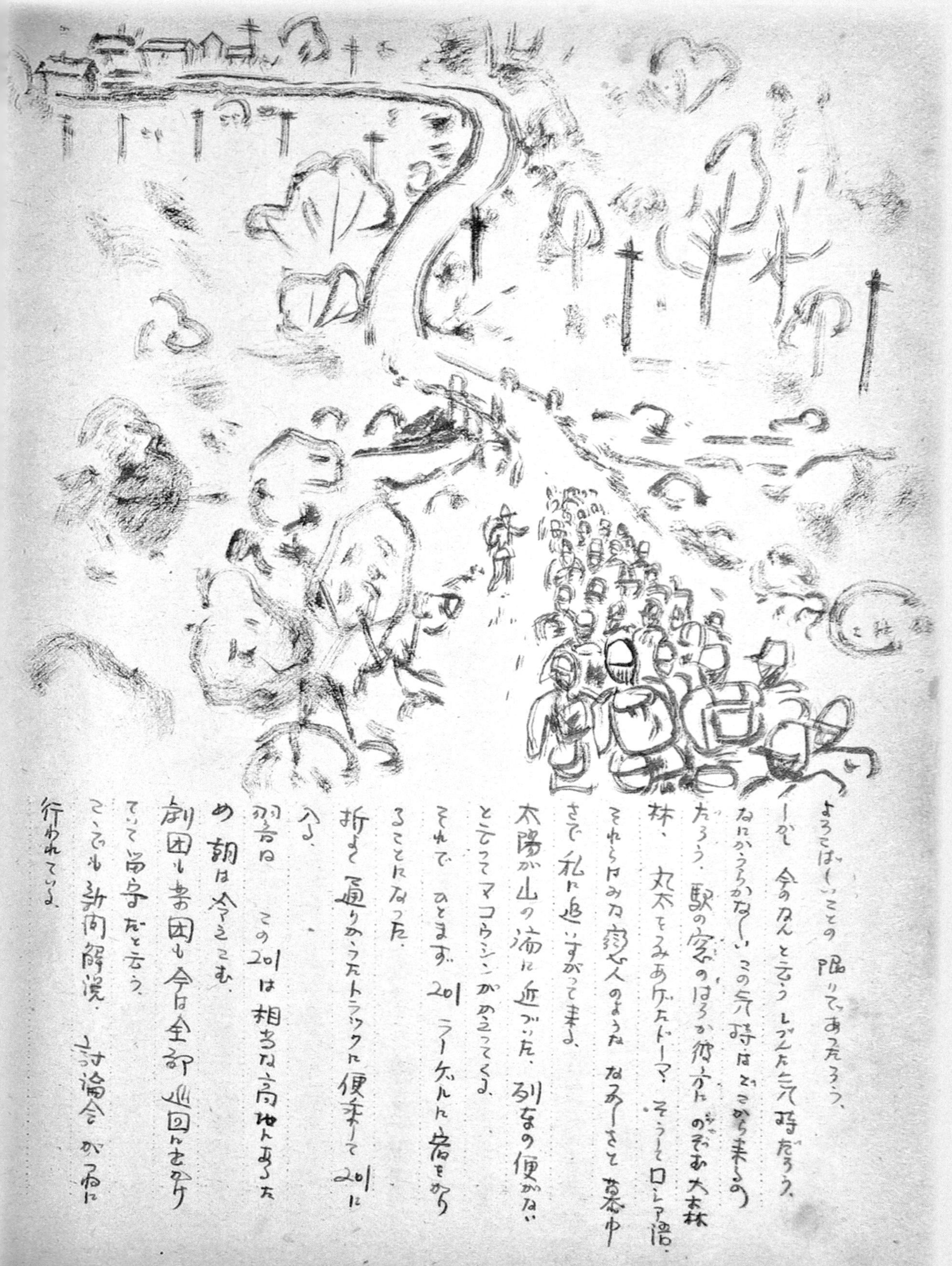

よろこばしいことの限りであろう。
しかし 今のなんと云うしずんだ気持だろう。
なにかうらがなしいこの気持はどこから来るの
だろう。駅の窓のはるか彼方にのぞむ大森
林、丸太をつみあげたドーマ。そうしてロシア語。
それらはみな寂しい人のような なつかしさと 慕中
さで私に追いすがって来る。
太陽が山の端に近づいた。列車の便がない
と云ってマコウシンがやってくる。
それで ひとまず 201ラーゲルに宿をかり
ることになった。
折よく通りかかったトラックに便乗して 201に
入る。
翌日は　その201は相当な高地にあるた
め朝は冷えこむ。
劇団も楽団も今は全部巡回に出かけ
ていて留守だと云う。
ここでも新聞解説・討論会が常に
行われている。

建築場で田村武さんに遇う。彼は私らが入ソした当時からここで　ずっと建築の責任者として　やっているらしく　二年ぶりの邂逅になつかしさをぶちまける。
そして　写真を一葉もらい　帰ったら奥さんにかならず便りをすると約束する
そしてその日も一泊。　ちょうど南京虫退治をしている最中なので　折悪しく　南京虫になやまされる。
七月十五日。　261の帰還者と一緒になって　ホルモリン駅へ向う。　日本共産党へ捧げる歌の合唱。　駅で待ては　さまざまな服装の各ラーゲルの帰還者が自動車で汽車で集ってくる。　乗車。
中間集結地へ向う
あゝ　二年ぶりにゆられる汽車の乗心地

中間集結地．
ひる近くなって 列車は止る．
並んでしばらく歩くと 山を背にしてラー
ゲルがみえてくる
ラーゲルには モミのアーチなどがつくられ
造花などで飾られてある．
被服検査をうけて入所するまえに 六人
輪になって すわり ポーフドクトルからもらった
かんづめとパンでひるめしをすます．
入浴． 食事． 部屋におちつく．
地区オルグとして集結地に来ている 久保、
生田氏に遇い 名簿をとどける．
そしていわゆる 帰還斗争に入ることになる．
民主グループの本部では 次々と集結
して来る人々を吸収して 民主グループ
名簿を揃える そうして中隊の編成
をし 責任者を定める．
更に列車に持ちこむ スローガン、ソ同盟

に対する感謝決議の作成と実について
かく私らもそれに参加する
民主グループ委員長が石川芳宣と
云う愛知出身の男、梯団長が藤
田。私はこの藤田と云うインテリゲンチヤ
とこのあたらしい向を よく 文学や映画
の話にふけった。
梯団のカードルとして文化部を担当し
漫画新聞、壁新聞を発行する
身体検査がありその結果一緒に来
た沢田が OKのラーゲルに送られる
ことになった。　と云うのは 彼は元
箱根の御宮ホテルの支配人をしていたの
だが入ソして盲腸の手術をしまだ全
快していないので かなりやせていた。ソ同盟
側軍医が おそらく輸送に耐えぬと
思って ひとまずOKに行くよう命じ
たらしいのだが 私らにとっては 一緒に来た

同志とこんなことで別れることは　つらかった。
それで　いろ〳〵と話し合ってみたが　やはり駄目だ
った。彼は　幾分しょげて　トボトボと　オカ
のラーゲルへ向って　歩いて行った。
六人のうち一人欠けたので　さびしくなったが　しかし
毎日のいそがしい行事に忘却されてしまった。
ある日　問題がもち上った。
中隊長の一人が　ひとの靴をかっぱらったと云う
のである。
民主グループでこれが問題となり本部で討議
された。
各中隊長からの意見として　彼は中隊長
を免ずべきである　グループ員から除外すべ
きである　と云うことが出されそれに大体お
ちついた。
そこで　青年行動隊の高橋、それに私
と千葉　野口らは　これに猛烈に反対した。
彼は　エセ民主々義者である
彼は　中隊長であり　民主グループのカー

ドルであつたと云う事実からして徹底的に
キユウダン　せねばならない
又　我々は　沢山の同志に先んでして
帰國をゆるされた者であり　このことは特に
みんなの期待と　それに応える責任をにな
つているのである　そのわれわれが　このような
ものと一緒に帰國したと云うのでは　まだあと
に残つている　或はまた冬をこさねばならぬと考
えられる他の同志に対して　顔むけ出来な
い　だから彼を　民主グループから除名し
そのラーゲルに送りかえすべきである
これが我々の意見だつた。そうしてその意
見はとりあげられ　大衆討議がひらかれた
夕食後の所内のひろ場に全員集合し
て　さかんに討論された
よく帰ると云う時になつて　こんなことを
するのは　可愛そうだ　と云う意見と
私らの意見とが　たがいに反ぱくし合つた。

それは人情的な意見と 階級斗争を意識しすぎる者の 意見の対立であり それは 右翼民主々義と ボリシェヴィズム(?)の意見の対立だった、

千葉も 野口も 私もしゃべった。夜はふけてまっくらになり 乱れ飛ぶ弥次と 拍手の中にだいたい私らの意見が 議決された、

いよいよ出発も近づき ソヴェト側が作成した 名簿は アルファベット順であり 人員が多いために 七十名あまりの人員が残ることになり その中に私と千葉も入っていた、帰るための 民主運動ではない いわゆるダモイ民主 であってはならぬと 口ぐせに云っていたのだが やはりそれは一寸 さびしかった、帰る組は 花輪をこしらえ プラカートを揃えた 残留組は 昂まっていた意気が消沈してしまった、

これではならない と云うので 残留組だけで

民主グループを組織することになった
さいわい青年行動隊長も残留組に入っていたので引つづき青年行動隊を組織することにし民主グループの委員長に私がなることになった。
たった七十名あまりの民主グループの委員長ではあるがこれは実に困難な役目であった。
それはこの消鎮しんみんなの気持もいかにたてなおすかと云うことである
藤田を梯団長とする梯団はプラスベントにおくられて出発した。私はこの梯団に残留組を代表してげきれいの挨拶をおくった。
山本、成田、野口らは一緒に出発した。
残留組の中には佐伯、浜崎、などが居りこれを大隊長、副官にし民主グループを私がやり毎日必死のまき直く必死のたてなおしをやった。

みんなのだれた気持は作業をきらう態度にあらわれた　私らもやはりその気持と斗わねばならなかった。

鉄道をへだてゝ、ある207ラーゲルに移動しそこの人たちと合流して生活することになった。

そうして八月に入った。

毎日の作業は鉄道作業だった。

一応敷かれているレールをもちあげてジャリをつめ　まっすぐにならべる。　そのラボート組

毎日出かけた。

目的地まで歩いて出かける。そうして大きな丸太のテコで、五六人がかってレールをもちあげ大きな石を入れる　次いで小さな砂利を鉄棒の先が丸く輪になっているもので、かけ声をかけては　つき込むのである。

回もちあげては　五米ばかり　すゝむ

最初30米くらいしか出来なかったのが四十米になり　50米になった。

〝インチニヤ（技術カントク）の　ストウペイ！　ストウパイ！（突け　突け！）のかけ声々　みんな半裸体となって　はたらいた。

天気のよいときは　みんな歌声にあわせて　働いたが　雨の日は　これはまったく　なさけないものだった。外套もスッポリぬれて　激し仕事がいやになるときがあった。

〝なんだ　次の梯団では帰れるんぢゃあないか　みんな頑張ろう！〟

と佐々木や浜崎、千葉らは元気がよかった。

〝四国さん　こんども　おいてけぼりを喰わないようによく連絡して　おねがいしておいて下さいよ　たのみますよ〟

私によくみんなそれを云った。私もつねに地区オルグの生田、久保氏のところこえもかけては次の梯団で帰国出来

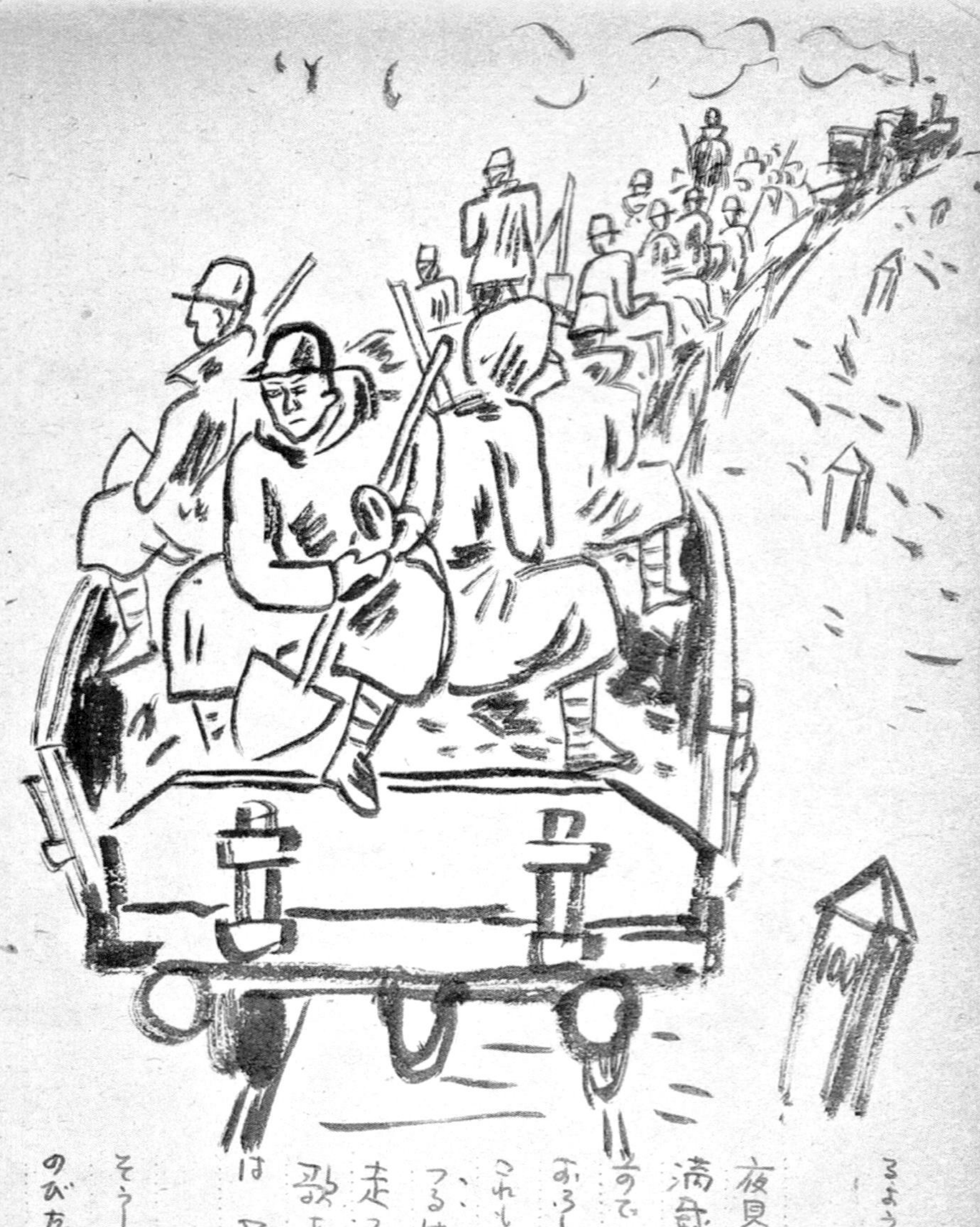

るように　道路をたのんだ

夜明けや　夕方　夕食のすんだころ　砂利を
満載した　貨車が走って来ては　207ラーゲルの
前で停車した、　すると順番をきめてこれを
おろしにかけねばならなかった、
これも　おっくうな仕事ではあったが　シャベルと
つるはし　をふるって　ガラガラと　おとし　又
走っては　落としてて　すっかり　おとして
歌をうたいながら　帰ってくるときの　気持
は　又なんとも云えなかった、

そうして　207附近の鉄道は真っすぐに
のびた、

やがて　次の梯団のための帰還者たちがラー
ゲルにぽつぽつ集りはじめ　やがて二ケ
所共一杯になった

私は又中央委員として　こんどは文化部を

担当すると共に 残留組の帰口のために
走りまわった。
帰還者にまじって 沢田がやって来た
"おう まだいたのか！" と握手をする
彼が民主グループの委員長となる。 205の
椎木（広島宮町出身）もやって来た。ゴー
リン病院からは だれも来ていなかった。
そうして二度目の 梯団名簿の作製
などに 忙殺される。

生田氏と 連絡した結果 残留組もこん
どの梯団に加わって帰れる……と云うこと
をソ側から たしかめてもらい みんなに報
告すると ワアーッと 中隊が湧きたった。
しかしそれは 梯団名簿 発表の際み
んなをうら切ってしまった。
青行隊の高橋らをふくめ 三十名ばかり
しか帰還者に入っておらず あと五十名

近い人間は又残留することになったのである。
帰還組が所内の広場に集合しているとき
私ら残留組は又戸外へよび出され ソゲ
キトの兵隊の呼びあげる名前によって 二つに
分けられた
そうして私の入っている二十五名あまりはこれから
装具をまとめて 205へ出発するから すぐ[illegible]
準備するように と云うことになった。
私と千葉とも別れることになった
佐伯、浜崎も 千葉らと一緒で 207に
残ることになった。
207と205と どちらがかえれるか わからないけれ共
とにかく準備をせねばならない
私は大切に一カ年間 綴りためた日本新
聞の綴りを千葉らのために残してやり
205へ出発する 者の責任者として 出かける。
夕めしをたべて出発する。 夏は十時すぎまで
明るいので 相当歩ける。

209の炊事勤務の者たちと合流して 夜間
行軍を行う。太陽がおち 白い月が
出た。そうして ながいたそがれが おわる。
歩いていれば 二年半前の入ソしたときの、記憶
がかすかに 路ばたの風物からよみがえってくる
そうしてトップリと くれたころ 私らは 205ラーゲ
ルの前に着いた。

実にあわただしいかぎりであった。
205に集結している者は明朝出発するの
だと云う。そうして 我々もそれに加わるため
急いで 被服の交換をしなければならない
広い倉庫のようなところに入り 名簿を
とどける。 民主グループの事務所に
ゆき連絡をとる。
こゝには 地区オルグの・高橋公平、竹内
氏らがおり 迎え そして こん度の梯団長
は堀江と云う マルキシズムに ずいぶんくわしいと

いうことで よく名前をきいていた 白瑞女の乗った
人である。
十二時をすぎると まったく冷えてくる。
ぶるぶるとふるえながら 被服交換の当番をまつ
番が来ると 二十名くらいづつ 部屋に入る。
その方に立っている 男が
"帽子！" とさけぶと 帽子の 悪いものは
てんでに その方え 掘り なげる すると その数
だけ 新しい帽子が なげかえされてくる。
"靴！"
"襦袢！"
と云った調子である そんな調子で 五分
もすると 袴下から 頭の先まで 新らしい
被服にとりかえられて 部屋を出る
私も 新しい戦斗帽 襦袢 袴下二ヶ着
沓下 靴 をとりかえ 古い外套の代りに
ラシヤのフハイカ をもらう。
翌日は このラーゲルで 講習会がひら

かれている と云うので そのあたりをみていると
お、〝山田 と 宇佐美が 私をみ
つけて かけて来た 二人ともそろいの黒い
ジャンバー姿で ゴーリンでわかれて一年
ぶりに握手する
いざ帰る! と云うことになり 私はまったく
なつかしい 遇いたいと おもっていた人々にこれで
全部 遇うことが出来た
二人は私に 薬 などをくれる 私は 白樺
ノオトを 二人に さし上げて 読んでくれとわたす.
ソ側から帰国のよろこびの挨拶がある
年とった 将校は 私ら日本人を やさしい
目をながめわたし ていねいな言葉で 一句
一句 通訳(富田)させながら
〝あなた方は ファシスト軍隊の兵隊だった
しかし今はそうではない 一人一人が立派なデモ
クラートだ、 私はデモクラートとしては
本之帰ってゆかれる みなさんに心から お目

さとうと挨拶をおくる。
日本では お父さんやお母さん 肉親の方々が みなさんが元気で帰ってこられたことを どんなにかよろこばれる ことだろう。 みなさんはいろいろ苦しいことを経験された。日本の みんなも苦しい経験をされた。 これはみな 戦争の おかげなのである。 デモクラートとなった みなさんは きっと戦争をこの世から なくするために、立派な民主々義の日本をつくるために 立派な働き手となられることを 信じている。
では輸送中気をつけて 元気でかえって下さい
さようなら！」「さようなら！」……
みんなに通訳される言葉を一句一句耳をこらして泪をためてきいた
みんなから期せずしてソ同盟に対する感謝のの決議の声があがり 民主日本とソ同盟との友交万才！ ボリシェヴィキ、同志スターリン万才の声があがった。

ひるすぎ列車が入って来た
それでもいろいろ食糧や水桶などのつみ
込みに夕方近くなり上車した
車内は二段になって藁蒲団が敷かれ
水桶が備えつけられ いつの間にかみんなの手
で花輪やスローガン ポスターがいそ太ーく
飾られた。
汽笛が鳴る
列車の窓にみんな首がすゞなりになり
気ちがいのように手がふられる
赤旗 あゝ赤旗 みんなの一様にそ
ゝがれた視線をあびて我々をおくる
赤旗が大きく左右にゆれはじめた。
車から車からわきおこるインターナショ
ナル、列車はガクンとゆれてゆるや
かに、うごきはじめた。
竹内氏が私をみつけた　手を振る

〝オーイ　ナホトカに残るなよ！〟
笑顔　笑顔　泪をためた笑顔
インターの歌は白樺の森々にこだまーして
いつきるとも知れず　唄いつゞけられた、
黄昏がやって来た、
なつかしいたいがあ（密林）に黄昏がやって
来た　モミの梢はまだかそけく昼の
明るみが紫色に残っているが　その下草の
あたりはもう暗い色につゝまれて来た。
高い路盤の上を走る列車の窓からみれば
たいがあは　眼のとゞくかぎり　ひろくひろく
果しなく　ひろがり　むらさきにけむって消
えていた
だれかゞ　バスで　プロレタリア葬送歌
を唄いだした。
　正義にもゆる　斗いに
　君は　生命をさゝげぬ．

血にけがれたる敵の手に
生ける日君は　とらわれ
重き鎖をひびかせて……
ま黒き夜の窓はあけ……
その奏楽で悲しみにみちた、しかし
そのそこに強い情熱にみちた決意のある
メロディーは　まったく　この　なつかしいたい
がぁを前にして　やがてこれと別れてゆく
みんなの気持にぴったりとしていた
みんな話をする者もなくしづかに　この偉大な
シベリアの大地の　たいがぁの海に目を
そそいだ
たいがぁ　はだんだんとその姿を夜の中に
しづめ　ながら　いつまでも　どこまでも　どこ
までも　つきることを知らなかった

ゴーリンのタワリッシ、

この列車の後尾にゴーリン病院の者がつると云うことをきいた私は停車するとすぐ列車の後の方へ走ってみる。

窓から"オイ！"とよびとめる声があり ふりあおぐとそこに劇団の富田がのぞいていた。

"オウ"と飛び上るとそこには若林、伏宮、浅沼と云った連中がそろっていた。

なつかしい会話

約一ヵ月半ばかり わかれていただけなのだが その間にゴーリン病院はすばら〜く かわたらしく 新らしい病室の はなし 劇団の はなし 壁新聞のはなし はなしはつきることがない。

ゴーリンでよく喫ったきざみ莨を巻いてごちそうになる。

コムソモリスク
コムソモールが建設したこの町は入ソす
るときはたゞぼうばくたる平野の中を
流れるアムールの支流がわん曲して
そこにさくばくて荒けづりな建物がわ
ずかならんでいるにすぎなかった所が　今こゝ
にみるコムソモリスクの素晴らしさ
巨大な煙突は真夏のシベリアの青空に
高くけむりを吹きあげて居り労働者の住宅
が白く光り　道ゆく人々の健康な逞しさ
にみちた服装。
列車の停車しているこのあたり　たしか入
ソした時もここで停車したはずである。
しかしその時のおもかげが今このどこから見
出されると云うのだろう
巨大な工場とたえずひびいて来るリズムは
それは又新らしい工場が建設されている音
である。　社会主義の国の素晴らしさ

はたい無條件に我々をうつとりとさせた、
給水のためのタンクのほとりに集って来る人の姿。
〝あれはマコウシン〟
〝オーイ　マコウシンサン〟
ひげづらっぽい顔がふりむく　やっぱり　マコウシン
〝さようなら　さようなら
〝ド・ス・ヴエ・ダア・ニ・ヤ〟

コルホーズ
今日も　列車は　走りつづける。
花輪はすこし色あせたが
ポスターは　毎日新らしいのが　とりかえられる。
スパシーボ、ソヴエスキー　サユーズ！
ダ・ドラストウチィ・スターリン！
スローガンが　緑のコルホーズの畑の中に白く
一本線を曳いて　走る。
どの車も　どの車も　歌声がわき上る。
今日も列車はコルホーズの中を走る
白く清潔な感じの同じような形の家

が二列にずらりとならんでいる
放牧された牛が　あお草を食いなが
ら無数に群れている丘
トラックの上に十数人のコルホーズ員が
唄いながらゆく
列車に向って振られるネッカチーフ
手　手　ネッカチーフ
どこまでつづく
どこまでつづくこの　畑の海
コルホーズ員のいるところ
歌声がわき上り
社会主義の威力の源泉が
麦のみのり　のあとに
太陽をはねかえしている
そして
今日もそのコルホーズを　列車は走る
歌声を　のせて.

しぶい飴色の 木造の
ロシア建築の駅、
私はこの建築を
遠い昔 幼いころ なにかで たしかにみた
気憶がある、
列車が止る、
パタンパタンと音をさせて
注油してゆく ひとがある
ルバシカを無雑作に羽織り
黒い半長靴、
手にした油さしが ぬれて光る、
アマ色の
フッとふり向いた顔の
あゝ なんと美しい ジョーシカ（お嬢さん）
金髪の下の あかい頬が
一ケ所油によごれて 印象的に よごれて

すゞしい青い瞳が
あゝなんて云う楽しさにみちた微笑
彼女の手でそゝがれる油でシャフトは
光り
今日も又列車は何マイルを驀進する
これが楽しい仕事でなくて何であろうと
額の汗をぐいとフハイカの袖でぬぐい
その手を二三度振って
"ヤポンスキー　ドスヴェタアニヤ！"
"ありがとう！　ありがとう！"
叫ぶ声、声は また歌にかわり
心なしか車輪はかろやかに すべり
その小さな街を かけぬける。
ハバロフスク
アムールだ　アムールだ
窓をのぞくみとなす眼に 海のごとく 湖の
ごとく 流れが白くひろがる。

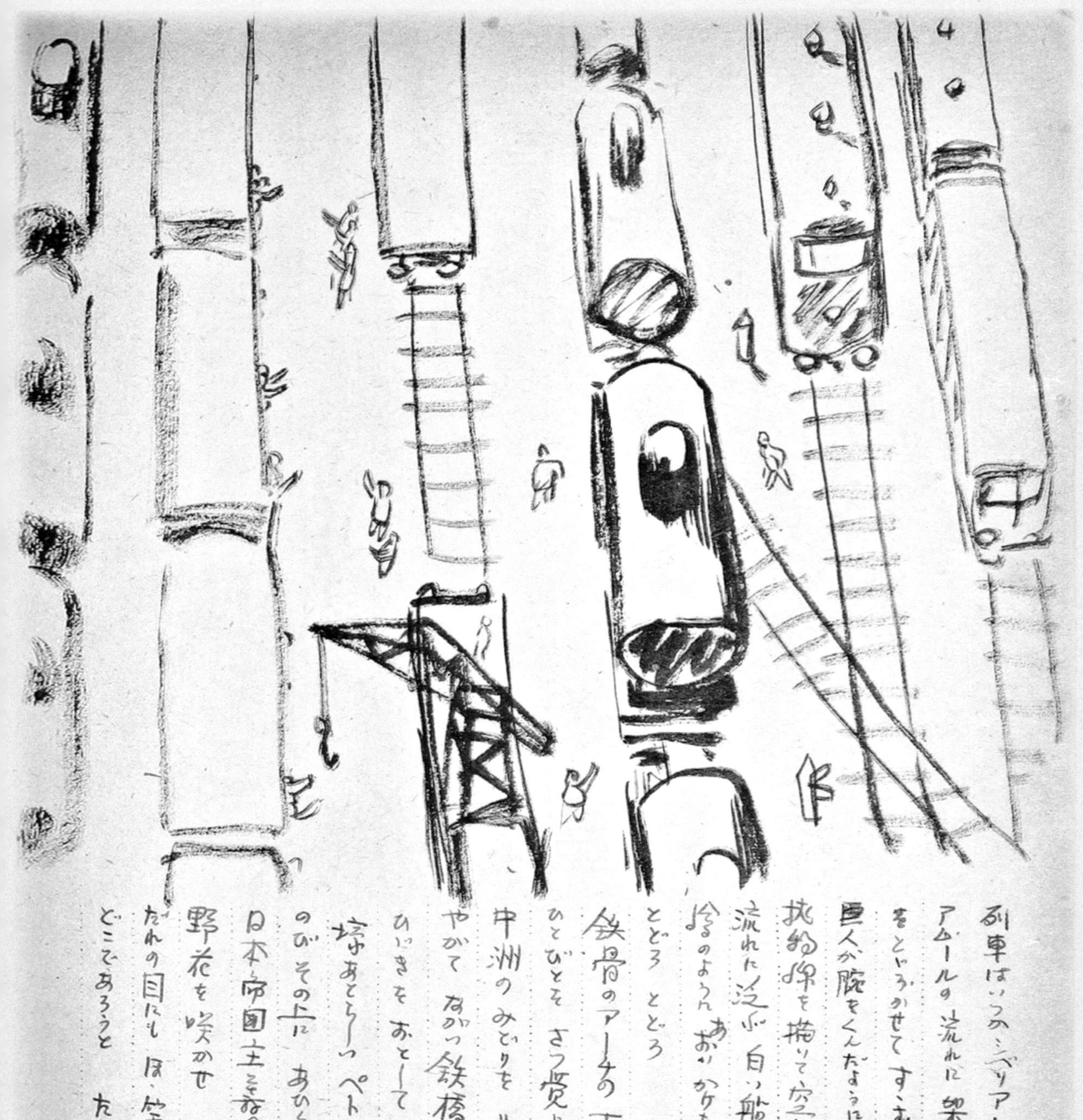

列車はいつかシベリア鉄道た今
アムールの流れに架ったハバロフスクの鉄橋
をとどろかせてすゝむ.
巨人が腕をくんだように　鉄骨のスクラムは
抛物線を描いて空へかけ上り　かけ下りる
流れに泛ぶ　白い船の　マストが　印象派の
絵のように　あおりかけを　尖らせ
とどろ　とどろ
鉄骨のアーチの　下を力と力が交鎖して
ひとびとを　さっ覚におちいらせるほど　橋はつづく
中洲のみどりを　ぬけ　また流れの上
やがて　ながい鉄橋はつきて　列車は一オクターブ
ひびきを　おとして　地上
塚あとらしいペトンの直線の上に　青草が
のびその上に　あひるが　遊んでいる.
日本帝国主義の　カイメツ　はペトンの上に
野花を咲かせ　あひるは卵を産んだ
だれの目にも　ほゝ笑みがうかぶ.
どこであろうと　たとえ地上の一角でも

戦争の恐怖から解放され平和のおとずれ
た人々には　本能的な自ら笑みを
もって　ながめやることができる
ドーマが一つ　二つ　四つ　八つ
二十　三十　六十　百千
ハバロフスクの街に入る.
華麗な人民の国の駅をぬける.
ビルが　のびやかに海浜の砂濱にこしらえた
箱庭のごとく間隔をおいて　ならぶ
五か年計画を四か年で!の　希望と
確信のスローガンは　工場の煙突のふき上
げる煙に　クレーンのきーみに　みがかれて
光る汽缶車の数々に　洗滌を止めて
のび上って列車に投げるマダムの笑顔に
鮮やかに　かきしるされている.
ハバロフスク第二駅に停車する
ソヴエトの駅の特質は　その建物が
プラットホームの側に　美しく　てられて
いることである.

列車の方に向って美しく巨大な彫刻がならび
天窓の柱がひらきなおってゐる。
そうして日本の駅にある不正乗車をふせぐ
ためにある窮屈な柵など一つもなく どこからでも
自由に乗車出来る。
駅をうずめる緑の木々。　私らは公園を
連想する
やがて共産主義をかちとったなら これらは完全に
人民の足として無料でゆきたいところにゆけるよう
になるだろう。そしてそれはさして遠いことではな
いであろう。この駅の構造　美しさは
私らによくそれを暗示してくれる。
そして丘から丘へひろがる街々の美しい建物
のうち すべて一番立派なものは労働者の
住宅・アパート・文化宮殿 公共的
な映画館 劇場等であると云う。
列車の中でも新聞を発行し 車から車
へ廻覧する。 私は ゆれる車の中で

漫画・新聞を根気強く書く。

列車の中央には煙突をつけた炊事車が連結してあり　停車すると　みんな食事受領に走る。　そうして各列車にもって帰って食事をする。
だからパンの外にカーシャもスープも食べることが出来る。

夜を走り
昼を走り
列車は一路　南へ　南へ！と進む

またしても　憶うことは二年前
この鉄路を北上したときの　みんなの暗い顔・
窓隙鉄扉の中に　生きた色もなく　不安と無気力に　みちみちて　使いふるされた言葉をかりれば屠所にひかれる羊のごとく

北え北えと　走るの窓が
二年間のソヴエトの生活を終えて　今みんなの
明るい顔．．　それは帰ると云うことだけが示し
た明るさではない！　生きると云うことにかぎりない
希望と目標をみいだした者のみの持つ生き
生きとした顔．　それにふさわしいたくましい働く
者の持つ躯．　はじけ出るような元気
歌声．

ヒギンスカヤ．

イマン．

スパスク

マンゾフカ

ウオロシーロフ

東へ南へ、
ウラヂオストックの手前で日がくれる。
列車は左へ折れて ナホトカへ
夜があける。
列車の窓外を飛ぶ森林は すっかり
今迄見なれた白樺 モミ ブナのよう
な樹と異り くぬぎのような 枝の多い
巨木とかわっている。
重なり合っている 緑 清冽な ながれ
だんだん日本の風景と似たものとなってくる。
めづらしくトンネルをぬけては列車は走る。
谷を走り 山の上を走る。
スーチヤン をすぎる。
風景が潮風を含んでぬれた感じで
ある。
八月三十一日(一九四七)午前

目に入る山々がなだらかな曲線からいつか直線の多い三角形を帯びて来たころ
“海だ！”

あ、海。午前の夏の太陽をうけて むらさき色にかすむ山々の間に白く反射している一平面。

“海だ　海だ！”

山にくらした人間には 潮の香が異状な敏感さで鼻孔を吹きぬける。

やがて海はみんなの前にすこしづつ大きく姿をひろげ 海岸にくだけている 白い波がしらがみえてくる。

昨夜あたり雨でも降ったらしく 海は鉛色にうねっては おゝらかな 揺れで白い波頭をみせている。

海岸の白砂を左にみて列車はしばらく走る。

赤くぬられたペンキの肌を太陽にさらして何か大きなタンクのようなもの 鉄骨の一部分のようなものが 砂浜になげ出されている。

手を振っている人間が

一人二人とやがて数をまし帰還のため集結した人々が群をなしてつゞいている
いよいよナホトカ　最終集結地
収容所は何処？
列車は萩の小枝でつくられた柵の中に無数にならぶ天幕の収容所のほとりで停車する。
あゝここが最終集結地　とながめる目に　天幕のならびの向う　広場につっ立つ大きな野外劇場の上に黒々と書かれた　スローガン
ファシズムとの斗争なくして
民主々義なし！
テントの上には大小さまざまなスローガンが掲げられ出来上ったばかりらしい鎌と槌を持つ男女の像をアーチの上にのせた門がペンキの色もあざやかにつっ立ち　その上に赤旗が潮風にはためいている。

下車して唄いながら砂浜にゆき身体検査一を
うけ名簿の引つぎをする。
それらの事務を 帰國を他人にゆづって引揚
事務にあたっているナホトカ民主グループの者が
テキパキとやってくれる。
その夜は人員が一杯なので入所出来ず砂浜
で一泊する 引揚船は五日おきくらい
に回航され 列車は毎日到着するので
人員がだぶって一杯なのである。
海を金色に光らせて 満月が昇る。
クラスキノの國境で ねた晩も 満月だった。
金蒼之の行軍の途中 大荒行の山
脈の中で みた月も 満月だった。
その満月が今 ナホトカ湾の ないだ さざなみ
にキラキラと砕けた光をうつして 大きく昇っ
ている たき火をしながら なにか興奮して
ねむれない一夜を明かす。

集結地
民主グループ

残留

一列車早く到着した五地区の梯団は 沢田を先頭にして
高橋が赤旗を掲げ 分所へ入って行った。
私らの梯団に対してナホトカグループから申入れがあった。
「ナホトカの労務者は昼夜の健斗で病人が続出し
手不足で弱っている同志諸君の中で 帰国を 人に
ゆづり 当地で帰る同志の世話をしようと云う
有志のある方は 残留を申出てもらいたい」と
私は砂浜のつみ藁を背にして 浪の音をききながら
じっと考えた
浪は藻を砂浜に打ちあげては八月の陽差しの
中にくだけていた。
いわゆる残留組の者はリーダーである私のところ
へやって来てはこのナホトカに止まるかどうかについて
云うことについて 話しかけて来た。 私自身
まだ残留するかどうか 心が定まっていなかった
つみわらを背にして目をとぢた
潮風の頬を吹いてゆき それは海をこえて

日本のノスタルヂアを吹きつけて来た
当時ダモイ民主と云うことばが流行していた
それはデモクラートと云う名のもとにすこし
でも早く郷還に入ろうと云う便乗
的な者を差して冠された言葉だった。
また一分一秒還 と云う言葉もあった。
それは一分でも一秒でも早く日本へ帰り
日本に於て直接日本民主化のために活
動したいと云う意味で それにし帰るため
に…と云うことに階級斗争を利用した
者に対する言葉であった
私はダモイ民主の?
一分一秒還か?
いや断じてそうではない 私の過去の
生活が 私の現在おかれてる 立場が
決してそれを させない 私は真にデモ
クラートであり コムニスト でなければならぬ。
このナホトカの部署に人が必要であると云う
ならばよろこんで残留せねばならない

それは階級が私に与えた 光栄ある命令なのである。

よし 残留しよう！ 私は決意した （薪を五地区の梯団の一部は ナホトカえ補給するための 伐材にゆく と云うことがきまり 同志も残るんだ…… と云うことは この私の決心に拍車をかけた。

第一分所に入ると ファシズムとの斗争なくして民主主義なし！ のスローガンの掲げられてある 劇場上の ひろ場に集合して すわり集結地民主グループの者の プロパガンダをきいた。

集結地民主グループの者は みな頭髪を伸し 腕章をつけているので すぐそれと知れた。

ファシズムとの斗争なくして民主主義なし！

と云うスローガンについてのべれば

これは ハバロフスク 地方第一回 代表者会議によって決定された いわば 在ソ民

第一分所　誓ひ　劇場

主運動のテーゼのようなものだった。

この第一回会議によって在ソ民主運動に対する批判とこのテーゼがうちたてられたのだった

在ソ民主運動が先ず軍国主義的な軍隊制度に対する反軍斗争の形態をもって兵隊の手によってうちだされたこと。

これが日本新聞と云うオルガナイザーによって組織され拡大強化されおくれた地方をのぞき一應旧軍隊の階級制度は打破されたこと。

これによりラーゲルの指導権は友の会、民主グループの手に帰されたこと。しかしこのことによって一部民主グループ員が特権階級としての自己の地位をつくりあげたところのあること。

と云うのはこの反軍斗争のリーダーとなったのは主として兵隊出身のインテリゲンチヤであり　その大部分がプチブル

的性格を多分に持っており このことが彼等をして そのまゝ将校のあてがいまゝに自己を据えさせたこと。

この労働貴族的エセ民主々義者を屠らないかぎり 真のラーゲルの民主化は成立しないこと。

そうしてそれらにかわり 労働者農民出身のカードルが育成されねばならず インテリゲンチャやプチブル出身のカードルは急速にプロレタリア的、革命的カードルとして自己を鍛え上げねばならぬこと。

このことによってラーゲルにおける民主々義運動はあくまで至る所暴露的天皇制の残存物に対する徹底的斗争でなければならぬこと。

この結論から生み出されたのが 即ちファシズムとの斗争なくして民主々義なし!のスローガンであった。

砂浜の上に立てられた天幕にそれぞれ被服をもらって入った。

私はすぐさまラーゲルの中をまわって歩いた。

それはラーゲルには至るところに極左版
がえちさまじくなポスターやマンガが
貼られてあったからである
日本新聞紙上でなじみの　久米宏一の
DONのサインの入っているすばらしいポスター
が沢山あり　その絵が先づ私の眼をとらえた
ポスターは　三四人の手になったものらしく
DONの絵と　もう一人の人の手になったもの
は実に私をいつまでもくぎづけにしておく
に充分な　よさ　を持って居り　私が今後（近）
プロレタリア的＝人民的な絵画は　いかにある
べきか？　と云う疑問を持っていたことに対し
て　かなりはっきりした回答に近いものを
与えてくれるべき性質をもっていた。
〝よし　残留しよう〟
私は　はっきりとこのとき残留の意志を
決定した。

宣伝部

私は堀井氏（楽団長）に残留の意志をもって
いることをつげ 集結地の民主グループにとどけに
出かけた 劇場の横に "文化部" なる
立札のある テントをみつけ私はそこに入って行った。
しかしそれは 劇団 "赤い星" の住居であり
絵かきは "宣伝部" にいることがわかった。
八角形 天幕のよれよれ が立っており その
うしろに九五式天幕があって そこに"宣伝
部"なる標識がされていた。 私はその中へ入った。
天幕の中は 一段高く床があり その上に五六
人の者が毛布をかむって ねむっていた。
そのうちの一人に・残留したい旨をつげると
まん中にねていた 頭のはげ上った せいかん
な顔つきの 三十すぎの男が起き上り
"私がこの宣伝部の責任者の川崎
と云う者です" と自己紹介をし 実に
ていねいな言葉で 実は昨日 山嵐が

あったので　テッヤで　ポスターの制作をして
はりかえを行ったので　今日はまだねていた
わけであり失礼した　と云うこと　久米宏一
氏が日本新聞社え　行ったので　現在は人手
不足で　こまりきったところ　であり　残留
してもらえれば　本当に助かる．ぜひお願
いすると云うことを　云った．
私も自己紹介をし　その日から私は　ナホト
カ民主グループ　宣伝部員として　生活
することになった．
部員は　川崎　透（部長）　絵を描く
者は川崎を加えて　八木　と云う広島の
宇品の男　名取室高と云う名古屋の
青年の　三人で　その他に　熊木陽一郎
と云う　壁新聞の原稿や　スローガンを考
える男と　上野　黒田と云う文字を
描いたり　ポスター貼りをする　二人の六人だ
った．

川崎氏は　みんなから教官先生とよばれていたが
（彼は学校の先生をしていた経験があるのでそう
よばれていたのである）　また台湾生れなので
ターザンとも　よばれた
出張ったカン骨で　はげ上ったひたい　高い鼻
と云う　セイカンな　顔の持主であり
背の高い男だった
彼は私が加ったころ　一枚の漫画を実に
濃艶な筆で　描いていた。
それは天照皇大神宮の中に米独占資本
家がふんぞりかえりその前に日本の天皇、
ブルジョアジー、　地主と云う者がへいつくば
っている　絵だった　コロがっている酒壜や
グラスを何度も描いては消し描いては消
していたが　なかなか手がたい絵が出来上っ
て行った。
名取は　すばらしく美しい声で歌をうたいながら
壁新聞か何かを描いていた
入ソ以来ずっと獨人でかきつづけていた私は

こんなふん囲気の中に生活することは
非常なよろこびであり強い刺戟となって
絵を描きたい欲求にとらわれた
そうして私は一枚の紙に四時間ばかりかゝって
闇の女　だれがした　と云う絵を描いた
墨と絵具にクレオンも使って描いたのだが
これは私としては大体快心の作であり　みんなを
感心させた　ところがこれを　ナホトカにいる
日本新聞社の　吉良金之助氏のところ
へ持ってゆくと　これは闇の女をテーマとし
その悲惨な現実のばくろにより社会の
矛盾をアッピールする力よりは　その闇の女
自体のもつ　ダラク的なデカダンなニュアンス
の方が強いと云う批判で掲示はさしひか
えることになった
私の絵に対する批判が次々とうけられ
互にデッサンの練習も出来　毎日かなり
充分な材料で仕事が出来ると云うことは
実に素晴らしいことだった

私はつぎつぎと作品をつくりあげた

毎日二三ヶ列車が浜を鳴りひゞかせては到着し　五日目には日本からリベティ型の貨物船が入港し二千名づつのせては出航した

それでもなお集結地の三ヶラーゲルは人と歌声でわきたち　炊事は昼夜兼行でめしを炊いた。

久米宏一

久米宏一という人は私がナホトカに到着する一週間ばかり前にハバロフスクに出発したので逢うことは出来なかったが　彼ののこしていった作品やエッセイのようなものでも大変私には参考になった。　彼は元プロレタリア美術に参加して活動していた男であり　特に中国の木版のことなどについては相当くわしいもののよう

だった。非合法時代の経験をもつので
その画面は否定的一面の強さが目立って
それが一見くらい感じさえもっていたがしかしその
デッサンの強さは一寸まねの出来ないもの
があった、
私はその中からプロレタリア
美術はいかにあるべきか　民主々義的レア
リズム　のあり方について毎日探究をつづけた。

宗倍彰

日本新聞創立当時からのひとりで輸送が
開始されてからは集結地に吉良金之助
渡辺岡吉と共に来て集結地における
民主運動を指導していった。
ひろしまのカトリック教会のひとりで宗教的な
社会主義者だったけれ共入党してからの斗
争を通じて立派なコムニストと成長した
三十をすこしまたばかりの若さだった。

イストリア・パルチ

オ一回代表者会議から各収容所之モスクワ外国語図書出版所発行の同盟共産党史（イストリア・パルチ）が送られて来た、
中間集結地で一度私は目を通したことがあるが ナホトカ之くると沢山あり 一冊づつ自分で所持しては毎日時間をきめて一つの天幕之集まり それの研究会をひらいた、
研究は なかく 進まなかった
ナロードニキがツアーに対する斗争のあたりから
かきはじめられ 一九三五年の 社会主義憲法の発布まで かゝれたこの党史は 平易に書かれてあるのだが 理解出来ないところにつぎつぎとぶつかり 一日に一二頁づつしか進まなかった、
しかしそうして理論武装は 次々と なされた
とこ や
一ケ所の一角にはとこやがあり 帰還する者の頭から ひげそりを みなやっていた、

私も頭髪を伸しはじめる
朝から　夜まで
時橋と云ふは云ふるが集結地の民主グルー
プの者はかなりルーズな生活をしていた。
と云ふのは　夜勤夜で仕事をすることもあり
班は六人のうち二人が夜間作業　ひるまね
ると云ふた　時間的にはっきりした日課がたて
られず　又様団は昼夜をとわず集結するので
自然時間的にルーズになり勝ちなのだった
朝起床すると　誰か早く起きたものが　炊事
からバックに入れた　めしとスープをもって来る
そうして朝めしをはじめる
それから製作にかかるのだが　よく海へ入って
は貝をとり　フライにして食べた。
ナホトカの海は遠浅で　汐の満干の差は
あまりなかったが　私らはよく海で　長い針金
の棒の小指くらいもあるのをもって入って水中
で砂に　ブス　ブスと刺し込んでみるのである
するとカチリと　かたい　手ごたえがする

それを見てるのでなりおすのだが
子供の学のひらくらいの大きな貝が沢山とれた
そーして一人宛二ケづつしとれば充分足りるわけのプラ
イが出来た

ひる間は八垂形の天幕で絵を描く、
夜となるとくつろいで　劇団"赤い星"の
公演を　通過部隊（民主グループは梯団の者
をこうよんだ）の中へ入って見物した
"赤い星"と云うのは　みな二十をすぎた
ばかりの若い者ばかりであり　血書して残留
したと云う元気な劇団なので実に精力的
に公演をつづけた　文化部長はレコード
歌謡の作詞などをしていた内田つとむがなり
劇団の責任者は栗原慶喜と云う二十
四の青年がなっていた
合唱と　演奏と劇の三つを演し物として
一週間ばかり　つづけては新作をうちだ
していた
この演劇をみるか　ソ同盟側でやって

くれる映画を観覧した。

高橋　清　画

各地から梯団は毎晩のようにやって来た。梯団はそれぞれの性格をもっていた。階級章をつけた将校に牛耳られ我々が入ソした頭初のような暗さと無気力につつまれた梯団もあった。そのような梯団にはきまって盗難がヒンピンとおこり　将校のピンタが飛び無規律―は集結地をゴミや紙切れでよごし　中には小便や大便をところきらわず　ふりまいた。
他方民主運動が進み、民主グループの指導の下に来る梯団は一糸みだれぬ規律とキビキビした動作、体も陽やけして健康さにあふれていた。　そのような梯団が入ったときの集

結地は いたるところに 歌声がわき上った
そのような梯団が入って来るときは 集結
地に残留して 者にとって 何にも代えがたい
よろこびだった。
船が入り 第三分所から 赤旗をかかげた
青年行動隊の
いざゆけ 吾が同志よ
かたく腕 結びて
搾取なき自由の国
ゆかん旗の下に …
の歌声に送られ それはまた とどろくば
かりのインターを合唱しつつ 波止場に行
進する梯団をみるときには 涙が集結
地民主グループの青年の目に あふれ
出るのだった。
カラカンダから梯団がやって来た
はるばる一ヶ月の旅程を了ってやって来
たこの梯団から 又数名が 残留した
その中の一人が高橋清雨と云う青年の

高橋靖爾氏

高い青くみだった。彼の風ぼうが インテリと云う言葉のようなる臭いを多分にもっていった。

彼も残留したからには 民主運動に挺身しようと云う情熱にかわりはなかったが それが宣伝部として美術作品として表現されるに至ってよく理論的な面に喰いちがいの出てくることがよくあった。

彼は独立美術ですこし絵をやった経験をもっており 独得な味のあるものだったが しかし それよりも私は彼のユーモアのある しかし どこか線の細い そして何か一途な情熱のある性格に魅かれた。

女子部、

ソ同盟には 満洲にいた日本人の女も相当数抑留されていたが それらは殆ど帰国していたが ナホトカには 五名ばかりの者が残留し ときには楽団に

対してプロパカンダをしたり壁新聞の原稿
を書いたりなどしていた。
宣伝部のうしろが女子部になっていたので
暇なときには（彼女らは常にヒマだったが）
よく宣伝部にやって来ては遊んだ
私らはそれはもって来いなので作品のテー
マに必要なときには常にモデルにな
ってもらった。
ある日宣伝部は全員山え遊びに行った。
彼女たちも二人ついて来た
私のリュクサックにパンから肉罐すべて
つめこんで四分所の裏をぬけ山え上る
名取はすかさずパンを喜にかえた
私らはパピロスをふかしながら秋陽のサン
サンと降る山え上る。
小高い丘などの山にのぼるとナホトカの湾は
ひと目だった。
何枚もスケッチをしては唄い　止っては又スケッチを
しいる前に山の小さなコルホーズに着く
そこには日本人が二十名あまりでトマトなど

つくっているので トマトや 野菜をどっさりもらう
小川のせゝらぎのほとりで 飯盒スイサン
山々はすっかり 紅葉ーして あかくと陽を
透明して照りはえており そのー似みの中には
野ぶどうがどっさり みのっていた
女子部がスイサンをやり 私らはぶどうを
とり 畑で ノビル(チリムシア) をぬく.
紅葉の中にすっぱり躯をかくーして その中から
やっぱり名画の歌声は 空気をふるわせて
美ーくながれた.
明日かえることになった八木と上野の二人は最
后のソヴエトの 土の香をなつかーみながら ノビル
をとる. このようにーて ひるめーは出来
上り円陣をつくる.
帰りは コルホーズのタワリッシに もちきれぬ
ほど トマトを もらい 劇団 "赤い星"
におくろうと 秋の美な花や 真紅の木の葉
で 花輪をこーらえ それに棒を通ーして
かついで帰る. 川崎先生と熊木の二人

お酒のあばの放歌

その夜は不豚児を公演する劇団のためにその花輪をおくる

翌日、八木・上野は帰還して行った

そのころ 十八地区コムソモリスクの 楽団がやって来る、すばらしい元気 そうして何十名の同志が残留する、

第一回代表者会議と同時に公演されて一位を獲得した ロシア向迎の文形をやった タワリッシ 美術部の向瀬なども一緒に来たので 早速私は一緒にデッサンをやる

ゴーリン病院の赤木・深瀬・酒井などが帰国のためやって来る。そうして命令でウラジオストック、へ行くことになる

私はみんなをはげまして握手して送る、

二〇日もすると彼等は意気ようようとして帰って来た。ウラヂオストックで彼等は何を見たか。？。勿論新五ヶ年計画も勝利的に遂行する姿。勿論ソヴエト市民がいかに民族的な差別がないかと云うこと　勿論ソヴエト市民のための映画館がすばらしい！と云うこと　勿論。私用のために乗っていた電車から　みんな降りて　ラボートにゆく日本人を全部乗車させ自分たちは歩いて行ったひとびとの話。勿論。ウラヂオで素晴らしいごちそうを喰ったと云う話。勿論あ！あの時帰国していたならソヴエトの一カケラーか知らない確信のないデモクラートだったたちかいないが　今こそ　はっきりとした確信を持つことが出来た。と云うこと。そうして彼等はウラヂオストック市長や各方面からの感謝状など沢山もっていた。

おゝ ゴーリンのタワリッチよ おめでとう。
採団につれてトーシアが来る。
鉄路のそばにたき火をしている、えび茶色の
ショール、あゝ、トーシア
私は声をあげる、トーシアはふり向いて笑顔
を送る、 私は早速ピスモ（手紙をかく
КУДА ~~ТОДА~~ . КУТО НОДА
"ПИСУМО. ГОРИН
同志野田に対して 詳細を記し さしあげるまで
入れは女子結婚のレポートを トーシアに
託す、 トーシアは その 封筒の表書た目
をとおし "プライナ" と云って 胸のふくらんだ
ポケットに入れた
日高、中野と云う 若い 詩人が居り
彼が編集責任者になり "海つばめ"
と云う雑誌を こしらえていた、
私は 海つばめの ために 表紙、

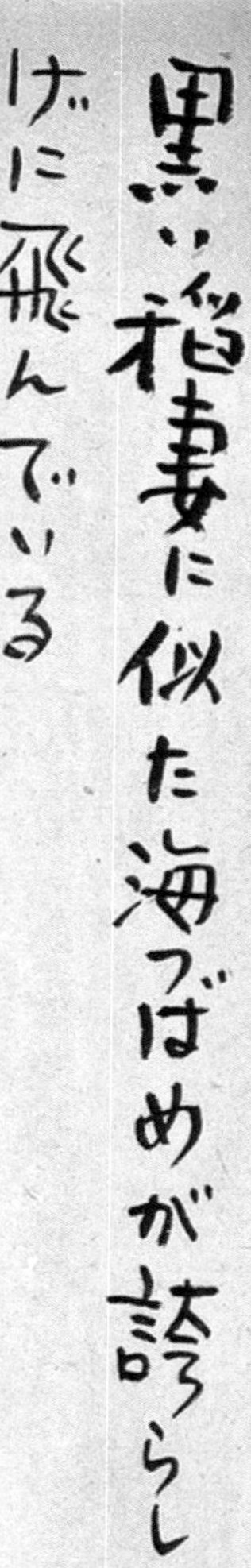

黒い稲妻に似た海つばめが誇らし
げに飛んでいる
嵐だ　やがて嵐がくるだろう
これ　勇ましい海つば
けど　怒りさ
海　のだ
この
勝利の予言者は叫
んでいる、嵐をしてはげしく
来らしめよ！嵐よはげしく来れ！

カット・漫画を描く。
海つばめ、と云う誌名は　マキシム・
ゴーリキーの　荒をよぶ詩　海つば
めから　とったのである

集結地民主グループもだんだんと民主
運動をしていたわけでもたゞ輸送業
務に忙殺されていたわけでもなかった。
その内部における裏切者は斗争からとりのこ
されていったのである。

劇団"赤い星"は　帰國の問題と
からみ内紛をおこし　昼夜の上演に病
人も続出し　内田つとむ、栗原康誉を
はじめとして　劇団全員　"赤い[illegible]"
にあとをゆずって帰國して行った。
管理部も　駒場と云う管理部長ら
をはじめとし　脱落のかたちで帰國してゆき

指導部、青行隊もそれぞれ新らしい若い積極者と交代した。それらは自然淘汰ではなく激烈な斗争の中からの脱落であり成長であった。

マルシャンスク梯団。

モスクワの南からはるばるマルシャンスクの梯団がやって来た。

彼等のところへは日本新聞もとぎれがちであったし、ハバロフスク地方のテーゼもゆきとどかず、ほとんど孤立した形で民主運動が展開されて来たのだった。

マルシャンスクは巨大な将校ラーゲルで兵隊はすべて将校当番だった。

斗争は先ず将校当番辞職から始まった。

その反軍斗争には進歩的な青年将校も参加して斗われた。

そうしてその成果をたか〴〵と揚げ石川と云う委員長を先頭に希望行進曲を合唱しながらやって来た。

（石川と云うひとは　元朝日新聞の記者かなんかで　帰国して〝斗う捕虜〟を書いた人である）

実に整然たる秩序で　夜をプラットホームで明かした彼等は　朝になると整列して日本新聞に対する感謝決意、ソ同盟に対する感謝決議のカンパをひらいた。

青赤　さまざまのプラカートには
ダドラストウチ、ヤポンスキーコムパルチ
ダドラストウチ、タワリシ　スターリン
ダドラストウチ、ソウェツキー　サユーズ
と鮮やかにしるされていた。

彼等の整然とした秩序と　素晴らしい合唱は　彼等の斗争の成果をあざやかに物語っていた。

私らは泪ぐんで　この何百マイルを　やって来た同志を迎えた。

大木源一

川崎先生が病気のため弱っていたので私
と高橋の二人は昼夜兼行でソヴエト社会主義
10月革命30周年記念日のためのポスター
（10月革命画譜）を制作していた、
アルミャンスク梯団の中には太平洋美術
学校の教授大木源一がまじっており
早速私らは彼をまねいて宣伝部の天幕
の中で絵についての研究をうけた、
私はそれまでに油絵　さようなら　さようなら　さようなら
と云う中野重治の詩を描いたものも一枚つくり
あげていたがそれをみてもらった、
それに対しての彼の批判は色彩に就て
貧弱であることの指適だけだった、
そうして春陽会あたりに出したらちょう
ど入るくらいの作品だと評した、
とにかく彼のためになり得るところはかなりあった、
彼は作品として川崎先生の肖像
とスケッチを四五枚残してくれた、

そうして絵具だとかノオト紙なぞを寄贈してくれ梯団と一緒に帰って行った。
（彼が帰るとき私に大木と刻んだ立派なゲルマンのナイフをくれたが それは私が帰国した時舞鶴の税官吏がぬすみとってしまった）
野田、石原 トコヤの江畑らがゴーリンからやって来て通過して帰った。ゴーリン民主グループの野田氏につかれた顔をしていた

魚獲班、

ナホトカ湾内には 港に近く小島がありその小島には十名あまりの日本人が魚をとる作業をしていた。
ある日 私と名取の二人は 魚をもらいに

その小島に渡った、
冬になると 氷の上を渡ることが出来 夏はズボンを脱いで歩いて渡ることが出来るのだがちょうど十一月頃なので 小舟を漕いで来てもらい それに乗って渡った
小島には地下壕のような あたかも小さな家があり 魚獲班の者はその中で網すきをしていた、
小島の上は それでもかなりの 広さがあり 小さな畑もあり その岸ぺんに立つと 港の船が油絵のような美しい色彩で眺められた、
一日その小島で遊んで 二人は バケツに一杯の魚をもらって帰り 夜のスープと フライの ごちそうになった

そのころ ナホトカに 六才ばかりの男の児がやって来た、 将校の父親と一緒に 抑留されロシア人の子供と一緒に育ったので ロシア語はすばらしく 上手だった、

絵を描かせると自動車や船や人間を描き　そこまでは普通の日本の子供と同じだが　人間をかくと　それにプラカードを持たせ　赤旗をもたせた。民主グループの者は大よろこびしては　その児をよんでは　絵を描かせたり　歌をおしえたりした。　宣伝部の幕舎だし絵を描くおぢさんがいると　云うのでよくやつて来ては遊んだり　私たちのモデルになつてくれた。

川崎の先生は　興安嶺の悲劇と題して終戦時　興安嶺における日本軍将校のザンギャクぶりを日本新聞でばくろしたが　そのころの犠牲のあらわれが冬に入りはっきりして来て、足が痛み出し　ほとんど床についたきりになってしまった。

ソヴエト社会主義十月革命
30周年記念日萬才！

革命記念日が近づいて来た。
それは ソヴエトの人たちにとっては 最大の祝日だった
そうして我々自身にとっても 一九一七年十月の
レニングラードにゴウ然と火を吹いた戦艦
アブロラの砲声は 被圧迫階級の手によって
確信をもって 人民の主人の國 社会主義の国
そのみちがひらき得るということを 事実をもって
示してくれた 記念すべき日であった、
地球の六分の一の面積にすむ兄弟たちが
自ら鉄の鎖を断ち切った日であり
働く者の勇気と確信をあらたにする
日であった
その記念日が近づいて来る。 と云うので
全ソ同盟にある日本人のスローガンは
革命記念日をめざしての斗争重発
と おくれた地区の追いつき追いこせ運

動が展開されていた。

宣伝部は 各ドーマの上に 巨大なスローガンをあげることに決定し それの製作 また 例の革命記念日を十二枚に描いた絵巻の作成に一所懸命だった。

文化部は 革命音頭を作曲し 踊りをつくりあげ これの普及のため 朝から晩まで ひとびとはこれを練習し アコデオンの音が鳴りひびいた。

そしてちょうど そのころ マルシャンスクから第二陣として 将校梯団が到着した。

そしてこの将校たちはすべて デモクラート ばかりであった。 トロンペットとアコデオンを先頭に 整然とした 新メーデー歌の合唱が ラーゲルをうずめた。

いよいよ 十一月七日 記念日がやって来た。

朝から ひろ場で 記念日のミーチング(集会)がひらかれた。

宣伝部からは 高橋が演壇に立った。

そして ひる間は 文化部の 行う 文化カンパがつゞけられた。
夜はいよいよ 革命音頭を おどりぬくことになった
宣伝部が忙しいので その手助のため 三人ばかり人が青行隊から来ていたが あとの宣伝部はとっぴなことをやろうと云うので 羊皮のシューバを裏がえしに着て眼だけ出し 白熊ともエスキモーともつかぬ モノになり 塩ザケを一匹づつ背にして モグ モグと デモに参加した。
これは川崎先生のアイデアだった。
そして その珍妙なデモが了り 二十種類ばかりの料理の夕食がすむと 革命音頭のドラムやアコデオンが ひろ間に鳴り出した。
ひろ間には 薪が山とつまれ 火がつけられた。 間の中に火の粉をあげて 焚火はもえ上り あたりをあかあかて 照らし出した。
そうして この踊りを "イスクラ祭り"と銘うった。
宣伝部では 小林が ふりそでに 大鼓帯を

結び女装した 私にも この女装の おはち
がまわって来るところ だったが 私は 身をもって
のがれた。
入ソして以来だれにも はじめての踊りだった
盆おどりの経験のない私には おそらく生れて
はじめての 踊りだった
リズムにあわせて 手足をうごかしていると まっ
たく人間の本能的な快さが 湧き上って来て
ほんとうに踊りの中に ぴったりと心がとけ込ん
でゆくのがわかった
歌も革命的 踊りも まさしくこれは革命
的だった。 踊りと云うより 体操に近
い踊り方だが それがみんな ぴったりとそろっ
と巨大な焚火に濃い影をつくって素
晴らしい群像の ボリウムをつくりあげた。
躰がわるいので 踊れぬ川崎先生は たまり
かねて 円陣の中に入りこみ バケツをさげ
てそれを 歌に合せては叩いた。
宗像氏も 吉良氏も みんな踊りに参
加し 女子部の者の 姿も 目をひいたが

チボホラまじるや女装やわけのわからぬコスチウム
が加わって踊りは、夜がふけても もえさかる火と
共にいつまでもつづいた
一分所の焚火が消えるころになると 二分所で
踊り イスクラ祭りがはじまり 私らは柵を
またいで ばけつをさげ 二分所へ遠征した、
川崎先生は腰がいたくて柵がまたげないので
みんなでかついで柵をこえた、
二分所では劇団からドーマえと 万国旗や
テープをはりめぐらせており その下では たくま
しい歌声と 躯が入りみだれていた、

炬火よ もえよ
天をこがせ
その火のもとに 踊る 若者よ
若者たちの歌声よ
ナホトカの海を 渡れ、
若者たちの足音よ
とどろ 高鳴れ とどろ 高鳴れ
20億の働くものの 足音よ
とどろ高鳴れ、 とどろ高鳴れ、

マルシアンスクの將校捕囚と入れちがいに
外蒙古共和国のウランバートルから
捕囚がやって来た
ちょうどそのとき日本新聞社の諸戸
（文夫、浅原）が集結地にやって来て
いたときであった
ちょうどその前日第二分所で集結地
民主グループの臨時総会を開き諸戸
の一般報告を承認し　プチブル的右
翼社会民主々義者との斗争の決
意をかため　集結地へ自身のプチブル
性・妥協的性格を自己批判したと
ころだった
そこにウランバートルの捕囚が到着し
て来た
シューバに身をつゝんだ兵隊達は灰色
のチンウツな顔をうつむけて　よたよたと入
所して来た

その　その疲れ切った兵隊の顔の中に肥え太って立派な被服を身につけ階級章をサンゼンと光らし　兵隊を叱り飛ばし兵隊に将校行李をかつがせてゆうゆうと入所して来た将校の数人がまじっていた。

集結地の管理部員が人員数、梯団の責任者などについて　尋ねにゆき

〃ナンダ　お前達は　兵隊だろう！
生意気な口をきくな将校に向って！〃と

と気合をかけられ　プンプンと怒って帰って来た。

暁に　祈る！

特に集結地の青年行動隊の者はその階級章をつけた将校に対するフンゲキは激しかった。

入ソ当時自分達自身の経験した天皇制軍隊の地獄図がそのまま目の

前に再現したのである
梯団は入所して ひろ場に集った
そうして形通り 民主グループの一人が舞
台に上って 歓迎のアイサツを行い 所
内の説明を行った
諸戸が舞台に上った
そうして やわらかい調子で このシベリアで
日本人兵士の手でまきおこされた民主運
動について ていねいな説明をはじめた
入ソする時 どこの収容所でも ウランバー
トルの梯団と同じ状態であったこと
そうして それが兵隊の自覚によって軍隊
制度をうちこわし 民主的なラーゲルをつくり
あげたこと. それによって現在のわれわれ
のように元気で みんな平等で 将校
行李をかつがされることもなく ビンタをとら
れることもなく のびのびと生活している
このような民主々義は 兵隊自身で
かちとらなければ 決して専制的な将校

自身が もたらせてくれるものでは決してない
みんな よくこのことを考えてみて今から
でも決して おそくはない。 横暴な将
校の下をはなれ 自分たちの手で 明るい
梯団をつくりあげてくれ。
みんなの帰ってゆく日本でも 民主的な日
本を建設するために 働く者は民主
戦線に結集して斗っている。
今 君たちが自分たちの生活を民主
的に切りかえることが出来ないようでは 決し
て日本へ帰っても 日本の民主化なぞ出来る
ものではない。 いつまでも 日本の 大金持
や大地主の下に あっぱくされて 苦しまなけ
ればならない。 そのことは やがて みんなの
子供や孫たちが 又しても 戦争にかり出
されることであり 或は君達自身が
また戦争を追いたてられる結果にも
なるのだ。
一時間近い 諸戸の 話はウランバートルの

兵隊に影響を与えた
次いで たまりかねた アジプロ隊の A
Bと次々 壇上にとび上り げきれつな
声で訴えをつゞけた
川崎先生も 痛む腰を 舞台にはこび
彼自身の経験と なによりも雄弁に
物語る自分の腰を示して 早く自分
の足になかれた鉄鎖を 断ち切るよう
に叫んだ
宗像氏が 話しだしたところ 広場はそう
然となって来た ウランバートルから来た 集
人々の周囲に人がきをつくり 集って来た 集
結地の者 他の地方から来た 梯団の者
が口々に アジテーションをはじめたからである
ウランバートルの者の中からも さまざまな声
があがった 夜空にそれらの 二 三千名の合
の声は 渦を巻いた まき上った
そうして その声は 次第 次第に 一つに

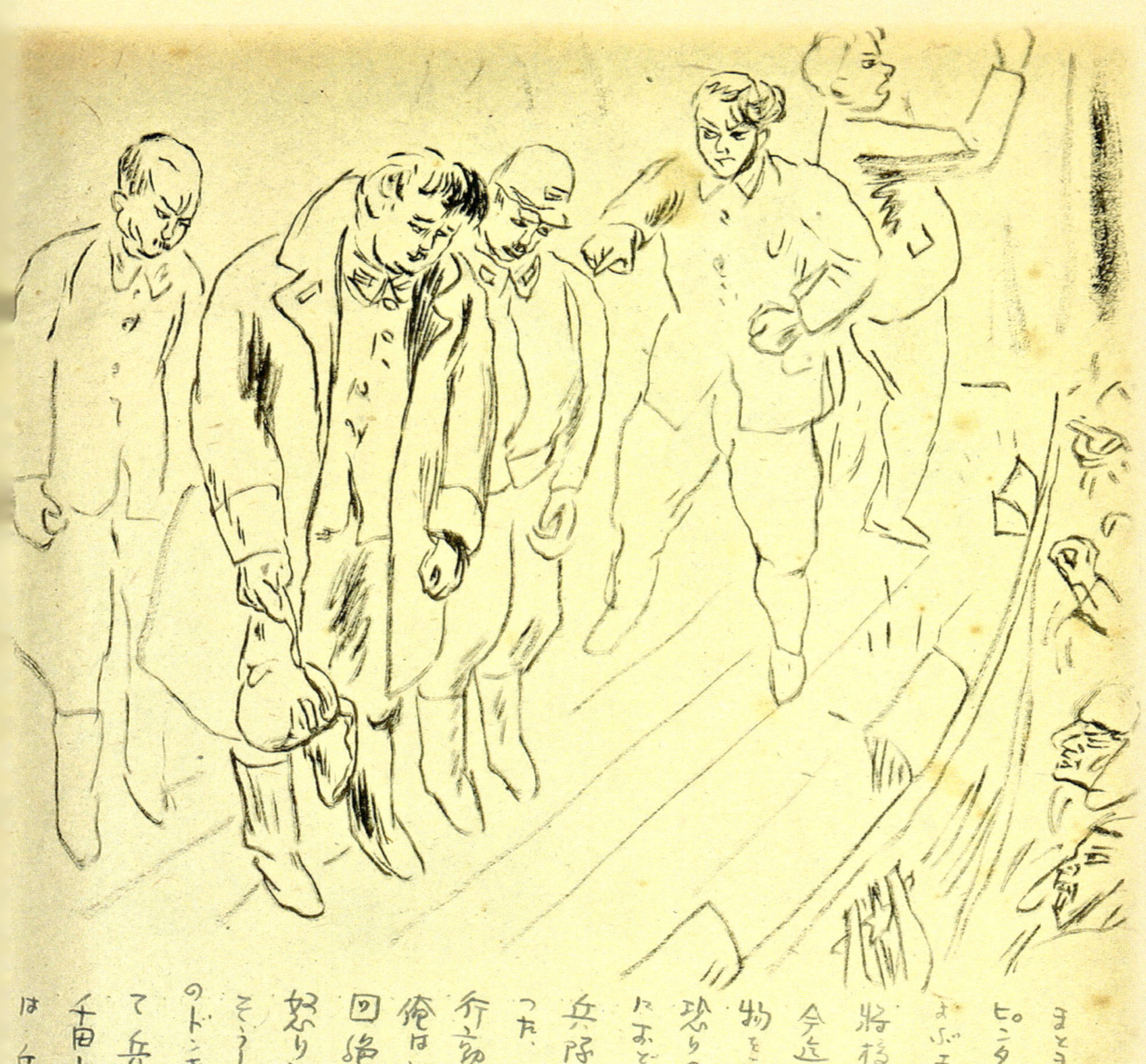

まとまり 将校行李をかつがせて来た将校、ピンタをやたらに飛ばした将校の名前をよぶ声にかわった。

将校たちは 舞台の上に上げられた 今迄 天皇の命令で 階級章の星の数に物を云わせて 君臨していた将校も 大衆の怒りの前には とりおさえられた泥棒猫のようにおどおどして 哀れな弱々しさを示した。

兵隊の自信は増し 怒りは更に大きくなった。 次々と立って 将校のザンギャクな行為をあばきはじめた

俺は誰に殴られた 俺は誰のために何回絶食をさせられた‥‥ 兵隊の声は怒りにみちて 次々と持ち出された

そうして 階級章をつけたウランバートルのドンキホーテたちは その罪状をみとめて兵隊の前に頭をさげた。

千田少佐をはじめとする七、八名の将校は 兵隊に対する支配力を完全に

失ってしまった

兵隊たちは奴隷のバッチ 一つ星の階級章や帽子の星章をはらだたしげにもぎとり 砂浜の砂の上になげすてた。

そうして自分たちの手で選挙を行い代表をえらんで 終戦以来三年目はじめて民主的な形態を自分達のものとしたのだった。

ウランバートルの 兵士たちは 民主グループの部屋におしかけて来ては 次々とウランバートルの生活の状態 を知らせて去った。

それらの言葉から たいたいつぎのようなことが明らかとなった。

つまり ウランバートルでは 終戦時から現在迄 反民主的 ファシスト的な 将校の独裁の形がつづけられたこと。

将校達は暴力団を擁して反抗する 兵隊に 体刑 或は直接暴力

たよってのみ権力を維持すると共に沢山の
兵隊の犠牲者を出したこと、
暴力団は二つに対立して暴力団同
志の血なまぐさい斗争がつづけられたこと、
ウランバートルで絶体権力をにぎり将校
を意のまゝにうごかしてウランバートルの天
皇として無頼に振るまったのは元憲
兵曹長で中佐の階級章をつけた吉
村と云う男であること
その吉村と云うのは実は偽名で実名
は池田と云う男であること
・その池田の命に反する者は裸にして
戸外えはりつけ凍死させ朝そのうなだれて
死んでいる兵士の姿から"暁に祈る"
と名づけられてそれが何回となく行われ
三百人近い犠牲があること、
その吉村は最后の梯団に入って近く
ナホトカにやって来ると云うことであった。

吉村がやって来る！ 集結地は緊張しきった日がつづいた。

ウランバートルからは引つづいて梯団が到着し 長命をはじめとする 数名の将校が兵隊の手でいわゆるつるし上げられ 兵隊たちの手で民主的な組織の梯団がつくり上げられた。

それはどうしても吉村がやって来る迄帰らない そうして吉村が来たなら彼の罪状をあばき徹底的に追及してやるんだと残留するんだと云う者が続出して来た。

又集結地のラーゲル内で過去自分たちにビンタをくれた反動将校をよびだし暴力には暴力をと 暴行を加える者が 出て来た。

集結地民主グループは それの取締りにしかけまわって あかねばならなかった。

吉村隊

いよいよ吉村隊がナホトカにやって来た。入所すると同時に一人の兵士は血まみれになって医務室にかつぎ込まれた。吉村の配下の暴力団の手にかかったことは明らかであった。

青年行動隊は ミゴミ、杖を一本ひきあげてもって来た。その枝の中には何かの金でつくりあげたらしい、そりを持った日本刀がかくされていた。

吉村は青酸カリを持っている、井戸 気をつけなくてはならぬ!

さまざまなニュースが飛び 民主グループは極度に緊張した。

吉村とは絶対に一緒に帰らない 彼が上乗したら 日本海の水をなめさせてやる、と云っている人々もあれば とにかくなぐられただけは なぐりかえしてやる、何百名の殺された仲間のことを思えば 彼はこ、

で殺してしまってもよいと云う者もある。
吉村の一派は必死になって自己の支配を維持し日本え帰るために狂暴さを加えて 現に今は一人の兵士が誰とも知れず頭を割られて死んでる。
これを最少限度に喰い止めると共に 吉村隊の兵士の手でやはり民主的な梯団を組織して日本え帰さねばならぬ
これがナホトカ民主グループに課せられた困難な課題となった
吉村隊の歓迎カンパが又ひろ場でひらかれた。これには先に到着したウランバートル梯団の者も参加し更に二分所にいた者も柵をこえて集り 各分所の民主グループも 皆 動員された。—
殺気だった空気につつまれて歓迎カンパは進められ いつの間にか 吉村に対する追及のカンパと変っていた。

吉村を出せ！　吉村出ろ！〃〃
怒りの声は海鳴りのように ナホトカの夜の浜辺に なりわたった。
幕合いの内に入りこんでいた吉村は舞台の前につれて来られた。長髪に髭面さえなくゆえて ときどき あざけりに似た ゆがんだ笑いさえうかべて 彼は不敵に立った。
彼の姿が現れると 兵隊達のいかりは頂点に達した。
ウランバートルの兵士の一人は 松葉杖の姿で舞台に上り 〃彼のために俺は生れもつかぬ片わにされてしまった〃 と叫んだ。
吉村のために殺された者の名前がつぎつぎとばくろされ そのときの悲惨な状況が兵士のトットッとした口から語られた。
吉村の配下の暴力団もみな 兵士の中から引っぱり出された。
十時をすぎ 十一時になり ナホトカの夜はふけたが この怒りにみちたカンパは あかあか

と真っ赤な炎を吹いた。

〝奴をなぐらせろ！〟

〝吉村を帰すな！〟

〝彼を曉に祈らせろ！〟

〝そうだ曉に祈らせろ！〟

〝裸にしろ！〟

兵士の怒りは具体的な形をとって発言にあらわれて来た。

そのころ諸戸はレポが来て至急日本新聞社に帰ることゝなり カンパの場から駅に向った。 ナホトカ民主グループは赤旗をふり 青行隊の歌で彼を送ると更に吉村えの追及にうつった

〝吉村を又ウランバートルの石切山に追っかえせ！〟

みんなの意見は怒りにみちていたが なかなかまとまらなかった。 吉良、宗像がこのカンパのリーダーをとり 吉村に向って

一つ一つあげられた具体的な彼のリンチが事実かどうかをたしかめた。

彼吉村は さすがに青ざめて その一つ一つを確認し外套をぬぐと 舞台の上に土下座をして "諸君ののべた通り 私はそれらのことをやって来た。今は後悔に耐えない 深くおわびする" と云って頭を下げた。

しかし兵士の怒りは そのくらいのことでは おさまらなかった。

"殺せ！ 殺してしまえ！"

"地下の何百人は 泛べぬぞ！"

"うらみをのんで死んだ仲間の仇だ 海にぶちこめ！"

"そうだ！"

いつまでたっても 三千の大衆の怒りは果てがなかった。

"それでは 彼の處置については 民主グループに一任してくれ。彼に対する みなさんの怒りはよくわかる。しかし 彼に制裁を加える

ことより我々が民主主義者になり民主々義をかちとることによって帰國してからこのような目にあわされないように斗うことの方が大切だ　まして彼に直接制裁を加えると云うことは民主々義者のすることではない　だからとにかく彼については民主グループに一任してもらいたい。　と云うことでこの吉村に対するカンパはひとまず了った。

ソ同盟側に交渉をしつづけ中共ソヴェト側としてもこれは外蒙共和國から帰国のため輸送して来たのだから何うすることも出来ない　しかし不祥事件は防止しなければならない　と云うので吉村を一船おくらせてウランバートル以外の者と一緒に帰國したのだった。

ウランバートル梯団から二名　何うしてもナホトカに残留してくれ　民主々義について今迄のあやまった考えを勉強したいから

と云って残る者が居り宣伝部に来て寝起きしていたが　これも外営関係なので残留もせず帰国した。

この吉村隊のカンパをモメントにして集結地における民主運動は異常な昂まりをみせてきた。

白系ロシア人

ソヴエト革命をのがれて上海満洲あたりに逃げていたロシア帝政時代の貴族、将軍ブルジョアジーのなれの果の人たちはハルピンで売笑婦になったり裸レビューになったり日本軍隊のスパイとなってくらしていたが　第二次世界大戦の終結と共にソヴエトへの入国が許されたので居づらい資本主義国をきらって入ソして来る者が多かった。

上海あたりから引あげて来た白系ロシア人は第四分所をその収容所にして集っていた。

そこには さまざまな服装の者が居た。
ある日私と川崎先生はスケッチブックをさげて第四分所のスケッチに出かけた、
そうして何枚もクロッキーをとり 何枚もモデルになってもらって写生した。
同じスラヴ民族でありながら、社会主義の國に育った者と 資本主義国で生活した者と 不思議なほどの相違をみせていた。
なにか白系ロシア人には たくましさがなく健康さがなかった。 いかに赤く口紅をぬりキラキラ光る毛皮をつけていても それは夜の動物を 太陽の下に ひき出したのをみるような哀れさにみなぎっていた。
病的なタイハイ味が 影のようにつきまとっていた。
あの [illegible] フハイカを着け ネッカチーフを巻いたソヴエトの娘さんたちの もりあがった胸の健康さと明るさは どうしても見出せなかった。
白系ロシア人の中には青山学院の元大学生など云う日本語の達者なものも 居た。

私と川崎先生は　社会がこうも人間をかえるものかと　まざまざとみせつけられて帰った。

モデスト中尉

宣伝部ではモデスト と云う二十五才の中尉がよく遊びに来た。　彼は依木結地府の将校であり日本語が達者なので通訳をしていた。

彼は若いボリシエヴィキであった。

がっちりした背のあまり高くない彼の顔はとてし二十五とはみえなかった。　それを彼に尋ねると "苦労していろんなことを考えるからこんなになったんだ　ものを考えると人間の顔はこんなになる!" と云ってはん笑った。

彼の目は射るようなするどさと強い意志があらわれていた。

さすが　ボリシエヴィキ　だけあって　普通のロシア人よりとびぬけて勉強をしていた。

文学の話などすると　実にすばらしく　シェークスピア、ゲーテ、ロマンローラン　ほてん

ど彼は読んでいた。
日本語も彼は捕虜から一つづつ言葉を習い
それを小さなノオトに書きしるしては覚えたの
だった。日本文字も 漢字も だいたい彼
は書くことが出来るようになっていた。
花より だんご だとか 猿も木からおちる
などと日本の ことわざ などをおもしろがって
き、ノオトしては それに似たロシアの コトワザ
をよくおしえてくれた。
川崎先生は 大の酒ずきなので ある日
松ヤニのカタマリを持ち出し モデスト中尉さん
ーめし これでワニスを こしらえるから アルコール
が欲しいんだが せひくれないか ーと たのむと彼は
"よろしい 他ならぬ宣伝部の たのみだから
きいてあげよう そのかわり 赤い顔をして
戸外を あまり 歩かないでくれ" と云って
一ビンのウオッカを私らのところへもって
来てくれた。
彼はそのヒビキのある声で "シコクサン"

云って来ては よく絵の話をした．
もう一人 見習士官で モデスト と云う青
年がいたが これは 日本語の学校を出ている男
だった．
彼もよくセーミチカを 噛みながらやって来て
は 薪割りをその 素晴らしい腕でやってみせ
"どうだ これには日本人もかなうまい"
とよく自マンしてみせた．
みんな 社会主義の中に生れ 社会主義の
中に育った新らしい 型の人間だった．
モデスト中尉は プーシキンや ツルゲーネフ
の詩を暗誦してきかせたが
とりわけ マヤコフスキーの レーニン の詩と
ソヴエトの パスポルト の 詩がすきらしく その
情熱にみちた バスで よく 誦してきかせた．
冬が来て ナホトカは 雪にうずもれた．

ナホトカの
火

ナホトカはすっかり雪にとざされ 海には
氷が流れて来た。
オットセイがやって来ては よくカンボーイの標的
になり 凍った空気の中を銃声がふるわせた。
気温は最底三十度くらいで 上下した。
一九三七年の輸送は停止され奥地から
集結して来た梯団は船が来ないので 53
ラーゲルや ウオロシーロフの収容所へ引き返
して行った。
ソ同盟側はナホトカ民主グループにもなる
べく最后の船で帰国したらと云って来たが
何うしても今迄守りぬき在ソ民主運動の
総しめくくりとして 斗って来た集結地を
ながめて 帰る気持ちにはなれなかった…
そこで やはり全員残留して 冬を過す
決意をかためた。

スターリン憲法発布記念日
十二月五日 社会主義憲法発布

記念日を期して青年大会をひらき斗争をもりあげるべく全ソ日本人に檄が飛び集結地でもミーチングをもった。宣伝部の～は私が演壇に立った。青年こそその純真な熱情熱をあますなく階級斗争にさゝげつくすべきである。青年はその行動力 無鉄砲とも云える積極性に特質がある。曽て我々青年はミリタリズム狂信に踊らされ特攻隊に乗って体当りを敢行した しかし現在の我々はめざめた若い階級斗士である この闘斗精神でわれわれは天皇制にたいして体当りも敢行すべきである。

だいたいこんな油気的な扇動的な言葉をならべたアヂテーションを私は努力一杯の大声でたゝきつけるように行った。

その みじかく区切った語句と 激しい言葉が その時の 民主グループ全員の

もり上った感情にぴったり来たので高く
評価された そうしてその夜 アジプロ
隊の援助として梯団と越冬すべくラーゲ
ルにいる中隊にアジテーションに出かけた
しかし天幕の中では私の大声も手ごたえ
のなさでもの足りなさがあった 私はあらんか
ぎりの大声をはり上げ 声はかすれた
それが私がナホトカでの第一回の大衆を
相手にしたアジテーションであった

反動カンパニア

ハドロフスクでも
ホルモリンでも
コムソモリスクでも
チタでも ウラルでも カラカンダでも
地球の六分の一を占める ソ同盟のあらゆる
ところで 日本人たちは腕をくんだ
アンチ・ワイナー

帝國主義戦争の犠牲者たちが
帝國主義戦争に反対して
眉じりをあげて 腕をくんだ
ナホトカの雪に
ワーリンキの足あとが くっきりとつけられ
一分所から二分所へ
そして又一分所へ
みんなの頬は あか あかと 燃えた……
海の彼方にとどろけ インター
日本の仲間も歌っている
フランスの イタリアの あらゆる国の
平和に忠実な
平和のために よろこんで生命を捧げる人々
の歌声が ひびきかえす

第一分所総会

青年行動隊から指導部に対する批判
があげられ それが きっかけとなり 第一分
所総会が ひらかれた.

事務室にはフハイカを着たグループ員がギッシリとつめかけ　報告に対して検討が加えられた。　そうして

現在迄の集結地民主グループの活動は基本的には正しいこと、しかしながらその指導者的役割を果す人々に於て　ヒロイズム的な斗争がなされ　マルクスレーニン主義に基礎をおいた行動とは云えない点があったこと等々が確認された。

二十七才の青年組織指導部長の津村はその性格である純真な情熱をこめ　泪をぽろぽろ流しながら報告を行った。

理論的面において　或は実際活動において未熟さはあるかも知れないが　革命に対して　みぢんも　ゆるぎのない純真な情熱をもち合せている人々ばかりだった。

このナホトカ民主グループの事務室を十月のペテルブルグの　スモルニー　たらし

めよ！ そうして 輸送開始以来 レン
メンと燃え上らせた ナホトカの 幾多の火
を消してはならぬ。 最后の一人 まで日本
に送りかえすまで ナホトカの 火を燃やせ！
と この ナホトカの火を燃やせと云うことが
みんなの合言葉のようになった。
そうして各幕舎に コムニストとして
資格として
革命の利益は 何よりも高し
整風活動
学習 又学習 等々 毛沢東の
中国共産党に与えた 党員としての
生活 思想態度を かべにはりめぐらせた
文化コンクール。
シベリアの各地の ラーゲルで文化運動が
もり上って来た。 何のラーゲルでも 必ず
劇団 楽団があり 各職場に劇団
があり 文化サークルが あった

そしてそれからは定期的にコンクールを行っては批判を行い 更に前進した。
文化を仂らく者の手に！のスローガンが此で行われ楽器をいぢくったこともない労仂者 農民出身の人々の手によって これらがもり上げられ 今迄劇団のカードんとして存在していた 芸人根性的な人と態度 プチブル的なインテリの持つ芸術至上主義的なひとりよがりは駆逐され 仂く者の手で前進させられた
集結地民主グループは日夜劇団と対する活動のために 忙サッされ文化活動は文化部に一任してあったけれ共 輸送が停止され 過冬態勢に移った現在 急速に 民主グループ自身の文化運動をもり上げる必要に 迫られた
そうして 第一回文化コンクールがひらかれた
宣伝部はかねてから川崎先生の脚本で"五つの仮面"と題した コメディを準備

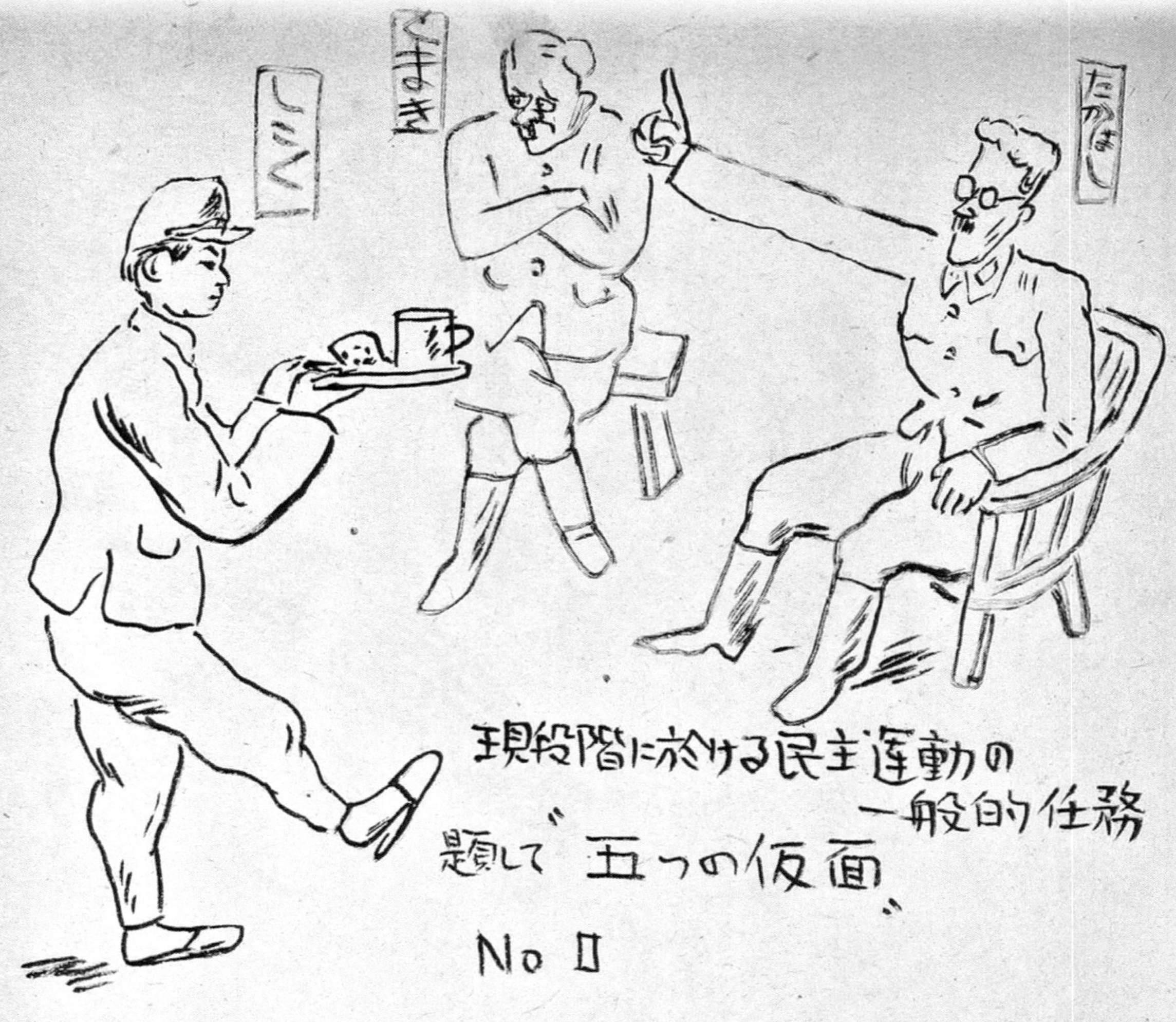

一　連習を重ねていたのでそれを発表した
それは川崎先生の大まかなストーリーに
みんながせりふをつけ加えて一つにまとめあげ
たものであった。内容は在ソ民主運動
の誤謬或は反民主的な形態をフウ刺
したもので

No1は元将校が階級章をはずした
だけで旧軍隊制度そのまゝの形態で
民主運動を行っているところであり軍隊的
な服従と専制　私的制裁等を之が
たもの　キャスト

将校　高橋　熊木
将校当番　四国
パンをぬすんだ兵隊　名取

No2　暴力団が民主グループと変り　委員
となり暴力で民主運動をしているもの
暴力団長の民主グループ委員長　川崎
その配下　熊木・名取・小林
反対する青年　山崎

No3、 エセ民主々義者で将校と内通し
自己を維持している 民主グループ。
委員長名取、

No4、 文化サークル的な 団体運動を終始し
階級斗争を放棄し 同人雑誌の発行や
芝居に 民主運動をすりかえているもの
委員長 四國、

No5、 スパイ通訳に牛耳られ 民主運動で
スパイがソヴエト側と将校の中間にあり
常に内通し八方美人的 役割で自己の
権力を確立し 民主運動は その掌中に
ホンロウされているもの
通訳名取、

これを約一時間かゝって上演した、
演技の途中 俳優が相手のゼスチュアや
ア姿の おかしさにふき出したりしたことも
あったけれ共 一応の成果?をあげた。
特に青年行動隊のコーラスと 三つ四つ
の楽器で行う演奏とはみんなに大きな
カンメイを与えた。

第三回 文化コンクール、

もうこのときは川崎先生は倒れて入室ー）
ていたので　私が朗読詩をつくった
エドガー、スノー氏の"中國の赤い星"
たより　中國共産党の厂史を詩にしたの
だった（このエドガー・スノー氏の中國の
赤い星"は関东军が中共军の理解のため
部外秘としてほんやくし持っていた本だった）
"麥は実り"
と返して原稿用紙に二十枚あまりの長篇
で　中共军の厂史とその不屈な斗争を
書き　私と高橋、名取、山崎と四人
で朗読し　名取が作曲して　中國人民解放
军の歌をつけ加えた
他の部は　二、一ストをとりあつかったもの
血の日曜日をとりあつかったもの　などをやった
第三回文化コンクール
高橋が脚本を描き　ラジオドラマ
復員した兵士が　荒れはてた街にかえり
その荒廃の中から行くべきみちをみつけると

云ったテーマ、やはり四人の主演

機関誌 同志

ナホトカ民主グループ機関誌"同志"の編集は宣伝部がすることゝなり毎日これの作製にあたる。

青年行動隊は毎日雪の中を鉄下一ち薪用の材木をころがしてつみ上げるラボートへまでゆく

川崎先生は医務室に寝たきりでだんだん病状は悪化して来てもう起てなくなってしまった。

集結地民主グループ

第二回総会

十二月のなかば強い吹雪の日第三分所で集結地民主グループの総会を二日間ぶっ通しでひらいた。

越冬に入ってからの毎日の理論的武装と過去の斗争の批判の上に立って成長した

姿をみせながら 総会はすゝめられた
そうして ナホトカ民主グループの規約
（日本共産党規約に準拠して作成）を
承認し可決した。
総会を最高決議機関とし 組織指
導部を常任機関とし その下に 宣伝部
の中に包含された アジプロ部と美術宣伝部
をおき 青年行動隊、調査部を持つ
三ヶ分所を統一する 組織が出来上った。
分所の性格からして 第一分所が 梯団の
受入れ、梯団性格の調査、日本事情の
紹介。アジテーションを主にした活動をする
こととし 第二分所はプロパガンダ的性格をもつ
ソ同盟事情の紹介 の役割をし 第三分
所が 国際情勢をとりあつかい 帰国のため
の梯団の再編成 歓送の任を分担した。
輸送開始と共に 完璧水ももらさない
斗争態勢をつくりあげたのだった。
毎日吹雪の荒れる日がつゞき ナホトカ

の海はいつも白く煙っていた。

一九四八年、一月一日。

われわれは越冬態勢の中に正月を迎えた。食糧のストックと炊事の活動の結果として 実にすばらしい ごちそうが食卓にならべられた。

民主グループは 事務室を新年会食場とし 朝早くからのデモ行進を了り食卓についた。

スープ、パンから カツ、テキ 大福アントー、シチュー、ジャム、かりんとうわさびまで利かした寿司等 七十数種類の 実に豪華な食事だった。

レーニン・スターリン 片山潜、徳田球一などの肖像がかかげられ テープで飾られた部屋で この豪華な食卓につくと 誰しもフッと日本のことに思を飛ばすのだった。

配給まで失業の生活苦の中で迎えているる日本の働く者に対して一寸すまないような気持になると共に、ソヴエトが捕虜に対して与えてくれるこの好遇に対してなんとも云えぬ感謝がわいてくるのだった

そうしてこれはそのまゝソヴエトが終戦とともドイツファシストに蒙った被害を克服しいかに前進しているかを物語るのだった。一九四七年の十二月幣制改革がなされてからソヴエト市民の生活は日ましによくなって行った。まったくルーブルの切下げは素晴らしかった。労働者の賃銀はそのまゝでルーブルが切下げられパンをはじめ品物の価格は十三%くらい引下げられた。

今迄使用出来ないので袋にザックリつめて投げられてあったカペックが急に翌日から使用出来るようになり私らは大よろこびで煙草を買って吸った。

今迄はバザールと称するマーケットに家庭でこしらえた手製物資を販売していたが 品物の価段が急に下ってきたので バザールにゆく者は殆どなくなり マガジン（店）でみな配給をうけるようになった。
切符制の廃止とパンの値下りは パンを購入する者をすくなくさせて その代りに公や缶詰がどんどん みんなに買われるようになって来た。
五ヶ年計画を四カ年で！のスローガンは実現可能な姿をはっきりと数字で目の前にあらわし 資本主義国が失業や恐慌でヂグザグ或は後退をしている内にソ同盟は大またにどんどん進みゆくのだった。
ウランバートル捕囚のカンパニアで残留していた長命中佐らは秘密にソ側政治部に民主グループを非難した通

訳を手渡した。
その内容は知れなかったが彼が職業は
軍人闘争家であり兵の隊に対する圧制
のため沢山の者の怒りを買っているところから
彼が民主グループをいかに虚構と悪意
とヒレツな偽造でデマったかは充分うかゞう
ことができる。　しかしある時われわれは
長命中佐がこのような行動をとったことを
夢にも知らなかった。
長命中佐はスーチャンに送られやがてハバロフ
スクの反動将校のラーゲルに送られたが
民主グループに対してソ側はひとまず
日本新聞社の家保正良、渡辺の
三同志をハバロフスクに召還した。
われわれはかすかな不安と同志とはなれる
かなしみをこめて夜の駅に見送った。
そうして列車の窓ガラスごしにながめる三
同志の眼の前でいつまでもいつまでも大赤
旗をふり歌をうたって送った。

捕虜が一つの政治的な組織をつくることは国際法で許されていない、いかにそれが民主々義のためであり アンチ ファシズム的組織であろうとも 許されない

それは当然であった。それを我々に通報したソヴエト側は国際的紳士の態度であった。

しかし実際上 我々はそのような 組織をもたぬかぎり この様な結地で斗争することは不可能だった。 だから グループの各組織名は解散することにし 各三ヶ分所は分離して行動をとり その内の連絡は レ和でなすこととし 非合法的の活動を継續つづけることになった。

そのころ 第四分所にいた白系ロシア人は全部出ていったので そのあとに日本人ラーゲルをつくることとし 津村をはじめとし 沢山のアクチーブが派遣された。

そうして美術宣伝部も名取と高橋
を第一分所に残し 私は第二分所の
美術班として 二分所に移った.
第二分所のアクチーブ責任者であり美術
活動していた渡辺は 三分所に派遣され
た.
越冬期間は第二分所は 将校ラーゲルとな
りマルシャンスクの反動将校ばかりが生活
していた. しかしその中からも 遠藤など
をはじめとした青年将校の手によって
民主運動の芽はのびつつあった.
その第二分所での 私の美術宣伝の
活動が開始された. 一月の下旬である
アクチーブ
民主グループはそれのが表面上なくなった
ことから各分所共 アクチーブ と云うこと
に 民主グループはなった.
組織ではなく アクチヴィストの集団に
なったわけである.

アクチーブは ひる間は交代で作業にゆき
夜は将校梯団に対して 宣伝活動を
行った。
将校は本質的に云って反動であった。
そうして あらゆる方法で民主運動を
防害し 反動的活動を行った。
アクチーブはみな二十すぎの青年ばか
りだったから宣伝活動に行っては討
論が口論になり 火の玉のようになって
夜おそくまで ガナり合った。
輸送再開迄に反動的将校を圧倒
して民主的な梯団をつくりあげるために
第二分所アクチーブは奮斗した。
それに引比べ第一分所 第三、四分所は
兵隊のラーゲルなので その点日ましに
強力なものとなって行った。
第二分所の片すみにアクチーブの部屋。

がありそのとなりに事務室があった。
私はそのすみに第一分所からもって来た紙
や絵具をならべて 美術宣伝活
動を開始した。

反ファシスト委員会

日本新聞で 反ファシスト委員会の指
令がとゞいて来た
今迄の 民主グループのもつ 党派的
な民主運動から 更に大衆的な ファシ
ズムに反対する一切の者を含めた広汎
な組織であり 體係であった
委員会の指導者は 全員の無記名
投票で選び出された。
第二分所でも 将校梯団を 反ファシ
スト 委員会の組織に切りかえた。
そうして 委員長は サイトウ と云う
民主グループの指導者が 浮び上つ
て来た。 各職場委員には 日和

見的な分子も出て来たけれ共　大体に於て民主グループの勝利であり　大衆の支持が民主グループにあることは　決定的となった、

アクチヴィスト、
大井、熊木　阿部、清家
熊井、木村（通訳）　宮崎、小堀
佐藤　成田　小林、四国、浜

クロトフ中佐、

第二分所附のソ側の政治部将校は
アイヨール　クロトフ　だった、
通訳のリチナント、クロチキン、がその指示や
いろいろの　注意を与えてくれた。
ある時、アクチーブのきまったことは　将校捕虜に対する　報告はすべて　クロトフ中佐の与えたテーマ　以外では　やってはならないと云うそのことだった。

それは時機を得たアジプロを行い得いことを意味した

ソヴエト側のこの度の指示はあやまりである！　否！　この問題について　アクチーブはずいぶん討論した　そうして過去の斗争の批判の上に大体次のような結論をみんなで出した

ソヴエト側の機械的指示は明らかに間違っており我々はその趣旨を生かして機動性のある活動を行うべきである

過去の斗争はあまりにも日本事情も基礎としたプロパガンダに終始し　世界民主勢力の城塞としてのソ同盟の現実を具体的に宣伝することが忘れられていたこと

そのソ同盟を正しく認識することこそ民主々義の勝利の確信を抱かせるものであること．　これについてのソ同盟側の指示はまったく正しいこと　これであった．

私は第一分所え出かけて行っては　高橋名取と二人でこの問題をよく研究した、

そうして　先づラーゲルを美化すること

そうして　梯団の者のための施設、その他を充分に完備せしめ　その現実によって大衆にソヴエトの姿を知らしむべきである　と云うことになった、

そうして急速にクラブを拵えることと　輸送再開にそなえてラーゲルを徹底的に美化すること　にとりかかった、

先づ私は　アガニヨウク（光）と云う週刊雑誌の写真を参考にして　飾りのついた掲示板様のポスターを　十四本一日に二三枚と云う早さで描きあげた、

そうして　すっかり　がくぶちにも　柱にもペンキをぬり終った、　それを空いた天幕の中におさめておき　モンタージュ　したスタンドの製作にとりかかった、

それは二十枚あまりのポスターを高さ
二米に横四米のガクブチにはめ左右
に四本の塔をつくり中央にクレムリンの
塔を高さ六米くらいにつったては尨大
なものでまづその製図を行うとクロチキン
中尉のところえもって行った。クロチキンはクロ
トフと相談していたがこれが出来るかア、と
懐向げな顔をしたが私はとにかく制作に
とりかかった。将校捕虜中のアクチーブ
は積極的に援助してくれた。アクチーブも
交代で木びきをやっては板をつくった。
短気なワロトフ中佐は途中で私と意見
がちがったときなど。こんなものは捨てて
しまえ〃と云っておこったときもあった。
しかし私は骨ぐみと細部の細工がつぎ
つぎと出来るのをみながらこれはナホト
カ一の或は在ソ日本人ラーゲル一のステン
ドが出来るぞと自信が湧いて来た。

三月に入りいよいよ輸送もはじまる期日になったので これを建てることにした
また砂浜は一尺も堀ると硬く凍っていた
焚火をしては アクチーブが交代で孔をほり
一本の長い丸太を立てた
それからは仕事は早く進んだ 私は鼻の頭を赤くしては アクチーブの事務所とステンドを立てる場所を往復した。
それと同時に正面門から東屋迄の
道路の両脇に十七本のポスターをたて
壁新聞掲示板を二ケたてた
アクチーブ総がかりでステンドのクレムリンの塔を建てたときは まったくすばらしい出来栄えであった 高い塔の先の赤い星を
潮風がヒョウ ヒョウと鳴らした。
ウオロシーロフ講習会、

民主民族戰線の前衛日本共産党
日本新聞社の同志が帰ると殆ど同じころ
アジプロ段の数人がウオロシーロフに講習
会の講師として出発したが それらの者が
前に斗争して おくれていたウオロシーロフ
地方の民主運動を急速にもりあげた
その講習会に ナホトカからも数十名出
発することになり 出かけて行った
私と一緒に美術宣伝の手助をしてくれていた
成田も一分所の山崎も みんな出かけて行っ
た。 私らは残った わずかな人員で輸送
再開の準備をしなければならなくなった
五ヶ年計画のステンドは すっかりぬり終
った。単調だったラーゲルの中に 花が咲
いたように 美しい姿を現した このステンド
は ちょうど 正門の つきあたりに 海を背に
して立っているので ソ同盟の市民
もよく見物に来た。 そうして収容所長

もクロトフマイヨールも自慢の一つになった。

私は更に憲法のステンド 日本共産党の斗争を取扱ったポスター 新民主々義国の紹介のポスター等数十枚を描きあげた。

私はこの仕事ですっかり疲れてしまった
ある日私は日本人的感覚とソ同盟人の感覚について クロチキン中尉と意見をたたかわせた。

私らがソ同盟人の好む色彩感覚には同調出来ないものがあるように 日本人的な感覚はソヴエト人には嫌いものとしてうつる。

それは封建的な帝国主義国の人間と社会主義の中で生れ育った人の相違なのだから ソ方しかたがない しかし日本人の民族的な このみ と云うものがある。 これは尊重さるべきものである。 そうして現在の段階に於て ラーゲルを 呼よん ソ同盟人の このみ

の色彩と形態で飾ることは 対照が日本人であるかぎり正しくない と云う私の意見なのである。

それと同時にソヴエトの徹底したレアリズム、一分一厘もゆるがせにしない写実的な描写の絵画からみれば 私の絵は おそろしく デホルメされた（実際は まじめな写実であり ただ 消略した筆で表現しているようなところ のことなのである）ものであり ことごとくこれも コスメイカ描写に かえるように何度もくりかえし しつこく要求されたことなのである。 私は ときには 絵かきとしての私の感覚は 全部否定されたも同じことである。 私の個性をぬきとりただ写真屋をやらせるのならば それならば フオト・グラフを貼って まにあわせれば よいではないかと 私は云った。

しかし私には社会主義的なレアリズムについて いまだ まとまった 解釈を もって

なかったし 解決も来ていなかった。
そうした議論の末 私は病中のために その場に
ソッ側して 医务室にかつぎこまれたこともあった。
しかしそうしたソ側の私の絵への要求は
それは実に乱暴な点に私の理解による道
を無視した方法ではあったが そのことによって私は真の絵画はどのようなもので なければならないか ということが だんだんとわかりかけてきた

赤旗クラブ

東屋とならんでクラブをつくる。
丸形にならべた机と図書棚。
肖像と花のかざれたカーテン
そうして壁につるした風景画にそって又クローチキン中尉とギロン
革命的な労働者をかかせてくれと云う風の
要求と 湖水に浮ぶ船を描けと云う

クロチキン中尉で
出来上ったクラブは美しく
ペーチカは あたゝかい、

所内は完全に美化された
輸送がいつはじまってもよいようにすっかりなにもか
も 準備は出来た
陽ざしは あたゝかくなり 草は芽を吹き出た
はみどり色をみせて来た もう四月も終ると
云うに 船は来ない

同志小林の死

それは過失の死と云えるかも知れぬが
感電して死んだ 彼は 輸送再開のその
外い準備のために 生命を捧げたのだ
民主々義のために、
日本民主化のために
帰國する人々を 民主々義の精兵とするために
きみは 生命を捧げたのだ
春のあめ あがりの 土も ぬれていた。

中野さん:

将校梯団の中に日本画家で名古屋出身の中野さんと云う四十近いおんこうな人がいて成岡が講習会に行ってからはずっと私と二人でスローガンを書き ポスターをたて 屋根に上ってはそれを掲示するなどした

彼の温厚な性格はその文字にもよくあらわれていた、

K.T.C

K.T.Cと云うのはなんの頭文字のつもりか知らないが そこには あらゆる資材が沢山あり 絵具をもらうために私は何度もそこへ行っては バケツや 天幕に 粉抹やペンキをもらってかえった.

日ソ人民の友好万才
民主民族戰線
えのみち
МИН СЮ МИНЗОКУ СЕНСЕН ЕНО МИЧИ

輸送再開。

一九四八年度の輸送がはじまった。マルシャンスクから来て越冬した将校梯団は出発準備をはじめた。今迄ガン強い民主グループをヒボウしソ同盟を中傷していた将校の数人は突然スーチカンの方え転出を命ぜられて出発した。

集結地はうごきはじめた。あわただしい集結地らしい相貌をとりもどした。分所は正門から各ドーマのすみずみまですっかり美しくかざられた。これらはすべてこの将校たちの手によってなされたのだった。そしてその将校自身も半年の越冬期間のうちにすっかり民主梯団となっていた。

器具をまとめ背負い今迄ラボータ用に着ていた被服を新らしいものとをとり

かこひろ場に集合した　みんなの顔はすっかり
よろこびに　もえていた。
簡単な　アジテーションにつゞく　文化部
の奏する　音楽に　送られて　将校梯団
は一ヶ中隊づつ　進発して行った。
帽子をふり　唄いながら送るアクチーブ
も　ほんとうに泪ぐむ気持だった。
あゝ　いよいよ　故国の民主戦線に　第一
梯団も送るのだ。　反動的な将校たち
ではあったが　みろ　みんな　インターを合
唱しながら　ふりかえり　ふりかえり　手をふって
鉄道を横切り　三分所えと向ってゆく
この中の何人が　真険に日本の民主化
のために斗える　人となるか…　或はこの中の
大部分は　反動陣営に逆もどりするかも知
れない。　しかし　われわれの　越冬中の斗
争は　なんらかの形で　故国の民主戦線
を強化するだろう。
送る民主グループの声はかすれた。

萬國勤労者の団結と戦斗力
示威の日 メーデー万才！
将校梯団の人々よ！ 民主戦線の原力
な指導者となってくれ！ 祈るような気持
この人たちを通じて われわれの情熱が日本
まで伝わってゆくような気持
つづいて出てゆく梯団の中から大きく手を
ふっているのは この間ぼくのところへやって
来て小学生時代の一級上だったと云う
ことのわかった 島津君だった。
"家の方へ連絡をとってやるからな！"
一弾！ 一弾！ 越冬半ヵ年のうちに
つくりあげた弾丸は出発した。
メーデー
勤務者の一部までふくめた第一梯団
を送り ガランと空になった集結地で
メーデーを迎えた。
メーデー集会
新たる挑発者をばくろし民主る

義勝利のために斗争せよ！のスローガンのもとに 大合唱をする
集結地方諸部の者だけで運動会をする。
○民主民族戦線
労農・中小業者で一組となり 二人三脚をする。
○反動つるし上げ競争
右翼社会民主主義者 ブルム、シューマッヘル、ヴェビン、片山と云う連中のマンガをならべ つり針のついた竿でつり上げる競争、
○百米から障害物競争 すべてかみなで闘争して新らしい方法、新らしい名前をつけ 五月の陽光の下で一日中運動する
一九四八年の梯団
冬期間の斗争は すばらしく民主運動

を前進させた、そうして集結して来る梯団ははっきりとそのことを立証して ナホトカにあらわれた、

今回の列車は二つ地区の同志がやって来た、そうして二分所管理部より、伊関をはじめ数名が残留した、

メモ、

津村氏は「同盟側の命令で 53収容所の方え 転属させられた、

川崎さんは 第四分所の医務室に入室していたが脚の方はいぜんとしてよくならず杖を手にして やっと あるける 程度

私は、絵をもっては見舞にゆく、

浜崎さんと云ってチタから来て反動追及カンパで残留になった 元将校で 陶器の絵のきさん、いつも宣伝部え来ては 絵具を

すっかり　馬の絵を描いたりして皆が輸送
がはじまるまえにスーチャンに送られる
民主グループの中の将校はすべてスーチャンにおく
られた。それと共に通訳の中野日高木村なども送られる。

ある日曜日。

第一船高砂丸が出港し　あとにつづく
船もなく　ちょうど梯団もなく　日曜日を迎
えたので二分所の者は　山え散歩にゆく
四分所の裏山はすっかりみどりにつゝまれて
花々が咲き　わらびが芽を出している。
丘にのぼると一望にナホトカがみわたせる
春の海がきれいにすんで　日本海から潮風
が吹きつけ　若草を吹きぬけてゆく
うらゝかな陽ざしの中をみんな唄いながらゆく
娘さんがうす桃色のネッカチーフを風に
なぶらせて畑をたがやしている。

[illegible]歌がある。
彼方の緑の中に白く コルホーズの家が
(去年みた時は なにもなかったが)一列にすらり
とならんでいる。
丘の中腹には白系ロシア人の涯てを待つ間の
宿舎があり そこから三々五々 男女がでて来
てはやはり 丘を散歩している
丘の叢の中に 裸体になって ねころび やはり
唄いながら 陽光を たのしんでる。
しかし その姿には なにか 亡びゆくもの、果敢ない
のようなものが しみついている。 ソ同盟の人々と比
べてみるとき いかなる 者でも 資本主義の人
間は その亡びゆくもの、果敢さを いくらかでも
その身に 宿命的に やどらせてる
うらぶれたもの。
この山一面を 覆う春の ゆかしさ
健康さ これが ソ同盟の人々である。
ワーリンキが 姿を消し
シューバが 姿を消し

党の色が山をぬりつぶし
春の風が吹きわたる
社会主義の中で産れ
社会主義の中で育った
ひとびとの美しさ.
人間のほんとうの美しさは このひとびとの
中にある、
人間の本当の歴史は この中から生れる.

アトリエ.

二分所のアクチーブの事務室の片すみで私は
仕事をしていたのだが アトリエを建てることにな
った.
そして事務所のとなりに九五歳式の天幕
を屋根にして アトリエをこしらえた.
独立して仕事が出来るようになると 私は
おちついてポスターの仕事にとりかかった.
そのころ二〇地区から 来た梯団の中から
市村. 栗崎と云う二人の同志が殊勇

した、才四分所に残ることになっていたのだが
私のところへ来ることになり 毎日三人で仕事
が出来るようになった。

市村は私より二つ年上の二十七だったが、
もと名古屋の陶器工場に画工として
働きながら仕事をしていたらしいが なかなか
確実な色彩の油絵を描いた、
彼はよく展覧会に出したらしいがまだ一度
も入選したことはないと云った。
そうして徴用工員で働いていたころ どんなに
苦心して絵を描いたのかと云うことを よくはな
した

西崎は船でシベリアに入って 絵をはじめ
たと云う青年で二十才。 なかなか純真な
その性格が絵にもあらわれ、素直なう
まさを持っていた

三人は口シア語で云うセミナール 協議し
ては作品をつくりあげる方法で 一つ一つ互に

批判しながら作品をつくりあげた
三人共過去のブルジョア的な感覚を追放し新らしい建康とたくましい力にみちた絵をつくることに一所懸命になった、

そのころレーニン主義の諸問題についてのイ・スターリンの著書だとかさま〳〵な書籍が入って来た
プラウダの記事クルガーノフの書いた"日本にいるアメリカ人"は実に興味をもってよむことが出来た．日本の諸局の様相がするどいメスのあざやかさで切りひろげてあった．それのさし絵を久米宏一が描いており そのさし絵はずいぶん我々の絵をしげきした．

在ソ日本人の第一回美術工芸展がハバロフスクでひらかれ（それには私も出品しようとして老農夫と子供が

素描をもっている絵を描いたのだが搬送の関係で出品出来なかったのだが）それが日本新聞に紹介されたのをみると一位が"勤労者の城塞ソ同盟を強化せよ！"と云うレンガづみの突撃隊の兵士の絵だった。数々紹介されている作品は われわれの絵が生活の中からうまれ出た しかしその生活の肯定的面を徹底した リアリズムの方法で 画かきあげるべきであると云うことを教えていた。

死刑者の言葉

チェッコスロバキヤの素晴らしい働き手ゲシュタポの手によって絞首台に消える迄確信にみちて斗いぬいた。ユーリー・フウチックの手記が一冊になってラーゲルに来た。
それは我々は大きな反動者をぶち込んだ
やがて反動が権力を握り暴力による

圧迫のつづけられている日本之帰ってゆく
われしに いかれた発ジンな 斗争力と
いかなる悲境と嵐の中にあっても 正しい
みちを進む者の持つ明るさと勝利に
対する鉄のような確信を持たなければ
ならないかと云うことを教えてくれた.
また 地球上から一人間による人間の搾取
を絶滅するために斗う者としての誇らしさ
を胸一ぱいにうえつけてくれた.
特に フウチックが絞首台に登る直前
に書った最后のところ
人生は芝居だ
だが人生には観客はいない
幕は あがってゆく
同志諸君!
どうぞ警戒心を旺盛に!
と云う言葉は みんなの合言葉のよう
になった. 同志よ 警戒心を旺盛に!

アヂ、プロ、

絵の掲示と分所の美化が大体出来上ったところ 能示の進めで 絵の前のアジ、プロを行うことにした

吉田内閣の予算の詐略な解説のあった 新聞記事をテーマにして 占領軍の性格、国際独占資本と結びついたブルジョアジーの性格のばくろをする、

そのころ私の描いたポスター "日本をアメリカの奴隷とすることから救え!" の絵は相当みんなの感心を得ていたので その絵の前に出かけてゆく、そうして その絵の前に集まってくる 職場の人たちを前にして

"一寸きいて下さい、みなさん この絵をごらんになって 何を感じられますか と云った調子でアジプロをやりだすのである。

そうして三十分間ぐらいしゃべる。

[illegible]半年の生活は 私をなかなかアジ

プロのなめらかな行い手とすることに
大きな障害ではなっていたが 私は一所懸命
にこれを何回もくりかえした
その絵と云うのは少女が悲鳴をあげて
にげて居り そのうしろにピストルをもち
あけた米兵が追っており大きな腕には
刺青があり 今にも少女の肩をつかもう
としている
そういったものだったが 掲示当初の素晴
らしい反響は 様困が成長したのに
なって来ると それは日本に於ける、或は
プロレタリアート、乃至は人民勢力に対
する過少評価の傾向のあらわれである
描けるなら われわれの肯定的面、進
歩的面をアッピールしなければならない
と云うような批判が出てくるようになり
私はその絵をとりはずした。
絵に対する痛烈な批判が出て来
るようになることは 私の絵が大衆によって
前進させられることを意味した。

様団プロフィル、

20地区.
なんと云う明るさ、
これで斗争しているのかと感じる
しかし斗争力はなかく
学生のような 純真な気持
純真な紀律.
それには だれもが笑顔で近づいてゆく
そうしていつの間にか一緒に
唄いながら歩きたくなる.

18地区 コムソモリスク.
理論的な高さは
それは 指導者宮豊さと
青年運動の最初の出発者としての
誇らしやかさが入っている.
きれいにのばされた頭髪
白い襟

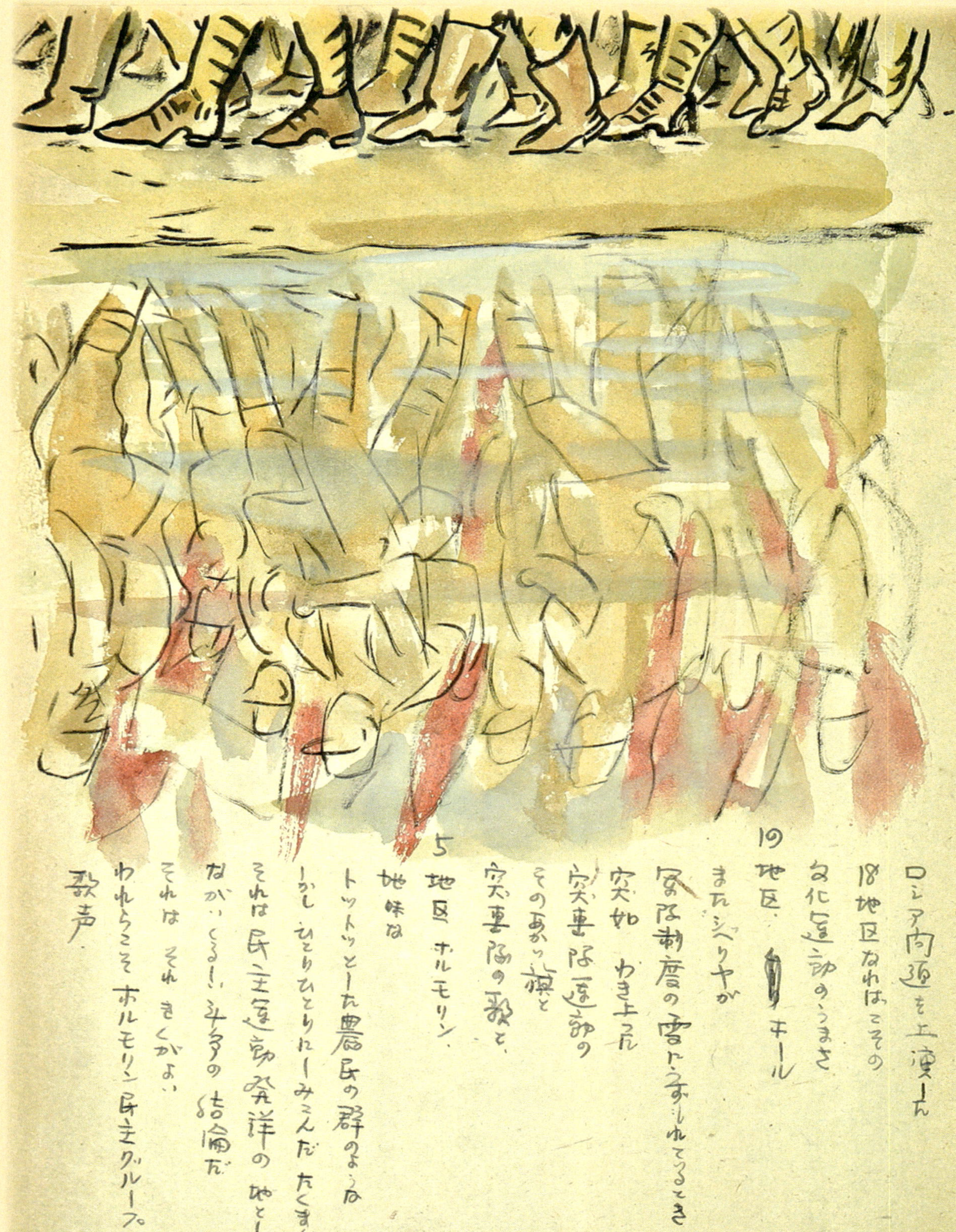
ロシア内遊を上演した
18地区なればこその
文化運動のうまさ
19地区、 ホール
またシベリヤが
軍隊制度の雪ドうすれてるとき
突如　わき上った
突撃隊運動の
そのあかい旗と
突撃隊の歌と、
5地区　ホルモリン、
地味な
トットットとした農民の群のような
しかし ひとりひとりたしかみこんだ たくましさ
それは民主運動発祥の　地としての
ながいくるしい斗争の　結論だ
それは　それ　きくがよい
われらこそ　ホルモリン民主グループ ／ という
歌声.

誇らしやかなその歌声。
ー地区・ムーリン
追っつき追いこせと
一九四七年の冬から
血みどろに斗って来た同志たち
若々しい燃え方
そして彼等は追っつき追っこした。
みんなそろってたくましい躯、
モリモリとやりとげるラボータ
そろいのハンチングの下に
労仂者の顔
片手をぐっと突き出して
〃ヤロら!〃
これがすべての挨拶である。
世紀の脈動に 若者の
血潮はおどる この意気で 二輪の印に
結集し誇りと憎しみの赤旗すゝめ
その歌声

チタ地区

同志袴田！
そのまわりに かたく 結ばれし
噛みつくような 斗争の意慾、
天皇制に対する にくしみ
小児病的 偏向が なんであろう
彼らは進んでいるのだ、
16地区、ハバロフスク、
日本新聞社があり
諸戸が居り 宗像があり
それらは
おくればせながら
まっすぐに進み 進み
めぐまれた生活は ミン庭から社会
主義のよさを身につけ
まさに 堂々と 堂々と
やって来る。 デモの歌もたからか
デモコーラスも たからかに やって来る。

ウオロシーロフ、
おくれたが
こゝろのびた、
講習会場の中から生れた
若いカードルたち
ラヂオストック、
まっかなプラカート、
プラカート
プラカート
あご紐をかたくしめて
素晴らしい行進、
渡辺(トロツキスト)の偏向も
人民解放会の思想も
このプラカート
この行進に克服されて 前へ前へと
進む、
ヨーロッパ
何百粁の旅程をあるいて来た
ヨーロッパから来た同志は
同志たちはしやわせものだ

ЛЕНИН
レーニン廟に詣で
赤の広場を歩き
身をもって その足で 社会主義のしるそ
し真実を もっともよい 場所を
みて来たのだ
それが落さずしてなんであろう。
同志たちは しやわせなのだ…
轟々と鉄路をとどろかせて列車が到着する
その汽てきの ひびきの音と共に インターや
赤旗の歌 が わき上って来る。
もはや私らは その歌声で それがどこの梯団
であるかがわかるようになっている
各地区は各地区の 民主グループの歌
をもっている。 そのさまざまな歌声が ナホ
トカえ ナホトカえと集結して来る。
革命歌をロシア民謡を合唱して行
進する姿に われわれは その梯団の性格
がはっきりとわかる。

〃楽団が来たぞ！〃
轟々とナホトカの港に海鳴りのような
とどろきをあげて入って来る列車の音
はわれわれナホトカのアクチーブを
興奮させるに充分である
どっとわき上る歌声
列車列車にふられるハタ
列車列車に飾られたポスター・スローガン
民主民族戦線の結成へ！
同盟の真実を伝えよう！
百万の戦列へ！
〃オーイ何地区から来たんだあ！〃
列車にかけよる
笑顔笑顔…
日本共産党創立26周年記念日

あつまれ仲間よ
みんなの党え
十万の力 むらがりよせて
共産党をもりあげ きづく
党こそは われらの息子
赤旗をさあ 高く掲げよ！

日本人民の最も忠実で最も勇敢な
息子 日本共産党が生れて二十六年の
記念日。炎夏のナホトカの白砂の上
にもえる旗が 大きく大きくゆれる。
同志片山、渡政、市川、山宣、
徳田、野坂、志賀 先輩につづ
くことの この誇らしさ。
えんえんとプラカードをかかげ 分所の中を
たくましいデモ行進をおこす。

日本共産党創立26周年記念日デモンストレーション

五地区で別れた、或は軍隊で別れたまゝ
のなつかしい人々がナホトカを通って帰って
ゆく 私はそれらの人をはげまし握手
しては送る、
宇佐美君も帰った、
タワリッシ星野もかえった
田村武さんも 私の住所録も住所も
しるし 後のカラスが先になったとかえってゆく
陸地時代のアンチ。モミヤマの先頭
に立っていた川崎実も 2の地区の指導
者として帰ってゆく、
新谷軍曹もかえる、北海道の山炭坑
でやると云って かえる、
加藤・小宮本も 武井も 松岡も 私の
アトリエで語っては乗船する、
小沢も 生田氏もかえる、
シベリヤで私とともにくらした 仲間よしばらく又
あえないだろう、しかし 別れても日本で互に手

をにぎって・がんばろう・なあタワリッシ．

ある日のことである一分所の柵の向うから私をよぶ者があるのでみると五地区の207で別れた残留組として一緒に苦しんだ仲間の一人である近藤氏も帰って来ている．

あのとき帰っていたなら　と彼は云う．

あのとき帰っていたなら　私はするすると反動的陣営の中に沈没したかもしれない

しかし今はそうではない

あれからの斗争ではっきり確信をもって　われ〳〵のみちを進み得ることを身をもって学んだと・・・　そうして207、209ラーゲルの教え子をとって　タワ会をつくり　親しくあの時の仲間同志互にはげまし合ってゆくつもりだと・・・

一分所にいたプロレタリア美術で頑張った大経験をもつ津田と云う人が残留する素晴らしさ・その絵の素晴らしさ．

二分所には今年になって20地区から二谷
若松、早川と云う素晴らしい同志
が残留する。
18地区から中村 春谷、クラトミ、高畑、
村上、河井、市原などが残る。
アクチーブの宿舎はアカハタ・クラブの横海
岸に草舎をつくる。窓の下にはすぐ波が
よせナホトカの港がのぞまれる。
そうして朝はポッカリと日本から来た船が浮
び夕方は誘導船に誘導され はるか
沖に二千名のタワリシをのせて出帆す
る。それが窓のカーテンごしにのぞめる。
夏はよく嵐が来るが その時は大変で
ある目がさめると床下を波が洗っており
靴や下駄が流されてしまい 柱がかたむい
ている。しかし心配することはない
海がしずまればすぐ土をもって まっすぐに

なおせるのである
ひるの休みと日曜はきまって野球大会で
ある　防寒手袋をグローブ代りにして
丸太を削ってこしらえたバットを振り　天幕
のバックネットで　劇場前のひろばで　ベース
ボルである
全然野球の経験のなかった私もいつの間に
か上手になり　ファストか　セカンドが　私の場所
になる　日曜は大々的に梯団からもチー
ムを募り試合をやるのだが　梯団の中には
素晴らしく強いチームがいることがある
それに応援が又　創意性に富みスクラム
をくんで　革命歌を唄い　或はデモコーラス
を行い　或は踊カツウーして踊りまわる
球はカニドーマの屋根に当って思わぬヒット
になったり　ファルボールはうちあげられて海に
入り　アンパンヤが靴をぬいでひろいに入る
兵舎の陽よけの下でワンワンと上るカン声

第二分所の横は綺麗な砂浜になり
ソ同盟の人々はみんな泳ぎに来た。
仲よく夫婦づれで子供まで一緒につれて
泳いでいる風景は美しかった、
われ〳〵もパンツ一つになり海に入って泳
ぎまくる。
砂浜には毎日子供が来て蹴球をして
いるが その六つ七つの児等はいつの間にか
日本人の歌をおぼえていて アカハタの唄や
青共の歌 同志よかたく結べを 実にうま
く唄ってのける。
その児等を砂にうずめては遊ぶ
そのころから砂の上でタンブリングの練習
をはじめる。はじめのうちは逆立ち一つう
まくできなかったのが 毎日の練習でみんな
実に上手に出来るようになる。

キノウ（映画）

映画は実によく来た、
撮影にくるセルジャントは 他のソ同盟の宿舎
や収容所からこちらへ来てやってくれと云われても
かならず ことわっては日本人にみせてくれた、
舞台に白い幕を垂れて 野外でうつすのだが
それを通訳が 解説してゆくのである、
それが後になって日本語版が来るようになり
日本文字が入ったのを みることが出来るようになった
体育パレードの映画など 美しい声で日本語の
アナウンスが入り 捕虜のための その配慮に
みんな感激するのだった

遠洋航海、　襲来、　春、
パレードの踊り子、 体育パレード
銃を手にした男、 偉大なる朝やけ
誓い、　サーカスの女、 党員証、
偉大なる市民（キーロフ）　ゴーリキーの
幼年時代　十月のレーニン、　二つの心

百万隊運動

日本の長野県で高倉テル氏などを先頭にして党を百万にしりあげよと云う運動がなされていることが知らされた そうして おぢいさん おばあさん迄が入党していることが知れると われわれは帰ったならすぐ入党出来る！ と云う気持になった

今迄は 入党することを 同盟のボリシェビキに入るくらいの実困難な 素晴らしい働き手としての資格を必要とすると考え 或は又 先輩の輝かしい同志のきづきあげた大党に 自分らが参加することは 何か党を冒涜するもののように 考えていた。

しかしこのニュースは われわれでも 入党出来る そうして 党のなかで成長するのはよいのだ と云う 大きなよろこびを あたえてくれた。

百万の党をきずきあげるには 帰ったら

すぐ入党することだ
百万の党え！　百万の党え！　のスローガンがいつの間にかみんなにひろがった
そうしてそれは　徳田書記長にむかって反共連盟の男が　爆弾を投じた暗殺未遂事件の報によって　燎原の火のように強く　燃えひろがった
帝国的ブルジョアジーの手先　ファシストの片方の手で投ぜられた一個のばくだんは　シベリアの地でも音をたて、ばくはつした．
全ソ収容所で百万入党運動が　まきおこされた．　挙って党え．　党を百万にもりあげよ！
なにものにも　ゆるがぬ　うちかちがたい党をつくりあげよ．　より強化せよ！
各地区から地区え　怒りの檄文が飛び交った．
新たる挑発者共の　コツクな　ファシズム的挑発と　党えの挑戦を　コッペミヂンに粉砕して民主々義を　断乎と守れ！

スローガンは日本新聞と　新生命紙上大きく踊った、

それはナホトカで今にも乗船しようとしている人々の胸にも燃えうつり　その夜のうちに怒りの声は　各幕舎に　あふれ　翌早朝からのミーチングに爆発した。

今やまったく　我々の力が強化すればする程、彼等の最后のあがきは　狂暴さとひれつさを増してくると云う　イストリア・パルチの教訓を　そのまゝ日本の反動共は示してくれたわけだった

小雨の中のミーチングにばくはつした怒りは四千名あまりの分所をうずめつくした大デモとなった、一分所でも　三分所四分所でも　歌声はせまいナホトカの港ににえたぎる湯のようにふっとうした。

そうしてその　怒りの　たかまりは　その梯団を送ってからも　あとからあとからと来る梯団に　ひろがり　"帰國者

決意表明カンパとして　父が帰国した
なら日本共産党の旗の下に結合す
ることを誓っては出発して行った。

18地区の一同楽団が越冬準備のための待
留して他地域の設備の改善のた
めに働く、その中に山崎という絵かきがおり
毎日アトリエに来る。
彼の絵は正規れた、きあげて来たものの
もつ基礎の手がたさがある。
私は彼から美術史の面からみた、技法、
わかくの絵のあり方についておそわる。

私と市村、栗崎、山崎の四人で毎
日作品をつくりあげてゆく。
アクチーブの美術班としての一日の日課
表をつくり　それによって行動する。

こぐき日課

正門のところにつるしたレールを管理部の者がうちならす。午前六時三十分
それで起床する。毛布をたゝみ みんな戸外え出る。
アクチーブは宿舎の整とんをみんなよりよくしようと云う申合せで 毛布をみなキチンとたゝむ。乱ぼうにたたんでおくとすぐさま日直に指適されるのである。
炊事横のひろ場でラヂオ体操をする
それがすむとデモコーラスに合唱
それから日直が本日の斗争目標と名づけて事務室整きれいにしようとか服装をキチンとしようとかそんなことをきめる
それから管理部の室の井戸で洗面。
そうしている間にも梯団は到着してくる
だれかがそれをむかえに出てゆく。
洗面してるうちに食事当番が炊事からスープとめしをはこび食卓の上に並べておく

朝食。

アンジュロを担当するものはすぐさま中隊へ出かけてゆく 私らはアトリエへ出かける 九時になると みんな事務所に集合し その日をはじめる。 そうして レーニン主義の基礎 諸問題 などをテキストにして 研究会をひらく 或は日本新聞をひらき 新聞解説の研究会をひらく 前日 研究しておいた者が 説明しそれについてみんなが 発言して 正しい理解をする。 そうして それによって みんな中隊へ持込むのである。

十時半に 学習が終ると 事務所の前に出て ラヂオ体操を一回し キャッチボールかなにかをしながら ひるが来るのを待つ そうすると向うから食事当番がよびに来る。

昼食。 一時まで ひるね。

午后は二時間 イストリヤ・パルチの研究会。 くりかえしくりかえし よみつづける 党史からは つぎつぎと 教訓があた

らーぐわきまーてくる
それからると 私らは文創作にとりかかる。
例の通りセミナールで 劇をつくりあげる
アゴラオク や クロコデルで 新しい劇
が入手するとそれを中心に研討する。
午后六時が来ると夕食
夕食には 300gのパンとスープの外に まんぢう
やかりんとう 揚げ菓子などが 食膳に上る。
それが了っても 私らは ゆるされない
中隊の文化部員 絵画など 話し合っ
たり 基礎的な理論を研究したり
壁新聞の発行近くなるとこれの製作に
立ったりする
映画もこの時間にある
又文化部が夜の公演をするので 新作
を発表すると言えば かならず中隊の中に
まってこれを見物する
時れミーチング などやる その日は劇場

の装飾、とかプラカート、ロージンキの
製作に十二時をすぎるときが多い
普通は大体十時すぎに宿舎に帰り
ねむる。

文化部

二分所の文化部は20地区から残留した者で
編成され　特に音楽は　群をぬいてよいものを
持っていた。
日本共産党にささげる歌　だとか　憎しみ
のるつぼ　町から村から　工場から　同志よ
腕をくめ　などの新作を次々と発表していった。
文化部活動が　セクト的になることを防止
するために　阿部がオルグとして入っていたし
その頃から　アクチーブと合同して文化活動
の批判会をもつことにしていた。
私ら美術班は　舞台装置、美術
効果などについて　常に協力した。
ある時　中隊と一緒に　コンクールをしたこと
があった。

アクチーブは早川が脚本を書きコメディ
を上演した。日本の社会政治情勢
をテーマとしたもので上演の結果は
あまりよくはなかった。それ私は
科学者になり文化部でメーキャップー
てもらって出演する。
18地区の者はステン・カラーゲンの
オペラをやる。ある地区の者は農民劇
炊事は寸劇と総出演したのだがそ
の劇だけみても それぞれの文化水準
運動の成長程度が充分うかがえて
面白かった。

津村氏は5月からナホトカへやって来て
いた旅券がゆるされず帰国してゆく。
川崎の先生に 残念だと云いながら
痛む腰をひきずって帰る。
一分所の高橋氏 ヨホロ木と一緒に

帰国する
そうして一分所の美術班は津田を中心として
活動をはじめる
一分所の渡政クラブが高橋の最后の
仕事であり　おきみやげとなった
二分所では熊井通沢が帰国

同志ジュダーノフの死
ソヴエット共産党ボリシエヴイキの最もす
ぐれた働き手、中央委員　内務大臣
あのレニングラードの包囲の中で英雄的に
守りぬいた　ジュダーノフが死去した
ソヴエトの人々は深いかなしみにつつまれ
た。モ章のついた旗がどこにもひるがえった
私らは入ソーしてから　二回　一九四六年に
エム・カリーニンの死　また　こんど　ア・ジュ
ダーノフの死をむかえた

花輪の中に黒りぼんでかざられた同志ジェダークの写真をかゝげ みんなでミーチングをもつ

渡政デー.

荒川は南葛の無産者の
苦悩の夜を流れる静脈
荒川は南葛の労働者の
奮起の朝に波だつ動脈

森山啓の南葛労働者 の詩は
みんなに愛誦され アクチーブは殆どそれ
が暗誦を来た
その詩の持つ不死身のプロレタリアートの
斗争心と 苦しみにみちた 現実は そのま
いまの日本にも あてはまるものだって.

波よ ながれよ
うて荒川よ
どうどうとうて 春の荒川よ!
嘗て 台湾キールンの波止場で 天皇制
官犬のために はちの巣のようにうちぬかれ

て死んだ 渡辺政之輔・最も困難な
時期に最も勇敢に斗い ボリシェヴィキ
的すがたを日本共産党の中にまもりぬい
た同志渡辺政之輔のギャク殺された日
十月七日には ナホトカでも ワタマサデー
のカンパをもった
壁新聞の特集も発行した
そうしてみんなの合言葉は
輝かしい党史をいろどる 先輩のあとにつゞけ!
一人ものこらず 入党して斗え!
にもり上った

市村帰国

アトリエで働いている 美術班は二名にて
一人は帰るようにと云う ことを ソ側から云っ
て来たので 協議する
そうして 私は 市村に帰ってもらうことに
する 私は彼同志市村から学んだ者は
大きかった. 子供っぽい迄に 絵画に対
する情熱をもっている 彼は 自ら 芸術家

とーての資格をそなえていることだった、
彼たはまだ 階級的 党派性の上にたつ美術
なるものが 私らと同じように完全に整理されて
ないにしても 彼の藝術に対する情熱はやは
りこのむとこのまざるとによらず われくの
陣営をまっしぐらに進んでゆくだろう
握手して四角ばったうすい肩をいからせて
ニヤづるいような笑みを口辺にうかべて彼は帰
って行った 歌声

兵隊時代の経理部幕舎で一緒だった
松岡、加藤、小沢も殆ど同じ時期に
三分所を通過して帰って行った、
それぞれ仂き手として……
熊谷氏も帰って来た、そうして残留を
願い出たけれ共許可にならないうちに三分
所之諸君も帰国して行った、
山はようやく黄ばんで来た、
三分所の至るところに咲きみだれていた

コスモスの花はすっかり散ってしまった。

解放記念日　一〇月一〇日

栗崎帰國。

一九四八年の輸送もやがて終りに近づいたので　美術班も炊事も　文化部も人員をすくなくすることになった。そうして　同志西崎がかえることになった

彼は熊本の不知火の産で　実に器用さをもっていた。彼はアルバム（ソ同盟に対する感謝文）などのカットをかかせれば　実にうまく描いた。

それに純情なハムレット？・型で性格から言えば私とよく似ており　その性格をプロレタリア的・能動的にきりかえようと　よく二人で話し合ったこともあったが　とにかく二人は　よいコンビであったのだが　別れることになった。

彼に私が一分所から持っていたバックをやりそれに絵具を入れ 遠足にゆく小学生のような姿で 三分所に向って行った。
そうして 別れはしたけれ共 かならず一所懸命美術の面で 同じみちを進むことを約束する。

体育パレード

ナホトカ集結地の者の全ての クンレンの成果を発表する サ・ヤカな 体育パレードを展開することになった。
午前中は 第一分所で バレーボールの試合
一、二、四分所は 総出動で 声援を送る。
リーグ戦を行って バレーボールは 第二分所の三谷の活躍で 優勝したのだが そのあとで行った ソ同盟側の オフセル（将校）やサルダート・グラジダンスキー（地方人）をよせ集めたチームとの試合だった。

日本人は今迄の練習ですっかりチームワークが出来上っているのだが ソ同盟側はてんでにバラバラで あったが どうーしても それには勝てなかった やはり伸々とした躰と子供の時からの充分なスポーツのたのしめる社会に育った者には勝てなかった しかし実に和気アイアイとした午前中のゲームだった.

午后は第四分所広場で野球だった 各分所の選手があつまって練習をはじめた. 私は第二分所チームでは カクヂツなファストとして鳴らして(?)いたのだが 他の分所と比べてみると すっかりおぢけづいてしまった. がむしゃらに おとすまいと 球をガッとつかむ私と…実にスマートな躰さばきで かるくとり投球する四分所と… 私は内心 これはかなわぬ と 試合前から敗北してしまった しかし一分所のチームも私らとたたりよったりで これには勝てると自信があった.

第一回が 一分所と四分所 これは 三対一くらいで四分所が勝ち いよく 第四と 私ら二分所とやることになった。

すべり出しはや、よかったのだが ミスが重り 私も二つ三つミスをやって 遂に惨敗してしまった。 そうして サンザンにやられ すっかりくさってしまって 第一分所との試合にも これも又哀れな敗北だった。

野球が終ったのが三時半ころ
これから いよく よび物の体育パレードだった。
各分所共 創意性を発揮して苦心サンタンして練習を重ねたものだけに はり切った。
朝からの得点が一分所二、二分所四分所も各二点なので これで優勝が決定するのである。
第一分所は 生産音頭の 踊りと もう一つ新作の踊りを 音楽に合せて おどった
しかしその踊りの内容は あまりにも 政治性に富んでいて 踊っていて たのしくなる。 たのしめた

めの踊りとは云えなかった。　これはあとで文化の面における左翼小児病なぞとヒハンされた。

第二分所は一カ月も前から練習しているタンブリングだった。

先づ六〇名ばかりが整列して手に手に三角の赤い小旗をもち　それをふりながら行進し町から村から工場からを踊って散開する　そうして同志宮崎の笛を合図して　タンブリングをはじめる。

ほたてがい　さかほたて　五人おうぎ

ピラミッド　旗ざお　とつづける

これには観衆から　わあッと云う　カン声と拍手がわき上った。

まったくみんながきれいにそろって　逆立ちや由がえり、人間できづきあげるピラミッドは壮大いものだった　最后の旗ざおで三個の巨大な人間のやぐらがつくられ　大赤旗がはってかゝげられ　右の者がハンマー、左の者が鎌かまを　さーあげた時は　西陽をうけて　実にすばらしい光景だった。

楽団の者、ソ同盟側の人もふくめて　これには
声をあげて　ほめた、
第四分所も　踊りと人間ピラミッドだったがこれ
は技術的に第二分所に　およばなかった、
それで近く各分所共同実と云うことになった、
夕ぐれ　四分所から二分所までも合唱しながら
旗を立て、かえる、
〝ヤポンスキー　スポーイ　ハラショウ〟
ー日本人たち　歌が上手だぞー　と云う声が
汽缶(カン)車の上から飛んでくる、

長曽我部、鶴田氏、
18地区は引つづき越冬準備のため
残留していたが　18地区はこれで全部引あげ
たので　地区講習会の講師　長曽我部、
鶴田の両氏もいるので　毎日来てもらって
は講義をうける、
日本労働運動の問題…　長曽我部
資本論講義…　鶴田、

アトリエ建築
一分所での越冬でにがい経験をつでいるので
アトリエを新築することにした。
現在の毛布をはりめぐらしたアトリエでは
とうてい冬はこせなかったので その位置に壁を
ぬって 立派なのを建てる計画をたてたのである。
私は屋根の天幕をはつしてピッチぬり
みんなに土や 萩の小枝をはこんでもらい仕事
にかかった。 柱をたてるのに相当時間がかかった
が壁ぬりになると 生産競争を斗いぬ
いて来た同志たちでやれるので 実に手ぎわ
よく すばやく進渉した
壁がぬられる その上にセメントがかけられる。
更に石灰がぬられる。
天井は毛布で張りストーブも入れたので
であったかすぎるほどのアトリエが出来た。
そうして ペーチカをどんどん焚すので
壁はすぐかわいた。
私はまづ 赤旗と美術室と描いた
カンバンをつけ 室内の壁にコバルトを塗かー

て壁しようを描く。
レーニンの肖像を正面にかゝげ中央の柱には
ゴーリキーの額をかゝげる。
そうしてそれの前には パルチザンの英雄
ゾーヤと云う少女の彫刻の像をかける。
これで出来上った。
採光のための窓も充分注意してえらんだので
画架をたてるには具合がよく、
その新らしい「分所」の美しい部屋、アトリ
エのカマンヂルに私はなったのである。

ステンガゼーターについて
三ヶ分所で壁新聞についての アクチーブ会議
をもつことになった。
会場には中佐のボリシエヴイキ的姿をみせ
日本語で ていねいなメッセージを送ってくれ
午前午后二回にわたる 壁新聞のための
会議がはじまった。
壁新聞についての討論は 現段階に於ける
我々の民主運動についての一般的な報告

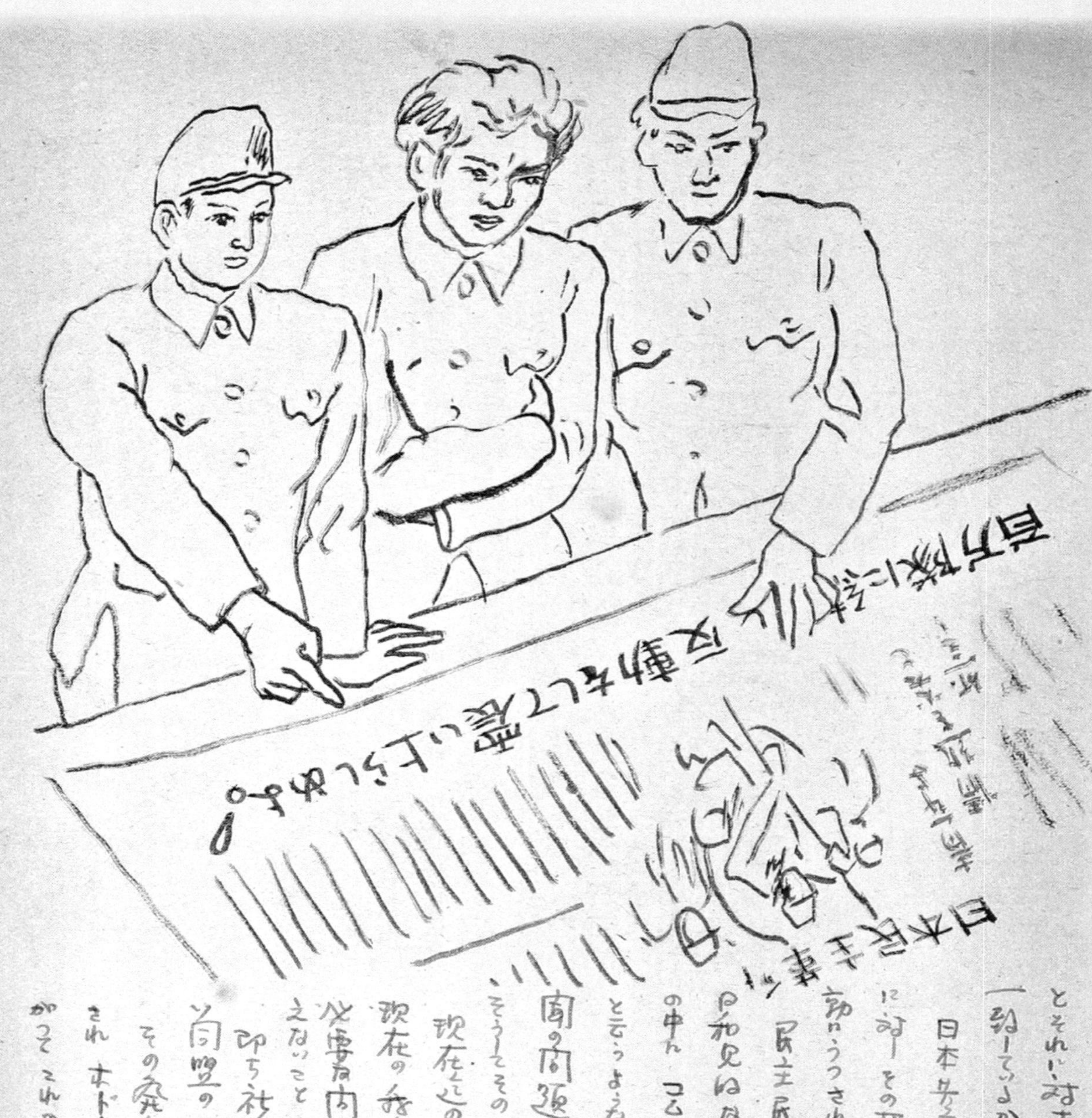

とそれに対する 我々の態度が 正しいか否か
一致しているかどうかを 検討する必要があった。
日本共産党の第六回党大会の 決定
に於いて その基本方針が 正しく理解され行
動にうつされているかどうか
民主民族路線について 極左的 誤りは
日和見的な 右翼社会民主主義的思想
の中に コムニズムを 解消してはいないかどうか
と云うようなことが メンミツに 検討されて 壁新
聞の問題にうつる
そうしてその結論として出たのは
現在迄の 壁新聞は 大衆の水準 我々
現在の 我々に要求されるべき 最も 重大にして
必要な問題を 明確にとりあげていたとは云
えないこと。
即ち社会主義 勝利の確信として
同盟の紹介が 充分なされなかったこと。
その発行に当って 技術の面が 過大評価
され ホードージニクに 一任されていたこと。 した
がって これからは 壁新聞は アクチーブで

範的越冬準備
のために
検討されミーチングの結果作成し これを
更に批判し合い発行すること
尚壁新聞発行自体が通過する集団
と大衆と結合していなかったこと、
だからこれからは通過する大衆の中から
編集委員を決定し原稿をつのり編集
すること、 そうして それが掲示されたなら
その掲示場所で大衆の批評会をもちその
の意見の中から更に進歩したものを生み
出すこと
と云ったことが決定された
次で各分所の壁新聞がもちだされ個々
の技術的面に於ける批判が求められた、
そうして私の描いた方法、写実的な健康さ
が とりあげられた しかし スペースの割り方
編集法等について欠陥しあばきだされ
た 同志三谷が議長となっていたのだが
それによって結論として私の作製態度

が高く評価された形となった、
この壁新聞会議は集結地のステン
ガゼーターをすばらしく進歩せしめた
二ヶ所では第一ドーマの横に巨大な掲示
板をつくり　それには原稿と批判の投
書箱、筆記具をそなえつけた
そうして壁新聞編集長に成団がなり
中隊に委員と連絡をとっては発行に方った
このため一枚の壁新聞発行に百枚を
こえる原稿が集まるようになった
そうしてこの会議の結果　スローガン、ポスター
アジビラ、等についても明確な方向と方法
が決定された、

ウオロシーロフの同志

集結地からウオロシーロフに講師として行つ
た数人の同志はすばらしく成長していた、
そうして二日間ばかり集結地に来て報告
を行つこのため臨時のアクチーブ会議が

第四分所でもなされた。
それによって　日本革命の展望に対する
正確な見解の欠除と　イストリア、パルチの
理解の不充分が指適された。

紙芝居

紙芝居のもつ性格が高く評価され　これの作成はかなり以前から論議され　文化部に脚本が一任されてあるのだが　なかなか出来なかった。
それで私は独力でこれを作成することにした
先づ脚本と原稿（ゑの）をつくるかたはら木工班え出かけて行っては　舞台の作製をはじめた。　古いブリキのエントツを半分に切って柱をつくり　塔をたて　舞台の飾りをつりペンキを塗り　それに赤い　ひきまくを滑車で開閉出来るようにしたのをとりつけ　巾一米もあるのをつくりあげた。
そうして出来上った。脚本は　アクチーブで

共に批判会をもち 完全なものとし
私はその作画をはじめた、そうして半月
あまりかかって 四十数近い 全部が出来上
った。
返して
復員する同志諸君!、
民主民族統一戦線に結集せよ!
という ものだった、
内容は だいたい七つに別れ
1. 敗戦時の逆境 その当時の虐殺状態
各収容所内における兵隊のヒサンな生活
2. 在ソ民主運動
反軍斗争
友の会より 民主グループへ
偏向、プチブル性、社会民主主義との斗争
反ファシスト委員会と 生産斗争の
拡大.
3. 全同盟の日本人捕虜に対する配慮。
精神的、物質的、これはナホトカに
おいてかえった帰国者の感謝文などを描く.

4. 日本の現実について、
イ、反動権力下に次々と法律で暴力で奪われてゆく人民の基本的人権、
生活のくるしさ、
アメリカ独占ブルジョアジーの実質上の日本支配と これに結んだ売国的反動勢力、
5 民主民族解放の説明、
労働者、農民、中小商工業
学生、婦人、教育
6、民主化し人民が主人となった日本は、…
工場は 農村は、文化面は…
7. さあ頑張ろう！
勝利した人民の国をこの目で見この躯で体験したわれわれは 光栄ある日本民主化のための斗争の戦士だ、
さあ みんな腕をくんで上陸し 民主民族解放の旗の下に、日本共産党を百万の党として もりあげる為に そのために帰って

ゆこう、

こう云った内容なのである。

これが出来上り ソ同盟側の検閲があったのは ちょうど ハバロフスク から同志治戸が来ていた日だった。

初公演は 作者の私がやることになった 劇指揮に タイセット あたりから来ていた楽団の者を集め 文化部から バイオリン ギター アコヂオン の伴奏をしてもらってはじめる。

二百名あまりも集合しているので 声がとどかないので メガホンを使用し 脚本をみながら喋る。 しばらく喋らなかった ので は一時間もしゃべると すっかり かれてしまう たてつゞけん喋りつゞけて 一時間半はたっぷりとかかった。

その第一回を皮切りに アクチーブが中隊を持って入ることになった。

私の脚本は基本的には正しく内容も豊富だ
があまりに大風呂敷をひろげすぎたとか
脚本のストーリーにドラマチックなところがない
とか 一時間半、おそくしゃべると二時間か、
るのはすこし長すぎると云う批判が出て来た
しかし紙芝居と云う軽便さともめづら
しさは大いに大衆にうけてた。
アクチーブはよろこんでは持ち出して公演した。
そうしてその公演の中から紙芝居活動の
あり方 いかなるものが要求され いかなるもの
をつくり出すべきかと云う貴重な経験と
教訓がどんどん出て来た。
それは実に これからすばらしい紙芝居の発
展のためのスタートであり 今から大きく伸
びる可能性の白いラインであった。

諸戸文夫。

日本新聞社から諸戸 酒井の二同志がやっ
て来た。アクチーブはフタマナクラブな

集会をもった。
同志洛戸は もち前の ひくいしかし刺すような
言葉で 集結地民主グループを批判した。
結論は 集結地の民主グループは
徹底した くされ切った日和見主義であり
指導者的な思い上りであり
ソ同盟側の意向をたてにした 斗争放棄である
と云うことなのであった。
我々のされんする検討がくりかえされ、洛戸の
報告と批判を承認した。 そうして再び斗
争専発主義者にたちかえった。
洛戸を送るにあたって スクラムをくんだインター
の合唱で 今迄たしかにあった集結地アクチーブ
の指導者的思い上りは けし飛んだ
そうして すこしでも芽をみつけては それを徹底的
な斗争へと おしひろげる方法をとった。
同志酒井と 渡辺が 第四分所に来ることに
なった。 集結地は強力なものとなり
二分所でも クラスノヤルスク から来た 梯団の

反ファシスト委員の一部が不正、反民主々義者ぶりをばくろするカンパをひらき これは大衆の前につるし上げた。 それらは皆で 文化カンパのあと深更、中隊員自身の手で行われた、
そうした斗争は ひきつづきくりかえされた、

亀井氏のこと、

そのころハバロフスクの梯団が到着しその中から 絵かき、亀井が残留した、
彼は第一回 美術工芸展に入選した、16枚
収容所の美術部の主任者であり 京都出身の 油絵画家だった、
市村 雪崎を送り 私一人で ガサッていたところなので 勇気百ばいだった、
彼は相当な年輩で おとなしい性格の人だったが 口吻から察すると この同盟に帰化しようと考えているらしかった
帰化すると云えば 集結地までまで帰化を願い出る者も相当あった、

四分所の美術班で美化のため大きな仕事をした 一分所からのタワリッシ名取は 急に帰化を願い出てウオロシーロフに出発して行った なんでもそこでまたまた学校に入り それから社会人として出るのだとか云う話だ。

第一分所閉鎖

十月も終りに近づき梯団の動きも少くなった 一九四八年度の輸送もあと一カ月で了ることが発表された。

そうした頃ソ側から指示があって第一分所のアクチーブ勤務者は殆ど帰国するように そうして一部の者は二分所四分所に移るようにと 云うことだった。

そうしてそのあとには 朝鮮出身の人々が集結することになる と云うのだった。

朝鮮の人と云うのは 朝鮮に徴兵令が施かれ召集に入ったものが一緒に敗戦と共に抑留された者だった。彼等こそ日本帝国主義の最もヒサンな犠牲者だった 彼等の中には

母国語のはなせない者、母国の文字の書けない者も居り みんなで サークルをつくって 勉強していたが こんなことからも 帝国主義に対する火のような怒りももえていた。

そのため彼等は 常にかたく団結して朝鮮民主化のための斗争をつづけていた。

その朝鮮人が一分所に入ると云うので 一分所のアクチーブで使用した 沢山の材料 絵具 書籍、用紙等を 各分所之わけることにした。

私らは夜一分所の画房之出かけた。

一分所では帰国のための命令があまりにも急に来たため ごったがえしており 津田は画房の中で一所懸命整理していた。

画房には描きかけの大きなカンバスが 何枚かたてかけられてあった。 その中には もう帰国した高橋の描いたものもあった。 そうして私が一分所時代に使用したもの なども のこっていた。

いらない紙を焚いていた男がふと顔をあげた
ので 何うも見たような顔だと思ったら
ひろしまから一緒に来た同年兵の藤井と云う
山口出身の男だった、彼も五地区からこの間
引あげて来て残留したと云うのだった、
絵具紙 みんなまとめて かついで二分所の
アトリエへ運ぶ、アトリエはすっかりものが
豊富になった これは これからうんと描ける
と云う よろこびが 一杯になったが 一分所の
同志がみんな帰ってしまう！ と云うことは な
にか うらかなしい気持だった、
あの白髪のまじった同志津田も帰る、
健実で達者な ある絵も もう見られない
と思うと 一寸かなしい気持だった、
一分所はすっかり整理され 明日は帰国のため
三分所へ移動すると云うので 会食をはじめた、
十月の二十八日の夜 である、

高砂丸

〃帰りなんいざ!〃

所長のルイトフ少佐がやって来て〃シコク・ダモイ ホーチス〃と云うので笑って〃ウン 帰りたい気持もある〃と云うと 〃プライナ〃と云って帰って行った。クロチキンさんからもそんな話があった。第一分所を閉鎖する為人員が過剰になり二分所もアクチーフの数をすくなくする必要に迫られていたときなので私の名前もはずさず帰国者名簿の中に入れられた。

美術班には亀井が残ったので あとのことは心配はなかったが このナホトカから去ることは 実にさびしい気持だった。花ダンにならべられた レンガの一つ一つにも 立ならぶ掲示板にも 沢山のポスター スローガンにも 皆私が毎日創作をつけたアトリエにも はなれがたい なつかしさ

がみちみちている。
その夜は私のために 歓送の会食をもつてくれる。
必ず入党して 私の特技を日本の革命のために捧げることを 誓うと 決意をのべる。
そして 夢多いアクチーブの 宿舎に最后のねむりをとる。
翌日は 第三分所え出発である。
同志成田に手つだってもらい 新らしく揃えた靴をはく 古い服をぬぎすてる。
リユクサツクにものをつめる。
靴下 袴下 清家が 防寒襦袢をもつてくれる。 同志亀井にするあり
あとをたのみ 新らしい 青いズボンがギコチなく 二分所の門を出る。
みんな コーラスで 送つてくれる。
あゝ 今日の日まで 私は 何万 何十万の帰国者を ああして 門で唄つて 送つたのだ

が今度は送られる身である。
私らは唄いながら路ばんにのぼる。
レールをまたぎながらふりかえれば二分所
の同志たちはまだ手を振ってる。
なつかしい顔、顔、顔 この二分所のなら
ふバラトカレ もう私はみることができない
手をふりかえす。大きく大きく輪にふる。
これから私らの帰国の斗争がはじまる。
いよいよ反共の権力をにぎった日本へかえ
るのだと思うと 社会主義の花ぞのの温室
から外へ出る気持である。
四分所の前までゆくと一分所のタワリシチが
はしゃぐような元気さで四分所のアクチーブ
と交歓している。
津田、金子 みんないる。
越冬する同志にすまない気持と不安な
気持でいりまじり複雑なこころ。
円マンな性格でピチピチした若さの三谷

が三分所の方からやってくる　握手！
握手！
三分所へつづく ぬかるみのこのみちも もう二度とふめない
三分所の税関検査もあっさりうけて 三分所へ入るとすぐ 輪になって 生産音頭 革命音頭を 踊る。 コーラス・ コーラス
このはしゃいだような元気さは どこからくる。
一緒に帰るのは 山崎などをふくめた コムソモリスクの連中と モスクワから来た 中隊
このモスクワから来た連中は 船と背広 をきこみ しゃれた トランク をさげている
それにしましても、うらやましいのは モスクワを 彼等が みて来ていることだ
クレムリンの塔も みたそうだ
中にはレーニン廟を みた者もある
ボドーゾラク たちは 美術館などを ずい分 みることが出来たそうだ それはみんな 実に うらやましかったのだが その様団ー

洗練されたコーラスをはじめた、
私は四三分所のアクチーブの幕合ちに
ゆき 熊木君と逢う。 宣伝部で一緒
にやって来た同志 ぶあいそうな そして寸
分地悪な笑顔をする 彼とはこれで最
后である。
なんとしても 帰ることはとり返しのつかないよう
な失サクのような気持がする。
それが センチメンタルと 宮ち合って なにか
ふさいだ気持、 この気持がみんな 踊
りやコーラスに ばくはつする。
夕方になって 宮崎が 柵のところに来て
パピロスを一箱くれる。 三分所の同志の
私へのセンベツである コバルトの派な白
く自然を印刷したこの箱 私は大切
にマホルカと一緒にリュックにおさめる
一九四八年十月三十日 の夜を 三分所
のパラトカの二階の寝台で 明かす。
三十一日の朝になり 二分所から 若松・小樽

佐彦、成田、村上、河合 などが帰国
のために三分所にやって来る。
彼等と一緒に帰ることになったのである
それにつゞいて ウクライナ から来たと云う
梯団が まっ黒な姿を つかれ果てた姿で
入所して来る。 私らの 入ソ当初の姿
そのまゝである
デモクラートの よりぬきのような 乱暴の梯団
に反ソ派とファシストの服をそのまゝ着つゞけ
た約一千名が加わった。
この梯団に対して いかなる働きかけをするかと云うこと
が三分所アクチーブと協議され[illegible]た。
しかし 出発のための集合に あと 一、二時
間を残すのみである。
そうして ウクライナの梯団に対する働きかけ
はその時間的な不足と共に 不充分な
あやまった形でなされた。 彼等に対して
は充分な同情的な 態度をとらねばなら
なかった。 しかし その、ときの 働きかけは

帰國と云ふことに直面し異常にたかまった
興奮と共に、強烈な アジテーション
資本主義、ファシズムに対する攻撃、それ
と共に アカハタの歌 インターナショナルの歌唱
指導そして行われた
なかにはほんぜんと真実をみきわめ たち上った
若者もいたが しかし なかい間のファシズム的教育
は心の中に大きく傷のあともあざやかに喰い
込んでおり そんな簡単に とり去られるもの
ではなかった、

逆に反感をもつ者も出て来た
しかしそれは当然反動の権力をもつ
日本へ上陸すると云ふ事実の背景を
前にして あらわれてくるべきものでもあった、

復員式がはじまる、
梯団長が ソ同盟に対する感謝決議文
を朗読する 熊本が送別の辞を
のべる、ソ側から クロチキン・リチナント

が日本語で　別れの　あいさつ　をする。司令所のひろ場に　ナホトカの　街々をふるわせて　ソ同盟と民主日本との友好万才！のどよめきがあがる。

しばらく待期して　午后二時ころ出発。一ケ中隊二百名くらいづゝ隊伍をくみ　ナホトカの港に向って行進をおこす。

各中隊が　それぞれの　コーラスを　吹きあげながら　蜿々と進む。この一歩一歩は　私らを　ソヴエトの土から引きはなしているのだ　見なれ歩きなれたこのナホトカの街、　笑顔で見送る街の人々も　工場も　バザールのある丘もさようなら。　みんなさようなら。　われわれの　この声を　ソヴエトの空にひびかせるのもこれが最后なのだ

唄おう！　タワリッシよ　スクラムをくんで又唄おう。

人民ロシア讃歌

三分所から港まで約二粁.
郵便局や海員のクラブのある丘をこえると
港によこづけになっている白い高砂丸の姿
がある. さあもう一度. コーラスがはじまる
行進しながらするコーラスの流れは 港え
入る.
二分所から見送りに来てくれた 清家 阿部
などが五六人 プラットの屋根の下に姿を
あらわして 笑いながら手をふってくれる.
唄いながらゆく ナホトカ出身のみんなは涙
ぐんでやたらに こぶしをふりまわし がんばるぞ
がんばるぞ たのむぞ! と やたらに
叫ぶ.
乗船を待つ間 高砂丸を前にして 嵐の
ような大合唱をはじめる.
船の巨体はピリピリとふるえて歌声を
はねかえす. おゝ 船. 日本の船.

労働者の揺籃のうえにリベットはうたれ きづき
あげられたキャピタリズムの殿堂.
その船には ぴりぴりと一寸殺気が私らには
感じられ それが私らの上の方 どっかりと泊って
いる それをはねかえして ゆれゆれと
デモコーラスをつゞける.
モデストさんが波止場に来ている.
〃あゝモデストカン〃 私は思わず列
をはなれて かけよる.
〃モデストさん さようなら. さようなら
私は決してモデストさんのことは忘れません〃
と掌をぐっとにぎると,
〃シマクさん ナホトカをいつまでも忘れないで
川崎さんや高橋さんによろしく〃と
大きな手でグッと躯がしびれる程振りかえ
す. モデストさん みていって下さい
私は一生 あなたを忘れないように ソ同
盟での生活のことは 忘れない. ソ同盟を

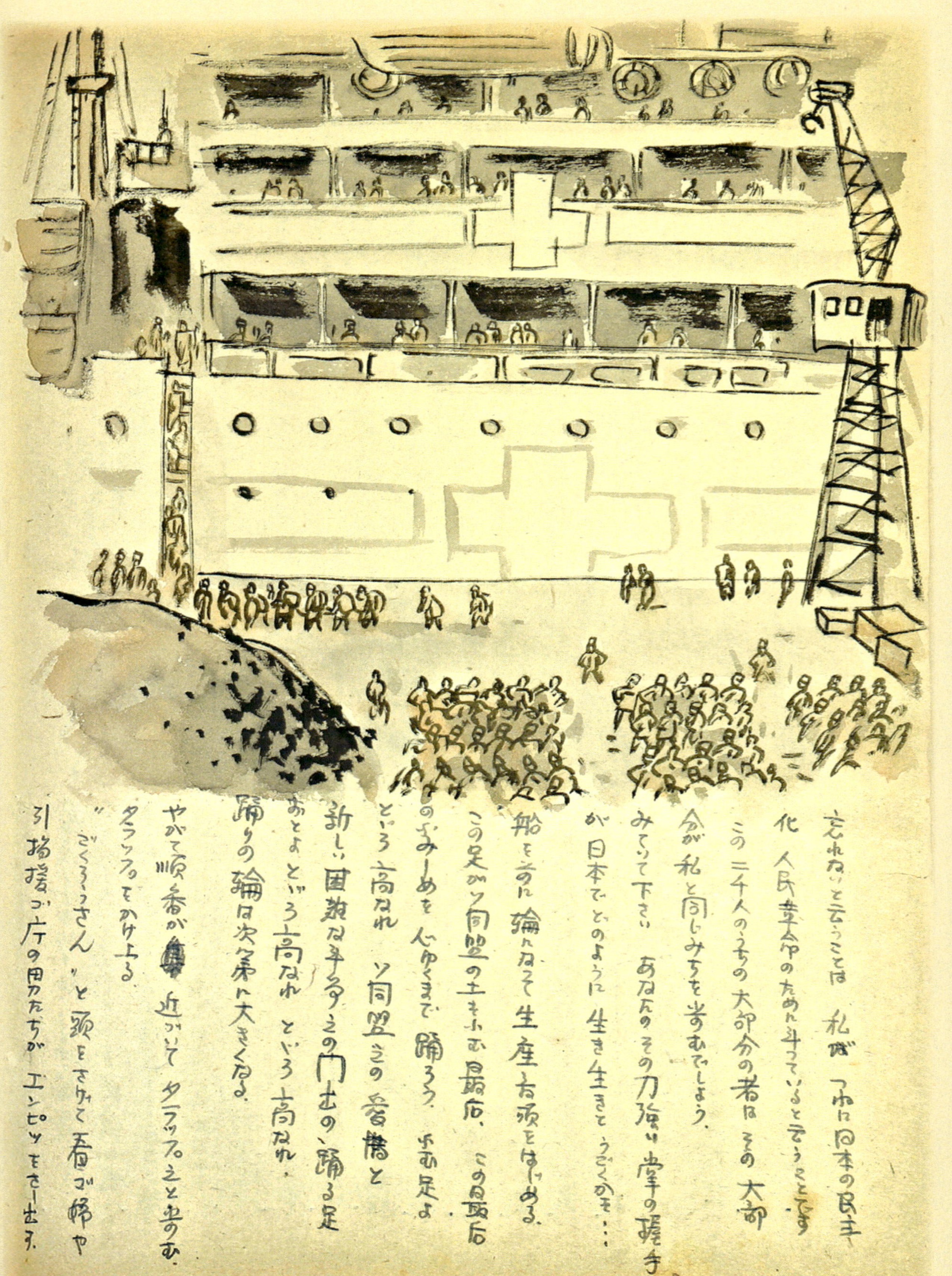
忘れないと云うことは　私が　つねに日本の民主
化　人民革命のために斗っているということです
この二千人のうちの大部分の者は　その　大部
分が私と同じみちを歩むでしょう。
みていて下さい　あなたのその力強い掌の握手
が日本でどのように生き生きとうごくかを…
船を前に輪になって生産音頭をはじめる。
この足がソ同盟の土をふむ最后、この日最后
のふみしめを　心ゆくまで　踊ろう。ふむ足よ
とどろ高なれ　ソ同盟との　愛情と
新しい団結を誓うこの門出の、踊る足
おとよ　とどろ高なれ　とどろ高なれ。
踊りの輪は次第に大きくなる。
やがて順番が　近づいて　タラップへと歩む。
タラップをかけ上る。
"ごくろうさん"と頭をさげて看ご婦や
引揚援ご庁の男たちがエンピツをさし出す。

その青い一本の鉛筆には"ながらくごくろうさまでした"と印刷されてある。ながらくごくろうさまでしたかそれはあなた方こそ返上する。あなた方こそごくろうさまだった。行く者がごくろうさまでなくなるために斗ったぞ！と。そう考えながら案内される人のあとについて割あてられた部屋へと向う　階段を何度も上りおりして船室へ入る。

なんと云う　この不愉快な気持だろう。理由なくこの不愉快な気持　看ご婦の不気味なまでに真っ赤にぬった唇にも　援ご同盟の腕章をつけた男の生意気な態度にも　なんと云うこの白々した　不愉快さ……

私らの部屋は　二等船室　だった　立派な部屋だがそこに　すろを敷いて　ごろね。

もう私たちの躯は　ソ同盟のふところにはない

ころねをしているこの床のかたさと同じく
空々しい しっくりこないこの感じ
夕食がはこばれてくる。何十ツブかの乾パンと
水っぽい ひじきをうかべた汁に日本の現実
の 仂く者の 寒々とした 生活のくるしさの
味がある。 ラーゲルの黒パンを 脂をふん
だんにつかったスープが フッとなつかしくなって
くる。 社会主義の 仂く人民の勝利した
国之のノスタルヂア。
やがて 波止場に夜が来て 船がゆるやかに
動きはじめたころ 誰かが甲板で
"赤旗だッ！" と叫ぶ
アカハタだ！ と叫ぶ声が大きくなる。すかさ
ず飛び出てみると 向いの石炭の高い山
の上で 大赤旗をもってスックと立った
二人の同志が こちらに向って アジテーション
をはじめている。
酒井氏か？ ヤスヤか それとも清家
阿部？ さだかではないが まっくろな
ヤミの中に 波止場の灯り あかりの中に浮び

あがる 真紅の旗と 二人の スックと立った
シルエットは力づよい
そーって帽子を わーブかみれーてふりながら
何か叫んでいる。
その声は船からの歌声とカンセイにきこえ
ない。きこえないけれ共 同志の云っているのは
よくわかる。 安心しろ! タワリッシよ
"頑張るぞ!" みていてくれ、日本新聞
海上でみていてくれ 高砂丸で帰るぞ〜
かどんなに斗うか。
涙が出る。 ぼうだと頬をつたって流れる
人目もていさいも何もない。 声がかすれる。
グッとつまる喉をつきやぶって "やるぞ!"
と叫びが出てくる
歓声。 インター アカハタの歌。
みてろ! 帰ったらやるぞ!
がんばってくれ たのむぞ!
船の中からも かくし持った 赤旗を何
枚も何枚も ふりはじめる。

スズなりになったデッキから　あかい旗が
ふられる．ゆれる．
船はしづかにうごき　石炭の山は遠のく．
歓声のわきあがる　うずまきの中に　灯にうか
びあがって　凝固したような　大赤旗と黒い
二人の同志の姿が　カッキリと　いつまでも残る．
同志はいつまでも　いつまでも　山の上に突ったって
いる．
汽笛．かすかな　スクリウのかきたてる潮の
ざわめき．
遠く波止場は　暗に消えたが灯だけ
が残るが　大赤旗の　あかさだけはいつま
でも目の中に　炎のようにもえて　のこる．
ナホトカの　灯が　チラチラ　とつらなって一本
の線を曳き　海岸の　山々がシルエットと
なって　よこたわる．

二人三人　あちらに五六人と　デッキに出て
去りかての気持をいつまでも　ソ同盟の姿に
むすびつけて　ながめている
いつしか　みんなの口から歌が出る。
さらば　ソ同盟よ、
さらば　ナホトカよ！
三年間の　つきない想出よ、
わすれられぬ思い出のかずかずよ、
ファシズムの兵隊から　その垢をすすぎ　民主々義の闘士として生れかわらせてくれた、ソヴエトよ　さようなら、
ナホトカの灯よ、集結地で結った同志よ
いつまでも　ナホトカの火を燃やしてくれ、
えんえんと　えんえんと　いつまでも燃やしてくれ。
私らは君たちの期待を裏切らぬだろう。
私らのあとから　つぎからつぎえと　たくましい階級戦の　働き手を日本え送りとどけてくれ。
灯はまたたけは見失うほど遠のく。船はナホトカの湾をいつか出ている。

恋人から別れるような
胸をしめつけられる　このしのがなしい愛惜。
声をふるわせて　誰かが　ロシア歌謡。
“さらば港よ”をうたいはじめる。
何人かがそれに和する。
下のデッキで　ソヴェト國歌の合唱がはじまる。
頬をきる　潮風。
いよいよ見失おうとするナホトカの灯に追いすがり
追いすがり　唄う。
さらば　さらば　仂く者の力強い城塞。
仂く者の祖國　ソ同盟よ。
私も頬をぬらしながら　“人民ロシア讃歌”を唄う。

プロレタリアの國　ソヴエトロシア
自由に輝き　なれはたてり。
潮風にはためく解放の旗
万國のプロレタリア　斗い守る

あゝ万国のプロレタリア 斗い守る
もう一声 さようなら
さようなら ナホトカよ!
さようなら ソ同盟よ!
なつかしい人びとよ!

潮ざい.
海上一平おん.
一九四八年十月三十日夜出帆
一万トン近い高砂丸は船足が早く
二日には舞鶴に着くと云う.
二等サロンにむしろを展べてごろね.
すかさず やって来た京都府の引揚援
護局のオヤジが 腕章をまき 留守会の
幹事をいうたちで いろいろと船内で
の注意をする. はてわ
あなた方は 光栄ある歴史をもつ日本人な
のだから 一時の気のまよいで 変な考えや
行動はしないように、日本にかえったら
もうなにもかも さっぱり わすれてしまうように・・・
とくどくどと 大和民族論? をふりまく.
あまりの馬鹿らしさと 腹だたしさに たまり

引揚援護局員のアジプロ
かくて一人が反撥し オヤヂをやりこめると
"ええ、わかりました 舞鶴え上陸して
みればよくわかります わからないなら名
前を知らせてください 私が当局の方え
連絡しますから…" と一寸おどして おいて
コソコソと引さがる
もう反動共のアヂテーターは はたらきかけ
て来た。いかにドンキホーテ的な やつであろうと
も身ぢかに ひしひしと したいのを感じる。
ヘイコウするのな 食事のわるいこと。ヒジキ
の薄い汁と わずかなメシ。一食は乾パン
以前は船中は二食だったと云う。
みわたすかぎり海。一本の線が高砂丸
を大きくわをかいて ひとめぐりする。
朝から ばんまで デッキに出て 大コーラス
バブシカを踊り 生産音頭をおどる
男なら… を踊っていると 船の方から
声あり。"ねむれないから 一寸しづかにして

もらいたい"
大合唱と足ぶみで一万トンの巨船がとどろき高鳴る。

水平線 ソ同盟の方へ向って最后のソヴエスキー サヨーズを合唱する。

水平線に夜がくる 夜があける。

アクチーブは船内でも ウクライナの連中に対して アヂテプロに出かけてゆく。

われわれが デッキで合唱し 踊り船室で研究会（日本の新聞をテーマとして）をひらいているとき ウクライナの連中は ワイ歌を歌い・半裸になって 演芸会をやる。

この二つの異った性格、この二つの異った二つの思想と対立をのせたまゝ、高砂丸は日本海に白く水尾をひいて 舞鶴へと走る。

日本へ近づくにしたがって 海の色がかわってくる。

空気がぬれて あつぼったく 空が垂れさがって

来る。やがて彼方に島があらわれる
みえる。みえるとデッキでだれかが云う。
デッキに出ると なるほど 行手に 起伏の多
い日本の 山々が かすんでいる。
五年ぶりにみる日本の山々 しかしうれしい気
持はみぢんもしない
身のしまる緊張と云い知れぬはらだたしい
気持がもり上って来る。敵前上陸をする
気持！
その島々が近づいて来る 水蒸気の多い
空気の中に くらい色で緑の山々が近づく
山々を右手にみて 船は やはり走る。
小舟が一そう うかんでゆれている。
ちいさな舟。その舟の中には自分の力で
肉体をすりへらし 生きている男がいる。
船はまだ走る。
舞鶴湾が近づくと、星條旗をたてた
ランチが 左右に ぴったりと よりそい 深い
深い 湾内に入ってゆく。

たまりかねた気持に一人がランチに向って
"ヤ・チビア ダム" と叫ぶ
ランチには赤兵と一緒に頭をテラテラと光
らして血色の悪い若い日本人が立っている
みんなデッキに出てきたが
そのデッキの上では緊張した対立がはげ
しいそゝけだちをもってくる、
湾内に入ると
みんないならんで"君が代"を歌えと云う
お、君が代
そう云ってる間にウクライナの連中は幕穴から
ひびいてくるようなひくい声で唄いはじめる。
"君が代は千代に八千代に……"
民主々義日本の歌?、
封建的領主、専制的帝王 戦犯ヒロヒト
天皇の代よ千代に八千代に…
ブルブルと体がふるえてくるほどの くやしさで
はらだたしさがわいて来る、
みんな眼をキラキラと光らせてる。

唄おう　インターを唄おう。
そう云ってる間に　ランチから乗りうつった
米兵がひとり　無智なヒヨロ長い躯を
はこび豚のピストルのサックを光らせて　並んで
いるみんなを見まわって帰る。
爆害で赤くさびついた船が　ザショウーている
舞鶴沖に　船は止る。
東舞鶴　まではこぶ大型ランチが　高砂
丸が近づいて来る。
ファシストは　いつの時も先づ暴力を　ふるう
ウクライナ梯団中の二三の　センドウ者の
センドウによって　あちらでもこちらでも　海へ
投げ込め！　とか　なぐれ　なぐれと云う無智
な声が　あがる。
ウクライナの反ファシスト委員長で　おさまっ
ていた将校の一人がねかえる。　ランチに乗りこむ
と　狂ったような声をあげ
“赤にだまされるなヨ！”　とどなる。
その同じランチの中でも　アクチーブは　ひとりカン
ゼンと唄い　キセンとした態度でいる。

ブル新のカメラマンは合唱する者をよけて
タンカで搬ばれる患者のみを撮ってる。
〝なぜ患者ばかりとるのだ
われわれを撮れ　われわれを〟
〝その写真を何のために使うのだ　反ソ宣伝
に使用するんだろう　君たちはブルジョアジー
の犬か！〟
ブル新の記者は　あお白い　顔をゆがめて引さが
る。　百名くらいづつ　ランチに乗りこんでは　舞鶴の
サン橋へ向う　ランチに乗りこむ間、も
民主梯団と　ウクライナ梯団と、　デモクラー
トとファシストとの　対立したギリギリの
応酬がくりかえされる、
それにしても　ランチや船で働く内地人の
なんと云う血色の悪さ　にやけた感じの
無気力と無思想　ね　かんじ．

平察

私らは混成二中隊と云うことになって居り
ナホトカ勤務者の看でなっている。
かたく団結して上陸し　サン橋から　平安
までのみちを　國際民主青年の歌を
合唱してゆく、
若人われら　平和めざしすゝむ
しろしろの國　しろしろの海洋で
嵐ついて　幸ある世のために
若人は　若人は腕むすび
いざ団結の歌を唄おう　唄おう
この歌をさえぎるもの
よにはあらじ　全世界はこの歌震う
今われわれの前にぞ叫ぶ！叫ぶ
道端にたてられた國鉄のアーチのみがなつかし
いよろこびでつゝ立ってる
収容所の入口には　こゝにもまっ赤な唇の女
たちがいる。植民地的臭いがこゝにもプンプン
私らは胸をはって　米寮の中え入ってゆく。

収容所の門をくぐると中には溢れるばかりな引あげ者が借スラの服を着て群れている。先にかえった者が吾々をみつめる。手をふって新らしく上陸したわれわれを迎えるもの 白い眼をしてにらむ者。

元飛行機格納庫かなんかだったらしい大きなバラックの中に入れられ 装具を全部おろし 上衣もとらされる。

ここが税関所なのである。

ソヴエトから持ってかえった物は その中から印刷物 ノオト すべてここでとりあげられてしまうと云うのだ。 鉄のカーテン

まさしく鉄のカーテンは ここにがっしりと おろされている。 この鉄のカーテンは ソヴエトの思想をつたえる いかなる書籍・書簡もとりあげてしまう。 ここに仂いてる税関の役人は 軍服を着こみ いかめしくあご紐までかけた男もいるが 全員軍人あがり

であり特務機関 憲兵あがりである。
写真一枚 日本新聞の半ペラ一枚でも
彼等は スパイするために とりあげる必要
があるのだ そうして それだけではなく役得
にめぼしいものを みつけては ポケットへ入れる
私し このとき ゲルマンスキーの将校が
もっていたもので マルシャンスクの 大木画伯が
記念にくれた ナイフを一本 とられてしまう。
そこに 装具を全部 おろして入浴
にゆく 被服戸棚に全部 被服
を入れ 靴の中まで 検査されて 風呂へ
入る。 しみじみと 日本へかえって来て 捕
虜としての気持を 味わせられる。
入浴をごったかえして ヌルヌルのスフの
日本手ぬぐいで 躰をふききやらぬうちに
外へ出 例のスフの服と 襦袢袴下
をもらう そうして 粉霧器で 家畜か
何かするように DDTの粉をふられ
検閲の建物から 装具をかつぎ寮の中へ入る。

入浴から入寮まで 薄着で あるかせられるので
私はすっかり風邪を引いてしまう.
寮には たゝみ がしきつめてあり 二枚ばかり
支給された毛布で ゴロ寝なのだが たゝみ
の感觸は この上で 鍛えられたであろう
海兵団の航空兵の ファシズム教育の
追憶をよみがえらせるだけである.
寮内の柱には ポスターや 何かゞはられ
ており "皆様ながいあいだ ごくろう
さまでした" と云う文字 その下には二条の
舞娘の絵などが かゝれてある.
京都の舞娘に 我々が 何んな関係がある?
寮にはスピーカーがあり たえず 流行
歌や何かを放送している.
壁には "夢みるダモイ" だとか
"涙の再会" と云った 高橋掬太郎
のつくった 歌詞がはられ そのレコードが
いとし 忘れな メロデー をひゞかせる.

それが朝から晩まで　ひっきりなしに放送されるのだから　たまったものではない。
上陸第一歩から　社会主義　人民の国の歌がどんなに力づよく明るく健康で人々にどんなに希望と楽しさを与えるかと云うこと　カピタリズムの国の歌がいかに人民をぐろうし　哀れな感傷やタイハイ的なメロディー　不可抗力的な絶望感を与え　人々から勇気や健康さと云うものをぬきとってしまうものであるかと云うことを　御ていねいにも一日中示してくれるのである。
すばらしい同盟の音楽に親しんで来た躯は　そのレコードや時折放送されるラヂオの歌謡曲の植民地的な　タイハイ的なメロディーに　もう生理的な悪感をさえ覚える。

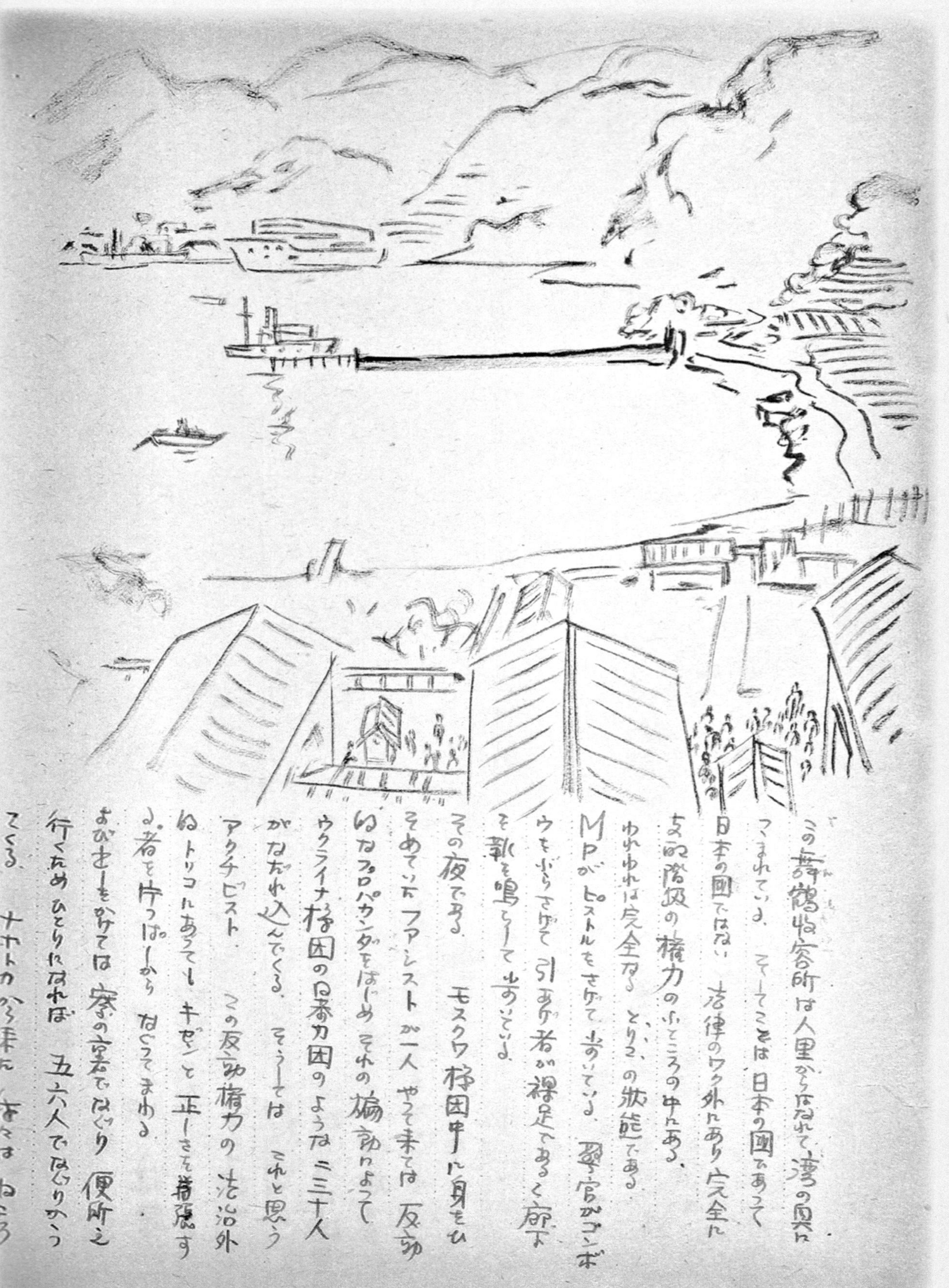

この舞鶴収容所は人里からはなれて湾の奥につつまれている。そしてここは日本の国であって日本の国ではない　法律のワク外にあり完全に支配階級の権力のふところの中にある、われわれは完全なるとりこの状態である

MPがピストルをさげて歩いている。警官がゴンボウをぶらさげて引あげ者が裸足であるく廊下を靴を鳴らして歩いている。

その夜である。モスクワ梯団中に身をひそめていたファシストが一人やって来ては反動的なプロパガンダをはじめそれの煽動によってウクライナ梯団の暴力団のような二三十人がなだれ込んでくる。そうしてはこれと思うアクチビスト　この反動権力の法治外にトリコにあってもキゼンと正しさを着服する者を片っぱしからなぐってまわる

おびきだしをかけては寮の室外でなぐり便所え行くためひとりになれば五六人でなぐりかかってくる。ナホトカから来た俺々はねころ

んだま、すばやくしホをまわして　決して挑発にのらないで　單独な行動をとらないでもし本当してやって来たらスクラムを組んで防ぐことなどを申合せ　我々のとなりのモスクワ梯団は四五十名の　ごろつきのような男がきり倒して　数名の者は気絶するまでなぐりつけられた。　警官は　ごろつきがくるとどこかへ行ってしまって居ない、そうしてそれをみても見ないふりをしている

ファシストが暴力をふるうのは　めずらしいことではない　そしてファシストの犬共がそれをみてみないふりをするのは　これもめずらしいことではない。しかし　あゝ　なんと云う口惜しさであろう、

われわれの梯団からファシスト　ごろつきのために陰然たる無警察の事者の援助のために　二十数名が負傷して入院し一名は死亡したらしい。と云うことがわかる。なぐられ鼻血を出した　程度の者は　おびただ

しい執れのなる、

舞鶴寮は完全なる支配階級のふところであり 血なまぐさい暴力とデモクラシーの斗争場でもあった.

となりの部屋では 反動分子の包囲の中で赤旗の歌の合唱がはじまった. それは数十名の声であり コムソモリスクの長曽我部氏らだった. だれの目にも 殺気だって緊張した光りをもっていた.

寮の便所には おびただしい落書きがされてあった.

一部は舞鶴の勤務者の手で書かれたと云われるこの落書は

"アカにだまされるな"

"日本へかえったら日本人としての自覚をもって 過去のことはみんな忘れろ!"だの

"スターリンを殺せ!"

"アカの奴らは無事に自分の家へかえされると思うな!"と云った下劣な無智な言葉がならべてあった.

しかしその横には いわゆるくろうど

〃あらゆるみちが共産主義えと通じ
ている　同志よ確信をもて……〃
たの　〃ふたゝび日本を戦争えまきこむ
反動の暴圧の中に　共に働く者同志
でスクラムをくみ平和を守れ！〃
〃全界の働く者進歩的な人々と我
々は手をにぎっているのだ　歴史は正しく前方
え進んでいる。確信をもとう　みんなみん
な確信をもとう！〃
と云ったような言葉が書かれてあり　それ
は削り落されても削り落されても誰かの
手で書き加えられていた。
便所の中でさえ無言の階級斗争が激しく
火花を散らしていた。
私は小林多喜二の〃三月十五日〃に出てくる
一節をふと思いだしていた。獄房の壁に爪で
かきしるした文句のおわり
〃みんな腕をくもう　おいみんな腕を
くもう〃と云うあの一節。
私は鉛筆をとりなおすと板壁の上に刻み

こむような文字を書いた。

・あらゆるみちが 共産主義へと通じている。そのような時代に われわれは生きているのだ！・ 同志よ確信を持とう。資本家、帝国奴に屈服して ふたたび戦争とはめつ、、、のみちをえらぶか 働く者同志腕をくみ 搾取のない自由な社会をかちとるか…… ゆくみちははっきりしている みんな腕をくもう みんなみんな腕をくもう〟

翌日になると 梯団の幹部、アクチヴイストと目される者は すべてよびだされ どこかへカンキン、、、、されて われわれとは遇えなくなってしまった

その日は 身体の見診があり 發疹防法射などをうける。そうして 復員の事務手続をうける。旧部隊の 名簿をさがし 私の名前をやっとみつける。

一三二五部隊とありその下に私の名前があり 赤鉛筆で ナホトカ残留と 記されて

ある。　実によくしらべたものだと舌を巻く。
そうして一室五十名ばかり入れられて まるで犯罪者か何かのような取調べをされる。
机の向うに眼つきの みるからに スパイらしい男がすわっており それが実にこまかく 在ソ民主運動のことも 根ほり葉ほり きくのである。　何んなことをやっていたか 民主運動をやっていたか 指導者には何んな者がいたか 日本新聞社の者が来たことがあるか　その捕虜の中にそれはいないか なぞと 実にたくみに質問してくるのである。私は あたらずさわらず でたらめを云っているうちに なんとも云えぬ不快さと こんなにまでして 人民の敵共は働く者を圧迫すると考えると、つばをはきつけたい気持になる
そして 取調べは これだけではなかった、
寮に帰ると マイクで たえず 第何中隊の誰々さん　CIC え来て下さい とかんSの調査に来てくれとか放送していた。

ていた。

このC−CとかLSと云うのは 完全にアメリカ系の諜報機関であり ここでは徹底した取調べが行われた。 平屋の中に一ヶ所鉄條網がはりめぐらされ 着剣して鉄砲とをかまえ アメリカ兵が出入口に立っており その中はMPがピストルをもって歩きまわっていた 建物の中には 二世の男だとか日本語の使えるアメリカ人かって入ってゆくと 机の上にどっかりとピストルをおき 完全なる恐迫の形で取調べを行った。

そうしてソベト民主運動の指導者の名前から。同盟の沿海州をはじめ あるところの地形地物までも 実にコマゴマときいてつては記録していた。

まさに日本に帰えるはじめて捕虜としての実感を味わせてくれるところだった。

朝呼びだしをかけられ 夕方までみっちりとしらべられるのだった。

マイクは私の名前もよびだした

LOSを行ってみると　数人の者が待っており
そこには　やはり数多のピストルをさげた人間
がうろついていた　口惜しいとも不安とも腹立
たしいともつかぬ気持で数時間まち乗順番
が来ないので　そのまゝ私は寮へ帰って来たが
とにかく舞鶴収容所の横顔はそのよう
なものであった

郷土室なるものへ行ってみると各県の小学生
などの作品が並べてあり　そういった　ものゝもつセンチ
メンタルな面からも引揚者の気持をくすぐろう
と実に手のこんだ役割をはたしていた
それは日本で現在発行されているタブル新
や雑誌などゝ山とつまれ　上陸まもない新
鮮な引揚者には　それらが実に　あくどくて
低レツな植民地的な感覚と内容をプンプン
と感じさせるのだった
各地の戦災地図を出してあるところがあり
それは広島の地図が[illegible]あり　市街の

ほとんどが赤くぬりつぶしてあった、
あゝこの戦火。戦争に対する、帝国主義
に対する憎しみが その地図をそめた赤々色が
生々とした働く人民の血の色に変じて わき上る。
あゝ霞町 停留かな 私の家は無事らしい
すると母も弟も元気でいるかも知れぬ……
私は便りが来ているかも知れぬと 便りを
渡してくれる窓口へ行き 一心に名簿をめくる
あった！ 葉書入四国満として 私あての
便りが二つ。 あゝ四国満、兄も
無事で帰ったらしい はじめて私には家
族に対する関心がこころの中に入ってくる。
受取ったのは葉書二枚。どちらも
記憶にある兄の毛筆の文字で
五郎よくかえって来た。
皆元気でいる 安心して まっすぐ
に帰って来い。
と云う文字が大きくかかれ 住所が両わかる
な地図で

山梨
長野
どんな
100m
100m
至宇品。
とかゝれてある。
皆元気でいる！
お母も兄も二人の弟、
もみな無事だったらしい。　こんなうれしいこと
があろうか。
ニヒック　ヘヒタッゴ　ロウ
私はすぐさま電報を　宇品町一一三四
宛にうつ
四日は　靴、はみがき粉、よれ〳〵の毛布
油じみた服、などを数着もらう
日曜日があるので　帰郷は八日になる。
赤紙で肉親から　ひきはなされ　一死の境を
徘徊させられて　その　代償として　金九〇〇円也
旅中の費代にさえ足りぬ金をもらう。
五、六七日と　鎮ウツな　いやな気持の

毎日を送る。友だちの一人が思わずもらしたように生れてから はじめてのこのいやな気持の毎日、
完全に反動共の権力下に 不安な毎日、
"夢みるダモイ"なるレコードに悩まされ
援ゴ局の男たちの 反共精神訓話を
きかされ 水っぽい汁と 食器に 七分目の
めしに なやまされる毎日、
サッパリしすまし 帰郷のための食糧として
カンパンを もらう、酒は出せないとて 二人に一缶の
豆のカンヅメ。これが帰郷祝い。

ダモイ列車。

十月九日 宿舎から毛布の返納やなんかで
ゴッタがえし 中庭に集合して 各県毎に
ならぶ。
二班にわかれ 一班はトラックで 一班はランチで東
舞鶴へと向う 一日も 一時間も早く収
容所をぬけ出したい気持である。
ランチからみる 岸々には 海軍の使用していた
らしい艦艇がそのまま ねかされてあり

さびついた船が半分沈み　工場の煙突からは
一片の煙さえ出ていない
三十分しランチは走って　東舞鶴につく
舞鶴の人々が出迎えに来ているが　何んと云う
白々しい気持だろう
人々の服装態度　なにからなにまで　働く者とし
ての否定的な面ばかり目につく　左翼小児
病、！　それかもしれない、　しかし　このしらじらしい
しい気持、　手をふり　呼び合い　握手したい
と云う気持のミヂンもない　この白々しさ

街の中を歩いて駅につく
舞鶴駅頭　お、同志、　タワリッシが
いる　NCYKPAと題した壁新聞
を貼り　アヂテーションをしてる同志
ハバロフスクから八月に帰って来た同志、胸が
つまり泪が出てくる。その壁新聞には舞
鶴でのテロのことがもう載せられてある。
握手　握手　がんばろう　やろうって

手をにぎる。
三十すぎの婦人が腕章をまき 若い男と二人
でニコニコと 新聞を売っている。
アカハタ、 ウイークリー パンフレット、
"あんた方 なぜ そんなに しかめっつらも
しているんです" 朗らかになさい 朗らかに、
ネ 笑いながら ニコニコ やりましょう。
やりませう ニコニコと エ、 ニコニコと"
あゝ そうだ 正しいみちを歩く者は 誰より
も明るく 朗らかでなければならない どんな逆境
でも確信にみちた ニコニコとした笑いを失ってはならない 私は同志の言葉にハッと胸をつかれた それにしても この一週間、私は なんと
深刻な顔をして来たことだろう。
確信！ それを 自分ひとりで づるづるにげ
るうなぎでもにぎるように やっきになって つかん
でいる気持 そんな顔を私はしていたらしい！
ハタ、ソヴエトの革命記念号と "レーニン
と芸術" 一冊を買ってポケットに入れる。

駅長がスピーカーで　耐え　エンゼツ　をやっている　ブルジョアジーのために戦争にかり出され引きあげて帰って又ルブルジョアジーのために耐えせねばならぬらしい　しかし日本魂をもって耐えせねばならないと云うのだ!?
敵はスピーカーをもっている。同志のアジルスピーカーに消され勝ちだ　反動が権力をもっている国。
反動の権力をもっている国と　私自身に云いきかせる。
東舞鶴から京都まで…
山から山 谷から谷えせまくるしい線路の中を
汽車はかけぬける　せまい土地をたがやして
働く農夫たちが一寸汽車をふりあおぎ
又原始的な農具で土をほりはじめる。
駅々では　お茶や豆、芋などもって迎えてくれる　しかし私らの欲しているのは、タワリッシとさけんで
ぐっと手をにぎりしめたい気持だ。

ダモイ列車の詩

五日走って
夜が明けて
汽車の窓は　またつづくコルホーズの畑

白い家
あおい牧草
トラクターの上からふられる赤いネッカチーフ

コツゼンと現れ丘から丘え大工場は　つきるとも知らず
「歌のように尾を曳く　ヤポンスキー・ドスヴエダアニヤ
「パーヤマーによろしく　これは婦人労働者
「奥さんに云ってくれ　ワイナー、ニェーチェとー！
大きな声と共に列車に飛び込むパピロスの箱、

しずかにしろって
そりゃ無理だ　タワーリッシュよ
振ってくれる手に応えて　もう一度唄おう

空気には反抗の意志がある
山を原を黙々として汽車は走り
一列の窓には キラキラ光る眼がならんだ
乾いた血の色の瓦礫がすぎると
おしへしやげた停舎の灯
ゴウソウな植込みのテイ宅がすぎると
土ぐものような夕闇の田圃にはう農夫
やがて街、キャバレーの ジャズが鳴り
日の丸の小旗の歓迎

真実をみてきて
又ここでも真実をみた人々を 駅々におろしては
空気の抵抗を衝いて汽車は突っぱしる
（一九四九・三）

汽車は京都の街に入る. 京都街でのりかえ
同胞よ 同盟する学生、進駐軍の兵士.

空襲ひとつうけていないこの街と インフレと植民地の臭い
プンプン 京から大阪まで 汽車は人家の中
をはしりつづけ 大阪に近づくにしたがって 戦災のあと
が生々しく 瓦礫そのままに くずれおち錆びた
工場のあと、民家の敷石のあとだけがのこり
その中に貧弱な野菜 丈なす雑草。
やがて大阪駅 はなやかなキモノ 口唇
右往左往する人々、復員者らしい兵隊服
のこじき 雑踏を戸にした男女、
汽車の窓には売子の声がやかましく往来し
その金三十円かいくらの果物が窓を走るのを
眺めながら カンパンに砂糖をつけて喰らう、
京都までは 駅々で 或は野良で 手をふっ
てくれたが ここでは誰も見向きもしない
時折 異端者をでもみるように 車窓をふり
向いてゆく者もいるが 声ひとつかけない
なぐさめてもらいたい気持は ひとつもしないが 小さな
四角な窓からうかがえる 人々の人間性の
喪失と無思想とタイハイに人民をたたき込んで、
いる支配階級に対する にくしみ だけが 残りのよ

うたんの庵にどよむ、　“芸術とレーニン”をよし
うてするか頭には入らない!!
神戸あたりから　夕やみの中も汽車は走る、
空爆でうちくだかれ　赤茶けた色になげ出された
街々が汽車の窓を断續してどこまでもつづく
トタン板切れを重ねて　その中から灯が洩れ
その中に罹災者が生活しているのもみれば胸が痛
くなる、
鉛をのみ下したような怒りがわきあがる
モンペにたすきの女の姿　バケツをさげて走る
おかみさん、さく裂する住宅、次々と断た
れて行った人間の生命!!　一体何者のために……
土になる　この日本の土を覆う人民の怒りよ
いつの日か燃え燃えて火の巨柱を吹きあげろ!
くずれ去った地上、トタンの下の生命、
森カンと深い森にかこまれて宏壮なテイ宅、
そしてその横には　夜目にもしるく　林立する墓標
うらみと怒りが　胸の中にもえている。
舞鶴でもらった　ビラ　の文化国家なるものの姿

汽車は明石をすぎる。 夜霧の中に月と海面
がほのかに光る この美しい山と海に……
この矛盾した人間の社会が存在する……
姫路。 名も知らぬ小さな駅のプラットに
女学生の黄色い声、学生の声、俺たち
を出迎えてくれるのはうれしい、非常に有がたい。
きみたちのその純真な情熱を 二度と戦争
をひきおこさない ために 戦争挑発者を
うちくだくために その ために そゝいでくれ、
汽車の中に乗込んでいる無能なる無智なる
反動のプロパガンダンスよ！ 意識していようと
いまいと 君たちの やっていることは くさり切った
反動共の顔にぬりたくる白粉の役目だ……
若い学生が新聞をひろげて 引揚者によんで
きかせている。 その新聞の文字の下に その活字
をひろった労働者の その生活のなかに 真実は
はっきりと刷られている。
車掌のために設けられてある別区切の中に
岡山の男と二人で入って。ぼうと窓外に 眸を投げる
兄の葉書は 自分の心を 実に うれしくさせて

くれた、家族が全部元気でいる！　自分たちって椅子によったまゝ、家に近づきつゝある、もてゆき上るよろこびがこみ上げて来てくれてもよさそうなものである、

五年前の私なら この車窓のように拭っても拭っても眼がくもってくるセンチメンタリズムにトウ酔するが 今はあいたく車中の奴等のシベリア帰りらしからぬプロホイ様団ぶりと窓外の社会にベブツと怒りがわくのみ。

この感情の誤謬、しかし これはどうにも仕方のないのだ 何にしろ五年ぶりに見る階級社会なのだから

岡山あたり 駅の開札口に入場も許されぬ一団、お、赤旗！ インターの合唱!! 同志！同志!! タワリッシ!! 青年 少女 老人、子供、心をひとつにむすびつけた合唱、インターの合唱は列車と駅売子と女子生徒中同盟救援ご同盟とか云うおそろしい腕章のヤッパラのケンソウを突きぬけて私の耳にワアンとつきあたる。 振られる赤旗、やってる。 唄ってる。 みるぞ いるぞ！ うれしさに泪がゴウンと出る

舞鶴以来のユウウツが吹き飛んでしまう
われ知らず窓から躯をつき出しゲンコをふり
まわして"たのむぞ！ ガンバレヨーッ！"と
どなる。
窓々から歓声があがる。その歓声には二ヶ色ある
"ガンバレヨーッ" "コノヤロウ！" この復員
列車は階級的な思想的な対立をのせたまま、
駅々に復員兵士を十数名づつおろしては走っ
てゆく。　、広島県へ入る。
車中には中国新聞が ひろげられている。
いつの間にか 引揚援護同盟とやらの腕章を
まいた 広島の男が入って来ている。 手先共！
広島駅着は 二時だと云う。 十二時に近づい
ている。　元特攻隊だったと名のる男が 私の
椅子の傍に寝ていたが 起きて私と語り出す。
世の中の矛盾は 彼にはよくわかっている。ただそれだけ…
なんとかしてその現実の中で うまく生きようと モガ
いているだけ… そしてモガきながら 又特攻隊
に入るかって、とはきいてみなかった。

河内駅……人気のない駅の構内をじっくり
と眺める　駅燈の下に出むかえていた若い女
と老いた女とがションボリと　かえらなかった息子
をあきらめて闇の中に消えて行った
汽車は急な傾斜の降りにかかり速力を増して
くる、冷たい夜風に頬をなぶらせながら意味なく
デッキに立ってみる、
頬を吹く冷たい風
広島が近づく　三十分　二十分　古い気憶の
鉄路の上を汽車が進む　原子爆弾のあと
が　三十万近い人民を奪った破壊のあとが
この目でやがてみられるだろう。
海田市をすぎてリュックサックを肩にかけ　バンド
を胴にまわし水筒の紐をしめる。毛布でくるんだ
荷物を棚からおろす。ポツ　ポツと灯が
飛ぶ　岩鼻あたりをすぎる
駅構内に入る。気憶はすべて何の役にもたたない
新らしい形の広島駅の構内に入る。宇品ゆき
の列車のレールも　どうもさだかでない

ゆるゆるとまだうごく汽車からプラットにおり立ち
あ、着いた帰った…と足をふみしめる
出迎えの人々が近づかないように縄がはられそ
の向うにひしめき合ふ出迎えの男女があれてゐる。
赤旗はないか？、眼は先づそれを求めて
しかしみあたらない、広島のエライ人が
一人出て来て挨拶する　文化国家と云ふ言
葉だけが耳にのこる、ダンスホールとキャバレー
アメリカ映画館が建ちならび　あお白くやせ細った人民
これが文化国家、復員者の中から一人の男が
アイサツする。天皇の命令で戦争え去るとき
のアイサツのロクオンを逆に回転させた挨拶。
私は私の心の中で私のアイサツを一応つぶやいてみる。
一貫して人民的イデオロギーにつらぬかれたアイサツを
つぶやいてみる。
若しや、そうだ若しや家の者が迎えに来て
いてくれるかも知れぬとキョロキョロとみまわすがみあ
たらぬ　母、直登、克之、みあたらぬ。
おゝ橋本がいる　スマートな戦后形の服をみにつ
けた橋本がいる　よびかけて話してみると

二言三言で彼が復員後　なにをしているか
なにしていたか　と云うことがわかる。日本の現実
に　もろくも敗北した男の一人。
そのとき　兄らしい　と直感した男と克之
らしい　と　これも直感した少年が近づき　私の
さげている荷物の名札をみて　"お、五郎!"
とよびかける。
"お、よくかえった　さあ荷をもってやろう。寒
くないか"　いろいろの言葉
なんと云う悲劇の一シーン
同じ肉親であって　しかも兄弟が互に顔を
知らないのだ。兄の顔も私の記憶からは　ずい
ぶん遠ざかり　弟は　育ち　私の顔も兄は知ら
ない。十年ぶりに兄と私の再会、荷札の名のみ
でそれとわかった悲劇、戦争が生んだ　歯ぎしり
したいような悲劇……
だからなつかしさ　うれしさは　しっくりとしない
兄の言葉、弟の言葉から敏感に　広島市
民の人民的意識水準をひっぱりだそうところ
みる。

弟の透明な声 肉親の愛情が糸をほぐすように少しづつほぐれてくる。

引揚者のための バスに乗りこみ ゆられる。

広島駅 広島なまりが自動車の中でかたられる。 お、これが街、

街、 これが曽て私の住んでいた街。どこを走っているのか 判然と出来ない位に街は根こそぎ うちたおされ 消え去ったのである。兄の説明も 記憶をよびもどす 手助けとはならない それは当然である。並んでいるのはすべて バラックなのだから

暗い真夜中の街 にぶくアスファルトの道が光り バラックの家並には 数十万の一瞬に生命を断たれた人々の 霊が モヤモヤとたちこめて のろうと妖気に みちみちている。そうして街全体が 怒りと にくしみをこめてなにか うったえている。 私は肌さむくなる気持でその妖気を呼吸して 私の額に ペッタリと"共産主義のため 平和のため死ね!"と書いた札が はりつけられた気持である。

芸術家が自己の作品のなかに現実における本質的なものを、その発展の傾向や目標を、よりふかくよりただしく体現化していればいるほどその作品はそれだけ強く弁証法と唯物論の諸要素を具備している。

芸術家は自己の世界観に依存している。

しかしその世界観たるや個々人の見解でななくて特定の歴史的諸関係のなかにある一つの集団一つの階級の世界観である。

Гаро

四年と四十日目、
ゆられるバスの中　克之の口から　弟
直登の死を知る　ピカドンによって生
命を奪われた弟、ウイットにみち朴トツ
で十二文の足をもって　ブッキラで　単純で
満洲で受取った便り　別れるときの言葉
記憶　記憶…
〝畜生ッ！〟　腹の中の臓物の全部
がぐらぐらと　からみ合って　ねぢれ合い　なにも
かも興奮が一所くたになって　何でも握って
いるものをヘシ折ってしまいたい怒りが　カッと
湧き上る。直登、兄をふくめて何百万の
日本人民の生命を奪った　天皇制　帝国
主義者に対して、独占資本の、米ドルにすが
りついた　醜悪な支配階級に　宿命的
な斗争をいどまねばならぬ一人であることを
意識する。
宇品十丁目で　バスをおり　暗いみちに
まばらに灯のともる　ぬかるみを　よけよけ
まだ見ぬ　わが家に帰る。

兄の話で　兄の結婚のことを知る、
どこをどう歩いているのかわからないが　ぽつん
と一つはなれた家をたどりついて　勝手口らしい
ところに立つ。
"お母さん　ただ今帰りました"
眼の前に姉さんなるひとをみる。家の灯
の光、美しいオレンヂのエプロンの滴
そして奥つぎの部屋から姿をあらわした
のは母。　あゝ　母。なんと私が入隊
するときとすこしもかわっていない母。
白髪、丸い顔　チョコナンとした躯
母が丈夫だと云うこと。
　こんなうれしいことがあろうか。
私は感情を思想を整理しなければ
ならない、　私の心の火を兄にも姉
にも　母へも弟にも　もえうつさねばならない
待っていた母が炊いてくれた赤飯のうまさ
しかし　それにしても　この茶ワン

皿も　タンスも　その上の木箱も　みなな
つかしいものばかり　みなそつくりそのまゝ、
露町の家を　天皇のために　死のうと思
い出て行ってから　四く年と四十日、私はいま
ここにこうして　坐って　めしを喰っている。

抵抗の辯證法

теико но бенсё фо о

十一月十日、

宇品に居住するので 宇品の することになる。

事務所には ちょう宇品の事件公判で 出かけた人たちが 赤旗を立て インターを合唱している。

十一月十六日 火、晴

直登の写真をみて肖像画を一枚描く 直登の絵を描いていると いろいろと過去のことが思い出され 胸が痛くなってくる はらわたのにえくりかえるような怒りがもえ上ってくる。 斗争心の にぶくなったときは 直登のことを思い出して 火の玉のようになろう!

直登は感じたり 死ぬる 前日迄日記を書いている。 最后のあたり

文字も乱れてしまって　さぞ苦しかったことであろうことを物語る
直登よ　なをとよ！　みてろ
お前の仇うちに兄さんは頑張るぞ
お前にいろいろのことを教えてやろうと
思っていたが　それも出来なくなった
しかし　お前がなにも知らないで死んで
行ったその尊い犠牲を兄さんは無駄
にはしない
兄さんは生命をかけてやるぞ！
家庭の一人となったことにより協調的となるな！
階級斗争に生活のすべてを統一せよ.
その中によろこびを見出せ！
ブル新聞　この生活の中に~~すべてを集~~正しく
情勢を分析し常に民主主義勝利の
確信をもて！　どんなことがあっても命を
放擲するな！
（一九四八年　十一月十六日の日記）

ものいわぬで

コッコッと
黒い土を蹴ってみる
死んだ弟はかえらない

焼け爛れた土の上に
芽はふき 草はのび
バラックは建ち
原色の映画ビラは はりめぐらされたが
死んだ弟は かえらない

この黒い土の上で
くらい原子雲の下で
死んで行った人々よ
弟よ
何をかんがえる

めしの中の砂を噛みあてたように
人々のこころを ギクッと つかまえる

悲しい犠牲よ

この黒い土がいつまでも黒いように
ひとびとの闘争をにくむ気持を　かえさせまい
いつまでも　かえさせまい

ヤケ土にのび出た　あおい芽よ
どんどん　のばせ
ものいわぬ黒い土よ
かえらない人々よ
弟よ
地上の人々のこころに
私のこころに
喰い込め　ふかく喰い込め！

仕事をめっけに出かける。
しみじみと味う　失業の味
敗北的な気持で　街を歩きまわり　アメリ
カ映画をみる　なさけない　まったくなにも
かもなさけない

被服廠あとえ出かけ　衣料品協会とやらえ
就職しようと出かけるが　シベリア引揚者　と
云ふ　そのことのみで　突っぱねられる

びらはり

弟にはよくわかるように
説明出来なくても
弟はよろこんで　私についてくる

ガウン　ガウンと　北風に鳴る電柱に
糊をつけてはビラをはり
糊をつけてはビラをはる。

この一枚　一枚の　紙ビラが　弟よ！
おまえにグローブを買ってやれる　世の中
をつくる力に
やがてはなる。　やがてはなる。

衆ぎ院総選挙に備えて　宣伝

活動をはじめる

市役所に就職する。
臨時雇、　お役人、公僕として手先、

一九四九年 書初
新戰争挑発者をばくろし 帝国主義
陣営に対し 民主々義勝利の確信
にみちみちて 最后的痛撃を与えよ！

平和と民主々義 民族の独立をめざして
斗う勤労者の同志的団結万才！

一月二十三日、衆議院投票結果
が発表され われらの党は大きく前進する。

ここらで生活の記録、をとばして
この私のレジスタンスの一冊のしめくくりに
とりかかることゝする。

一九四九年（昭24） 五月一〇日 ←

いわゆる 人民裁判

ひろしまーとうきょう

三等 一、〇〇〇円・急行券 二〇〇円

十四時 四三発・翌一〇時 半着。

弁当・六食分

小使・ 二、〇〇〇円

手帳・スケッチ帳 各一、

筆記具・鉛筆・ケシゴム・ナイフ

カバン 二、 アカハタ・鉄道地図

莨・ 電報・ タオル・石ケン

ハミガキ、

吉村隊の 暁に祈るの 惨虐事件が
明るみに出され ブル新は こぞってこれを大
きく 報道した。 そうして ファシズムの
非人間性が ひとびとの 心には っきりと 知ら
れはじめると これを 何とかして 反ソ宣伝
ことに切りかえようと やっきになった。

そうして　吉村のザンギャクが徹底的にばくろされ、彼もそれをみとめたナホトカ集結地における反動返反カンパに目をつけ、人民裁判と名づけ　大々的にとりあげはじめた。毎日の新聞には大きくこれがとりあげられ　在ソ民主運動をヒボウしソ同盟と共産党をボウーした民主グループなる共産主義者が引あげをおくらせている！。　と云うのである。

参議院引揚特別委員会の目的も結局そこにあった。

そうして　参議院では　人民裁判についての證人を喚問することになった。

東京の仲間が證人として私の名前を推してくれた。それで私に　参議院から電報で　私に出頭することを　要求して来た。

ソ帰向の同志が党本部の同志が待ってゐる
みんなに遇へると思ふと心がはずんでくる、
克之が送りに来てくれたので 汽車を待つ間
スケッチを二枚ばかりする、

一、人民裁判の真相を究明し 階級によって
帰還がおくれる責任を明らかにする．
二、英彦丸の事件などを未然に防止する、
三、本年帰還完了を期する上に人民裁判が
妥当なものであるかどうか究明する、
四、収容所の状態 残留者の実態を掌握
すると共に今後の輸送計画の資料とする、
五、留守家族に対する不安を除く
（東京新聞 24、5、8日附）

このブル新聞の記事ではっきりとしている階級性．
この反動的デマゴギーを粉砕する光栄ある
任務が私に与えられたのである
全国に拡がってゐる数十万の引揚者の
期待と 声援、全日本人民の幸福がかけ
られていると思うと 私は躯がこわばる気持がして

くる。
5月の日． 東京行の急行で 一路 東京へ
と走る
私の家から 追いかけて来たと云う 毎日新聞の
記者がうまいネタをとろうとして 車中で私の名
をスピーカーで呼び出したが 私の言葉から
これはとても駄目だと思ったか 岡山あたりで
退散する．
汽車はトンネルをくぐり くぐりして走る．
ウラジオの記者クルガーノフが日本の汽車に乗り
日本のトンネルを 奴隷労働の所産であると
しみじみつぶやいていたが 若い日本資本主
義が帝国主義をめざしての労働者のガム
シャラな搾取がこのみちを産み出したのである．
不快なゆれをつづけながら 列車は走る
列車の中は 社会の縮図である． そうして
それは階級の縮図である．
三等車には一ぱいの人がつまり すわり切れなくて
通路にねているものもあるのに 二等車 一等車

ては一区画四五人でゆったりとねそべっている
そうして この二等車の中には サマザマなイデオローギーが 暑さと たいくつ をまぎらすために 話題を まきちらす。

私と向いあわせになった 九州の炭坑の社長が 話し合手となり 肖像を一枚描ってやる。

私は車窓からみえる風景を たいくつまぎれに小さなスケッチブックに 寫しとる。

福山　五時半、

くらしき　六時十五分

兵庫県に入ると 五月の日はたそがれてくる。

京都 十一時、

大津 十二時

浜松　五時　夜があけそめる、

防風林にかこまれた家々、 茶畑の中を 汽車は走る。 成図 は どのへんにすんでいるだろう。 そうしたことを考えていると 同志の私えの期待がひしひしと感じられる。

富士、　七時

洗面し 朝めしをくらい ふじ山を二三枚描く

あたみ
労働者の憩いの家の 幻想
やがて列車は 東京につく、 十時半
よく晴れた東京の空、
丸の内は まるで 植民地にある 感じである、
歩いてゆく・日比谷から 桜田門をとおる
と宮城の中から 隊伍を組んだ 警官が出
てくる 幻想、 あかい旗が 松の中でひるがえる、
議事堂の 前には ハンストをやっている人々が
芝生の中へ 沢山ねころんでおり それにアイスキャ
ンデーを賣っているアルバイトの学生、
赤坂見付・青山一丁目 から 外苑につく
芝生の上でひるめしをたべる、
ゆっくりとにぎりめしを かみながら ひとり作戦
をねる
共産党本部の受付で ソ帰同の事務所
の所在をき、 代々木から電車で 渋谷
につく、
五月と云うに 東京の暑さ、 それでいて吹きまく
風は ほこりっぽいこと おびただしい

山の手は空襲でそんなにやられていないけれ共、
下町はすっかりやられ くずれた煉瓦やコンク
リートがそのまゝになり バラックが並んでいる。
丸の内の第一生命ビルには星條旗がひるがえり
目ぼしいビルはすべて外国の旗がなびき
おびたゞしい進駐軍の車が乱暴なスピー
ドでかけまわる。
ニュールックのロングスカート、パンパン
復員者らしい乞食、行だおれの男、
渋谷駅前のなんとう 沢山の子供たちの靴み
がき 学校へ行かず 他人の靴をみがいて生きている
子供たちのかたはらで人民の代表?、国会
議員が議員バスを待つ間も高級たばこ
をくゆらせている。この人生、この社会、
人々の胸に三色バッチはあまりみられないが
しかし全員最高点でわれらの議員を出し
ている 東京だ 数十万の同志のいる東京
私はソ帰同のジム所をさがす。
渋谷駅前の三菱ビルの廃館に
ソ連帰還者生活ヨウ護同盟本部

がある　三階へ上ると　栗原君が大
声をあげてかけより握手する
大石も　お、津村君も　ナホトカのメン
バーがずらりといる．
津村クンと屋上で暫く話す．須藤啓子
さんはやはり津村クンと結婚してる
松沢はまだ来ていない　彼は山形なのだ
からもう来ていると思ったが　まだである．夕刻
リッシンは浪人として七八人は来るのかと思ったが
私と津村　松沢の三人だけらしい　一寸心細く
なる．
津村クンの住んでいる千歳烏山へゆき
晩めしを喰い　共産党本部へ出かける
本部には徳田さんは議会へ出ていて留守
神山茂夫さんと握手する　がっしりとした
巨大な躯．鋼鉄の感じの人である
北条さんとも握手する．もの分かりのよいお
ぢさんと云った人．　みんな机をかこみ

証言のしかたはよく協議する。
翌十一日朝 松沢来り 議会行きのバスで
参議院え出かける。 よくマンガのネタに
なっているが まったく人民の議会を 人民が傍
聴するのに まるで殺人犯人か何かをとりあつかう
ように 厳重にとりしらべる。 しかし いゆく
ありがたい人種は しごくあっさり 傍聴している
こゝにも いわゆる顔があるのである
今日は反動的証人の 証言する日なので
あるが 私らが傍聴席にすわってみるところ
をみつけた 浅岡議員は いたけだかになっ
て我々の追い出しにかゝった。
すかさずカメラマンが鼻先に来て クラン
クを廻転さす。 フラッシュが 私らの目の前
でばくはつする。 まったくはらだたしい限りである
しかし細川さんと 労農党の 星野議
員の努力で 追出しだけはたすかる
それにしても 在り民主党の 裏切者
ホトロッキー たちの証言には はらわたが

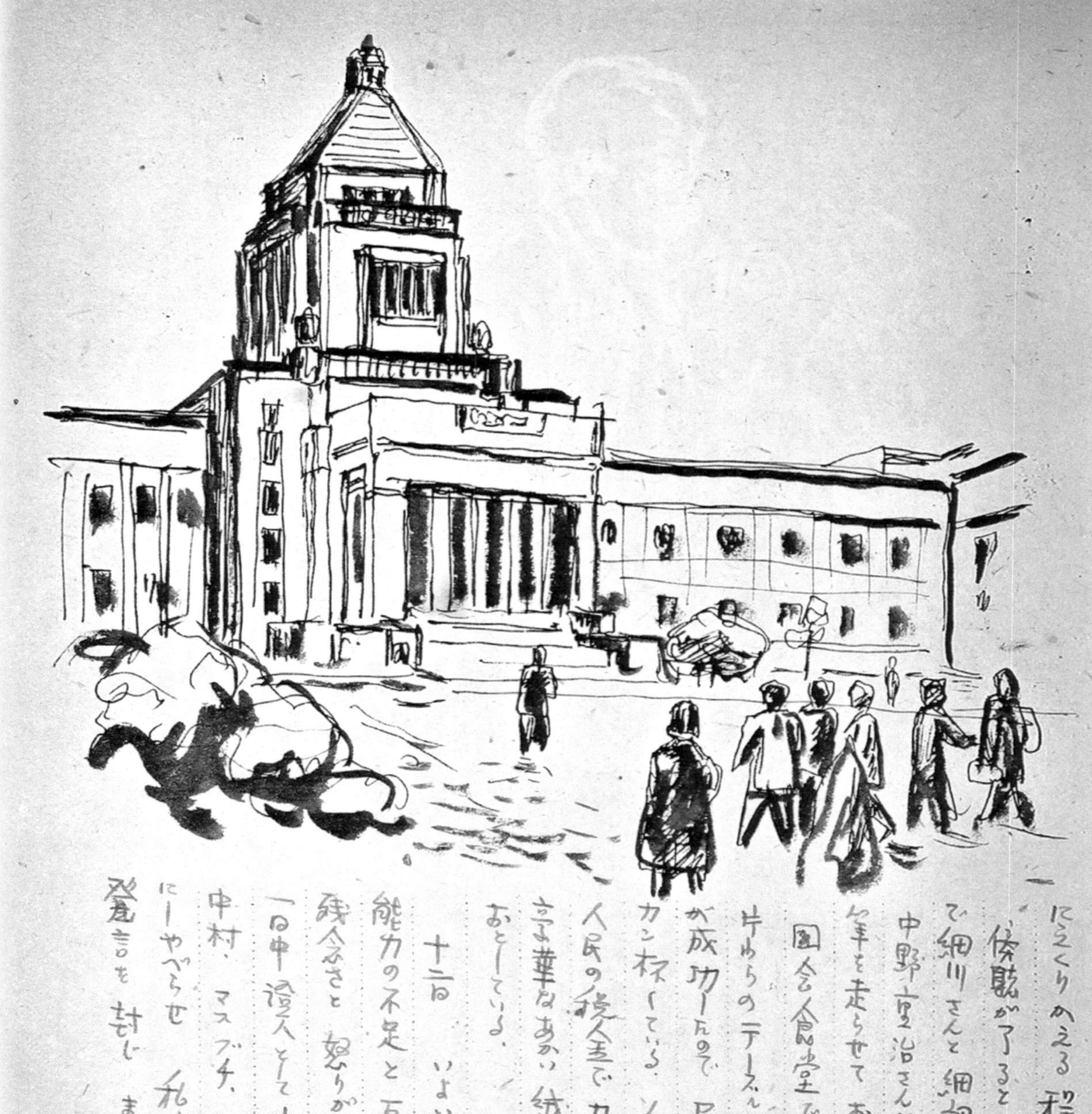

にえくりかえる程の怒りが湧き上る。
傍聴が了ると 共産党議員控室
で細川さんと細印の方と打合せをする
中野重治さんは 一所懸命に 原稿紙に
筆を走らせて おられる。
国会食堂で 晩めしを喰う
片ゆらのテーブルでは 労働法の改悪
が成功したので 民自党議員らが
カン杯している。 人民のシッコクをてりあげ
人民の税金で カンパイしているその姿が
豪華なあかい絨毯の上にしゅう悪な影を
おとしている。
十一日 いよいよ決戦の日。
能力の不足と 反動議員らの横暴に
残念さと 怒りがわく。
一日中 證人として 出席していても 半日は
中村、マスブチ、細川、阿部と云う反動
にしゃべらせ 私らは あらゆる サクリャクで
発言を 封じ まったく 誰も喋らせない。

疲労を感じる。文字通り寝食をわすれて
斗ってゐる津村クンは疲労の色がはなはだ濃い
ひるの休みには控室で原稿の整理
もしないでねむりこける。

同志がたまごやウイスキーをもって来ては
はげましてくれる。デマゴギーが明らかにばくろ
されてくると浅岡、矢部と云った浮動連中
は細川嘉六氏の秘書の周辺で喰ってかかり
委員会をコンランさせてしまう。
しかしデマを徹底的にフンサイ出来なかった
ことが残念でならない
しかし津村クンは持ち前の純情さでガン
張る。そのまゝには小針延二郎の変質
者としての存在は哀れなものとなる。
私の斗争もみじゆくではあるがしかしこれも
日本の民主革命にわずかでも力となるに
違いない

田村武さんがやって来てくれる。
細路氏が参ギ院えの手紙をよこして
来てくれる

熊谷宏之通は常にメガネの小さな姿を吹しては常にゲキレイしてくれる。

十時前　委員会は終る。

夜の議事堂を出るて　その高いテッペンに赤い灯が明滅している。　この白亜の建物がいつの日か人民のソヴエトの殿堂となるであろう。

虎の門から銀座を通り　省線で党本部え帰り　今後の　ソ僚同の斗争について協議する。　本部には　マルクスの偶像がだまってみおろしてる。

徳田さんの姿し　あらわれる。　われらの徳球

とにかく　今日の決戦は了ったので　林ゴなど買って千歳烏山えかえり　津村さんの家でぐったりと休む。

翌日　十三日、

高橋兄が　アカツキ印刷にいるので　面会に行く

ナホトカで別れて半年ぶりにノッポの高橋兄と握手する。　なつかしい気持が一杯。

彼の手になったメーデーのポスターもある印刷所をみてまわる。彼もすっかり板についた労働者になっている。目の前で旧式な印刷機から みるみるハタが 民主的な諸新聞が刷り出されてゆく。

こうしてアカツキ印刷で頑張っている同志と語っているとうらやましくてしようがない。

クラブで休めばそこには須山計一氏のドーミエの模写 ソ同盟のポスターが飾られてある。それにしても党本部のカイダンにある労働者の負傷している姿の油絵には これは日本しんぶんでシベリアでも知っているので皆よくながめる。

中央書籍で 二三冊本を求める アカツキ印刷を出て 渋谷へかえり 新聞などをうけとり 私はしばらく附近を歩きまわってみる。

この巨大な街は まさに階級社会のまったく明確な結論としての姿をさら

している。
華麗な自動車と浮浪児と、
キャバレーと バラックと
ビクンをおびて すんゆられる ブル議員と
行きだおれの男と、
立のきを命ぜられた 露店をなおし
店をひらき生命をつなぐ 人々と その新宿
の夜の闇の中に 血のような唇を光らせて
群れるパンパン ガール、
地下鉄の中に とようたいもなく ねむる人
國会の前に ハンストをして ねそべる 人々、
午后参議員に又出かけ 引揚特別委員
会の委員長と 会談
議院宿舎に つかまえて 四時すぎまで 引
揚問題について 要求する。
さすが緑風会に籍をおく ひとかどの反動
ぬらりくらりと体をかわしては にげてゆく
しかし しかしだ 忘れるな これらの人々よ
歴史の歯車は 正しく 回転をつづけている。

今に厂史がいづれが正しく　いづれがシュウ悪は
人民の敵であるかと云うことを　明らかにして
くれるだろう。
五時に鹿児島行が出るので　熊谷
氏と一緒にみんなと別れる。
小雨になって来た。
議事堂前のゆるやかな傾斜で　みんな
とひとりひとり　かたく握手をして　別れる。
電車を　すきや橋で降りて　熊谷
氏と二人で　小雨の銀座を歩く。
柳がぬれて　おびただしい人の歩みがゆ
れている。　大学生が　大学法案反対
のアジテーションをやっている。
女学生が新聞を　くばっている。
細い雨の中を　健康な　正しいもののもつ
美しさを充分に　ふりまいて　斗っている。
どんな部署にも　どんなところにも　タクリッン
はいる。　なんとも云えず　うれしい
この教訓は私に　貴重な教訓と　私の

ゆくみちを　あらためて　確認させてくれた
駅で別れて熊谷氏は千葉え帰ってゆく
ひとりになって私は車え入る
雨は降ったり止んだりしながら　その露雨
の中に　銀座の灯が　けむってゐる
ネオンがぬれてぼんやりとにじみ　東京
はたそがれ近いひとときを　あらゆるもの、
音を交錯させて　カピタリズムの輓歌を
唄ってゐる
東京のタワリッシよ　さようなら
車窓から　やがて遠のいてゆく　銀座の
灯から眼をはなして　私はタワリッシ高橋
からもらった刷りたてのアカハタを　膝の
上にひろげた
ガードの上に車轟々と車輪が鳴り　手にもつ
新聞の中國人民解放軍の勝利のニュースの
活字が大きく躍った

ガァヴァリイ．

私は昨年未復員して帰りました者ですが在ソ同胞の引揚と云うことについては誰よりも関心と熱望をもってゐるもの、一人であります

私は一昨年夏から復員する迄ナホトカで働いておりましたので こん度のいわゆる人民裁判なるものについて証人として出席したのであります

人民裁判とよく云いますが この人民裁判なる言葉は 私は復員して帰ってはじめてききました ソ同盟においては日本人は誰一人として人民裁判などと云うことは云いませんし したがって誰一人きいた者もないはずです

これは復員して帰る人々にきいたならすぐわかることであります

在ソ日本人はよく集会をもちますが この集会は兵士大会とか 或は大衆カンパと云っており かの有名なのときのことも 兵士大会でもってとりあげられたものであります。

その兵士大会と云いますのは　在ソ日本人が一つのことをきめる場合　会員が集合して　互に意見を出し合い　一つのことを決定するためにする集会のことを云うのでありまして　これは例えば収容所に於て　炊事に働いている者が不正なことをしているようである　これは交代すべきか何うかと云うことをきめる　場合で開かれますし　今度の日曜日には　演芸会をやろうと思うがそれはどんな風にしてやろうか？　などと云うことをきめる場合にも兵士大会をもちます

大会は会員の意見を尊重する　謂わば非常に民主的な集会のことであって　それはナホトカだけでなく　現在は全ソ各地で日本人のいるところならどこでも行われています

これがたまたま　吉村隊が集結地ナホトカにやって来た場合　吉村隊の兵隊の人々から要求があり　集結地で働いていた者、或は　他の地区の収容所からやって来ていた者　こうした者を含めて　その兵士大会がひらかれたのであって　集結地民主グループが独断で　あるいはソ同盟の方からケしかけられて

やったと云うようなものでは　決してありません

若しこのような民主々義的な兵士の集会が行われ、大衆の意見でモノをきめる　と云うことが行われなかったならば　必ず収容所では階級章の星の多い者　非常に悪い将校などの例えば吉村隊長のような憲兵あがりの狂暴な者とか力があって腕っぷしの強いものを用心棒にしっている者、こうした者がのさばって　あの吉村隊の"暁に祈る"のような悲惨な事件が必ずおこるのであります。　あのような状態で各収容所があったならば　単に引揚がおそくなるなどと云うだけではなく　その犠牲になって永久に故国に帰れない人々が出て来るようになるのであります。

このようなことにならないためにも、又　例えば自分達が選挙で出した幹部でもそれが不正や独裁的なことをさせないためにも　兵士大会が必要なのであり　その様な性質をもったものが兵士大会であり　ブル新聞がかきたてるいわゆる人民裁判なるものであります。

さきに吉村隊のことを云いましたが　入ソ当初
即ち終戦直後はみな　あのような　吉村隊のよ
うな状況がありました
反動的な幹部は終戦を利用して悪いことをする
兵隊のピンをはねて、うまいものを一人で喰う
兵隊は日本の親分がいいと云うだけで　ピンをはね
られ仕事は沢山しなければならない
しめしあげ　から　そうじ　幹部に対するめしのあげ
さげ　使役にしまなければならない　こう云った調子
で一日の六分の四の終ってしまう　やらなければならぬこ
とが沢山ある.　そうして夜は不寝番に立たねば
ならない.　やすむときはストーブからはなれた寒いところ
である.　衛隊は悪い　こう云った調子で　だんだん
病人は出る　凍傷はする　と云ったことになったのであります
それで若し悪い幹部に対して不平を云ったり
正しい意見をのべたり　なぞすると　軍紀がなっていない
初年兵のくせに生意気だ　と云うわけで　ビンタをもらう
なぐられて死んだ者もいる.　或はそれが原因で死んだ者
もある.　そのうちでもひどいのが　吉村隊なので
その程度と形こそ違え各収容所共　入ソ当初
はみなこう云った状態にあったのであります

こうした状態のまゝでいったら これはとうてい生きて日本へは帰れない と云うので 何うしても生きて帰るためにはこの軍隊制度をやめて民主的な収容所にしようと云う考えの者が集って その運動をはじめました しかし当時 反動将校は宮城遥拝をさせ 一っ軍人は…… をやらせ公然と "まだ軍隊は解散してはいない 日本にはまだ25万の常備軍がいる きさまらは帰ったら軍法会議にかけるぞ！" とわめき散らしているころだったので 進歩的な者に対する弾圧も狂暴で コムソモリスクの収容所では最初この斗争にたちあがった 高山と云う大学助教授はとうとう将校室で惨殺されてしまった

そのような反動将校はます〳〵狂暴になって来たけれど各収容所の民主化を希む人々の数は次第に多くなり "友の会" と云うものが出来 やがて民主グループと云うものに発展してゆき 遂に選挙で収容所の幹部をえらぶようになったのであります

このような過程から生れたのが民主グループなので

あります

民主グループのやったこと、云うのはこの様な軍隊制度と云うものは敗戦した現在我々に必要ではない 星の数ではなくて本当に人間として立派な人を幹部にえらぼうではないか……

兵隊をいぢめる 不正なことをする軍隊幹部はやめてもらおうではないか と云うことを云ったのであり闘争を通して選挙による幹部の選出 という民主的な収容所を獲得したのであります

そのような収容所になってからは人間として立派な人が幹部になり作業ノルマも公平になる 食事の不正もなくなる ソ同盟の人の人気をとるために兵隊をギセイにすると云うこともなくなり 勿論日本軍隊時代からのいまわしい ビンタ 私的制裁も影をひそめたのであります

そして現在は非常に民主的な生活をし 明朗になり演芸会もひらく 音楽会もやる 日本の民主化について演説会もひらくと云うようになったのであります

そうしてこのような 民主化は どの収容所も一度

にそろってそうなったのではなく 非常におくれたところもありました.

その一つの例が 吉村隊などで 一昨年秋帰って来るまで 憲兵曹長の吉村に兵隊みんなが押えられていたのであります.

民主化の進んだところの者をみて ウランバートルから来た兵士大衆が ゲッコウした. 進んだところの人々は将校に対して ケイレイしていない ピンタしない. 明朗そのものである. しかし自分達の将校は 階級章をサンゼンと光らし 将校当番を使っている. 三十 四十にもなる年輩の補充兵が若い将校の将校行李をかつがされている ウランバートルでは沢山の兵隊が 暁に祈らせられた. と云うのでみんな怒って来た. そうして兵士大会をひらいてくれと民主グループに たのみに来た. そうして自分達は決して吉村とは一緒に船に乗らぬ. ヤツは海の中へ叩き込んでしまうと云うのであります.

民主運動のおくれたこの人たちを そのまま傍観していたなら これはきっと不祥事件がおこるに違いないと思われ 兵士大会で

暴力をふるうと云うことなどないようにナホトカ民主グループがこれに参加した　勿論我々も吉村などには過去のケイケンからはげしい怒りを感じいためつけられた同じ兵隊同志としての同情心も一杯でこれに参加しました

そうして行われたのがナホトカの兵士大会いわゆる人民裁判であります。これが人民裁判なるもの、行われたことについての真相であります

彼吉村は自己の罪状をはっきりとみとめみんなにあやまったのであります

民主化してからも幹部・民主グループの責任者などに不正をさせないため兵士大会は大きな力になっており一番権威のあるものなのであります。

このようなものが兵士大会なのであって帰国の問題とは全然別な問題なのであります

兵士大会で或は民主グループが帰国者を選定し或は帰国を早め遅らせると云うことが事実かどうかと云うことは　兵士大会のすさまじい怒りの批判をうけた吉村がそのまま帰って来ているのをみてもよくわかりますし

だいたいナホトカ民主グループなるものは集結して
まだいものを帰すとか帰さないと云う権限をもっては
いないのであります、

参議院でこんなことをとりあげて問題にする
ことこそ抑留家族の方々に不安をもたせ心配させ
る以外のなにものでもないのであります、
こういうことは帰国を遅らせこそすれ決して早めは
しないのであります、

特別委員会に証人として多勢喚問してお
りますが　我々集結地民主グループの者三名は
半日しか意見をのべさせず　しかもひどく制限や
発言停止をさせておき　反面他の証人即ち
反ソ反共宣伝のためにみつけて来たこれら証人
には十日と十二日の午前中　たっぷり　あること
ないこと喋らせ　ブル新はこれを書きたて、
ますます　実に参議院特別委員会こそ
引揚についてのデマと不安の製造元となっている
のであります

だいたい呼ばれたそれらの証人と云うのが
反動分子か　うの目　たかの目になって　さがしまー

渋谷．都電のり場．

た反ソ友英分子であり 決して引揚者の大多数の声では決してないのであります．

阿部証人は 元軍医少佐で集結地で民主グループの医務室委員長であり 自分でよろしく巣窟をつくりやっていた者でありますが 少佐のため ソ側の取調の要があって わずか数カ月帰国がおくれたと云う理由を 集結地の民主グループにおっかぶせ 集結地民主グループが あたかも帰国をおそくしたように証言しているのでありま す．

細川と云う証人は 帰国の際は一つ梯団の民主グループの最高指導者として集結地に到着したのをソ連側がぜひこんな好い指導者は一時残って大切な集結地で働いてくれと云うのでソ同盟側が残したのを集結地の者が残留させたと思いこんでいた者であり 彼自身が帰国してゆく人々に対し変なことをすると民主グループが帰さないぞと云うようなことを 云っておき，集結地にいると云うことを 笠にきて悪いことをし みんなから牢名主と異名をつけられて

投書をよされてやると云う札つきのダラ幹なのであります。増渕伍長にしても法務中尉であり軍法会議に関係ある者をもってソ側が取調べを行った。そのため大分帰国がおくれたと云うにすぎない。中村元中尉にしても兵士大会にかけられたけれ共何も悪いことをしていないのでみんなから許され一緒に帰って来ている。福富元中尉にしても彼は多少待遇されて残留し民主グループが何度もぜひ名簿に補充して帰してくれとソ側にたのみに行き昨年の九月に帰って来ている。このように民主グループは決して帰国をおくらしたりおそくしたりしていないにもかゝわらず。これらの者は[illegible]地民主グループが帰国を停止させたかの如くいろいろ喋っておりソ同盟に対するデマをふりまいている。そう云うことがきこえたなら決してソ連だってうれしくはないに違いない。それよりもまして家族の方々は不安と心配にかられることは一方ではないと私はこう思います

帰国がみんなと一緒に出来なかったと云う者は

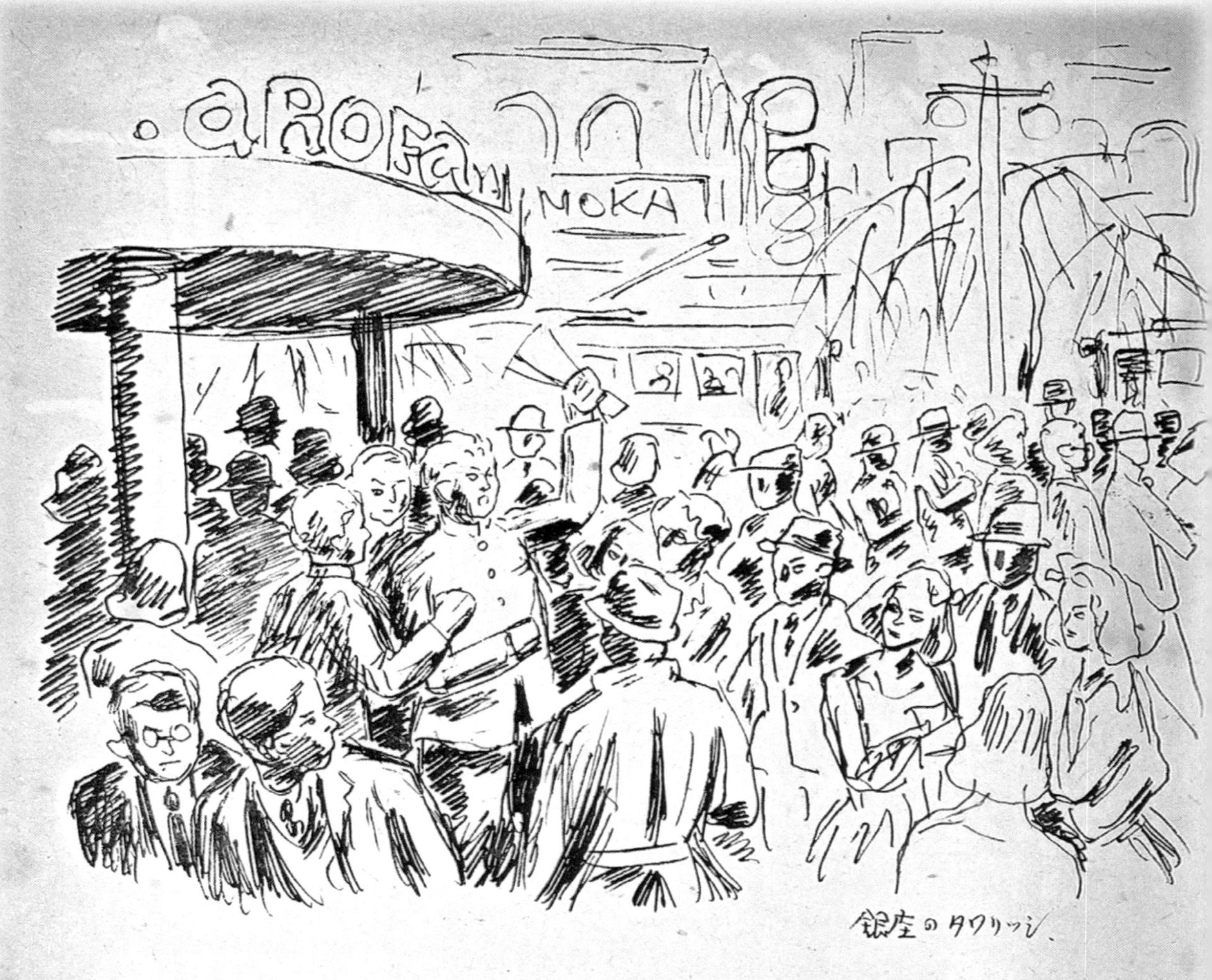

銀座のタワリッシ、

佐官以上の人々でソ側で戦犯容疑で取
調のため一時残したもの　又は特に在ソ中悪い
ことをした者とか　元憲兵であった者　こう云う
人々で取調をうけた者　それと乗船名
簿をナホトカで揃える際タイプライターをあや
まって、うち落した　千人のうちの一名或は二千
名のうちの一名と云う　こうした人であり　これら
の人々も必ず他の部隊と一緒に補欠として帰って
おります、

したがって民主グループが残した者、或は
兵士大会で帰国をさせなかった者と云う者は
一人もありません

私たちはまだ帰らない人々がビンタをもらったり
吊し上げられたりして病人のようになって帰ってくる
のをねがっているのではなく元気発剌として民主
日本建設のたより手としてはり切って帰って来るの
を待っているのであり　事実現在では階級
意識もなくなり民主的な兵士の生活は悪い幹
部がのさばらないまでに強くなり元気一杯でいるので
あります、

これはやがて輸送がはじまり 第一回で帰って来た人々を内地の者と比べてみるなら その丸々と太った姿で すぐわかる と思います。

この様な状態の現実はあるのに人民裁判と云う 言葉をかつぎまわして デマ証言をまき散らしているのは なぜか と云いますと 吉田内閣をはじめ 民自党や参院 参員引揚特別委員会の反動委員に至るまで 吉村の立役割に立っていると云うことであります

つまり兵士大衆、日本では人民大衆の味方ではなく 独占ブルジョアの味方であるとゆうことで、つまり人民を銃やコン棒で 暁に祈らせるために 特別委を運営しているとゆうことなのであります。 私ら 三名の証人は 何か被告のような 印象をうけたのに返し ファースト 吉村は参ギ院ギ員の自動車で送り迎えされ、帰るときには自動車にのせて東京見物までさせているのであり これをみても民自党は吉村であり人民は暁に祈らされている とゆうことがわかるのであります。

だから吉村の立場から委員会をうごかし留守家族を心配させ結極は引揚をおくらせる、こうした役割を委員会がするに不思ぎはないのであります

先に帰って来た私らは本当に真険に同胞が帰って来るのを待っております

参ギ院の引揚特別委員会は証人を自殺させたり反ソ反共デマをつくり出して今さら許るしくソ同盟との間にみぞをつくるようなことをしないで連合国に対して真険に同胞の引揚をコン請すると共復員して帰った人達に家はない仕事にはつけない軍隊服一着とわずかな金で放り出されて食ってゆけないなどと云うことのないように復員者の心配をしてやり受入の萬全を期する。このようにしてこそ輸送も早くなり復員者に対してもただ言葉や文字の上でなく本当に

あたゝかく迎えてやることが出来るのである
このように私は考えます
以上が集結地にいた私の実際にみた兵士大会の本当の姿であり 参院特別委員会の反動議員たちが何をやっているかと云うことを証人として出席して実際に見て来たところの真相なのであります.

民自党反動内閣. 吉田さんは決して引揚を本当に留守家族の親身になって考えることは出来ない
引揚をソク進するためにも 人民が暁に祈られたりしないで たのしく楽な生活が出来るようにするためには吉田内閣を倒して人民の政府をつくらなければならないのであります

（六月中旬 宇都宮での
真相発表の原稿）

千暁寺での私の呉相発表会には　講談師の
大谷竹山が加わり　聴衆を完全にとらえる
ことが出来た。
それはカンパ物資・ハタが　実によく売れたこと
でもよくわかった。
東京のタワリッシの　私達の言行のゲキレイの
言葉もつたえられた。
その帰途、初夏の空は　金粉を撒いた
ように星が光り　男も女も腕をくみ合唱
しながら　歩いた。
腕と腕とは　肉親以上のしたしみが伝り合い
歌声に合せて　靴音が　真夜中のみちにひ
びいた

平和擁護のうた.

七月になり シベリアからの引あげがはじまった.
その第一船 高砂丸は舞鶴に入港した、 反動共の ヤッきとなった 反ソデマは木破ミヂン にくだけ散った.
舞鶴 湾頭には 陽やけして丸々とふとった 若者の 旗があふれ 歌声がゆき上った、
消すことの出来ぬこの歌声は 高々と 鳴りひびき 代々木え 代々木えと流れ. 日本各地え しみこんで行った.

再びブルジョアは
戰争の 放火ねらう
抗し立つ幾億の
無敵平和の戰士.
平和のため たて 人々よ
呼びかけを響かせよ
戰争をゆるすな!

人民を倒し得ず
われら愛國者　祖國の
平和のため　立て　人々よ、
戦列　かためよ
呼びかけを響かせよ
戦争をゆるすな

ソヴェト人民と共
平和の砦は強し
闘う愛國者の斗いの
聖なる任務の　呼びかけを
平和のため　たて人々よ
戦列　かためよ.
呼びかけを響かせよ
戦争をゆるすな

中華人民共和國の勝利、
四億の人口をもち 巨大な土地を有つ中國
は 輝しくも人民の勝利と 搾取なき
社会建設への 逞しい 歩みをふみ出した、
平和を愛する者、 仂く者こそ
新らしい 厂史の 主人公であり まさに
うち勝ちがたい 力であることを 現実
をもって示した、
マルクス、レーニン主義がいかに正しく
教訓は 明らかな 厂史は そのように 前進
していることを 示した、
いまや 地球の六分の一の地上のみ存在
した仂く者の國、平和と民主々義の
城塞は 東南欧諸國をはじめ
すばらしい 巨大な 現実的な力として成
長した、
ウオール街の大砲屋共は 歯ぎしり
し それにぶらさがって生きる 醜悪なる、

打仗完了（ターチャンワンリヨウ）!!!
你們團結起來罷（ニイメントワンチエチーライパ）

人間どもは 歴史の教訓通り ファシストとして すっかり偽装の白粉のはげた素顔をみせて来た.

そうしてそれは私個人の生活の上にも 市役所の人々の上にも あらわれた

しかしそれがなんであろう.

國際的規模で進む人民勢力の中ん
私はある
あらゆる誠実な人々 あらゆる善良な平和を願望するところ あらゆる 美しい社会を 美しい芸術をつくり出そうとする ひとびとと 同じ 足なみの中に 私はある.

……

豊かに あふれて 流れゆく
母なるヴォルガ
歌声 高く 漕ぎゆくは
ステンカラージンの船
未来を語りて希望にみち 舟人はともに
母なるヴォルガの歌を
高らかに唄へり

戰爭は終った
さあ みんな団結して立て!

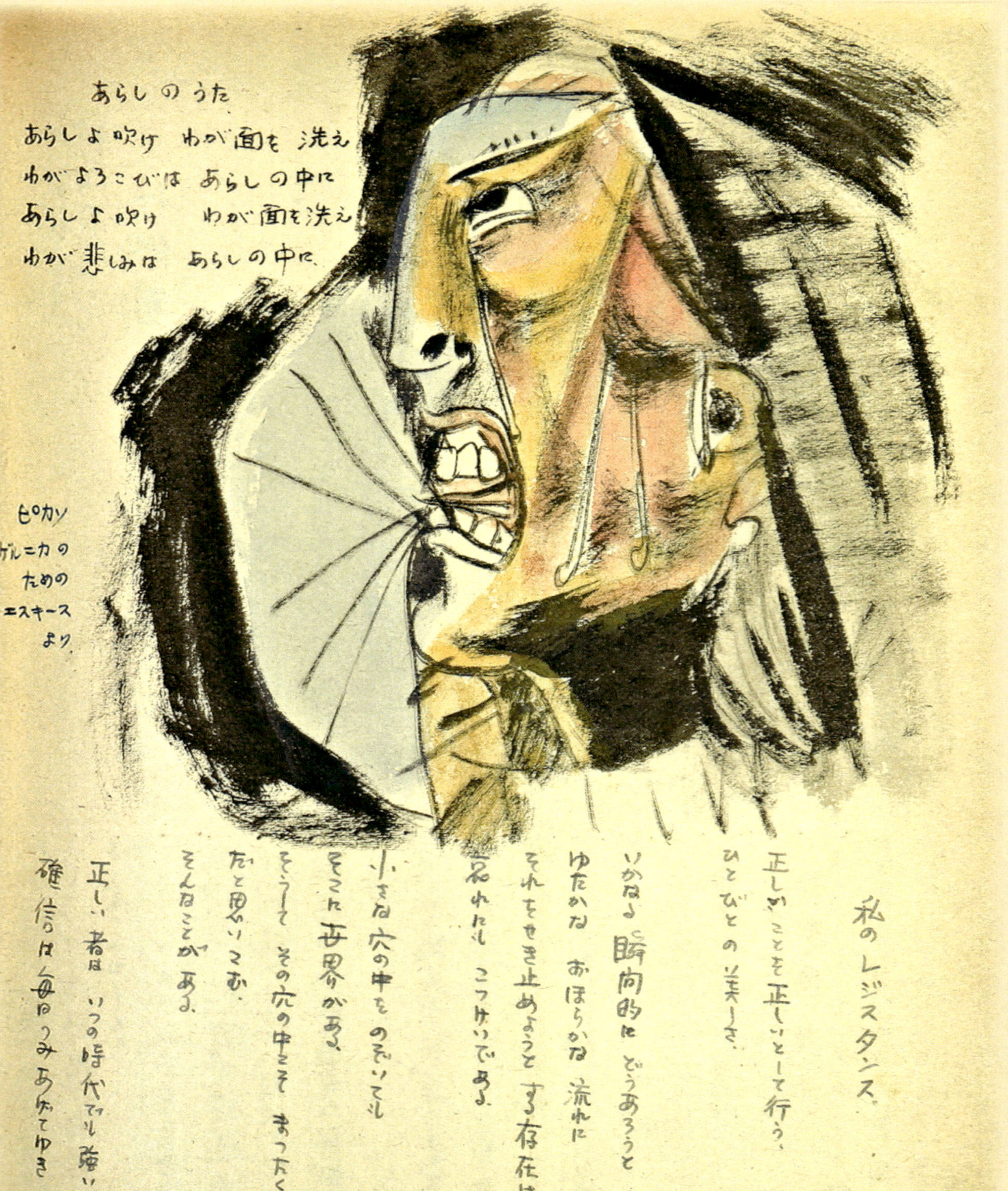

あらしのうた

あらしよ吹け　わが面を洗え
わがよろこびは　あらしの中に
あらしよ吹け　わが面を洗え
わが悲しみは　あらしの中に

ピカソ
ゲルニカの
ための
エスキース
より

私のレジスタンス。

正しいことを正しいとして行う。
ひとびとの美しさ。

いかなる瞬向的にどうあろうと
ゆたかな　おおらかな　流れに
それをせき止めようとする存在は
哀れだし　こっけいである。

小さな穴の中をのぞいても
そこに世界がある。
そうして　その穴の中こそ　まったく世界
だと思いこむ。
そんなことがある。

正しい者は　いつの時代でも強い。
確信は毎日つみあげてゆき

その上に素晴らしい花を咲かそう。

海と海がつながり
大陸と大陸、
人間と人間、
その中の 私のレジスタンス
大切に提げて来た
私のカバンの中のレジスタンス

ぱれっとの上に 油と 絵具
きゃんばすの上を 走る筆、
ボラ紙の上をうごく 鉛筆たち
私は レジスタンスを
意識しよう。

前え 前えと 進もう!
前え 前えと
ひたむきに ひたむきに…

レジスタンスのための
メモの頁

果しなく続く大地 祖国わが祖国よ
自由と平和の歌 海に山にみちて
輝く希望にたてる ゆるぎなき祖国よ

モスクワに高鳴る鐘、南に北に
果てしなきわが国ん 歓声をひびかせて
あふる、ヴオルガのごと 平和は地にみちて
われらは希望にもえて 明るきみちすゝむ

果しなき曠野にたつ あまたの市や村
われ文明と 暗黒の 民族の差別なし
スタリン われらの言葉 たぐいなくうるわし
その言葉もてロシアは 希望も大家族

労働の栄光にみちて いさお 輝くわれら
労働と休息の権利 うたふ 権利ぞわれらん

黄金の文字もてつゞる　見よスターリン憲法
この偉大なる光の　永久(とこしえ)に　消ゆるなし

春風　祖国にそよぎ　働く者楽し
栄えるものぞ　われら　集いて　朗らかに
されどわが祖国、うかゞう敵あらば
こぞりて力のかぎり　母なる国守らん

ドニエプルの激流に
ファシストは沈み
わが祖国安らかに　栄えゆくごとく
ドニエプルよ
流れゆけ
滔々と強く

波止場の夜

友よゆこう 明日は船出 霧の波止場いでて
いざ歌ゆかん 朗らかに
СЕДЫ БОЕБЫ КАПИТЭН
（逞しき 老船長）
さらば 港よ 明日は航海
霧の夜明 青いハンカチ
ほのかにまたゝく

歌え友 月の波止場 海の海を
いざ歌ゆかん かたき誓い こめて高らかに
静けさ満つ 夜の波止場 霧は海にたれて
岸辺うつ 波もなぎて バヤンのしらべ静か

MAЯ MOCYKBA

雨の日も雪の日も 斗いの日最中にも
いつの日もいづこでも 心誇らかに
高く呼ぶ言葉よ 我が愛する言葉よ

ДАРАГАЯ МАЯ СТАРИЧУА
ЗАРАТАЯ МАЯ МОСКВА
（貴き我が都　輝く我がモスクワ）

ゆたけき河の流れ　緑の森のかげ
美わし赤の広場　クレムリンの星よ
われ讃う都よ　我が愛するモスクワ

われ思うかの秋を　はげしき斗いを
敵迫り襲えども　われら旗高く
毅然と守りし　わが愛する　モスクワ

栄ある勝利の陽は　モスクワに輝やく
偉大なるスターリンは　われらとともにあり
永遠にいざ栄えよ　我が愛するモスクワ

われらは知るこの[illegible]いまだ[illegible]みぬ
無限のいさお　きづきて人民は圧制絶ちぬ
われら知る自由の国　うちかちがたし
諸民族の友誼かたく　一つに結ぶ家族

五月の МОСКВА

朝日に輝く 古城クレムリン いまぞあけゆく わがソヴェート
朝風そよ吹き 旗たは街に
よき朝来りぬ われらが都
КИПУЧИЯ МАГУЧИЯ НИКЕННЕПОБЕСЗИМЯ
СУРНАМЯ МОСУКВАМЯ ИИ САМЯ РИНОБИМЯ
(沸きたちわきたつ 無敵わが祖国 われらのモスクワ
わが愛するモスクワ)

五月の青空・輝く大地 とどろけわが声 レーニン廟に
明るく輝け 勝利の旗よ おしえはげませ
われらがスターリン

暁迫りぬ 古城クレムリン 日出星影うすれて
よき日来りぬ
さらば昨日よ 希望にもえて
われら進まん 明るき明日へ

スムグリヤンカ
日焼けした小麦色の女

その風の夏の朝　緑の丘こゝ
たてがみを　なびかせて　馬上の乙女ら
かろやかな足なみで　木々と急ぐよ
これぞ　われらの　モルダヴィヤのパルチザン
はるかなる緑の野辺よ
駆ける　緑の森よ
われらは守らん　ふるさとの地
モルダヴィアの乙女は　われをはげます
われらいまつくりゆく　モルダヴィアのパルチザン
家とひと　すべて捨て、　われら集まりぬ
遥かなる森　パルチザンは　君を待つ
緑のかえで　うるわし
そのもとで　われら別れん
緑のかえでの　しげき木かげ
モルダヴィアの乙女は　森の小みちを
遠ざかる　その姿　われをみおくりぬ
いく夜も　夢にみぬ　モルダヴィアの乙女
われはいま　パルチザン　スムグリアニカとともにあり
緑のかえで　うるわし
なつかしき　君パルチザン
緑のかえでの　しげき木かげ

シベリアの大地の歌

シベリアの大地は　河と森はてしもなく
集いしつわものは　懐かしふるさと出でて
戦いに出で征きぬ　たぎりたつ力みよ
シベリアよ　われら自由と青春
大地は拓くふるさとシベリア

雪のかなた　描く祖国なつかし人びと
はげしき斗いの日　幾度砲火の中に
遠き空　雲のはて　しのびぬわれらが祖国
苦しみにひるまず　燃ゆる胸　祖国まもり
シベリアのつわものは　ベルリンに赤旗たて
勝利のいさお高く　いまかえる故郷よ！

バルカンの星の下にて

黒き瞳いづこ　わがふるさといづこ
ここは遠きブルガリア　ドナウの彼方
はるばるこえし山河幾千里
夢にし忘れざりき恋しふるさと

輝やくバルカンの星の下にて
幼き日の想出はふたたびかへく
黒き瞳よ 静けき語らいよ
何れのれしまで よき国ロシア

国歌

ソ同盟は不朽の 自由な共和国 永久に結べる
偉大なロシア、栄あれ 吾等が團結、固みつ
築けるソヴェスキ サヨーズ 栄あれ われらが
自由な祖国、われらの幸福・吾らの城
ソヴェトの旗よ 国民の旗よ、勝利から勝利
への嵐つんざき自由の陽輝く偉大なレーニン
照せる進路、人民の忠実育てし スターリン
勤労と事業をまえ われらを コブす、栄あれ
われらが 自由な祖国 人民の幸福守る城
ソヴェトの旗よ国民の旗よ 勝利からみちをひらけ
不滅の国 自由の国よ とこしえに栄ゆる国 われ
らの祖国、共和の国、大ロシアよ 栄あれ！
民衆の旗・ソヴェトの旗 勝ときことはためけ
輝く自由・勝利の栄 レーニンのみち ひらけよ
スターリンのみち 進めよ！

スターリン讃歌

山の峯にそって　はしから　はし迄　飛ぶよ
自由の荒鷲　さかしく親しく　愛するスターリン
おん身を　讃え　民衆は　唄う．
鳥よりも早く　果から果まで　飛ぶよ
美わしの歌声．　搾取者の世界は　この愛に
おのゝき　如何なる境も　歌を止めず

偉大なる街、

よろこびは　もえ上る　日はすき輝く太陽、
我が愛する町の上に　きらめく武功
栄光の翼に　勝利は　はばたきぬ　首都は
強く　立っている　首都は敵を守る．

パルチザンの歌

谷から男　村の乙女　すべて銃とり祖国を守る
仇敵の旗高く　野こえ山こえ　正義の戦い　どとう進む
ファシストの非道のドンヨクの牙を　われら　おそれじ
だんこ　屠らん
おゝパルチザン　祖国を守る栄光の民衆　おゝパルチザン

俺は鍛冶屋、

俺はカジヤ　俺等の世界．　腕のかぎり　きたえる

重い槌 軽くあがれ やすまなく 打て打てうてよ！
俺はかぢや 俺らの世界 腕のかぎり きたえる
やすまなく つちよ 鳴れ 空の果へ なりなりひゞけ
金づちの一打ごと 鉄のくさり くだけ
朝も夜も やすまなく 力かぎり 打て打てうてよ！

労働者のマルセーズ

われらは燃える焔 圧制を砕く槌
自由はわが旗印 わが聖なるスローガン
戦いにひるむ者・労働を盗む者に
戦いを決するため 隊伍をつめよ
待てるは勝利か死か とれ！武器を
断て鎖を 進め進め いざ進め 旗をすゝめよ。
専制の泥足もて自由をふみにじり
民衆の血と汗におごれる彼ら
ブルジョアの魔の手に 同志は斗い たおれ
そのくれないの血に 世界染むるまで
まてるは勝利か死か とれ武器を
断て鎖を 進め進め いざ進め 旗を進めよ！

ケーテ・コルヴィッツ
リープクネヒトをいたむ人々　より

LEBENDEN. DEM TOTEN. ERINNERUNG AN DENIS.

ワルシャワの労働歌

暴虐の雲 光をおゝい
敵の嵐は 荒れくるう．
ひるまず進め われらの友よ 敵の鉄鎖をうち砕け
自由の火柱．輝かしく 頭上高く燃えたちぬ
いまや最后の闘いに 勝利の旗は ひらめかん
たて はらからよ ゆけ闘いに． 聖なる血にまみれよ
とりでの上に われらの世界 築きかためよ 勇ましく

同志は倒れぬ

正義に燃ゆる斗いに 雄々しき君は仆れぬ
血にけがれたる 敵の手に 君は闘い斗れぬ
プロレタリアの旗のため 〃
踏みにじられし民衆に 生命を 君は捧げぬ
冷たき石の牢獄に 生ける日君は とらわれ
恐れず君は白刃の 嵐をつきて進みぬ
プロレタリアの旗のため
重きくさりをひびかせて 同志はいまや去りゆきぬ
真黒き夜のヤミは明け 勝利のアシタ いまや来ぬ

仆れし君の屍をわれらは踏みて進みなん
時は来たりぬ 復讐ろえ
わが旗赤く 空にもえ 勝利のあしたいまや来ぬ

憎しみのるつぼ（スメロ・タヴァリッシ）

憎しみのるつぼに 赤くやくる くろがねの剣をうちきたえよ
圧制のとりでよ かたくとも 暴虐の嵐 よしすさぶとも
同志の腕よかたく結び 同志の誓いは たかく胸をうつ
真赤の旗をみよ しかばねの きずきなす岩に ひるがえるをみよ.
圧制の鎖 その日とづる 最后の斗いを斗いとらん

СУМЕРО ТВАРИСЙ В НОГУ
ДОФОН В КУРЕПУ НЕМУ БОРИ БЕ
ГУРАСУКИ САТОЗУ СУВАБОДЙ
КУ ГУРУЗИ ПУРОРОЗУН СЕБЕ.

よろけ わが同志よ
かたく腕むすびつ
境なき自由の國. 我が旗の下に！

12年振りの再会に感激して……
НАМОРИ, СИГЕТАКА

くるめく　わだち

くるめく わだち　走る火花　ベルトはうなり
鎚はひびく　こゝにぞ鍛う　くろがねの
友の腕よ　われの腕よ　かたく結びて　いざやゆかん
われらが　赤き旗の下に
搾取の撤はつよくとも　暴虐の嵐つよくとも
われらは　かたく　誓いたる　友の腕よ
われの腕よ　かたく結びて　いざやゆかん
われらが　赤き旗の下に.

どん　ぞこ.

夜でも昼でも牢獄はくらい　いつでも
鬼めが　あゝ　あゝ　窓からのぞく
のぞことまゝよ　壁はこされず　自由にこがれて
あゝ　あゝ　鎖は切れず
あゝ　この重たい　鉄の鎖を　あゝ　あゝ鬼めが
あゝ　あゝ　休まぬ　みはり

世界民主青年の歌

若人　われら　平和めざし進む.

嵐ついて 幸ある世のために
もろもろの國で 海に 大洋に
若人は 若人は 腕結び
いざ！ 団結の歌を唄おう 唄おう
この歌をさえぎる者 世にはあらじ
全世はこの歌 おゝう
今われ〱の前にぞ 叫ぶ 叫ぶ

ソヴエト解放軍の歌

自由を愛するソヴエト軍隊は 労働者農民
人民の友 ファシズムを撃破し
祖國を守りて 世界の弱き民を解放したる
今日のレーニンたる スターリンの下
われらを救いし 解放の軍
とこしえに わが友よ さかえあれ

日本共産党に捧ぐ

今動乱の たゞ中に 赤旗の下にそゝり立る
同志われらの心喜こび 迎ゆ民主のレイ明だ
斗いぬかんの火ともえる 人民の友 共産党

くろがね

くろがね くろがね るつぼにたぎる黒金
黒煙うずまく中に 怒れる炎もて
世の中のあらゆる悪を やきつくし
もえよ もえよ われらは力逞しく 鉄をきたえる

くろがね くろがね 火花とび散るくろがね
灼熱の嵐の中に 解放の鎚ふるい
たゆみなく たたき上げゆく この誓い
うてよ うてよ われらは力逞しく 鉄をきたえる

くろがね くろがね 赤くやくるくろがね
はげしき嵐の中に 目ざめたる汗ながし
新なる五ヶ年の口を つくり出す
うてよ うてよ われらは力逞しく 鉄をきたえる

みんなの党

集まれ仲間よ みんなの党へ
千万の力 あつまりよせて
共産党を 押しあげきづく
党こそは われらの息子
赤旗を さあ高く揚げよ

伸びよ　育てよ　野之力
不屈跡土の清めた途を
まっすぐ掘り　豊かな明日え
党こそは　勇気の泉
赤旗をさあ　高く揚げよ！

流氷くだけ東の　砂上に高き　楼閣よ！
キャピタリズムの夢のあと。ムサンにくずれ春ふかし
あゝ悠久のアムールよ。民族の歌血にもえて
祖国のひゞき友をよぶ（十八地区）

ナホトカの浜辺にたちて
汗れたてば　ぼうようと　血潮をあびて旗すゝむ
祖国につゞく　この空に　同胞の声つたえきく
血の雄叫びをつたえきく。

デモの歌
腕組んでゆこうぜ　オ、ガッチリ腕くんで
俺たちは労働者　農民。
みよ逞しい団結を　反動やつら　ブルジョア地主
番犬どもを　踏みつぶし　足なみ高く
突進する　俺ら

よせるなぎさのナホトカの 青空をとぶ白い雲
赤旗なびくそのところ 若いおいらの 鉄の基地
帰る同志よ たのんだぞ 民主民族戦線
今日も出船を見送って 斗いぬこう 腕をくみ

人民ロシア讃歌

プロレタリアの国 ソヴエトロシア
自由に輝き なれは起てり
朝風にはためく 解放の旗
万国のプロレタリア 斗い守る
プロレタリアの国 ソヴエト ロシア
自由に揺き なれは 起てり

民主音頭

朝だ夜明だレイメイだ 軍国廃墟のその上に
民主日本は 高らかに みよや大空 雲一つ
せまいねぐらと 云うはよせ 風雪あちうつ窓枠で
ためす俺らの 身と心 故郷をしのんで 月をみる
芽吹く木の香よ 風薫る おこす土さえ よろこびに
あふれ 鍬さきの タポールを 振ればこだます 原始林

行くや荒波のりこえて　シベリア鍛えのこの腕で
明日の前途の斗いに　民主日本の建設に、

岩をかむ　荒波を　こえてゆくのは俺たちだ
今ぞ明けゆく　世紀の　輝く朝ぼらけ
ほゝえみ交してさらば　さらばとあゝ
故国の波止場　（5地区）

世紀の脈動に　若者の血潮はたぎる
この意気で　二輪の印結集し　怒りと
憎しみの赤旗すゝめ　斗いとれプロレタリアート
の革命を。
（ムーリン）
夜明だ　朝だレイメイだ　心は踊る胸はうつ
とゞろ高なれ　靴の音。エイ　オウ
われらは　民主突撃隊。
（十九地区）

ボルガを下る

ボルガに添いて舟は下る
青き岸を舟はゆく　舟はゆく

更にレジスタンスのための
メモランダム、

すぎ去ったものは
かえってはこない
それでいいのだ
よしや 相同じい
ものが 再び眼
の前にあらわれ
たとにも それ
は曾てのもの
と同一の
ものでは
ない。
ぐるぐる
まわって
いるので
はない
上え向っ
て 成長し
ているのだ
すべてがそうなのだ。 そのゆかり
もあったことを 書いておかねばならぬというの
は そうしなければ ...
Горо
Сикоку

歩247連隊全般概況

連隊はハルピン孫家に於て編成 昭19.8
11 琿春に前進 8.15編成完結 8.17
軍旗奉戴 昭20.5以降 琿春西北
方にて陣地構築中. ソ軍は昭20.8.8.
24時宣戦を 一大隊正面に指向 攻撃し
来る. 昭20.8.11–20.8.17まで 陣地
に拠守す
昭20.8.17 昼頃 停戦命令受領
20.8.18朝より 逐次 密江峠に集結
同日武装解除. 琿春飛行場に
移動集結、20.8.27まで 露営
す. 昭20.8.28 行軍にて 全員全営
に移動作業大隊を編成す.

ロマンチシズムが　ニヒルな　或は自己トウスイ的な　芸術のための芸術と結びつく
とき　それは　つまらないものに※
※なる．まったく　それは鼻もち
ならぬ　もの　この地上に必
要でないばかりか　人間が
前え前えと　進もうとすることの
せき止め役を演ずる．
私は　リアリズムには　進歩
的リアリズムと　退歩的
又は反動的　更に又は
頽廃的リアリズム？の二
つがあると信じる
ロマンチシズムが
進歩的（積極的）
リアリズムと結合する
とき　それは　すぐれ
た　すばらしいもの
となる．本来芸術
はそうしたもので
なければならない
ロマンチシズムと
リアリズム的方法
の　みごとな
結びつき
これは人々を
たかめ　ひとびとを前進
させ　価値ある芸術として
展開する．
そうあらねばならない
象徴は……
これは大切なことだ
シンボリズムを　私は
嫌た　マラルメや　ボードレール　などの△
△　彼からうけとり体質的に　あまり
好まぬ．しかし　これはつまら
ないことである
シンボリズムが　リアリズムの精神
と結合するとき　力づよい　大地に
足をつけた　美しさを発揮する
本来シンボリズムは　そうした
もので　なければならぬ
シンボリズムが
象徴的方法が
ロマンチシズム
と結びつくとき
それは
ハロンハロン
のムージ
よりもネ健
康で　仕末におえ
ない　だらくと不用物になる
人間でも同じことだ！
五郎は　その　もっている
感覚の浪漫性と　象徴性を
リアリズムに　しっかりと　結び
つけておけ！
ロマンチシズムと　シンボリズムを
リアリズムで刺し貫しておけ！
ロマンチシズムとシンボリズムを
その進歩的思想の土の上に
リアリテに変革して　五郎の
ものとして発芽せしめよ！
リアリズムの精神よ
五郎に喰いこめ
その芸術の生理的なものとなれ！

Joro
1950 4. 4.

〈付録・解説〉

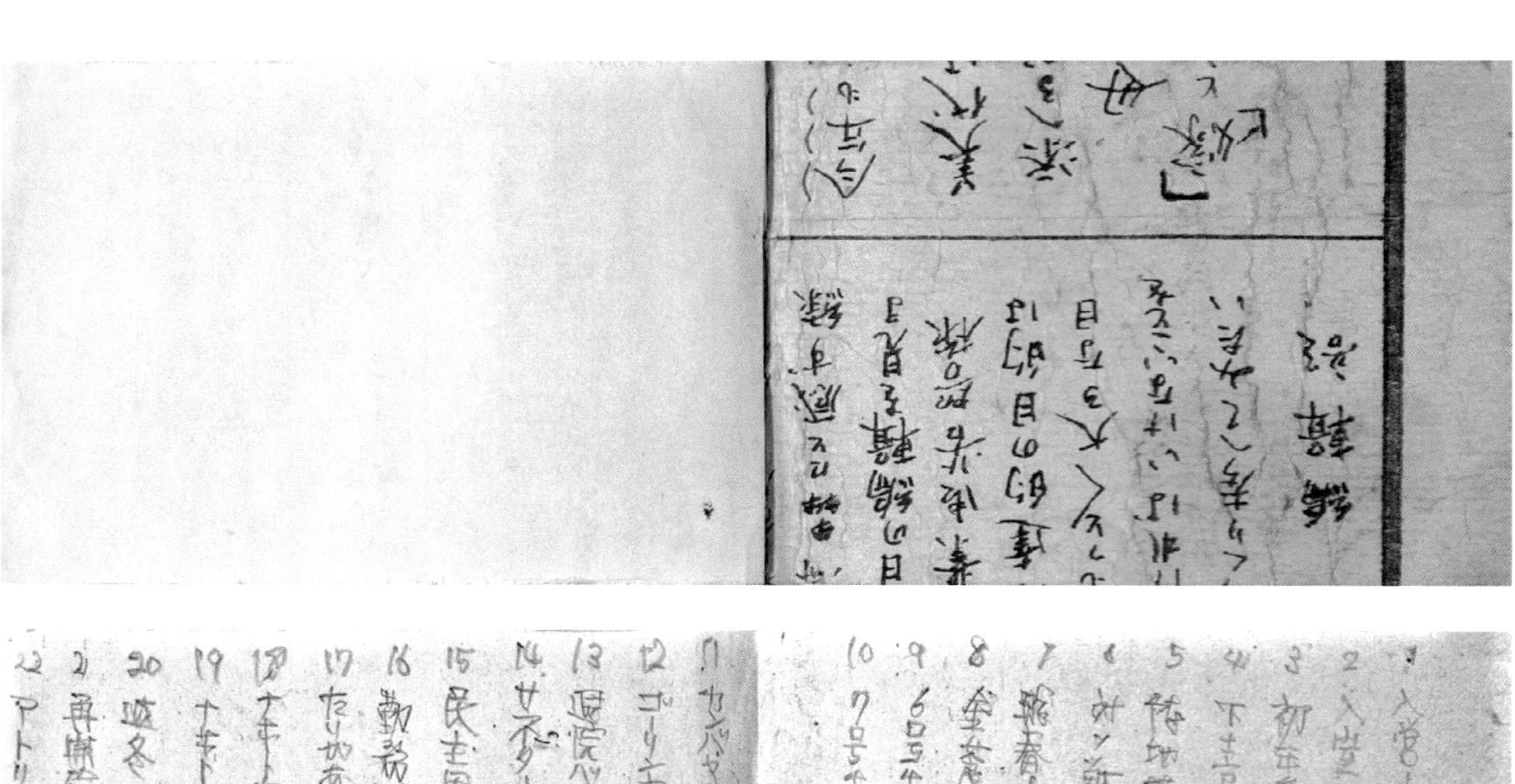

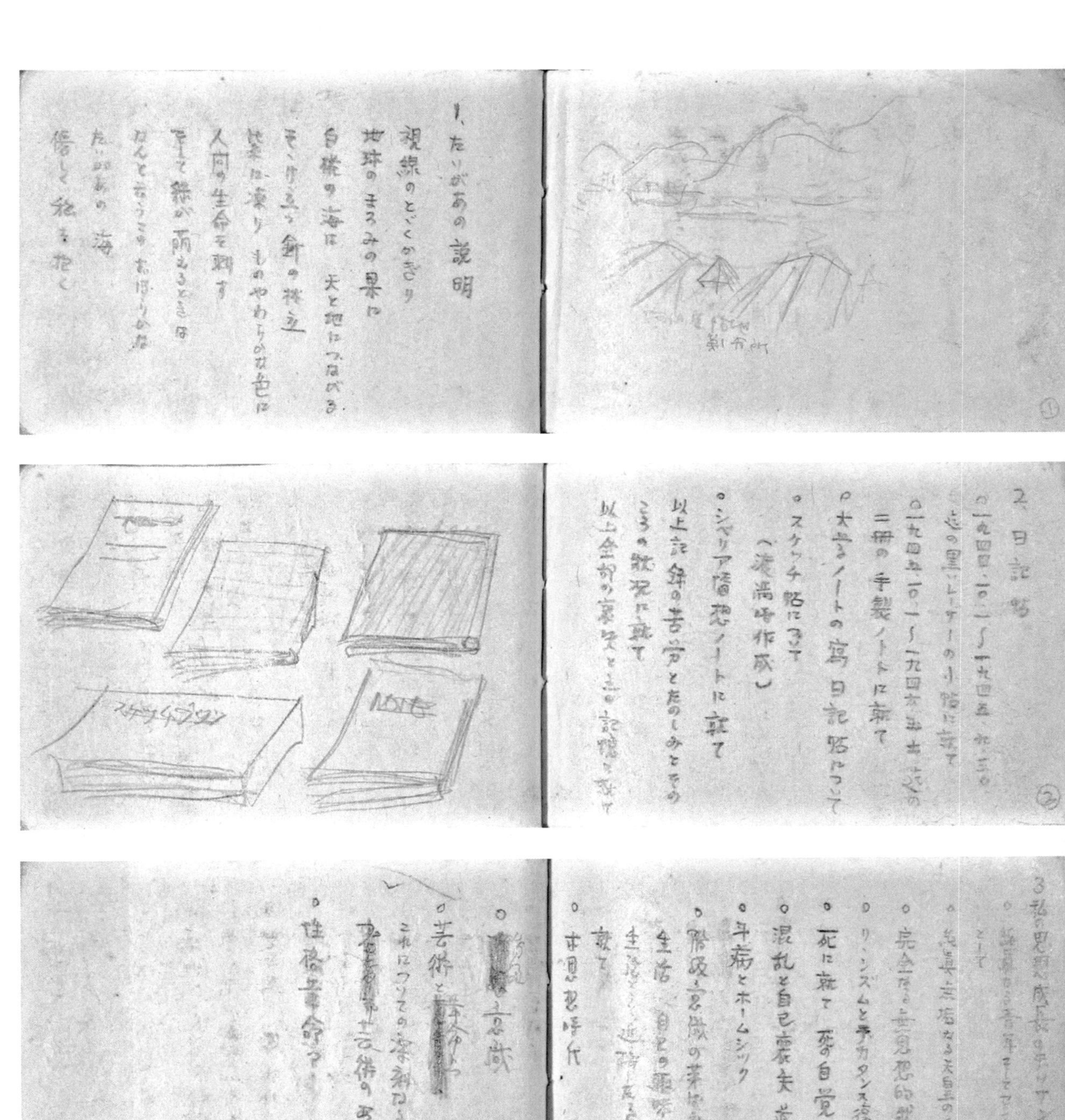

1、たいがあの説明
視線のとどくかぎり
地球のまるみの果に
白樺の海は 天と地につながる
そゝり立つ針の林立
北斗に凍り ものやわらかな色に
人間の生命を刺す
[illegible] 緑が萌えるときは
なんと云ったらいいかな
たいがあの 海
優しく 私を抱く

①

2 日記帖
○一九四四・一〇・一～一九四五 九・三〇
迄の黒いレーザーの小帖に就て
○一九四五・一〇・一～一九四六年十一月十一迄の
二冊の手製ノートに就て
○大学ノートの寫日記帖について
○スケッチ帖について
（渡満時作成）
○シベリア俘虜ノートに就て
以上記録の苦労とたのしみとその
ころの状況に就て
以上全部の裏[illegible]と云う記録を残せ

②

3 私の思想の成長のボリューム
○ [illegible]
とて
○ 純真去[illegible]なる天皇の兵士として
○ 完全なる無思想的状態について
○ リ・ンズムとデカダンス復活のところみ
○ 死に就て 死の自覚と就て
○ 混乱と自己喪失 道徳的[illegible]
○ 斗病とホームシック
○ 階級意識の芽ばえと思想
生活 自己の[illegible]的思考
生活と遊離する時代
就て
○ 求思想時代

③

○ [illegible] 意識
○ 芸術と[illegible]
これについての深刻なる思いこみ
[illegible]芸術の あり方に就て
○ 性格革命?

4 海を渡る 1944 10/1

[illegible]入営 [illegible]

北支へ一路めざして 内務班 大

田川岬の訓練 日記 第〇〇軍曹

カンナの花の詩 日 川本清 橋本 川

崎 面会記 まつたけの並べ さらば

広島の詩 車中 さらば 廣島よ!

下関 連絡船 特別の朝食 本州の

山々 救命袋 タイピ 訓練 船よい

朝鮮の岸 釜山の詩 私の詩集

青丘 [illegible]塔の丘

青い星が一つ出る

新羅[illegible]の寺 寺の声々

この港の潮の香

これももう古物ではない

(4)

にがり[illegible]の空では

足もとに夜光虫がチロチロと光る

貨車にて 寫生帖 辞書 なだら

かな丘から兵は野菊の中をゆく

唐からの赤 日本海のしはぶき

また かへす 日本海のしはぶき

この頬を切る気流は

私には[illegible]じまない

悲しい生活が私を待ち受けて

いる

北え 北え

下痢 リンゴ リンゴ つく 安東 満洲

奉天 [illegible]の山々 夕陽 入営

[illegible] 延[illegible]

[illegible]

5 白衣

〇大陸の風は

洗濯物は白く乾いた

白熊の柵の下に

白い鳩が群れてゐる

さあ今日から

この土地に生きるんだ

力一杯走って

ガバとふせれば

枯草と草の香が鼻をつく

ほろめ 地平には

チロチロと陽炎はもえる

便り 便り 喘息のかげた 耳鳴り

吐血 入室記 暗い部屋 〇〇曹長

佐藤中尉殿 ビスケットの歌 [illegible]

詩 下士候補 入院 小原衛生兵

白衣を着て 病院生活 酒井のストト

(5)

中耳炎 めしあげ 肋膜炎 図書館

読書 アナトール・フランス [illegible]ガントリ

独歩 兵隊となりたる為た 家から

の便り 中村金平少尉 [illegible]

[illegible] ブランペンド 佐賀[illegible]

福岡郡部 高野[illegible] 内科え

[illegible]販売所手帳 退院 [illegible]

軍服にて 1025え

1944 11/10

6 初年兵

病みあがりとがんばり 騎手

[illegible] 属して 乗馬

[illegible] 松本[illegible] [illegible]

[illegible]鶴田健三郎 伊藤[illegible] 初年

兵生活の 弱兵 [illegible]

号令に [illegible] 不寝番

田村式 班長のこと [illegible] 小林[illegible]

倉岡 事務手助 阿部兵長 向

田上等兵 カントクエン めしあげ 入浴

便り 奥山[illegible]より 二つの紙人形

紙人形の詩

紙人形よ

[illegible]

私の手の中に

(6)

可憐なる笑顔ます

私に語る

海を遠くへだて

いやつのるひと恋しさに

胸がたぐときそのときよ

紙人形は古と語りき

銃剣術 射撃訓練 終夜演習

下士官室当番 赤井 村上 福田

[illegible] 凍傷検査 冬期訓練

[illegible]生活 村田上等兵 古参[illegible]

[illegible]の夜

正月 琿春神社 小包[illegible]

[illegible] 甘味品 でぎりめし [illegible]

向[illegible] 第一期検閲[illegible]

1944

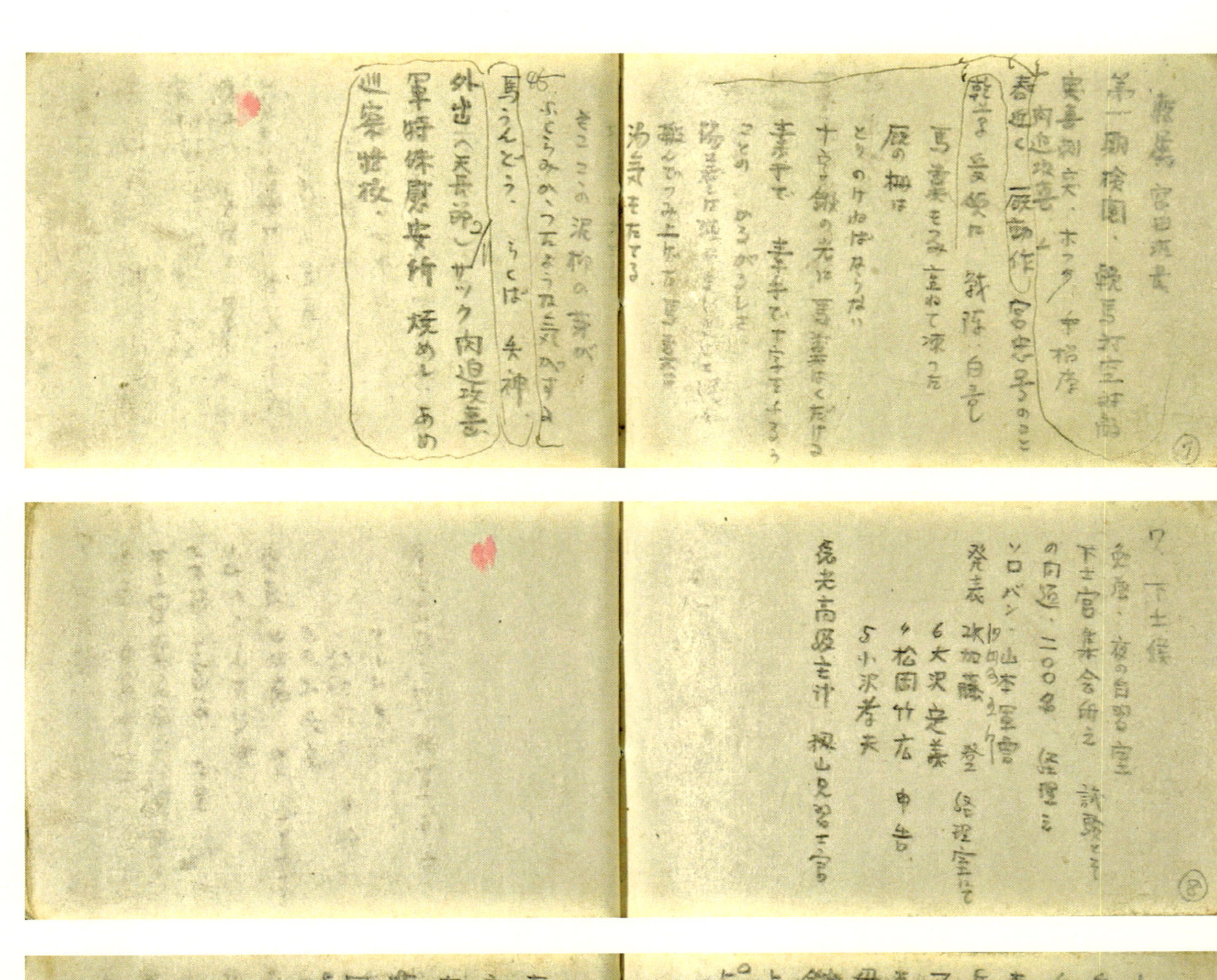

[illegible]発 幕舎移転 幕舎
キ装 百合咲く [illegible]
具山寨より 読書 [illegible]
下た、ホームシックと厭戦感、ドイツ
敗戦、ブラスバンドをきいた小学校え
[吾林道貝隊] 教官の言ふ事
新軍内地帰還
下士候補者 新京より帰る [illegible]
被服受領 兵営へ 山形山より
出てて 蒼葉しげる兵舎 [illegible]
ドラム缶の風呂 残飯 [illegible]
(10)

9 対ソ戦 45/8/8
兵営え 慰問団、日本の娘サン
歌、うどん、キャラメル、夜行軍
星空ら疲労、開戦！陣地へ！
強行軍 創作メンタ酒 戦争
幕穴を掘る [illegible]
[illegible] 陣地 タコ壺
掘り 夜雨 穴へ落ちる 霧雨
[illegible] 九中隊の[illegible]
[illegible] 二度目[illegible]
カン、スカハラ、川崎らと別れて カン
パンを背に 狙撃 逃走 降服
初年兵 空襲 [illegible]
[illegible] 敵車砲 [illegible]

挺身奉仕 ミツコウ兵 ベタゲキ 一
無條件降服、焚火、万才
泊、武装解除され、敵陣へ去る
戦争とゆ戦争のあと 8/17
ソ兵 下痢、捕虜、[illegible]
で帰れる？ 飛行機まで
飛行場にて！ 飢渇、泥水
軍将校と兵士をノートの片にスケッチする
本部の谷
(11)

10 金蒼道 45/8/20
捕虜行進 コモを背負って
雨の中を 夏ズボンや兵士ども二三の あと
山峡兵営 ぬれた一夜
大荒行まで 炭の山 大寨口[illegible]
[illegible]のビラ、打倒日本帝国主義[illegible]
軍[illegible]所
ボロボロにくたびれ切った一団
前后は自動銃を[illegible]せられて
魂の抜けた人の隊列
日本帝国主義打倒
大寨口[illegible] の[illegible]を
横目でかめながら
何も知らぬ[illegible]人の群
人民とゆ何かファシズムとはなにか
天皇とゆ何か兵隊とは何か
(12)

何も知らぬ無一教な人の群
ボロボロにくたびれ切った
飢えと不道徳の無智の行進
野菜畑 山ごと大山賊ごと 死屍
更に一泊 金蒼着
収容所 装具検査 野宿
寒冷土窟構 飯之 使役
ぜんざい食 草を千切る 根っ子掘り
下痢と死、逃亡、紅葉、日記を
かくして 初年兵 三年兵 汽車
日本へ帰る？ [illegible]

11シベリアへ　45/10/1
か、故口へ向けて出発、足もかろく
再び捕虜行進、山腹の一泊 [illegible]
月 山ごえ 死臭 屍体、山腹の一泊
焚火 会でたくのし 雨中行軍 [illegible]
畑の夜 [illegible]、青大豆をむする
琿春え 官兵を離れて 快晴 [illegible]
九中隊全滅の谷を過ぎて 兵器廠の
丘で 琿春の街、兵営のあと 琿
春の河原にて 砂にねる
ポシエットえ向ふ 大陽を [illegible]
口境ごえ 月 口境の一泊、満月
ソ領 大いなる道路 自動車の
群 丘から丘へ 海がみえる
13

ソ領陣地、クラスキー着、野営
草を焚て 夜通し 鮭を焼きくう
付け合って、ジヤガ芋をぬすむ
シヤワー 死の雨 井上吾兵の死
日記を守る クラスキーの街をぬけて
山上泊、泥水で炊く 高梁 駅え
貨車の群、駅にて、薪とり
黒パン ろうか 帰る喜 乗車
屋根の下 ウラヂオえ 北え、喜
くだけて 更に北え ウオロシーロフ
シベリヤ鉄道 乾パンと [illegible]
パンと [illegible] ゲルマン捕虜らしきもの
たよびかけ 鉄片を投げつけられる
交換、浮浪児たち

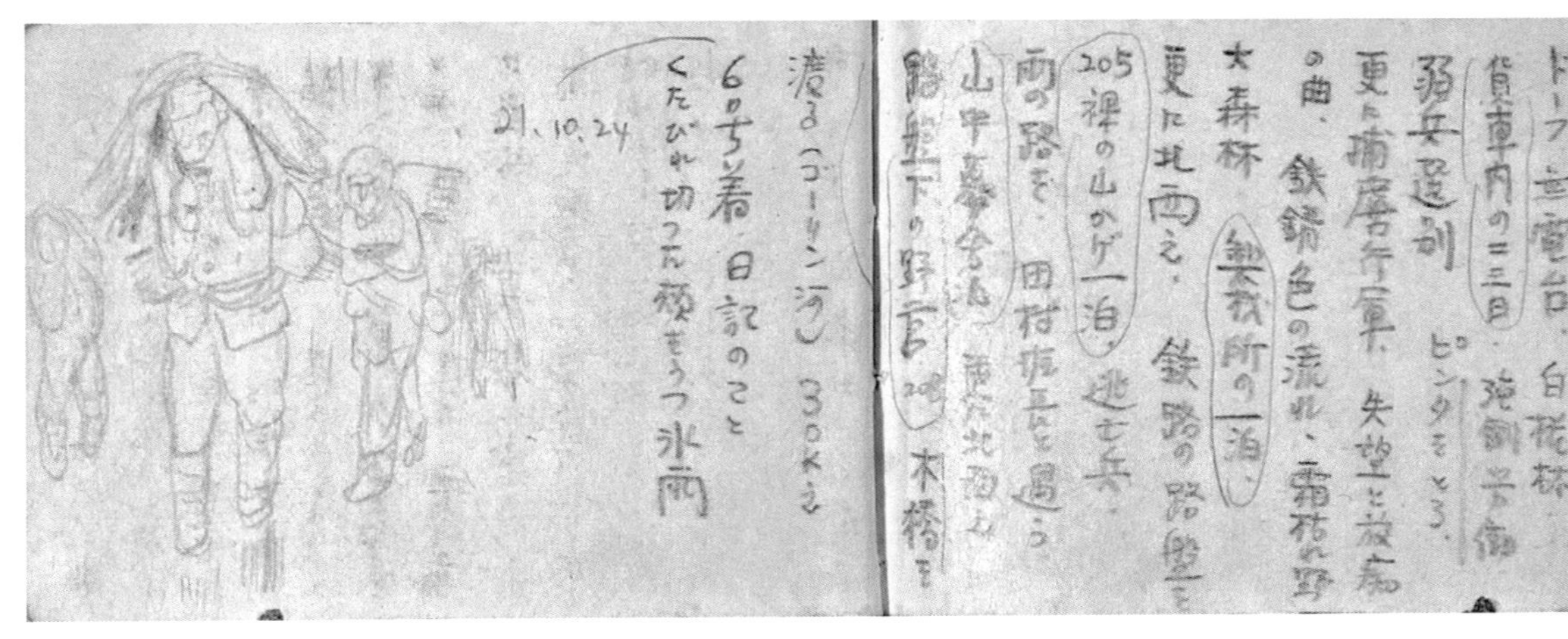
社会主義 [illegible]
ハバロフスク、コムソモリスクえ 東え
ドーフ 三電台、白樺林
貨車内の二三日、強制労働
弱兵選別 ピンタをとる
更に捕虜行軍 失望と放痴
の曲、鉄錆色の流れ、霜枯れ野
大森林
更に北西え 製材所の一泊 鉄路の路盤を
205 裸の山かげ一泊、逃亡兵
雨の路を 田村班丘を過ぎ
山中幕舎泊 更に北西 [illegible]
路盤下の野営 木橋を
14
渡る(ゴーリン河) 30kを
6日着 日記のこと
くたびれ切った顔をうつ氷雨
21.10.24

12/6 [illegible]生活
内外人 [illegible] 検査 入所
ペーチカも焚いて 鉄を拾ふ [illegible]
[illegible] 長谷吉一 [illegible]
日本新聞より 薪取り [illegible]
焚火、捕虜 [illegible] 倉庫
女囚に貰う [illegible] 米
メシの詩 赤大根 [illegible]
[illegible] 検査 [illegible]
15

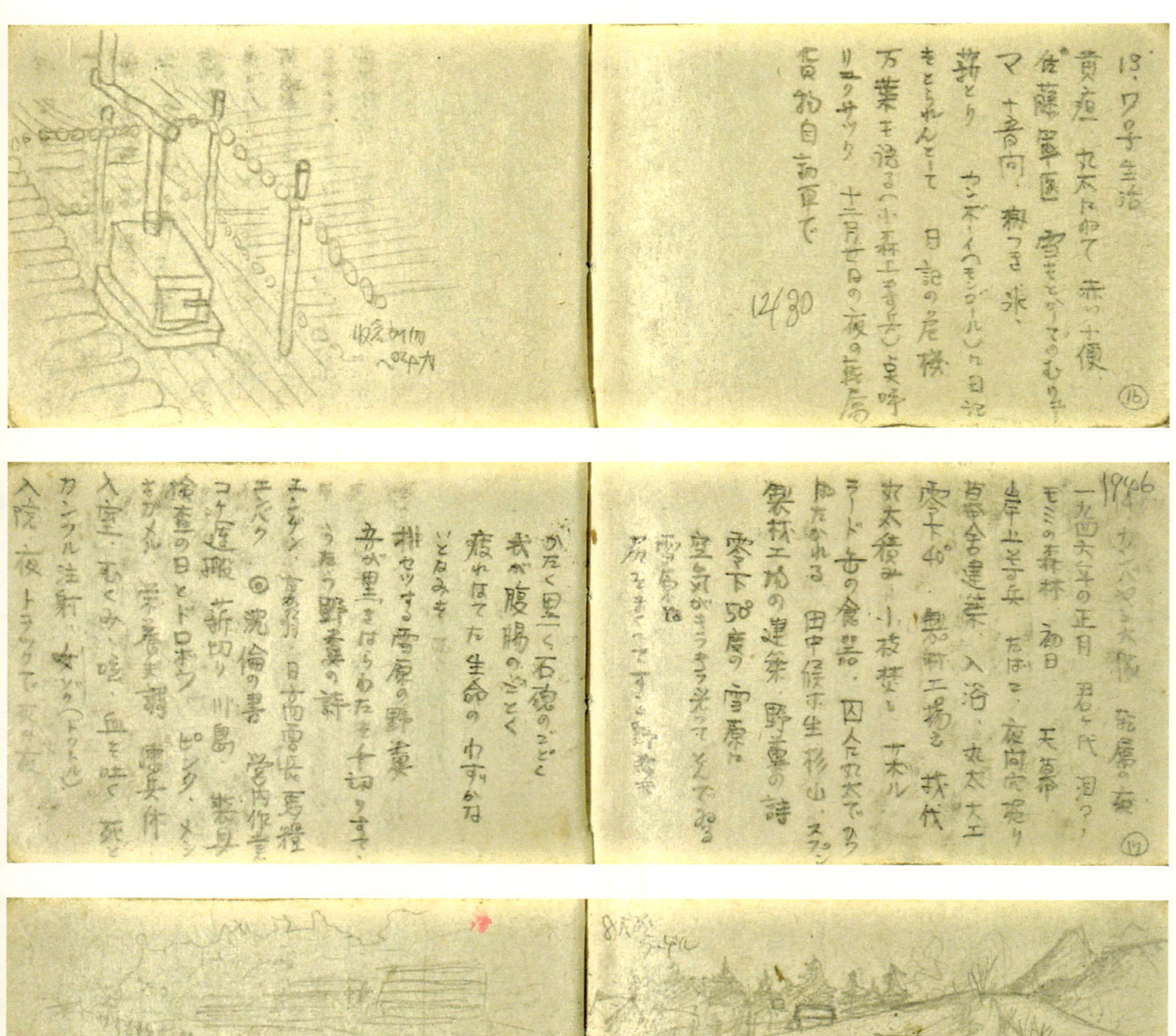

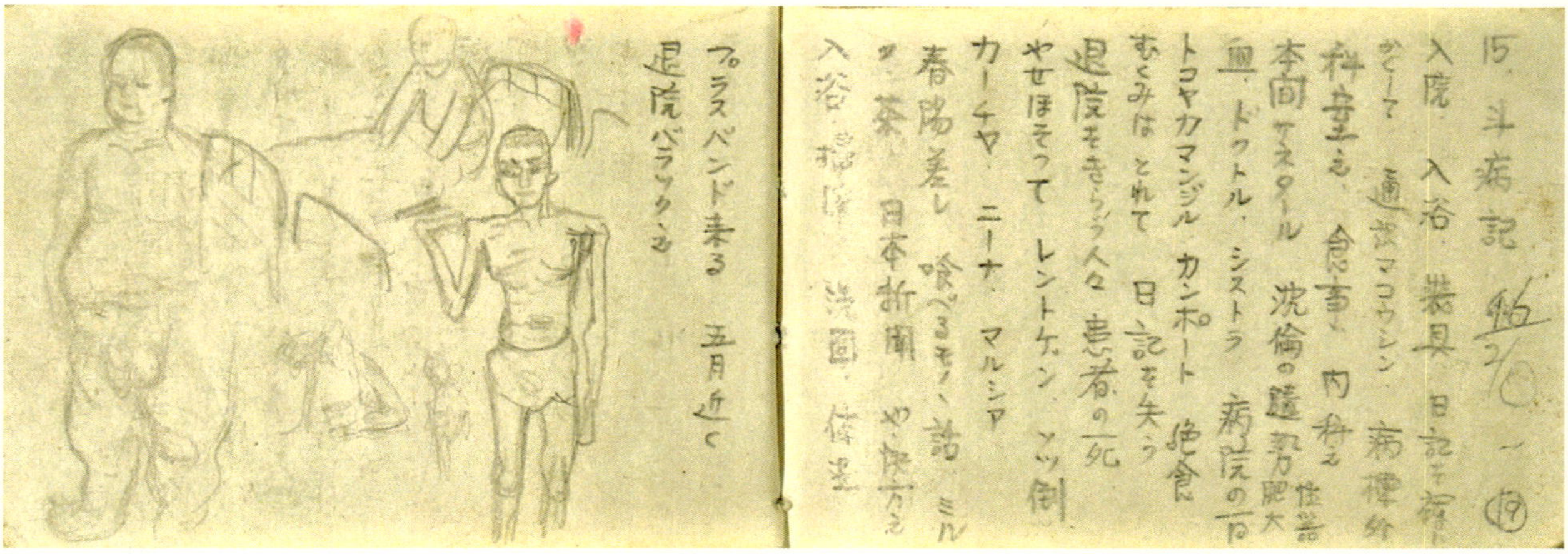

15、斗病記　鉛 2/10　―　⑲
入院　入浴　装具　日記を預
かくして　通訳マコウシン　病棟外
科室へ　食事　内科へ
本間ナスタール　沈倫の謹翠　肥大　性器
血、ドクトル、シストラ　病院の百
トコヤカマンジル　カンポート　絶食
むくみは　とれて　日記を失う
退院をきらう人々　患者の一死
やせほそって　レントゲン　二ッ倒
カーチヤ、ニーナ、マルシア
春陽差し　喰べるもの、話　ミル
ク茶　日本新聞　やせ方へ
入浴・掃除・洗面・体温

プラスバンド来る　五月近く
退院バラックへ

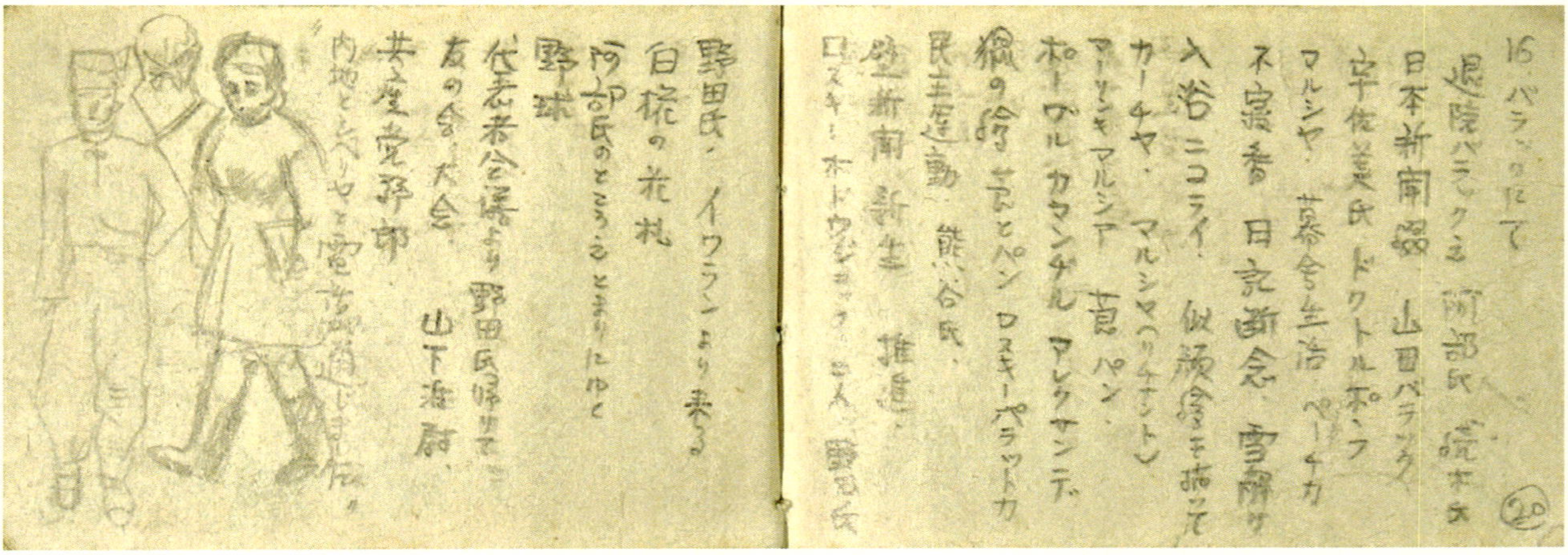

16、バラックにて　⑳
退院バラックへ　阿部氏　荒木氏
日本新聞　山田バラックへ
宇佐美氏　ドクトル ポーフ
マルシヤ、幕舎生活　ペーチカ
不寝番　日記断念、雪解け
入浴　ニコライ、似顔絵を描いて
カーチヤ、マルシヤ(リーチナント)　草　パン、
アーシキマルシア
ポーヴル　カマンチル　アレクサンデ
猫の詩　草とパン　ロスキーペラットカ
民主運動　熊谷氏、
壁新聞　新生　推進、
ロスキー　ホトウジ　野田氏

野田氏、イワランより来る
白樺の花札
阿部氏のところへとまりにゆく
野球
代表者会議より野田氏帰りて
友の会、大会、　山下海尉
共産党本部

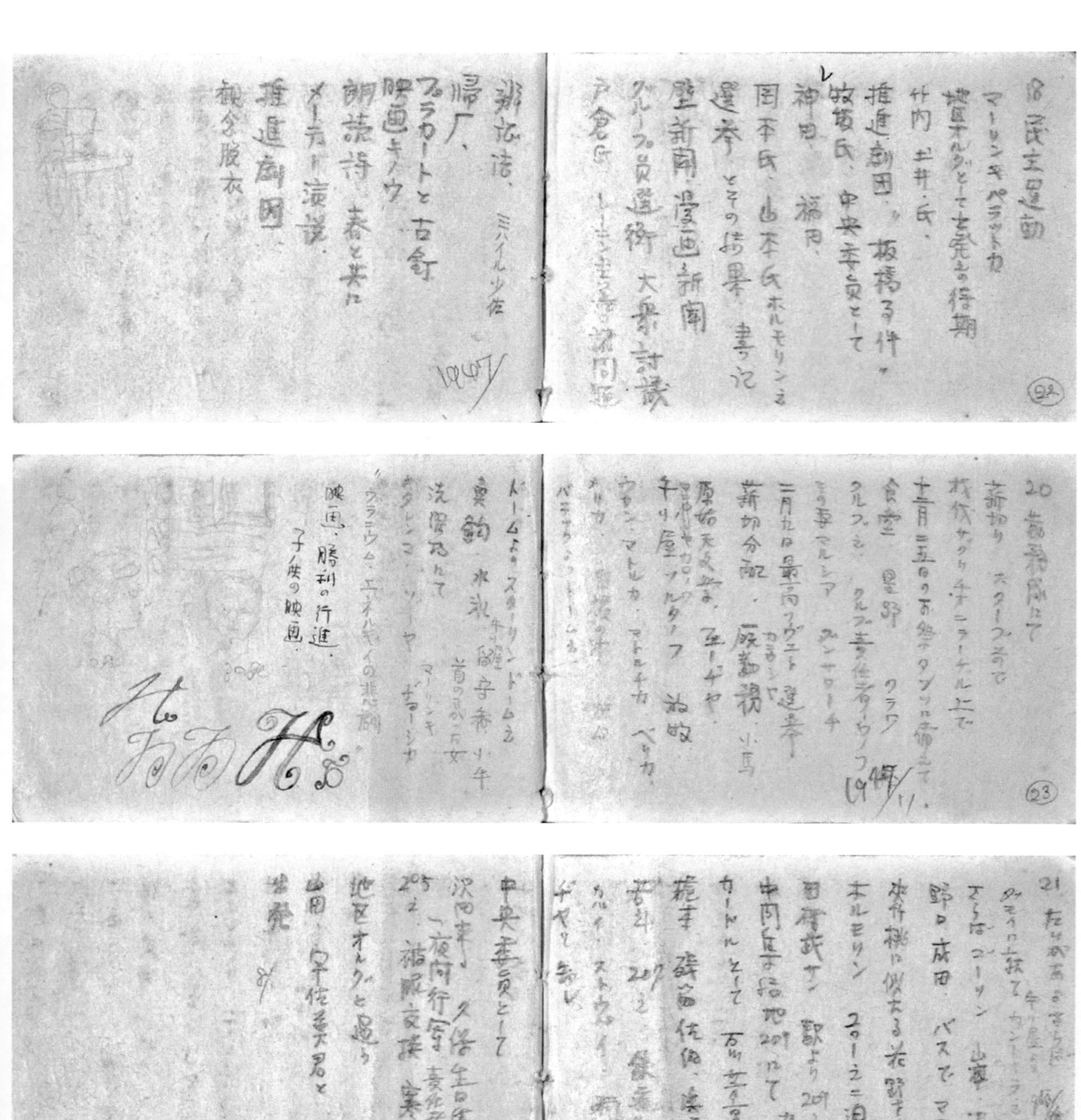

18 民主運動
マーリンキ パラットカ
竹内 土井 氏、
推進劇団 "板橋事件"
牧垣氏、中央委員として
神田、福田、
岡本氏、山本氏 ホルモリンへ
選挙 とその結果、書記
壁新聞、漫画新聞
グループ員選衝 大衆討議
戸倉氏

22

弁証法、ミハイル少佐
帰廠、
プラカートと古釘
映画キノウ
朗読詩、春と共に
メーデー演説、
推進劇団
1947

20 営倉にて
薪切り
十二月二十五日
食堂 星野 クラワ
二月九日最高ソヴェト選挙
薪切分配、厩当番、小馬
原始天文学
19 47/1.

23

ドームよりスターリンドームへ
魚釣、水汲、
洗濯
ウラニウム、エイルキイの悲劇
映画、勝利の行進、
子供の映画、

21
ミハイル少佐
バスで
ホルモリン
二泊
駅より
カードル として

24

中央委員として
植木君
「夜間行軍」責任者として
205へ 被服交換 寒冷
地区オルグと通う
山田、宇佐美君と
出発

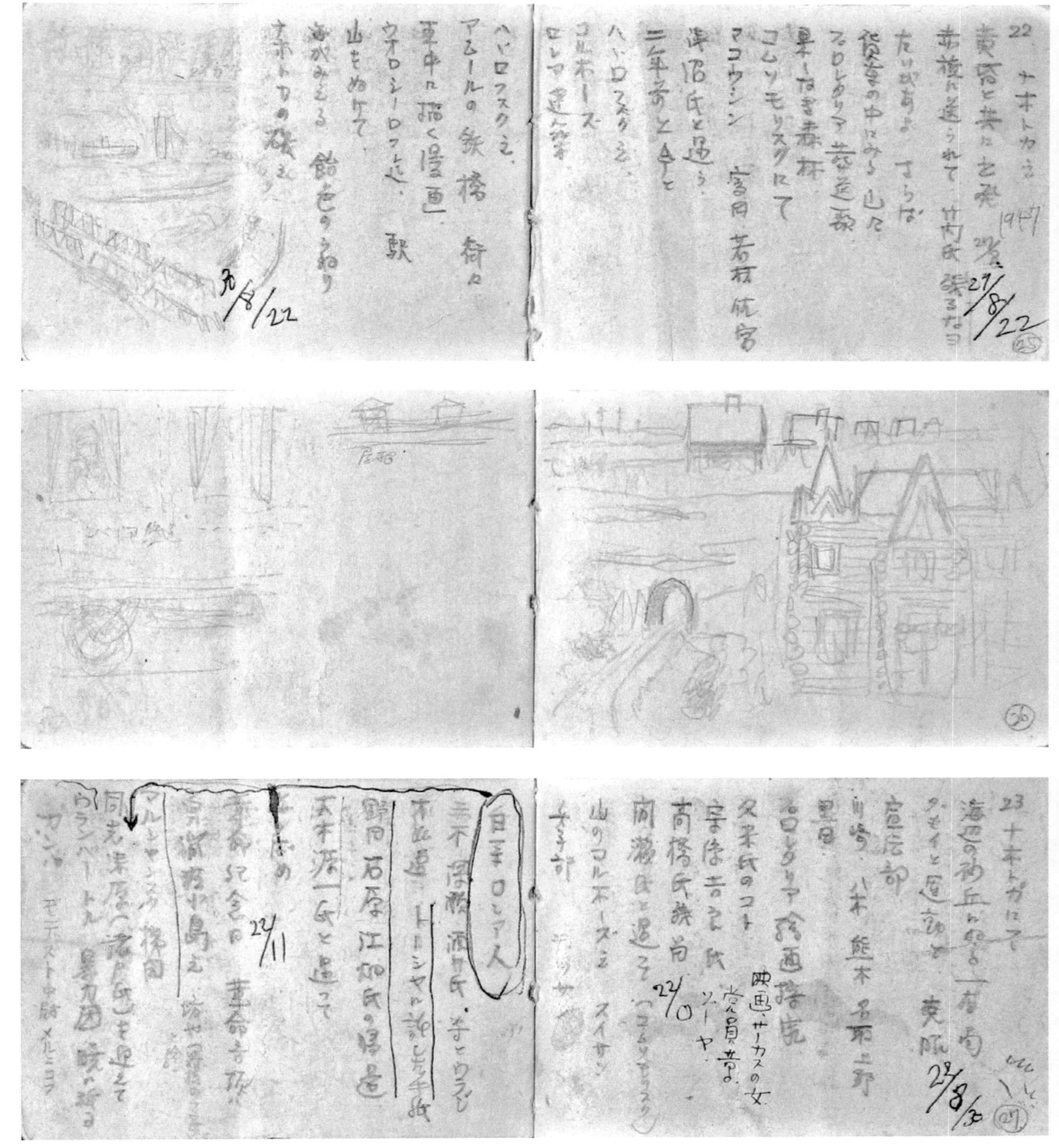

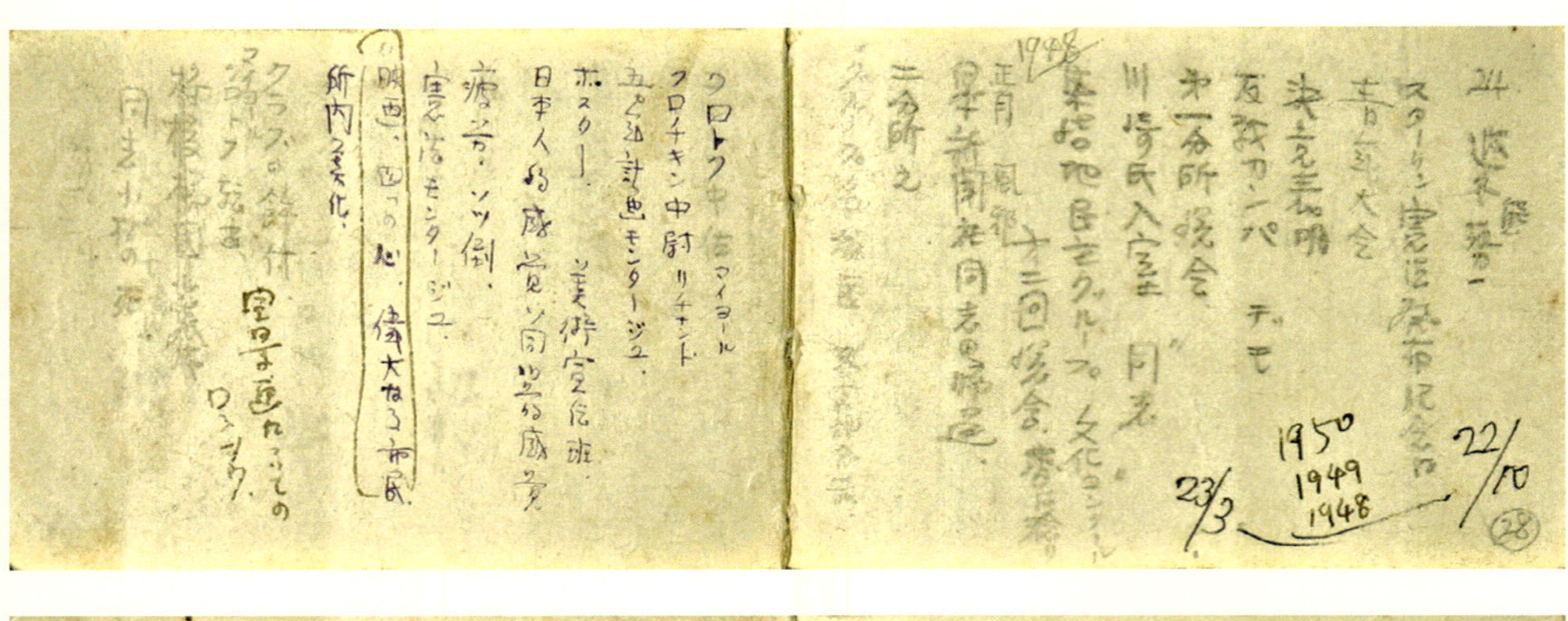

24 選挙第一
スターリン憲法発布記念日
青年大会
決意表明
反戦カンパ　デモ
第一分所歓送会
川崎氏入室　同志
1948 第七地区民主グループ。文化コンクール
正月　第二回総会。
日本新聞社同志の帰還、
二分所之
22/10
1950
1949
1948
23/3

クロトワ中
クロチキン中尉
五ヶ年計画モンタージュ。
ポスター。　美術宣伝班
日本人的感覚と同盟的感覚
演芸・
宣伝センター
(1)映画、四つの心。偉大なる市民
所内の変化、
クラブの
將校梯団出発
同志小松の死

28

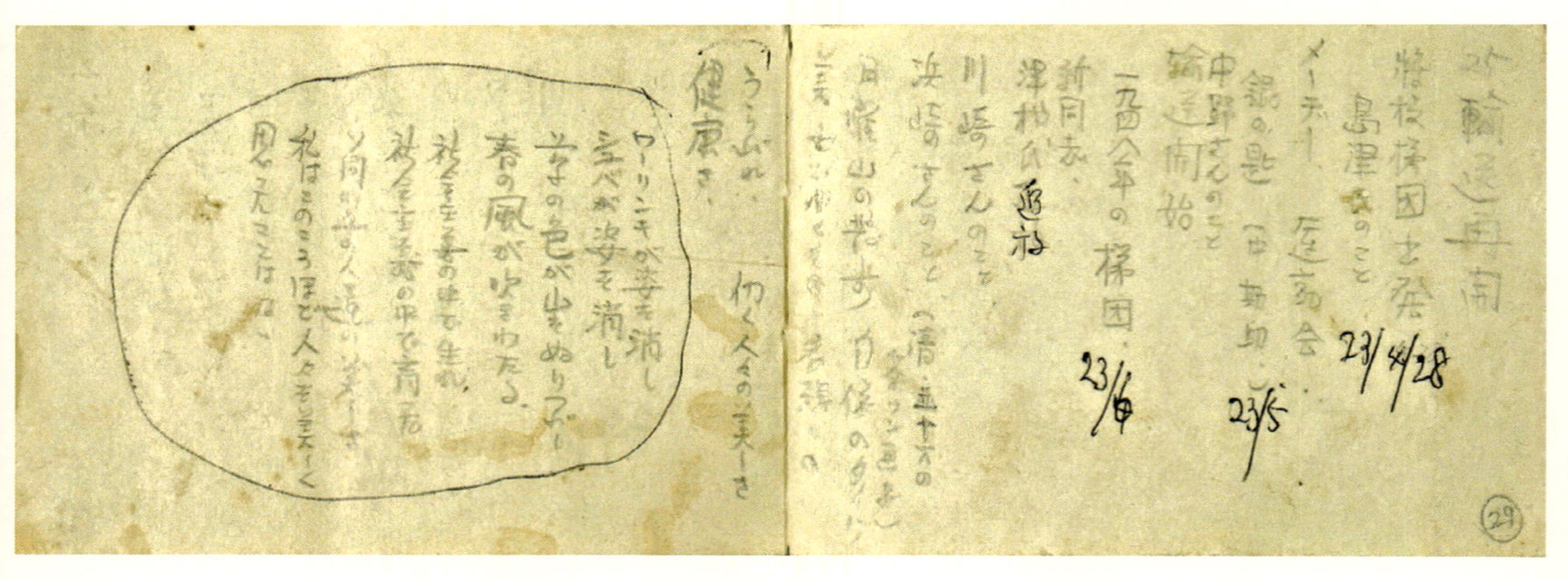

25 輸送再開
將校梯団出発　23/4/28
島津氏のこと
メーデー。　座談会
銀の匙（中勘助）　23/5
中野さんのこと
輸送開始
一九四〇年の梯団。　23/6
新同志、
津村氏
川崎さんのこと
浜崎さんのこと

うるわしき
健康さ、
行く人々の美しさ
ワーリンニキが姿を消し
若草の色が山をぬりつぶし
春の風が吹きわたる。
社会主義の中で生まれ
社会主義の中で育ち
ソ同盟の人民は美しい
私はこのころほど人々を美しく
見えたことはない。

29

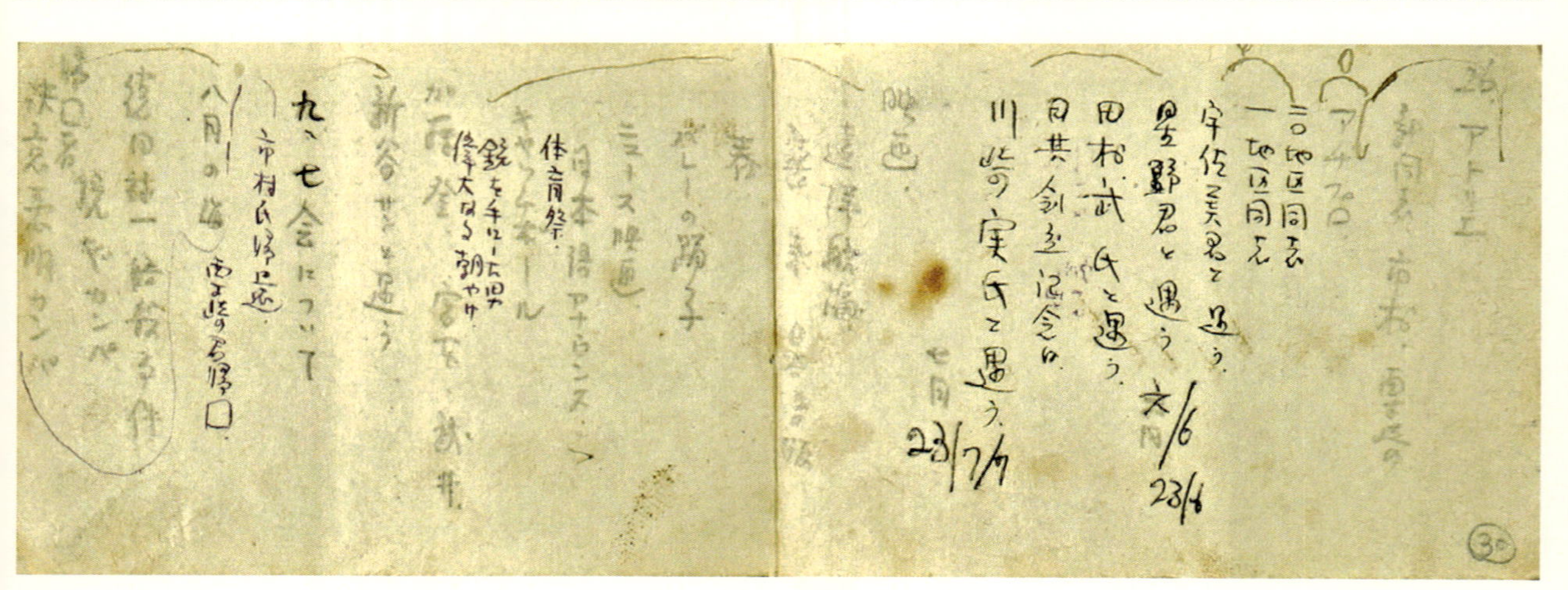

26 アトリエ
新同志　市村、西崎の
アサクロ
三〇地区同志
一地区同志
宇佐美君と逢う
星野君と逢う
田村武氏と逢う
日共創立記念日
川崎実氏と逢う
七月
文/6
23/6
23/7/7
映画、
遠洋捕鯨

春
ニュース映画
体育祭
偉大なる朝やけ
新谷さんと逢う
九・七会について
市村氏帰還
八月の海
徳田球一
決意表明カンパ

30

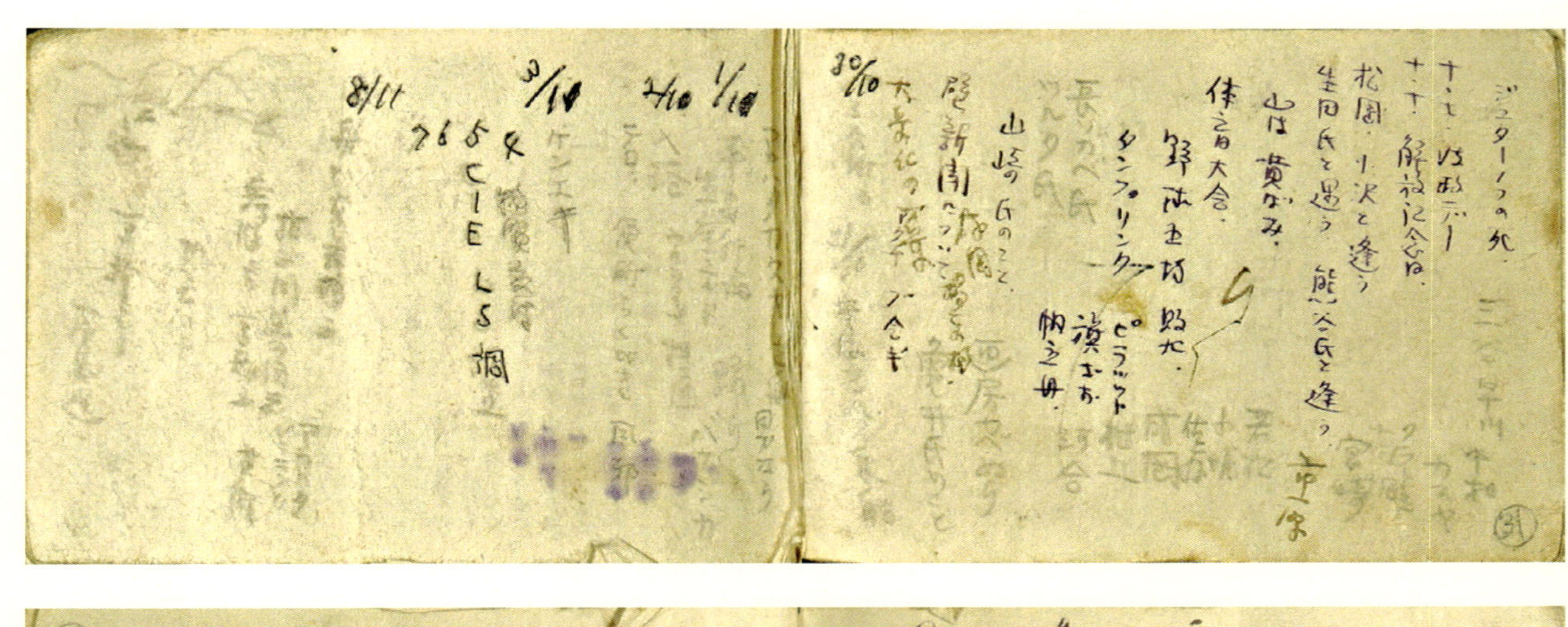

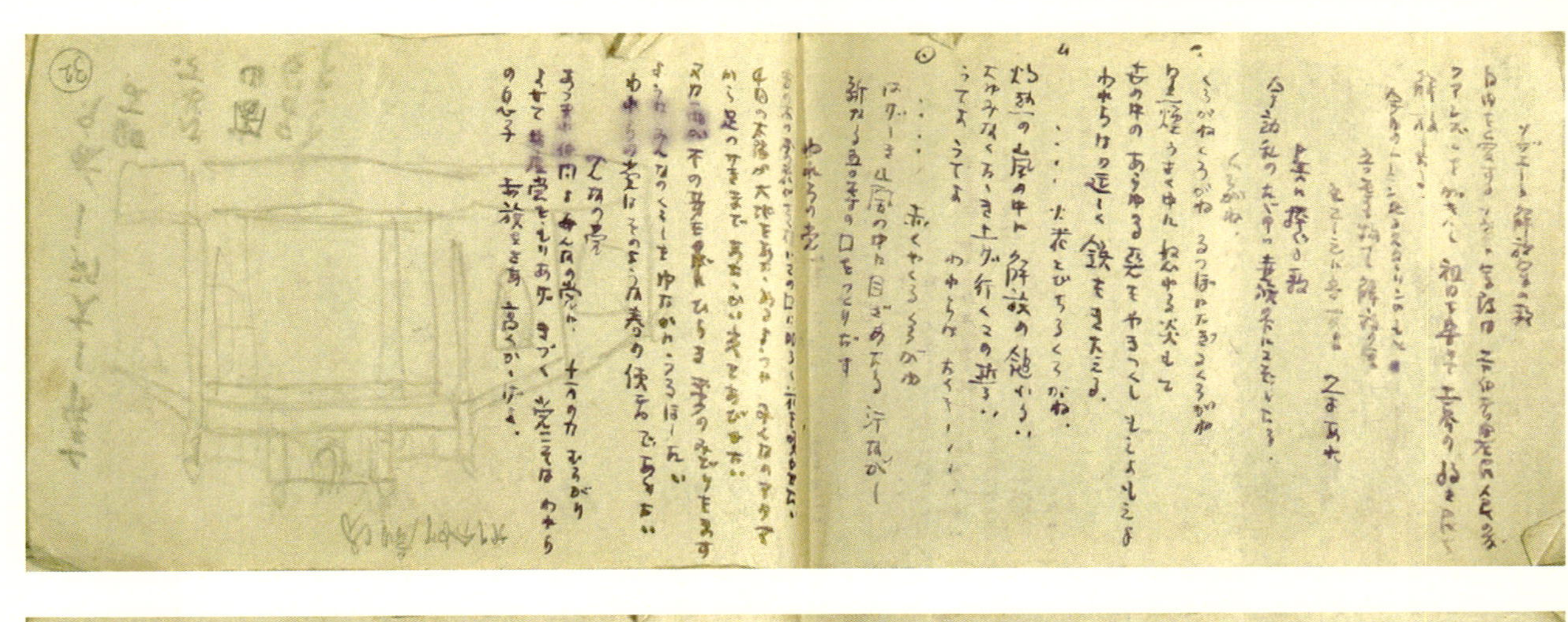

ナホトカ港
37
野外舞台
38
ナホトカの海
ナホトカの海
39

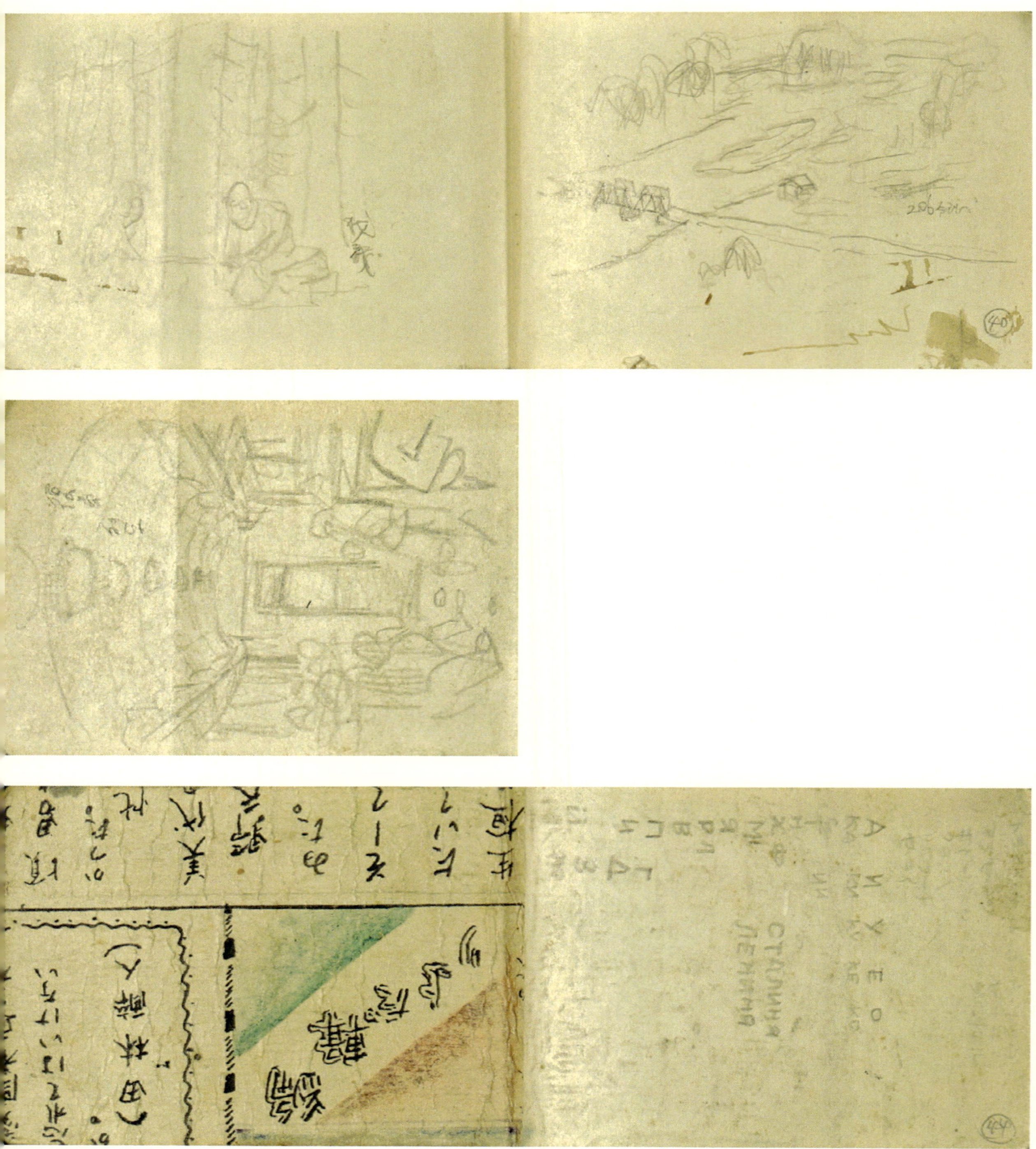

「ナホトカにて　中村 須藤嬢　1947.10.11」

「ナホトカにて　中村さん　1947」

「白衣の兵士」（ナホトカ、1948年前後に描かれたと推定）

「ナホトカ集結地　第１分所　クロチキン中尉　1948」

四國直登の日記（翻刻）

本資料は、四國五郎の弟の一人である直登（１９２７〜１９４５）の日記のうち、１９４５年8月1日から27日までの翻刻である。直登の日記については、１９４１年4月1日から4年4ヶ月余りを記した数冊のノートが現存しており、五郎はそれらを「弟四國直登の日記」という題名をつけ合冊、保管していた。

当時直登は18歳（日記には数え年の「19」とある）。防衛召集を受けて広島市内の幟町国民学校の臨時兵舎に入っていた。昼は防空壕を掘り、夜は橋梁の警備にあたる一方、日記にはマンドリンへの興味や演芸会の感想なども記されている。8月6日、兵舎で仮眠中に被爆。左足を負傷、常盤橋付近（日記には時和橋とある）で助けを待つ。7日夕刻に出汐町の自宅に戻ることができた。幸いにも自宅は一部損壊のみで、直登の日記が残ったのもそのためである。14日の記述に「今日まで先月からの日記を帳に記す」とあるので、防衛召集後は手帳などに記した内容を、自宅に残した日記帳にこの時点で書き写したのであろう。直登は母（コムラ）や弟（克之）の介護を得ながら大河国民学校に設置された救護所に通い治療を続けていたが、次第に容態が悪化、28日未明に亡くなった。日記は27日までだが、「一九四五年（昭20）八月二十八日　火曜日　午前二時頃　苦悶の末　死亡（五郎）」と書き加えられている。

『わが青春の記録』には、シベリアから帰郷した五郎が直登の死をはじめて知ったこと、母から渡された直登の日記を読んだことが記されている。さらに「ものいわねど」という詩とともに、焼け跡で一人うずくまる人の姿と直登の肖像画も描かれている。直登の日記については、市井の人による詳細な被爆記録という資料的意義もさることながら、四國五郎という表現者およびその周辺に与えた影響も大きい。詳しくは本巻収録の川口解説を参照されたい。

凡例

1. 仮名、漢字は通常の字体に改め、踊り字部分を適宜修正した。
2. 読解の便宜上、ひらがなを漢字にした方がわかりやすい箇所は〔　〕で記した。
3. 誤字はあえて原態のままとし、脱字は〔　〕で補った。
4. 句読点は原態を原則としつつも、読解の便宜上、適宜加えた部分がある。
5. 日記本文の欄外にあるメモ書きは除外した。

（翻刻＝川口隆行）

八月一日　水曜日　晴天

富士木とは少しくうまが合う。正后衛兵より春貝地、徳光など帰る。三日には帰るらしく、嬉しい噂が広まる。今日とても土方なり。親友になった富士木、彼は天才的なり。〝もっこ〟かつぎの極意を知っている。ギター、マンドリン、ヴァイオリン等所有しマンドリン、ヴァイオリンを得意中の得意とす。西洋の唄も上手なり。

八月二日　木曜日　晴天

日如に軍規及び教育はきびしさを増す。今日とても中隊長殿より刑法について教育有り。三日に解除になるのが七日にのびた。皆うんざりした。自分も中の一人。煙石は衛生兵として中部二部隊へ教育を受けに行く。富士木は優しくしてくれる。

八月三日　金曜日　晴

今朝は非常検査有り。腕時計を無くした人がおるらしい。私物の検査有り。吾二少（ママ）隊には異状なし。〝夢去りぬ〟〝コロラドの月〟など書いてもらう。土方あり。今夕は荒神橋梁哨なり。吾衛門風呂に入らしてもらい小隊長より欅三本つづ（ママ）もらう。今夕は兵器支廠の一等兵某脱走せり。

八月四日　土曜日　晴天

午后は例によって土方なり。夕方富士木と京橋筋へ行きマンドリ（ママ）の教習本は一冊五拾銭位のもので、線がほしかったので全部で十二本も買った。そして哨（ママ）防自動車のガレージの所で水泳した。夜半頃非常呼集をせられた。近頃自分も小さな失策が多い。大いに緊張せねばいかん。

八月五日　日曜日　晴天

マンドリンの線を二番なしで各線を四本ずつ買い四円たらずで有った。午后一時より三時まで土方をして演芸会がある。〝漫談〟〝漫文〟〝漫芸〟なり。少しく面白かった。夕方大正橋梁哨へ行き実地演習を見る。お母さんと克之が来ていてトマト、ムスビ、大豆など下さる。有難く感謝して戴く。もう明後日は帰る。

八月六日　月曜日　晴天

広島大空襲さる　記憶せよ！

例によって兵舎にかえり朝食をすませ富士木と一諸（ママ）に上半身をはだかになり大豆をかじりながらねた（一度警戒に入ったのでたびをはきゲートルだけした）。九時ででもあったろうか、ふと大きな爆発音に夢を破られ、眼を開らくと、思い出してもすごく瓦など自分の顔の上におち、天井の材木が吾々の体をおしつぶさんと上よりしっかりおさえつけている。友の中にはよろよろと立ち上って居るのも居るが皆顔面を真紅にそめている。自分も生暖かい液体がひたいより流れ落ちるのを感じた。自分は出られ無いのである。中国新聞社は四階目当りが猛烈に燃えている。上空は土色におおわれ、太陽はだいだい色にそまって見える。とうとうやりやがったと思い、自分の左り足が焼つく様に暑い（ママ）。誰が材木をどけてくれたのか。少し軽くなったのではい出し、敷ぶとんの下へ枕のかわりに入れていた上衣をとりだしはだかの上へ着た。左り足の裏を見れば材木でぶち割ってどくどくと血潮を吹き出している。藤原がぼろぎれをもも〔腿〕に巻きつけ棒切を通してくれた。ひとまず校庭に落りた（ママ）。二階で寝ていたのにくずれていてわけない。校舎全部つぶれている。数人の患者がごろごろところがっていた。自分も校庭■〔汚れで判読不能。「で」または「に」？〕寝ころんで燃上がる広島を見ながら色々と思いにふけっていた〔り〕する中にもなきわめくもの助けを呼ぶものうなるもの。中隊長が左り手を胸につって、大声に〝患者はとうにか北へ向かって逃げよ。そうしないと今にもえだすから〟と言われたので道路へ出てびっこをひきひき放送局の前を通り泉てい〔邸〕前をとおり白島線の電車の線路にそって少し行くと、向へは行けぬからと言うので家と家との間の小さい道、片側の家はばりばりと燃えている間を、一気にかけ抜けて河岸に出た。すると向岸にす〔洲〕があって草が生えていた。そこへ皆材木をかかえて泳いでいた。自分も向岸へ行こうと思い石垣をすべりおりた。水の中に入って見たが左り脚の傷が痛んで水に入れると脚がもげそう〔に〕なり、仕方なくほとりに行きへたりこんだ。幸、潮は引潮なり。全方も一面に猛火につつまれている。嗚呼にくむべき米鬼。時和橋の根元の哨防薯がばりばりと音を立てて川へくずれ落ちた。若い見習士官などひどくヤケどしておる人など見るもむざんな人々が多い。満足に衣服を身にまとっているものはない。潮が大分ひ〔い〕たので河岸づたいに時和橋の下へ行った。余りにも暑い風が吹くので上衣をぬいで川につけてぬらし頭よりすっぽりかぶっておった。風むきが変ったので反対に寒くなった。少し上の鉄橋の上には貨物列車が停車していて四だい余り転復していて一代目よりもえ上がった。もう何時頃であろうか……大分広島の火勢もおとろえたらしく青空がかがやきだした。四時頃かもしれぬ。四國と呼ぶのにひょいと振りかえって見れば、堤、中尾、両友なり。両友は今からあるいて帰っている。うらやましかった。夕方がおとずれ出した。焼の原を夕焼は美しくてらす。知った人が通ったら何とかしてもらおうと思〔い〕、橋の上に出て橋のたもとへごろりと横になりねむりをとる。日はとっぷりと暮れる。美しく磯のかがり火の事く暗い中に四方で燃えている。長い一日。

八月七日　火曜日　晴天

軍靴の足音が頭にひびくので眼をさましみれば、昨日の空襲はうそ見たいにからりと晴れて入る。自分は横になっている。顔を血潮が流れほこりにまみれ帽子も無く、上着もぬれてほこりにまみれてズボンは血まみれになり、足はくさりだしたためかくさい。橋本といって五郎兄さんの級友なり。彼にたのんだがだめなり。少しすると大河の水木が来たのでたのむ。彼も父の行方へをさがしているらしく彼にも依頼して居いた。暑くなったので橋の下へすべり降りて寝ころびやぶれかぶれになってねる。午后二時頃眼をさましのどがかわいたので竹原の警防団の人に水を飲ませてもらう。もう母が向えに来ておられはせぬかと大声にて母の名を呼ぶ……悲しくなった。自分も十九歳を最期かと思い、種々の思いにふけり。橋の上に出てねていた。するうちに何より特警の腕章をつけた軍曹を先頭に二人の人が来た。よく見れば青年学校の教員吉田(馬鹿者)なり。それなり其の人に事情を話した。そしたら、よし連れて帰ってやると云われ、同伴の数本（これはよくしっている）も〔う〕一人知らない人が背負って大本営跡まで行〔き〕、命令受領されしかるのち西練兵場へ出た。あの辺の兵舎も全部焼けていた。元の野砲の所で一名の米兵を真ぱだかにして手足をくくり棒切で通行人にうたしていた。自分は足のためなぐらなかった。練兵場で一休して八丁堀の所へ出る。空手押車がなげてあったのでのせてもらった。金網がひいてあってゴム輪がなく、八丁堀より大正橋まで帰り、川手の昇さんと話〔し〕ていたら堤がいたので自転車の荷台へ乗して家まではこんでもらう。少し破損したけの吾家へ帰った。嬉しくて鳴きたいようだった。煙石も無事でかえっていた。中尾のお母さんにみつかり砂糖を入れたお茶のみ、中尾さんまではは っていった。暗い玄関でろうそくのあかりをたよりに金川のおぢさんと左脚へ治りょうしてもらひ、ゆかたをきせてもらい、静かにめをつむっていたら、お母さんと克之が帰られた。自分をさがしに行かれて。

八月八日　水曜日　晴天

もう今日からは自分ではって行かなくても水がのめる、中尾へ兵隊さんが帰られたので自分は家へ帰る。今日は大河校の軍隊へ行く。いたくていたくてて（ママ）いかん。母の苦労。自分のためにかくものくろう〔苦労〕。自殺してしまいたい。

八月九日　木曜日　晴天

今朝暁よりソ連満州国へ不法起境す。宣戦布告を発す。五郎兄さんは張り切っておられる事だろう。〔い〕よいよ生きるか死の大戦なり。大国難にそうぐうせり。今日とても大河校へ行く。小池を見た。彼は無傷なり。自分もつくづく脚の負傷がくやしい。

八月十日　金曜日　晴天

久保さんの親類の山口と云う技師補の人につれられて大正橋の所に行き手続を取り製鋼所までトラックにゆられて行く。大変と足へこたえた。工場でもたいした手当はせず帰る。トラックがこないので五時半ごろまで待つ。松田工場長、坪井係員、石原伍長や工友にたくさんお世話になった。大正橋の所で手ぬぐい一本、米食の弁当などもらう。

八月十一日　土曜日　晴天

昨夜は大変にうずいてねむられなかった。今日始めて久保の女の人にしてもらう。病院勤だそうだが少々荒ら〔っ〕ぽい。煙石が遊びに来てきんし〔金鵄〕を十本呉れた。

八月十二日　日曜日　晴天

もつべきもの親友である。今朝も朝食前だと言って遊びに来た。学校で田坂に合う。彼も元気で無傷なり。海音寺潮五郎の小説も皆読んだ。小便はさほどくるしまぬが大便は苦しい。

八月十三日　月曜日　晴天

昨日は府中の特警隊の人が調べに来てぶどうを三房呉れた。美味なり。同じく昨日かんづめを三個にさつまいもの氷らしたものをもらいおいしかった。田舎へ帰る相談ばかり。今日も久保のにみてもらう。

八月十四日　火曜日　晴天

今日まで先月からの日記を帳に記す。小松一郎さん（※「小松」の字は、後から加えられた形跡。五郎によるものか）がこられ、連れて帰ってやると云われた。今日も度々空襲に入る。泉本三樹の〝少年歳時記〟読む。山内部隊長殿はとうとう戦死されたそうだ。田舎に帰りたくもなくなった。大変面白くない事だろう。

八月十五日　水曜日　晴天

もう晴天の日和が二十日ばかり続き不思議な位なり。幸なり。壕雨（ママ）でも降ったら市内には満足な屋根をした家無いので天のめぐみかも知れない。今日は一度も警報が鳴らぬ。夕方頃より変な噂を聞［く］。事実でなき事を祈る。

八月十六日　木曜日　晴天

朝早く学校へ行かれて十五番の券をもらって帰れたので早く診てもらえた。工業室へ行き衛生兵の人に診てもらう。少し荒かった。スターの本を荒谷がかえした。煙石が遊びに来ない。自分は腹具合が悪くていかん。今日中で四回も大便へ行く。水をのまない事にしよう。足は以前と余り差はない。

八月十七日　金曜日　晴天

今朝受診番は二十九番なり。行って少し待つと優しい衛生兵が自分の所まで来て診て呉れた。午后奥本重壮伍長殿がおみえになって種々雑談の上帰られた。彼は背部傷と書いていた。不思議なり。お母さんが復具合（ママ）が悪くていかん。心配なり。

八月十八日　土曜日　曇り夕立

今朝はお母さんが腹具合が大変悪く下痢されたらしい。すっかりやつれておられた。今朝の診察券は八番のを貰らってかえられたので早く軍医中尉の人に診ていただく。今朝少しと夕方涼しい。夕立が降った。雨もりがしていかん。〝彦六捕物帖〟、栗嶋狭衣〝寛永午前試合〟などひまつぶしに眼を通す。近頃煙石が近づかん様になった。

八月十九日　日曜日　晴天

今朝は克之が起きるとすぐ行って呉れたが二十九番なり。克之やお母さんに大変世話やかす。自分で足をやられて歩行できないのが残念なり。大分手当てをしてもらうのになれた。午后克之を相手にラジオを治おす。広島でない隣県放送が入る。雑音の入りがよい?田舎からは来てくれぬ。小松の一郎さんと言う人は頼むにたらぬお人なり。月日のたつのは誠に早い。此の日記帳一年でひまをやらねばならぬ。淋しい事ばかりあった。兄の死、自分のけが、日本の大事。

八月二十日　月曜日　晴天

遊びたい盛りの弟が朝早く朝食も取らずに学校へ診察券をもらいに行って呉れる。可愛想なり。今朝は早く五番なり。清水と治療に行くたびに合う。彼は大分よくなっている。食事に注意せねばならぬ。足が立たんので老いた母に大変なご苦労をかける。残念なり。〝鈴木内閣総辞職〟十五日附の新聞で発表せる。五ヶ月で総辞職するに至った。同日四国宣言を御受諾。大詔を親しく御放送。無念なり。神風特攻隊やいかん。

八月二十一日　火曜日　晴天

新内閣発表（十八日附新聞）

内閣総理大臣兼陸軍大臣　大勲位功一級陸軍大将
東久邇宮稔彦王殿下

外務大臣兼大東亜大臣　正三位勲一等
重光葵　59才　元外相(大分県)

内務大臣　正四位勲二等　山崎巌　52才　元内務次官(福岡県)

大蔵大臣　従三位勲二等　津島壽一　58才　元蔵相(香川県)

海軍大臣　従二位勲一等功三級海軍大将
米内光政　66才　前海相元総理大臣(岩手県)

司法大臣　勲三等　岩田宙造　71才　貴族院議員(山口県)

厚生大臣兼文部大臣　正五位勲三等
松村謙三　63才　衆議院議員(富山県)

農商大臣　従五位勲三等　千石與太郎　72才　貴族院議員(新潟県)

軍需大臣　正三位勲二等　中島知久平　62才　衆議院議員(群馬県)

運輸大臣　従四位勲四等
小日山直登　60才　(福島県)

国務大臣　従二位勲一等公爵
近衛文麿　55才　元総理大臣(東京都)

国務大臣兼内閣書記官長兼情報局総裁　従三位
緒方竹虎　58才　前国務相(福岡県)

大体以上の如き人なり。敗戦の今日、我が忠勇無比な特攻隊は無念に思いむせび泣いて居る事であろう。幾多の玉砕の将士、ラバウルの勇士、無念で有る。精神正義の皇軍も物量の前にはくっぷくのやむなきにいたる。今日は十七番なり。級友野村の母より食肉一斤をもらう。自分の足もはっきりとしない。今日新聞が五枚位一辺に来る。夕食後本家の肇さんがこられた。

八月二十二日　水曜日　晴天

昨夜は本家の兄さんがこられ種々談合せられた。当分情勢を見る事にした。昨夕は久し振りににぎやかであった。やはり血続でなければ駄目なり。親切が身にしみる。八時帰郷された。煙石が来て例によって煙草を十本余り。学校連れていって呉れ背負ったりめんどうをみてくれた。自分等より一級下の三浦が高等二年より市商へ行き甲種予科練へ入り、今二等飛行兵曹になり陸軍で言えば軍曹位なり。出世している。白衣を着て帰郷したらしい。自分の足は余り変りはない。暑い。やり切れない。内藤さんが空襲により死なれたらしい。

八月二十三日　木曜日　晴天

五郎兄さんがぞうりばきで帽子もかぶらずもちろん帯剣もせず階級章もつけずに玄関に現らわれた。そして自分に字角字引の事を暗記したか、と問い、していないと答えると叱る。茶色の裏附のシャツに青色のジャケツを縫い付けた。こんな夢を昨夜見た。昨夜おそくに松本君が訪れて来た。足が痛む。ラジオの報道によれば二十六日ごごろ（ママ）より連合軍が加奈川県（ママ）へ上陸開始するらしい。種々の注意事項あり。又広島に赤痢病者が増したので生水生物を食さぬ様、福屋ビルが病舎に当てられたそうだ。種々のデマが飛ぶ。今日初めて午后より手当を受けに行く。少しも変らぬ。悪くはならぬらし〔い〕が良くもない。来年正月には歩けてぞうに〔雑煮〕を祝われたらよいが、一日中ねておると変なことばかり頭に浮ぶ。兄が恋しい。満、五郎。

八月二十四日　金曜日　晴天

昨夜おそく松本が来て種々雑談の末ギターの件を話す。彼の意図は空襲で破損した故少しく話を下げてくれとの事。満ざら呉れぬ気では有るまい。昨夜より下痢しだして三回大便に行く。朝食を白米のおかゆを一ぱい食した丈なのに四回位も大便に行く。やはり午后治療に行く。熱をはかってもらい注射を一本してもらう。帰宅して少しは腹具合がよかった。母が色々と古前に行き粉薬など買って来てもらう。鏡で自分の姿をうつしてみると死人の様に土色になり無生毛が生えて見られた顔ではない。松田のおばさんがこられてお母さんと話しておられた。

八月二十五日　土曜日　曇天風強し

今日は鉄器の飛来する日なり。正后頃よりB22数十機。ロックヒードP38も飛来す。自分は昨夜下痢のため六回も大便をする。母の慈愛。夜半に遠く井戸水を吸み（ママ）に行かれ。不寝にて頭部及脚部を冷してくださる。世界で一番よい人。今朝よりげんのしょうこをのみはじめる。腹具合を良くせねばいかん。梅ゆ（ママ）を少しとかいろばりにて腹を温めている。今夕方にかけて猛烈な風が吸き（ママ）出した。二百十日にしては早いし。雨のふらん事望む。

八月二十六日　日曜日　曇り後大雨

下痢、頭痛、足熱。三方総攻撃に当、悲労（ママ）増大ノ口中は歯や舌が黒く焼けている。一晩中で六回位便所に行く。今日治療をしられる兵隊さん皆解除になり。女学生と歯医者君にさんば〔産婆〕さんなり。話にならぬ。今日そうとうの風が吹く。猛烈な爆風雨入り寝るところがなくよわった。ろうか〔廊下？〕でした。

八月二十七日　月曜日　ふったりやんだり

今日は腹合（ママ）は少しよいが足が激痛す。朝食はおもゆ昼も同じ。足がいたい。今日はがっこうへ行くのを中止。

辻詩（現存する全八点）

2

1

おお 開花の月よ 変轉の月よ
雲の なかつた五月よ
匕首を突きつけられた六月よ
わたしは けつして忘れまい
リラの花を ばらの花を
春が そのひだの中に 守った ものたちのことを
民衆が投げる
リラの花に
囲まれて
立った まま 砲塔の中で
死んで ゆく者たちを
わたしたちの道に そつて
咲きつづいていた ばらの花を
わたしは けつして忘れまい
リラの 花を ばらの花を
そして わたしたちが 失った
ふたつの 愛を

4

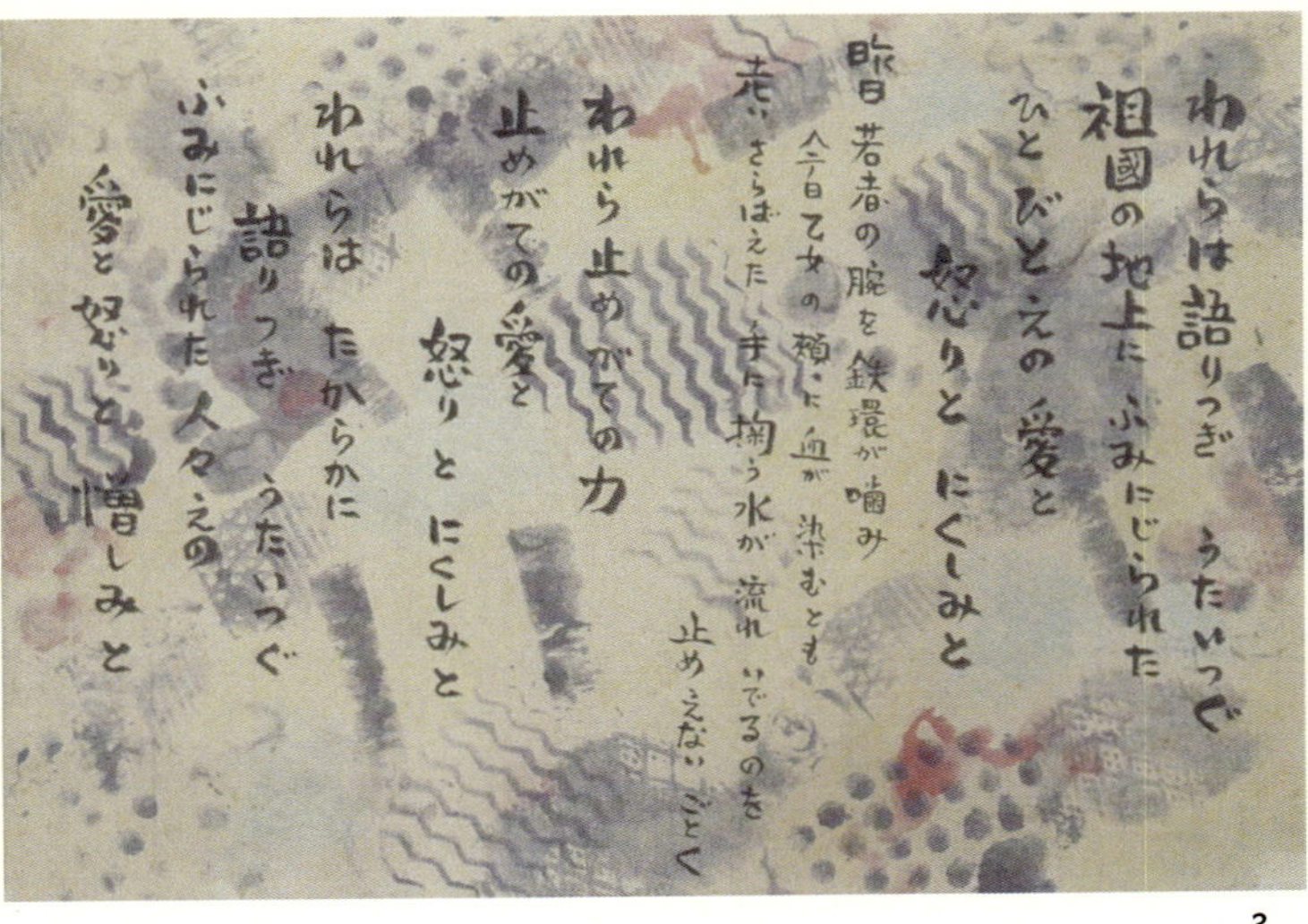

3

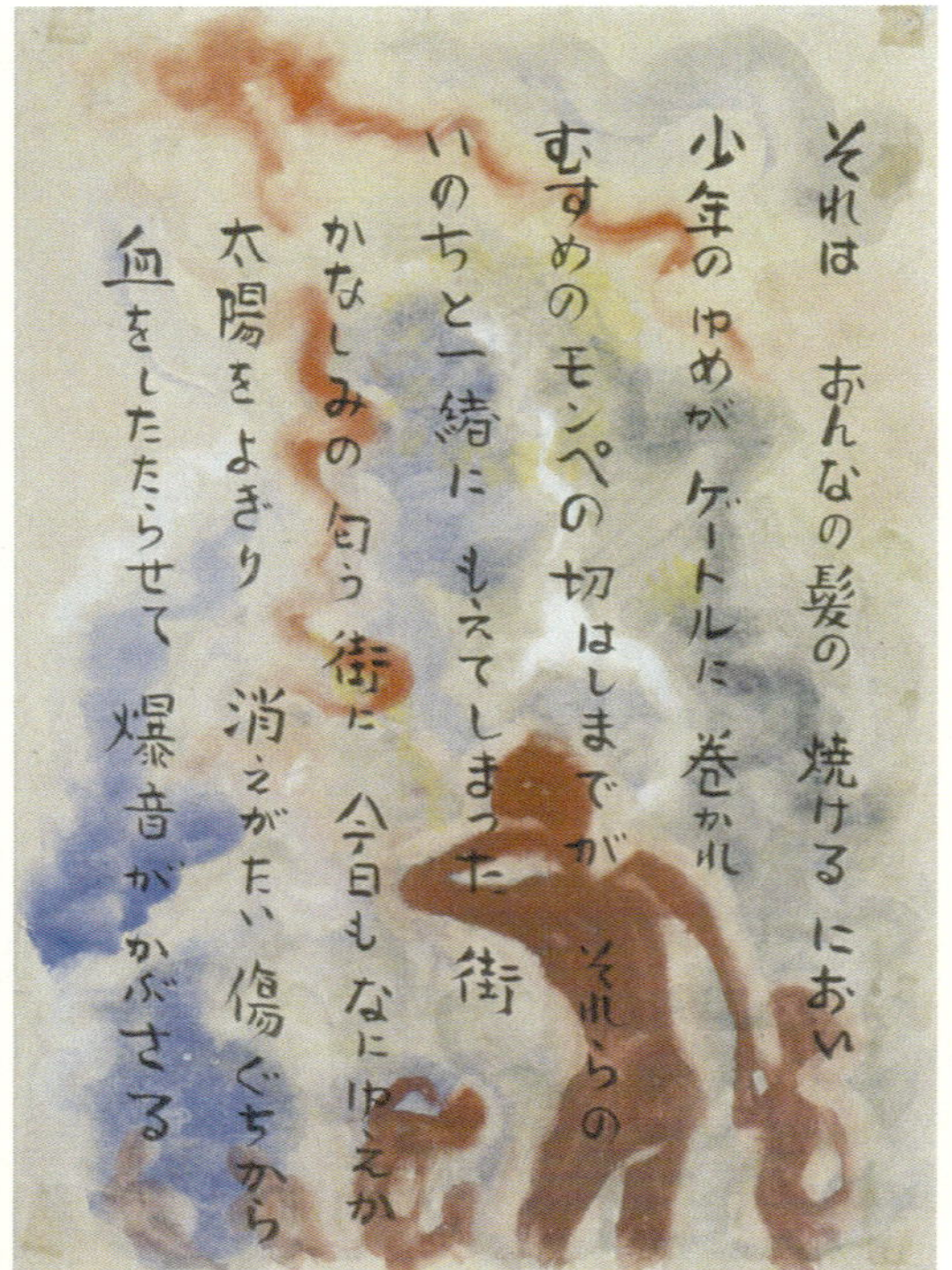

6

5

若者の眼は
愛をよせる処を失い
花のような唇にも
少女のことばは涸れ
柔かな幼児の指先に
母の乳房も
しぼんでしまわねばならぬとき
ぼくらは　みんな
祖國日本を
失ってしまう

8

7

四國五郎のシベリア抑留体験を考える

有光　健

1　「シベリア抑留」とは

いわゆる「シベリア抑留」も日本人の戦争体験の一つのエピソードとして語られがちだが、事件は戦後に起きており、厳密には戦争そのものの体験ではない。戦後処理の中で起きた非人道的な処遇であり、大規模な拉致事件だった。

１９４５年8月第二次大戦が終わった後で、当時「満州」(中国東北部)、北朝鮮、南樺太(サハリン)にいた日本軍兵士らが、ソ連(現在はロシア)軍捕虜になり、武装解除された。そして、「東京に帰す(ダモイ・トウキョー)」とだまされて、ソ連領に移送され、ソ連・モンゴルの各地の収容所に送られて、過酷な強制労働を強いられた。四國五郎もその中の一人だった。

送られた先は、シベリアだけでなく、モンゴルや中央アジア(現在のウズベキスタン、カザフスタン、キルギスなど)から西はヨーロッパのモスクワ近くまで、北は北極圏、東はカムチャッカ半島にまで及び、収容所は２３００以上といわれる。

送られた軍人らは約60万人、その中には民間人や女性、子供も、朝鮮や台湾出身の軍人らもいた。氷点下40度を下まわる寒さ、食料不足、過酷な強制労働のいわゆる「シベリア三重苦」で、約1割の6万人以上が命を落とした。捕虜をすみやかに家族の元に帰すとした「ポツダム宣言」にも、捕虜の人道的な取り扱いを定めた「ジュネーブ条約」(１９２９年、ソ連、日本ともに批准せず)にも違反した国家犯罪だった。

戦争が終わった後の１９４５年8月23日に当時のソ連の指導者スターリンが出した秘密命令によって、移送・抑留が始まり、各地の炭坑や鉱山、建設現場、工場、農場などで、第二次大戦で失われたソ連側の労働力を補うために、使役された。一番過酷だったのは、鉄道建設のための森林伐採や敷設作業で、極寒の森の中で多くの犠牲が出た。「第二シベリア鉄道(通称「バム鉄道」)」建設のため、１／４にあたる約15万人が動員されたという。

大半の捕虜・抑留者は3～4年で帰国できたが、一番長い人は１９５6年までの11年間もソ連で抑留され、戦争犯罪者やソ連の国内法違反者として裁かれ、囚人として牢獄で暮らした人もいた。１９５6年10月に「日ソ共同宣言」が調印されて、同年12月に最後のソ連からの引揚船「興安丸」が舞鶴港に帰って、ようやく「抑留」が終わった。

亡くなった人たちは、戦闘で倒れたわけでなく、食料・医薬品不足のため栄養失調と病気で、静かに息を引き取っていった人がほとんどだった。森林伐採中の事故や製材工場での事故、炭坑などでの事故で亡くなったケースも報告されていて、要するに過酷な労働環境による労災による事故死だった。50万人を越える日本人捕虜の個人別資料がモスクワの公文書館に残されており、それらのコピーはすでに厚生労働省が入手している。死没者の埋葬地も多くが特定されているが、現在までに収集され、帰国できた遺骨はまだ4割で、半分以上の3万３０００人分の遺骨が現地に残されたままだ。

収容所の中では、当初そのまま持ち込まれた日本軍の階級制度が批判・糾弾されて、民主化を求める運動が起きる。きっかけは乏しい食料の分配をめぐる争いで、将校・下士官が優先的に食料を得、死の淵に追い詰められた下級兵士らが、起ち上がって、階級制の廃止と新しいルールと関係性をつくろうとした。軍隊内での「革命」であった。日本人同士の対立で、激しい抗争が起きた点は米軍やイギリス、オーストラリア、オランダ軍などの捕虜になった南方の捕虜のケースと大きく異なる体験だった。帰国後、大半の元抑留者は「共産主義者」ではないかと警戒され、「シベリア帰り」と呼ばれて、就職差別を受けたり、地域の共同体でも疎外された。この深刻な体験も、南方から帰還した元捕虜とはまるで異なる。

敗戦時に海外にいた軍人らは約310万人で、その中の5人に1人がソ連に送られたことになるが、元抑留者の多くが、その体験を家族にも話すことがなく、つらい記憶として胸に秘めて戦後を送ってきた。ソ連による抑留の歴史は、学校でもあまり教えられず、ほとんど知られていない戦後の負の記憶だった。そもそも、戦前戦中は生きて「捕虜」になることなど認められず、死を選ぶよう徹底的に教育されていたことも大きく影響し、この重大な人道問題・人権問題へのアプローチを阻んできた。共産主義という政治的な課題への対応が敬遠されて、研究者もあまり正面から取り組んでこなかった。

ソ連の戦後復興のために過酷な使役を強いられたが、それらの労働への対価はソ連側からも日本側からも支払われなかった。遅まきなら、戦後65年目の２０１０年にようやく議員立法で「戦後強制抑留者に係わる問題に関する特別措置法（シベリア特措法）」が制定され、初めて国が特別な被害として認定し、限定的な支払いを行うとともに、その実態解明などにも着手することになった。しかし、ロシア側の資料が開示されず、まだまだ解明されていないことが多く、調査研究すべき課題は山積している。

抑留された地域、配属された部隊、時期、職種、民主運動との関わり方などによって体験者の記憶もかなり異なり、戦後72年を経てもなお、この大拉致事件の評価は難しい。

その「シベリア」での抑留体験をなんとか記憶に留めたいと、帰国後に四國五郎が精力を傾けてまとめた結晶が、『わが青春の記録』だった。極めて貴重な画文による体験記録集である。

2　四國五郎のシベリアでの歩み

シベリアでの四國五郎の足跡を、『わが青春の記録』、「豆日記」、軍歴やソ連軍作成個人資料、帰国後のインタビュー記録なども参考にしながら、すこし詳しく時系列で振り返る。（資料によって日付が多少異なる場合がある。）

１９４４年10月１日召集され、第５師団広島西部第10部隊輜重兵第五連隊に入隊。６日広島を出発し、下関から釜山にわたり、朝鮮半島を列車で北上して、満州（現・中国東北部）へ。10日に吉林省琿春（ホンチュン）の関東軍第３方面軍第１１２師団歩兵第２４７連隊（通称・満州第１３１２５部隊）に入営。この部隊は、輜重兵（しちょうへい＝兵站を担当する輸送補給部隊）だった。

１９４５年５月　対ソ陣地構築のため琿春北方山嶽部に入り、経理学校入学予定者となり５名で天幕生活。食料等の補給業務に従事。戦車用地雷を抱いてソ連戦車に飛び込む肉弾特攻の訓練を重ねる。

８月９日午前１時頃、ソ連軍進入開始。直ちに陣地に入り戦闘状態。

17日密江峠に出て、18日琿春で投降・捕虜に、琿春飛行場に収容。20日金蒼収容所に徒歩で移動。1、000名単位の労働大隊＝金蒼第52作業大隊（古川又十郎大尉）に編成される。

9月20日「帰国のため」と称して金蒼出発。10月1日琿春河原を渡り、国境を越えてソ連領に入る。10月17日クラスキノ着。

ポシェットから貨車で北上。アムール河を越えて、コムソリスクへ。ドーフで下車。徒歩で5泊してフルムリ→ゴーリン→エボロン湖近くの第5収容所（フルムリ）第6支部（206分所、ゴーリン）に24日到着。道路補修。宿泊建物建設などに従事するが、3度の栄養失調と認められ、収容所内軽作業に。

11月上旬、第5収容所（フルムリ）第7支部（207分所）に移動。栄養失調と黄疸のため、15日間休業、下剤のみ服用。

12月30日神林大隊（217分所）に転属。建築、伐採。丸太積み等の作業。

1946年3月7日第5収容所第206分所に転属。25日凍傷、栄養失調、吐血その他で倒れ、第4923病院（ゴーリン病院）に入院。3日目くらいに危篤状態を脱し、快方に向う。

5月初め「退院バラック」に移る。以後病院勤務となり、ソ連の画家と一緒に絵の仕事も。

「日本新聞友の会」を結成、壁新聞をつくり、漫画も描く。劇団も発足させ、他の分所とも交流。「友の会」から「推進党」に進化した組織の中央委員に。「立派なコミュニストになろう」と決意。ソ連側からも映画会や食事に招待され、活発に活動。

1947年春頃に、ゴーリン病院の反軍闘争が一段落し、民主グループの書記に。仕事は牛の放牧で、余裕のある暮らしに。壁新聞は20号に達する。文芸誌『帰雁』を発行、編集と挿絵を担当。オペラも鑑賞、映

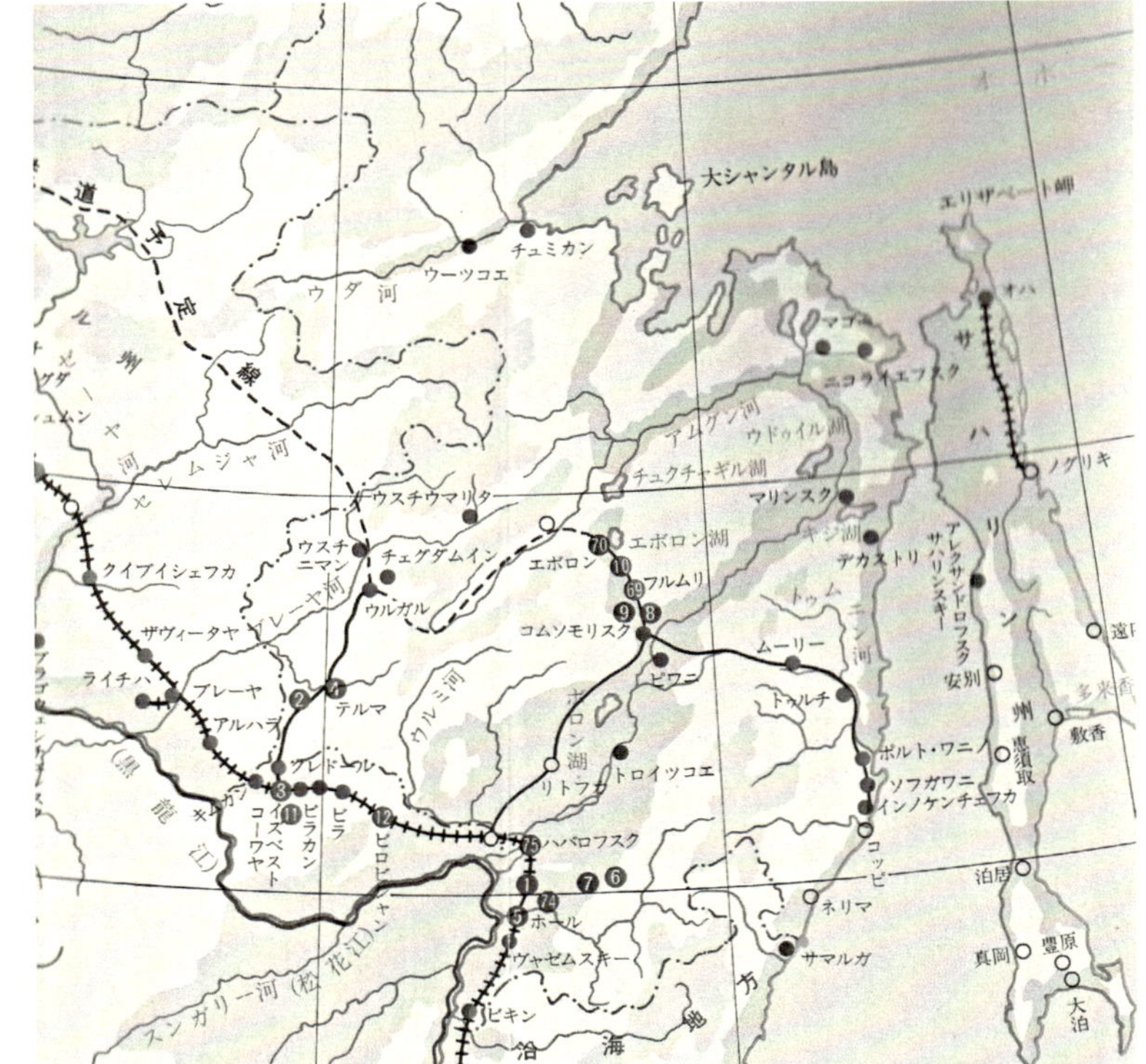

『極東シベリア墓参案内図』（発行：全国抑留者補償協議会）より

画も毎週２本くらい観る。

６月帰国のためフルムリ２０１分所経由で２０７分所に合流、鉄道建設作業に２か月間従事。70人の民主グループの委員長に。

８月27日貨車でナホトカに向け出発、インターナショナルなどを歌いながら移動し、31日ナホトカ着。

９月１日第３８０送還中継収容所に入るも、残留を決意。目的は帰還者の支援で、収容所の美化、劇場や看板・ポスターづくりなどの作業に従事。

11月７日十月革命30周年記念日、収容所で「イスクラ祭り」開催。モンゴル抑留者がウランバートルからナホトカに到着。下級兵士を虐待・リンチした「暁に祈る」事件の吉村元憲兵隊曹長追及・糾弾集会が３千人を集めて行われ、民主運動のピークを体験。

この年の最後の引揚船での帰国を勧められるが、再度残留を決断し、ナホトカで越冬。12月５日スターリン憲法発布日には、壇上で演説。コメディもつくり、自ら出演。

１９４８年１月国際法上捕虜の政治活動はできないので、ソ連側からの指示で、「民主グループ」は表面上姿を消し、「アクチーブ」に改称。ナホトカ第２分所の「美術班」に。昼は交代で作業に出、夜は宣伝活動に奔走する。

「日本新聞」の指令で、大衆的な組織「反ファシスト委員会」が各地で結成され、ソ連側の政治将校らの指導が強化される。ソ連式の写実的な描写を求める社会主義的レアリズムとの間で葛藤も。

１９４８年５月１日メーデー、ソ連の健全な美に感動する。アトリエもでき、他の絵描きと互いの作品批評も。ハバロフスクで「在ソ日本人第１回美術工芸展」が開催される。

絵を描き、学ぶ毎日。日曜には野球大会、海水浴。映画には日本語字幕もつくようになる。

10月10日解放記念日。続々帰国が進み、収容所は縮小の方向に。第１分所閉鎖。

10月31日ナホトカ出港（高砂丸）。

11月２日舞鶴上陸。ＣＩＣ（米陸軍対敵諜報部隊）の尋問を受ける。８日広島に向けて出発。９日夜帰宅。

３　四國五郎のシベリア体験と記録の特色と意義

『捕虜体験記』にも収録、「豆日記」への執着

ソ連・モンゴル抑留の体験記は、私家版なども含めて２千冊以上戦後出版されている。全体的な記録としては、抑留体験者らが自ら刊行委員会をつくって編纂・自費出版した「ソ連における日本捕虜の生活体験を記録する会」（代表・高橋大造）編の『捕虜体験記』全８巻（１９８４－１９９８年、第46回菊池寛賞受賞）が高い評価を得ている。四國五郎は、その第Ⅳ巻『ハバロフスク地方篇』（１９８５年10月刊）の「フルムリ（第５地区）」に「絵で綴った抑留生活の断面」を17頁にわたって寄せている（232－248頁）。同書には香月泰男（１９１１－１９７４）や佐藤清（１９２５－２０１４）の絵やカットも収録されているが、絵と文章で体験を記したものはこの四國のものだけである（ほかに、漫画で収容所生活を綴ったものがある）。その画文の最後には以下のように付記されていた。「抑留中のメモ写生により、１９４８年に帰国し作成した記録から抄出」（248頁）。

抑留中にも書き続けた「豆日記」、それをもとに描いたこの『わが青春の記録』、そしてそれらの中から、さらに抽出・転写したものを、機会を得て発表してきたようだ。原典になる日記については、徹底的にこだわり、大切に守り続けたことが、『捕虜体験記』に収録された文章でも以下のように強調されていた。

「私は毎日、小さな手帳を取り出しては、日記をつける。それだけがただ私の楽しみであり、人間らしい気持ちの最後の拠点である。ある日、カンボーイ（ソ連の警備兵）にそれを書いているところを見つかり、取り上げられる。私は片言のロシア語で、なんとか取り返した。T軍曹の冷たい眼が私をにらみつけ、私が日記をつけることを禁止する。

〝畜生！　だれがやめるものか。この日記は、広島から今日まで大切に持ちつづけ、肌のぬくもりですりへってはいるが、私の生命のよろこびの最後のひとかけらが小さくおしちぢめられて、詰め込まれているのだ。この大事な、大事な手帳！　だれが日記をやめるものか。〟　それから私は、ロシア人にも日本人にも隠れて日記をつけなければならなくなった。」（242頁）。

「豆日記」は、演習の続いた満州でも便所で隠れて書いていたこと（上巻395頁）、1946年3月ゴーリン病院（ゴスピタル）に入院した際も、浴場で裸になって消毒される際も、褌（ふんどし）の中に隠して、没収を防いだこと（下巻67頁）などが記されている。工夫に工夫を重ねて、必死に守りぬき、それをもとに描かれた「わが青春の記録」は、自己の歩みと思索を、必ず正確に描き、伝え残したいという四國五郎の決意の結晶であり、貴重な歴史資産であった。

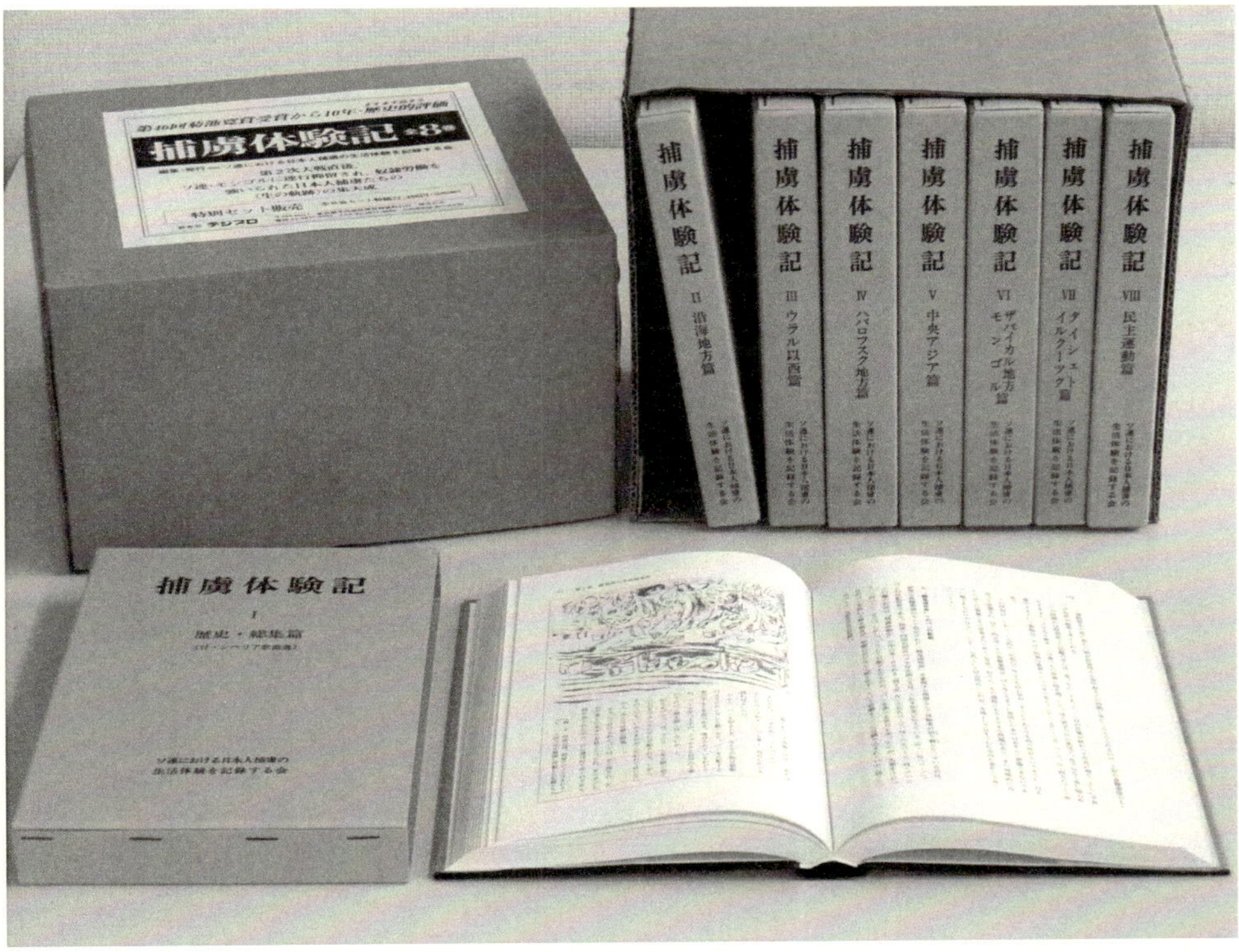

『捕虜体験記』全8巻（開いているのは第1巻「歴史・総集篇」164-165頁）

体験者による回想録・画文集の中で

抑留体験者自身が描いた画文集としては、山下静夫（１９１８－２０１２）が克明なペン画で描いた『シベリア抑留１４５０日』（デジプロ、２００７年）が近年では有名だ。１９７４~１９８１年に往復４時間の通勤電車の中でB６のケント紙に黒のボールペンで描かれた352点が収録されている。

昨年（２０１６年）初めて公開された山形の澤田精之助（１９２１－１９８５）が残した32メートルの絵巻物『シベリア抑留者の想い出』（＊冊子版画文集が「澤田精之助さんを偲び、平和の尊さを語りつぐ会」から刊行されている）も墨で描かれた貴重な記録として注目される。ただし、いずれも、当初から出版や公開を意図して描かれたものではなかった。子どもたちに伝えたい、どこかに書き残しておかずにはいられないといった体験者の個人的な想いで描かれた作品群である。静かに、淡々と、あるいは部屋にこもってひっそりと描かれたものだった。

活字になった回想録では、やはり自費出版された林照（１９２４－）の『シベリア』３部作（２０１０~２０１２年、第20回日本自費出版文化賞大賞受賞）、鳥谷部仁『回想シベリア―捕虜識別番号１万３７７１号が強制された労働』（上・中・下、２０１５年）、そして上尾龍介（１９２６－２０１７）の『一塊のパン―ある学徒兵の回想』（上・下、中国書店・２０１５年、第２回シベリア抑留記録・文化賞受賞）などが克明に記された優れた記録作品として挙げられる。

それらと比べて、四國の『わが青春の記録』はどういう特色があるのか？

抑留体験は、それぞれが送られた収容所、その時の仕事・作業内容、役割などにかなり異なる。収容所も何カ所も転々としていることが多く、同じ収容所でも時期によって活動内容や管理体制も変わっていく。被抑留者の階級、出身階層、年齢などによっても、回想や体験とその評価にかなり違いがある。酷寒、食料不足、過酷な強制労働の「シベリア三重苦」の体験はおおむね共通だが、その先の記憶は、人によって、立場によって異なる。「三重苦」に加えて、「民主運動」として語られる収容所の中での日本人同士の対立・抗争、帰国後も「シベリア帰り」とのレッテルを貼られ、日本社会で受けた差別・疎外の「二重苦」が加わり、合わせて「五重苦」を体験している人が多いのだが、「民主運動」を推進した側とそれを受けて糾弾された側、帰国後すぐに元の職場に復帰できた人と隣人や親族からも白い眼で見られ、職探しに苦労した人とでは、「苦労」「苦痛」の記憶が大きく異なる。

「ロスケは絶対許せない。今もロシアも大嫌い」という人も多いが、帰国後何度も墓参のためソ連・ロシアを訪問し、交流を続けている抑留体験者も各地にいる。米軍のアンケートなどによれば、帰国後の２~６ヶ月で帰還した元抑留者の半分以上は、共産主義的思想から解かれていったとされるが、共産党への支持を生涯貫いた人も少なくない。

素直に民主運動に参加し、表現活動で才能を発揮

四國は、極めて純粋に、戦後も収容所内に引き継がれた旧日本軍の支配体制に反発し、一度は死をも覚悟した入院生活を経て、ゴーリン病院内での「民主運動」に初期から深く関わっていく。この病院内では、日本側の抵抗勢力も少なく、比較的スムーズに「日本新聞友の会」から民主グループの中核的なメンバーに移行していったようだ。絵が描けることが何より嬉しく、その絵や文章が人を鼓舞し、動かしていくことに

当時23歳の四國は感動・感激しながら、「文化工作者」に成長していく。ややステレオタイプに出来過ぎた話のようにも聞こえるが、壁新聞をつくったり、ポスターを描いたり、劇団をつくり、文芸誌も編集・発行し、カットを描く。コメディも書き、演じ、紙芝居も描く。ロシア人の絵描きや美術学校出のドイツ人捕虜の絵描きと絵を見せ合い、交流する機会も得る。専用の天幕のアトリエも建ててもらう。先に帰国した彫刻家の佐藤忠良がレーニンの塑像の頭を置いていったエピソードも語っている。

「立派なコミュニストになろう」と誓い、映画や食事にも招待され、高揚しながら毎日を送る様子が生き生きと描かれている。いわゆる「三重苦」よりはるかに多くの紙数を割いて、反軍闘争から共産主義に傾斜していく過程が詳しく綴られている。抑留者の回想記を読む中ではあまり体験しないことだが、ある種の清々(すがすが)しさが感じられた。

2年後の1947年9月に帰国のためにナホトカの送還中継収容所に入るが、ここで残留を決断する。待望の「ダモイ(帰国)」を言い渡されて、シベリア鉄道でナホトカまで戻りながら、迎えの引揚船を目前に、いろいろな理由で残留を命じられ、泣く泣く奥地の作業場に再び送り戻されたり、ナホトカで帰国者を送り出す任務を命じられたという話は時々聞くが、自ら望んで残留を申し出たという話はあまり聞かない。

この自発的残留については、のちにアンケートに答えて、以下のように述べている(1991年)。

「日本の状況は、おそらく、今後一般人が外国へ出かけることなど、おそらくできないだろう。たとえ捕虜であっても、社会主義国でありキリスト教文化圏の国で、もうすこし、ソ連の絵画や、ゴーリキー、トルストイ、マヤコフスキー、など文学のことを知りたいという気があった。また、久米宏一氏とも一緒に絵が描けると思った。(帰国は)ナホトカで後続の人が帰るのを見てからでもよいと思った。」

純粋で向上心の強い四國は、抑留によるソ連滞在をむしろ利用して、異文化の吸収や優れた他の絵描きから学ぼうとの確固たる意思を持って残留したのであり、ナイーブさとともに相当のしたたかさも併せ持っていたといえるのではないだろうか。帰国時に靴の中に「豆日記」を隠して持ち出したり、ダミーの別の日記も準備していたり、飯盒に刻んだ仲間の名前の上に塗装を施して印字を隠したり…との工夫や工作はみごとで、確信犯的な作為だった。

しかも、その後に帰国をもう一度延期して、都合1年4カ月もナホトカに滞在していたことになる。3カ所の収容所に合計6カ月、ゴーリン病院に1年4カ月ほどなので、3年余の抑留期間の2/3、2年半以上は民主運動や文化・表現活動に関わっていたといえる。『わが青春の記録』にはその運動の経過と当時の四國の心情が詳しく記されている。

きわめて素直に、反軍闘争に起ち上がり、1947年7月にゴーリン病院を去る時は、「日本民主化のため挺身する!」と決意文を書き、血判まで押している(下巻157頁)。移動中もコムソモリスクの駅舎の構造に感動し、ソ連の都市を称賛している(下巻190頁)。底抜けに希望にあふれている。「ソ同盟の人々の春の若わかしさ、健康さ」に感動し(下巻292頁)、「社会がこうも人間をかえるものか」と驚く(下巻250頁)。

抑留中に自身の手で二人の友を埋葬したというのだが、その埋葬の風景を描いたスケッチは挿入されていない。「三重苦」以上に、「戦前」と決別したゴーリン病院以降の2年半の「青春の記憶」の方が、鮮烈に四國の脳裏に刻まれていたのだろう。

帰国への決断、「けなげな捕虜の民主運動」への評価

ようやく、帰国を決断するに至ったことについて、1995年に行われたインタビューでは、以下のように述べている。

「捕虜ってのは男ばっかりでしょ。年寄りや子供はいない。まあ異常な世界ですよね。軍隊制度を止めて、民主的な生活条件をつくり、犠牲を少なくして元気で日本に帰ろうと始めた収容所の民主運動が、地区により異なるけれども、だんだんラジカルになって、実は帰りたくもなっていたわけです。もう帰ろうかと思ってね。」

また、1991年には質問に答えて、以下のようにも記している。

「数十万人の絶対主義国家の軍隊が、そっくり抑留され、数年にわたって強制労働をさせられた。（ソ連のその行為は明らかに国際法に違反する行為であり、糾弾されるべきであるが、その問題は自明のこととして問題から外しておく）日本の軍隊が、中国をはじめアジア全域にわたり侵略を続け数千万人の人を殺し、被害を与え、日本本土もまた焼土と化し、3百万人以上の死者を出して敗北した。そして、数年捕虜となり、帰国するまでなんら大日本帝国の狂信的な史観や偏狭なナショナリズムを反省することなく日の丸をかざし、軍国主義者として国へ帰ってきたとすれば、それこそ世界史の中に日本人の物笑いの種を残したであろう。勿論そうはならなかった。大多数の者がそれぞれ、民主主義を、社会主義を学び、その労働も、後半は、強制されて奴隷の如く行うのでなく、インターナショナルの精神で行った。私は内地での戦後の内部の思想的変革がどのように行われたか知らないが、ソ連での捕虜である日本人は真剣に行った。

このことを、日本史の中から消してしまうのではなく、刮目して記録しておくべきだとさえ思う。

但し、その運動は、ソ連側からの肩入れがあったこともあり、抑留当初（約1年）の食料等きわめて悪く、気候厳寒、なによりも先ず、捕虜という鉄条網内であったことからくる運動の行きすぎがあったことは明らかである。デモクラシー体験の無い元兵士ばかりの民主運動であり、国会の強制採決その他の「デモクラシー」と比較して見ても、捕虜の民主主義はラジカルであったとしても、まことにけなげな運動であったと思います。（当時も今もそのように思います。）」

おそらく、これら四國の体験と回想については、ソ連にみごとに洗脳されただけではないかとか、ろくに仕事もせずに絵やポスターを描いて、食事などでも好待遇を受けていたとはけしからん……というような批判や非難が、とくに民主運動を評価しない立場の人々から寄せられるだろう。

スターリニズムが批判され、ソ連が崩壊して社会主義が著しく衰退してしまった21世紀に『わが青春の記録』に触れる読者は、そのけなげで楽観的な政治姿勢に違和感を抱くと思われる。しかし、1948年11月に帰国した四國五郎が、直後の1949年から1950年にかけて、多感な25、26歳のこの時期に集中的にこの記録をまとめた歴史的な意味は、改めて多角的に検証されるべきだと思われる。率直に当時の収容所内で起きた民主運動の雰囲気を伝えているが、例えば、正反対の立場で、CIAの資金提供を受けて製作された映画『私はシベリヤの捕虜だった』（シュウ・タグチプロ、1952年）で描かれている民主運動のリーダー像との比較も、必要ではないだろうか。これまで研究者らもあえて踏み込んでいない領域であるが。

4　帰国後の体験と墓参の記憶、表現

この記録をまとめている最中の、1949年5月12日の参議院「在外同胞引揚問題に関する特別委員会」に、四國は他の7人の抑留体験者とともに証人として喚問され、いわゆる「人民裁判」や収容所の実態などについて国会議員らからの質問を受け、証言している。その時の上京した東京での様子、国会証言の感想も記録に記されていて興味深い（下巻418－445頁、証言は国会会議録検索システムWEBで読める）。

1949.5.12.参院ナホトカ人民裁判証人喚問（中央が四國）

1991年と1994年には「捕虜体験を記録する会」が呼びかけた「墓参・鎮魂の旅」に参加し、同会代表の高橋大造（1925－1999）らと2度ゴーリン、フルムリを再訪している。極めて印象深い旅だったようだ。旅の途中に描いた700枚ものスケッチが残されている。

その一部を、同会発行の『オーロラ』14号（1992年2月、13頁）に『墓参の旅・スケッチ』と題して発表している。1993年8月に「さいかや」川崎店で開催された「極東シベリア墓参報告展」（捕虜体験を記録する会主催）には墓参の際の油絵4点・水彩画1点を出品し、四國自身も開会式に出席している（『オーロラ』17号に報告あり）。墓参の写真アルバムの巻頭にある鎮魂の寄せ書きのカットも四國の作品だった。

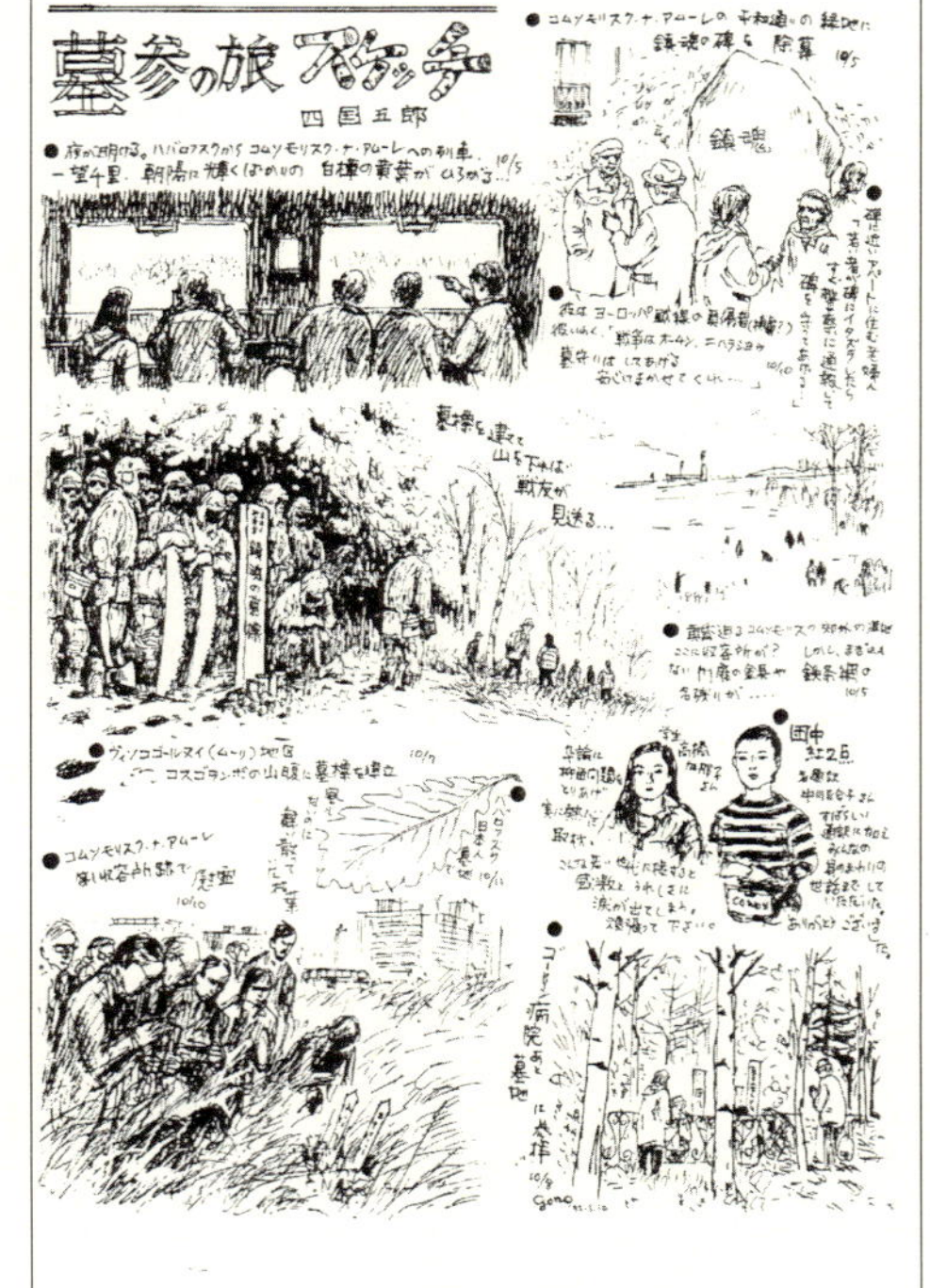

(13)　1992年2月1日　オーロラ　第14号

墓参の旅スケッチ

四国五郎

『オーロラ』14号「墓参の旅スケッチ」

1994年の墓参の後は、『オーロラ』20号（1995年4月、11－12頁）に「私の戦後人生の出発点—二〇七分所の確認」と題する文章を現場スケッチとともに発表している。そこには、半世紀前の「民主運動」や共産主義に心酔したような高揚はもちろんなく、ゴーリン病院に入院し、3か月後に病室から出て最初にやった軽作業が「担架で死体を病院の東裏の墓地に搬ぶこと」で、「冷たく凍った屍と私は同化し、墓穴に落とすと同時に死者が頬に流す涙を見ました」と記している。モミの巨樹が消え、様相の変わった収容所跡で、「朝のセレモニー中、体を小刻みにふるわせ寒さに耐える兵士たちの姿」「ピラー（二人引き鋸）とタポール（斧）を手に、転んでは起きまた転びながら、切通しをぬけて作業に向かう、汚れ衰弱した異様な行列が瞼に浮かびます。この収容所で幾人が倒れ、入院してどれだけの人が死んだか知りませんが、その人たちに

(11) 1995年４月15日　オーロラ　第20号

私の戦後人生の出発点
—二〇七分所の確認

広島市　四國五郎

極東シベリア墓参の旅（第五次）の募集案内に、「年齢的にもこれが最後になるのでは……」とありました。私自身も、留守中の家内の健康状態から考えても、この際ぜひ参加しなければとの思いがあり、参加しました。

いささか私事に過ぎ恐縮ですが、わが人生を決めたのは、まぎれもなくシベリア抑留と広島に残した母と弟の原爆被爆でした。それが基点になって、これまで芸術性など意に介せず、ひたすら平和と反核の絵を描いてきました。

私をそうさせたのは、"ソ連憎し・アメリカ憎し"ではなく、強いて言えば、自国民の自由を圧殺し敗戦へと無謀な戦争をおこなった大軍閥ファシズムであり、物事の本質を理解できなかった戦中の私自身への反省です。

私たちは、敗戦の年の十一月中旬、エボロン湖畔の収容所まで徒歩で連行され、二ヵ所ほど収容所の建設作業をし、その年の暮れ、大晦日の夜、数十キロ南のカンバヤシ大隊と称ばれていた収容所に移動しました。私そこでは宮城遥拝と君が代、軍人勅諭の五箇条を奉唱させられ、旧軍隊に輪をかけた狂暴な階級支配がおこなわれ、為に労働も過酷でした。下級兵士は栄養失調で衰弱し、毎日凍てた道を、まるで出来の悪いロボット人形のように転びながら、収容所から切通しをぬける坂道を作業場へ往復しました。作業は、切通しから右手のモミの森へ入り、伐採、橇での搬出、集積所に木材を山積みする作業や、製材所の建設、製材等でした。

私は二ヵ月で凍傷と栄養失調で体力・気力ばかりか人間性をも失い、病室に収容されました。同年兵の友人は、「病院に入ると『ロスケ』に殺されるぞ」と忠告してくれましたが、その夜、容態が急変しゴーリン病院に搬ばれました。

病院ではパポフ・ドクトルをはじめ、看護婦、雑役のロシア人たちまで、患者には親身になって世話をしてくれました。私は、約三ヵ月で病室から出て軽作業ができるようになり、その最初の仕事が、担架で死体を病院の東裏の墓地に搬ぶことでした。残雪のある林間の数百メートルを、慣れぬ歩行で緊張しながら無事に搬び終わると、冷たく凍った屍と私は同化し、墓穴に落とすと同時に死者が頬に流す涙を見ました。

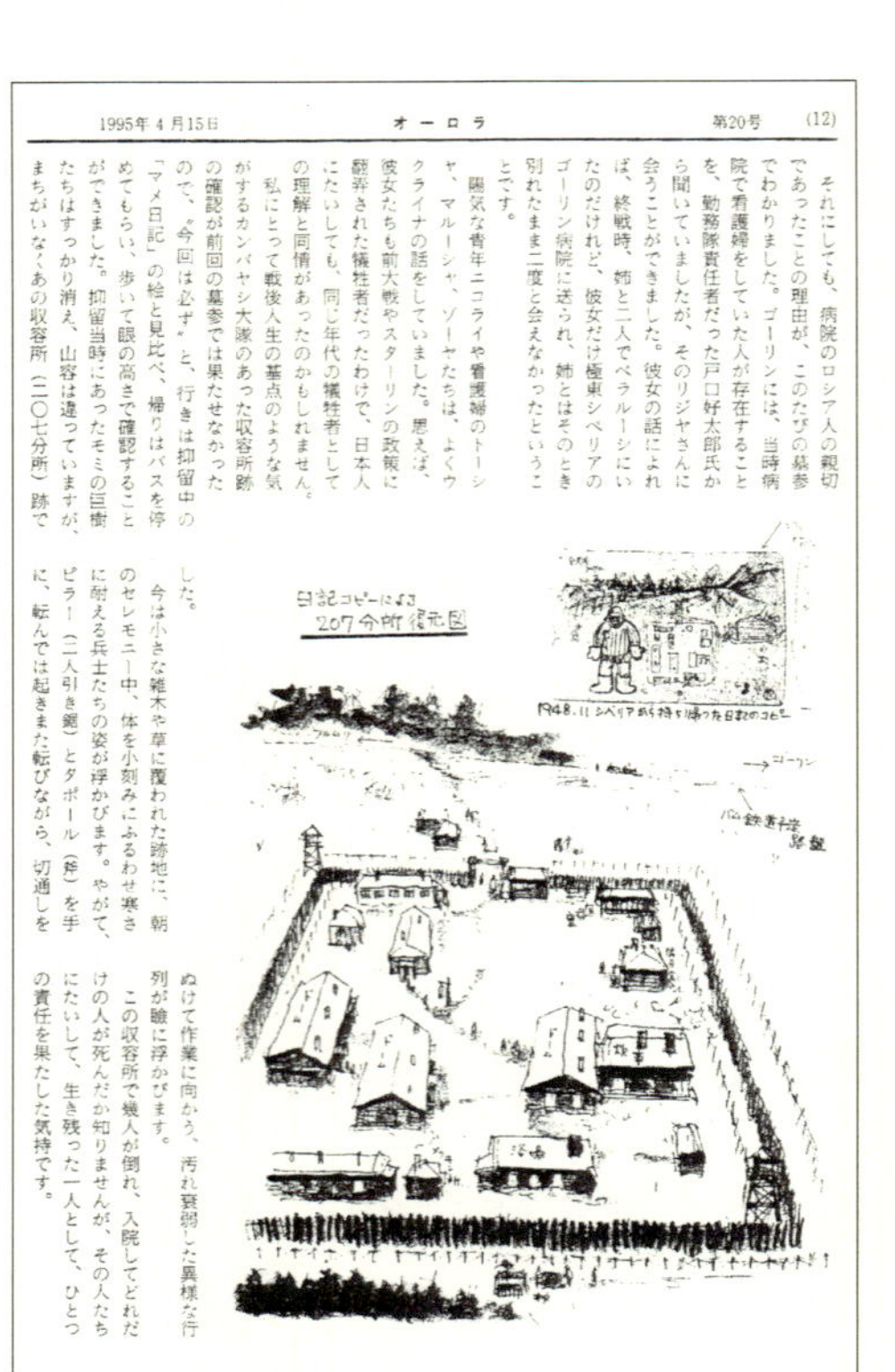
1995年４月15日　オーロラ　第20号　(12)

それにしても、病院のロシア人の親切であったことの理由が、このたびの墓参でわかりました。ゴーリンには、当時病院で看護婦をしていた人が存在することを、勤務隊責任者だった戸口好太郎氏から聞いていましたが、そのリジヤさんに会うことができました。彼女の話によれば、終戦時、姉と二人でベラルーシにいたのだけれど、彼女だけが極東シベリアのゴーリン病院に送られ、姉とはそのとき別れたまま二度と会えなかったということです。

陽気な青年ニコライや看護婦のトーシャ、マルーシャ、ゾーヤたちは、よくウクライナの話をしていました。思えば、彼女たちも独ソ大戦やスターリンの政策に翻弄された犠牲者だったわけで、日本人にたいしても、同じ年代の犠牲者としての理解と同情があったのかもしれません。

私にとって戦後人生の基点のような気がするカンバヤシ大隊のあった収容所跡の確認が前回の墓参では果たせなかったので、今回は必ず」と、行きは抑留中の「マメ日記」の絵と見比べ、帰りはバスを停めてもらい、歩いて眼の高さで確認することができました。抑留当時にあったモミの巨樹たちはすっかり消え、山容は違っていますが、まちがいなくあの収容所（二〇七分所）跡でした。

今は小さな雑木や草に覆われた跡地に、朝のセレモニー中、体を小刻みにふるわせ寒さに耐える兵士たちの姿が浮かびます。やがて、ピラー（二人引き鋸）とタポール（斧）を手に、転んでは起きまた転びながら、切通しをぬけて作業に向かう、汚れ衰弱した異様な行列が瞼に浮かびます。

この収容所で幾人が倒れ、入院してどれだけの人が死んだか知りませんが、その人たちにたいして、生き残った一人として、ひとつの責任を果たした気持です。

『オーロラ』20号「私の人生の出発点—207分所の確認」

たいして、（ようやく実現した墓参で）生き残った一人として、ひとつの責任を果たした気持ちです」と結んでいる。

この時期、高橋大造の依頼で日本ユーラシア協会の機関誌『日本とユーラシア』（１１６２号〜１２２７号）に「シベリア抑留史—たたかった兵士の記録」と題する長期連載の挿絵を描く。１９９４年４月から１９９７年５月まで３年間全65回の高橋の文章に、四國がすべて挿絵を描いた。この３年余、四國は再び「シベリア抑留」の記憶と深く向き合ったのではないかと推測する。現在、「四國五郎展シベリア・シリーズ」として各地で展示・紹介される作品群は、この時の挿絵が中核となっている。２００１年に出版されたユーラシア・ブックレットNo・25『シベリア抑留・いま問われるもの』（堀江則雄、東洋書店）の挿絵にもこの挿絵の一部（８点）が使われているが、１９９９年高橋大造の死後、これらの作品は「捕虜体験を記録する会」の代表を引き継いだ江口十四一（１９２５-２０１１）の手元にあった。

２００４年８月に全国抑留者補償協議会・シベリア立法推進会議・捕虜体験を記録する会などが中心になって東京・九段下で開催したスケッチ展で、墓参の時のスケッチを加えた67点が初めて一堂に展示された（『オーロラ』36・37合併号に報告あり）。筆者が初めて四國作品に接したのもこの時だった。その後、67点の作品はパネル22枚に収められて、東京・大阪・福岡などで開催された抑留関係の展示や集会で展示された。２００９年２月にはソウルの韓国国会図書館のホールでも、「韓国人シベリア抑留者帰還60周年」を機に展示された。

こうした活動は、当時電話に出れない本人に代わって夫人に江口や全抑協東京都連役員らが報告をしていたようだが、２０１０年に議員立法で成立した「戦後強制抑留者特別措置法（シベリア特措法）」を求める立法運動にも四國の作品が一定の貢献をしたといってよいだろう。四國没後の２０１５年、追悼展を機に67点のスケッチは広島に戻った。

これらの作品が今後も時折展示されるだけでなく、『わが青春の記録』に続いて何らかの形でまとめられて出版されることを強く期待する。

〈参考資料・引用文献〉

①『捕虜体験記』第Ⅳ巻「ハバロフスク地方篇」（ソ連による日本人捕虜の生活体験を記録する会、１９８５年10月25日刊）収録「絵で綴った抑留生活の断面」（２３２－２４８頁）。

②１９９１年7月26日高橋大造による四國五郎インタビュー（録音）。

③１９９１年12月21日高橋加那子（当時・岩手県立盛岡短期大学法経学科学生）のアンケートへの回答（墓参後）。

④『オーロラ』14号（ソ連による日本人捕虜の生活体験を記録する会、１９９２年2月1日）「墓参の旅・スケッチ」（13頁）。

『オーロラ』16号（１９９３年3月1日）書評「『捕虜体験記』Ⅷ「民主運動篇」を読む」（23頁）。

『オーロラ』20号（１９９５年4月1日）「私の戦後人生の出発点―二〇七分所の確認」（11－12頁）。

⑤『ドラマ・ドリーム　戦後広島の演劇を語る』（広島都市生活研究会、１９９６年3月31日発行）収録・「四國五郎インタビュー：シベリア抑留中の演劇活動」（聞き手＝尾津訓三、インタビューは１９９５年1月11日）。

⑥『日本とユーラシア』１１６２号（日本ユーラシア協会発行、１９９４年4月15日）～１２２７号（１９９７年5月15日）『シベリア抑留史―たたかった兵士の記録』（全65回）。

（シベリア抑留者支援・記録センター代表世話人）

『わが青春の記録』と戦後文化運動
――シベリア収容所の民主運動と広島のサークル運動――

川口隆行

1　はじめに

四國五郎『わが青春の記録』に向き合う場合、（1）ここに描かれた歴史／物語の叙述内容、（2）この歴史／物語が叙述された文脈、という二つの問題を踏まえた上で、（3）絵と言葉の組み合わせからなる歴史／物語の表現性をどのように論じるのか、ということが課題となろう。（1）については、有光健氏の解説でも述べられるように、シベリア抑留時代の民主運動に紙幅が割かれている点がまず重要である。そのうえで（2）に関わらせて言えば、なぜ四國はこうした民主運動の記録を残そうとしたのか、という問いが生じる。いかなる歴史／記憶も取捨選択を経た再構成である以上、実際に民主運動に積極的に参加したから、という答えでは不十分だ。四國が『わが青春の記録』を執筆するのは、1949年秋から50年のことである。GHQの占領政策の転換、共産党50年分裂、朝鮮戦争の開戦と大きく時代が動いた時期であり、四國はこうした状況と対峙すべく組織された広島のサークル運動の有力メンバーであった。

シベリア収容所における民主運動と広島のサークル運動。両者が交差する先に誕生したのが『わが青春の記録』である。本解説は、戦後文化運動研究の立場から『わが青春の記録』に描かれた内容と成立の文脈を整理することを目的とする。また、付録におさめた「四國直登の日記」と「辻詩」にも言及しながら、四國がシベリアで身につけた表現方法がどのように戦後広島の運動で展開されたのか、その一端にも言及したい。

2　四國五郎再評価と課題

本題に入る前に、近年の四國五郎再評価の動きに少し触れておきたい。これまで四國五郎といっても、全国的には『おこりじぞう』（文・山口勇子、金の星社、1979年）に代表される原爆を題材とした絵本を手がけた人という認識程度かもしれない。一方、広島市民にとっては、その画風とともになじみのある人物でもあった。四國は中国東北部とシベリアの数年をのぞけば人生の大半を広島で過ごした。帰国後は峠三吉を中心とするわれらの詩（うた）の会に参加、サークル詩誌『われらの詩（うた）』（通巻20号全19号、1949～53年）に詩を寄せ、表紙絵を描いた。峠のガリ版『原爆詩集』（われらの詩の会、新日本文学会広島支部、1951年）の表紙や見返し絵も四國による。『われらの詩』終刊後は、後継誌を標榜した『われらのうた』（全56号、1954～63年）にも加わり、アンデパンダン方式の広島平和美術展の中心メンバーとして、原水禁運動やベトナム反戦運動に随伴しながら「母子像」シリーズなどの油彩画を発表した。70年代には原爆体験の継承を目的とした「市民の絵」の運動と関わりながら、広島の風景をスケッチした。ほかにも平和団体や労働団体から頼まれたポスターやカレンダー、各種出版物の表紙、挿画なども幅広く手掛けている。とはいえ地元広島においても、わかりやすい画風や既成美術の枠に収まらない幅広い活動ゆえに、四國の表現活動は「正当に」評価されてきたわけではない。

２０１４年の四國逝去後、旧自宅兼アトリエに残された膨大な作品や資料の整理、数回に渡る回顧展の開催が遺族や地元関係者の尽力によって進められた。２０１６年には、永田浩三による評伝『ヒロシマを伝える　詩画人・四國五郎と原爆の表現者たち』（ＷＡＶＥ出版）の出版、関東圏で初めてとなる全時期の作品を網羅した展覧会も原爆の図丸木美術館で開催された。解説者自身は、丸木の展示や同時期に開催した四國五郎を特集したワークショップにも関わったが(1)、そもそも四國の存在を再認識したのは『われらの詩』復刻（三人社、２０１３年）に関わったのがきっかけである。この仕事は、戦後史から忘却された５０年代前半の記憶を発掘することを大きな課題とした戦後文化運動研究の一端に連なり、被爆地広島における原爆体験と表現に関する新たな研究を生み出してきた(2)。今回の『わが青春の記録』と付録の刊行は、こうした一連の動きの延長にある。

ところで、これまで四國について語る場合、「シベリアにおける〝重労働と餓えと寒さ〟を乗り越えて引き揚げた後、仲の良かった弟の被爆死を知って反戦平和に尽くす決意をした」とまとめられることが多かった。再評価の流れにある永田の評伝や『中国新聞』の連載記事「志の軌跡「戦後七〇年」第一部(3)などもそうである。もちろん四國がシベリアで生死の境をさまよったのは事実であり、肉親を原爆で奪われたことが彼の人生に大きな影響をもたらしたことも間違いない。しかしながら、『わが青春の記録』において質量とも目を奪われるシベリア時代の民主運動の記述を考えた場合、先のような半ば定式化された語りには再検証の余地があるだろう。

そこで重要となるのが、シベリアの民主運動と広島のサークル運動のつながり――展開や断絶といった問題をふくめて――である。われらの詩の会の活動は、長らく反戦反核運動の原点とされてきたが、近年の戦後文化運動研究はそれが被爆地広島に限定されたものではなく広く全国的に展開された朝鮮戦争反対の動きに連なるものであったことを明らかにした。四國もその運動の重要な担い手であったのだが、『わが青春の記録』からうかがえるのは、四國が広島で行った表現の数々はシベリア時代に獲得されたものではないかということである。シベリア収容所での「戦後」の経験と「日本」の「戦後」の経験はどのように関わったのか。あるいは関わらなかったのか。

3　四國にとってのシベリアの民主運動

まずは『わが青春の記録』の叙述内容を参考に、四國にとってのシベリアの民主運動の経験を、とりわけ表現活動の側面から整理したい。

3-1　時期区分

四國のシベリア時代は、（Ａ）ハバロフスク地方第五収容所のホルモリン（フルムリ）地区の捕虜収容所時代（１９４５年10月～４６年３月）、（Ｂ）ホルモリン地区のゴーリン病院時代（１９４６年３月～４７年７月）から中途集結地を経て（４７年７月～同９月）、（Ｃ）ナホトカ集結地時代（１９４７年９月～４８年11月）と区分される。『わが青春の記録』において〝重労働と餓えと寒さ〟が語られるのは（Ａ）であり、分量的にはシベリア時代全体の十分の一ほどである。四國はそれを「餓鬼の地獄変奏の図」「地獄変の絵巻」と語っている。しかしながら、（B）（C）になると、地獄さながらの光景から脱し、民主運動の担い手として自己を確立する姿が生き生きと描かれている。

富田武は、日本人捕虜収容所における政治教育の流れについて、「①『日本新聞』が配布され（一九四五年九月一五日創刊）、②その読書会が「日本新聞友の会」として組織された（四六年五月二五日号が呼びかけ）。③そこからアクチヴが育成され、講習を受けて民主グループを各分所に設立し（四七年春）、④これを基盤に収容所ごとに反ファシスト委員会が選挙された(四八年二—三月)」と整理している(4)。①が四國の(A)に、②から③が四國の（B）に、③から④が四國の（C）に相当する。四國の活動も日本人捕虜収容所の政治教育の一般的な流れにあるといえよう。

３-２　表現を獲得する歓び

凍傷や栄養失調で倒れた四國はゴーリン病院に移送、数日間生死の境をさまよう。奇跡的な回復を遂げたのち、絵の能力を買われて病院内の作画業務に従事、民主運動にも参加するようになる。きっかけはハバロフスク市で発行されていた『日本新聞』であった。熱心な読者となった四國は病院内の「日本新聞友の会」メンバーとなる。「友の会」は勉強会を通して民主運動の中心的役割を果たし、四國は表現活動の側面からそれを促進した。

> 一週間に一度ばかりタブロイド型の日本新聞が配られて来る。お〻活字！それには日本事情も載せられている。戦犯追放！ポツダム宣言！渉外局？人民？デモクラシー？新聞は呆けた頭に考えることを要求する。こわれた時計をたんねんにくみたて〻ゆくように頭の中は少しづつ整理され考える力が出てくる。私は数度死を経験した。倖せなことに又生きてゆける。世の中の本質をつかまねばならぬ。知らねばならぬ。なにもかも知らねばならぬ。ソヴエトの人たちが民族のちがう吾々になぜにこんなに親切なかも知らねばならぬ。

自分を治療し、介抱した医者や看護婦に対する素朴な感謝の念をきっかけにソ連を理解したいという態度——それは次第に共産主義、社会主義の学習へと発展する——が芽生える。同時に『日本新聞』を通して伝えられる日本の戦後の変革——当然それはある立場からなされた報道であったにせよ——に遅れまいとする姿もうかがえる。

民主運動の一環として「友の会」では、壁新聞(『新生』、第3号からは『推進』とタイトル変更）を作成、第4号には天皇や資本主義をテーマとした「狂信者」と題した四國のマンガも掲載された。四國はこの「狂信者」を「快心の作」「私の絵が社会的問題を捉えて放った第一作」と記している。「友の会」は、病院内の演芸大会における芝居にも熱心に取り組んでいる。最初の演芸会の演目は股旅物やメロドラマであったが、次にはメンバーで話し合いながら民主化にふさわしいストーリーを考えようとする。『愛の勝利』——封建的な父親の勧める結婚を蹴る娘の話——という芝居である。次に「友の会」は劇団を結成、四國は『板橋事件』、『幽霊大いに怒る』、『闇の花』などの台本を執筆した。四國は台本執筆にあたって、「『日本新聞』に報ぜられる日本事情のニュースの中から極めてドラマチックなものをピックアップしてシナリオとする方法」を採用している(5)。また、四國は『帰雁』という文芸誌の編集にも携わるのだが、その経験を次のように意味づけている。

> 創刊号でしばらくとぎれていたのが民主運動の昂揚と共に第二号を発行した。まだ各人のイデオロギーが俳句となり短歌となり詩となると月や花もうたいたくなったり単なるスローガンのラレツのごときものになった。しかしこの小冊子や各部屋で発行されている小新聞を通じて今迄一度もうたをつくったことのない人間・日本軍隊では考えられもしなかったことが遂次（ママ）育てられて行ったのである。

雑誌タイトルには望郷の念が込められているが、四國がこの編集作業を通して見ている光景は、表現と無縁であった人々が表現に触れる、さらには表現する主体となる歓びである。もちろんそれは、雑誌編集、壁新聞、芝居の台本などで得られた四國自身の歓びでもある。抑留者の共同作業によって得られた経験は、後年の広島のサークル運動との関係を考える上でも重要となろう。ゴーリン病院移送前の互いの食料を盗み、監視し、上官から抑圧されるといった「餓鬼の地獄変奏の図」と比較した時、収容所という特殊な条件で成立した共同創造の瑞々しさはいっそう際立つ。

『わが青春の記録』から読み取れるのは、ソ連からの働きかけもあって多分にイデオロギー的な言葉で語られるにせよ、旧日本軍の組織を作り直さねばならないという切実な認識であり、なぜ自分たちが戦争に引き出されたのかという四國なりの解答は表現の獲得による歓びと分かちがたく結びついている。

むろん四國の場合、病院という環境も大きかったはずだ。人数もさほど多くはなく、寄せ集めの入所者たちには旧軍隊の上下関係がさほど強くは引き継がれておらず、将校による運動に対する強い弾圧やそれへの過激な抵抗の必要も相対的に少なかったと思われる。また、病院ゆえに過度な労働から免れた面もあったはずだし、絵の才能という特別な能力を持っていたことも幸いしたはずだ。

ちなみに、『わが青春の記録』と同時期に刊行された高杉一郎『極光のかげに――シベリア俘虜記』（目黒書店、１９５０年）は天皇制軍隊とスターリン体制のシベリア収容所の相似性を早くに見抜いた書物である。高杉は、ロシア民衆との交流から生まれた共感を強調するが、それに比べて民主運動の参加者には冷淡な印象は否めない。民主運動に「社会主義をパンフレットのなかにではなく、生活のなかに体験したという事実」（引用は岩波文庫版、１９９０年、204頁）を見据えようとするのだが、全体的には悲しい茶番劇といった位置づけである。一方、『わが青春の記録』には、高杉が示したようなスターリニズム批判につながる鋭さや日本人抑留が国際法違反であるといった認識はない。だが代わりに、高杉が十分にはとらえきれなかった「社会主義をパンフレットのなかにではなく、生活のなかに体験したという事実」が体験者の目線から生き生きと描かれている。

３-３　「学びの場」「異文化交流の場」としての収容所

別の言い方をするならば、四國にとって収容所とは、「学びの場」であったのだ。『わが青春の記録』のはじめに描かれるように、四國は小学校の途中で広島市内に転居するが元は農村出身であり、才能に恵まれたとはいえ家庭の経済的事情で夜間中学を中退、美術の専門教育も受けられなかった。富田は、『日本新聞』を読む会や壁新聞の作成が活発化することについて、その偏りに注意を向けながらも、「多くの初等教育の機会にさえ恵まれなかった農村出身兵士にとっては、初めての識字教育の場であり、学びの機会でもあった」と指摘している(6)。

四國は、ゴーリン病院を出た後、中途集結地を経て、ナホトカに到着する。帰国予定を変更して帰国者の世話係としてナホトカに残留、民主グループ宣伝部員としてポスターや壁新聞、紙芝居、野外劇場づくりやペンキ塗り、所内の美化（花壇やアーチ作り）を担当する。『海つばめ』という文芸誌や『同志』という民主グループの機関誌を編集、朗読詩の作詩、演芸大会でのシュプレヒコールなどの文化運動にも従事した。

宣伝部には、四國のほかにも絵を描くのが3人、壁新聞の原稿やスローガンを考えるのが1人、文字を書いてポスター張りをするのが2人と、スタッフが充実していた。四國は「こんな雰囲気のなかで生活することは非常なよろこびであり強い刺激となって絵をかきたい欲求にとらわれた」、「私の絵に対する批判が次々と受けられ　互いにデッサンの練習も出来　毎日かなり充分な材料で仕事が出来ると云うことは実に素晴らしい」と記している。四國がナホトカに到着する前に、『日本新聞』の仕事をするためにハバロフスクに移った久米宏一についても言及する。四國は久米が残した作品やスケッチから「プロレタリア美術とはいかにあるべきか民主主義レアリズムのありかたについて」学んだらしい。久米は、プロレタリア漫画雑誌『カリカレ』（1938年～41年）の創刊メンバーであり、『カリカレ』廃刊後は大陸に渡って『北京漫画』（1940年～43年）に参加している。戦前戦中に活躍した久米の影響を、間接的にではあるがシベリアの収容所で受けていることは、文化運動の連続性を考える上でも興味深い事例であろう。

四國が学んだのは、戦前から続くプロレタリア芸術ばかりではない。シベリアの収容所は、「異文化交流の場」でもあった。ゴーリン病院時代の記述には、ソ連の宿舎にクリスマスの映画会に招待されたこと、クラブにおけるダンスやオペラや歌、2人のロシア人の絵描きとの交流が存在する。ナホトカ時代の記述には、上海付近から引き揚げてきた白系ロシア人のグループのもとに出かけ、彼らを観察し、スケッチしたエピソードなども存在している。今回付録として収めた「ナホトカスケッチ」には、上海から引揚げた白系ロシア人の女性のスケッチが含まれている。

『わが青春の記録』には、日本の生活では経験しえなかった、明るさに満ちた未知の文化との出会い、異文化への期待といったものが全体を通して散りばめられていると言えよう。ただし、ナホトカでの生活についていえば充実した文化運動の日々が描かれる一方で、ソ連側との意見の相違についても散見される。その多くは民主運動やソ連の正当性を疑うものではないが、例外的に目を引くのはソ連側の担当者との衝突が、表現上の問題として語られた箇所である。

私らがソ同盟人の好む色彩感覚には同調出来ないものがあるように日本人的な感覚はソヴエト人には穢いものとしてうつる。

それは封建的な帝国主義国の人間と社会主義の中で生れ育った人の相違なのだからいたしかたがない。しかし日本人の民族的このみと云うものがある。これは尊重さるべきものである。そうして現在の段階に於てラーゲルを単にソ同盟人のこのみの色彩と形態で飾ることは対照が日本人であるかぎり正しくないと云う私の意見なのである。

それと同時にソヴエトの徹底したレアリズム、一分一厘もゆるがせにしない写実的な描写の絵画からみれば私の絵はおそろしくデホルメされた…中略…ものでありことごとくこれをコクメイな描写にかえるように何度もくりかえししつこく要求されたことによるのである。私はときには絵かきとしての私の感覚は全部否定されたも同じことである。私の個性をぬきとりたゞ写真屋をやらせるならばそれならばフオト・グラフを貼ってまにあわせればよいではないかと私は云った。

社会主義（レアリズム）の正しさを認めつつも、一方的な押しつけ、画一化に強い違和感を表明している。そこには、思想＝運動を表現において追認するだけではなく、表現を追求することを通して思想＝運動を自分なりに掘り下げようとする姿勢を見て取ることができよう。シベリアが「学びの場」であったと述べたが、そこからさらに踏み込んで言うならば、「学びの場」で「学んだ」のは知識や情報だけではあるまい。獲得したそれらを吟味し、批評することで、自らを作り変える力こそが「学び」の力であるはずだ。四國が民主運動で得たのは――十分であったかはさらなる検証が必要であろうが――そうした力でもあったのではなかろうか。

4　四國五郎と50年代広島のサークル運動

ここからは『わが青春の記録』が生み出された文脈、あるいはこの作品制作時における四國の立場を考えながら、シベリアの民主運動と50年代広島のサークル運動とのつながりを見ていきたい。

4－1　『わが青春の記録』が生み出された背景

『わが青春の記録』には、1949年5月12日の「第五回国会参議院在外同胞引揚問題に関する特別委員会」（以後、引揚げ特別委員会と略す）に四國が参考人招致されるまでが描かれている。引揚げてから半年ほど後のことである。四國が呼ばれたのは、日本共産党側の証人として、「人民裁判」と名づけられたナホトカでの将校たちの暴力行為糾弾について証言するためであった。『わが青春の記録』には、引揚げ特別委員会の前々日に上京、ソ連帰還者生活擁護同盟（ソ帰同）や日本共産党本部に顔を出し、「証言のしかたなどよく協議」して「決戦の日」に挑んだ情景が描かれている。ちなみに、『わが青春の記録』の1948年11月10日の頁には入党をうかがわせる記述が存在する。

注意を払うべきは、四國が参議院に呼ばれたのが、東アジア冷戦が深刻さを増す時期であるということだ。日本の非軍事化と民主化を進めたアメリカの占領政策は、日本を反共の防波堤にすることへと転換、サークル運動の基盤となった労働運動の取り締まりも強化される。四國が参考人招致に赴いた翌月、広島では日本製鋼広島製作所の大規模な労働争議（日鋼広島争議）が勃発、四國もポスターを描いている（6月18日開催の人民大会告知）。結果的にこの争議によって、広島の労働運動は左右に分裂、職場サークルの緩やかな地域連絡組織であった広島地方文学サークル協議会（広島文サ協。機関紙『広島文学サークル』全4号、1943年～50年）も機能不全に陥ってしまう。

こうした状況を打開するために、広島詩人協会で活躍していた峠三吉を中心とする左派文化人と、広島文サ協の且原純夫や増原敏和といった職場サークルの有力活動家たちが結集したのがわれらの詩の会であり、機関詩『われらの詩』である。『わが青春の記録』の冒頭近くには、この作品を描く動機が次のように明記されている。

ある文化人の集りに出席してひとつのさゝやかな詩の本を月刊で出

そうと云うことになりさて私も一つ二つの詩をつくることを引うけたのだがいざ書こうとするとさっぱり出来ない。詩をつくる才能云々と云う問題でなくて実際ものを書くと云うことが最近の私の生活にはなかったのである。絵にしても同じことで（以下省略）

「ささやかな詩の本」とは『われらの詩』のことにほかならない。『わが青春の記録』とは、広島のサークル運動に参加することを決意した四國が、表現者／活動家としての自己の来歴を振り返るために執筆、制作されたものなのだ。シベリア抑留の経験の中で、民主運動の記述、とりわけ表現を通しての「学び」の姿が詳細に描かれたのは、そういう事情があったのである。

４－２　辻詩の運動
――シベリア抑留、瓦礫にうずくまる子供、「弟の日記」――

四國は『われらの詩』にシベリア時代のことをテーマにした詩を少なからず投稿しているが、紙幅の都合でそれには立ち入らない。ここでは彼がこの時期に盛んに取り組んだ辻詩（壁詩）の活動に注目しておきたい。

　われらの詩の会は、『われらの詩』という詩誌を発行するだけでなく、詩と絵を組み合わせた作品を街頭に展示する辻詩（壁詩）や、朗読・群読・シュプレヒコールといった活動に積極的に取り組んだ。こうした運動がもっとも盛んであったのは、『わが青春の記録』の執筆開始からやや遅れてはいるがその生成の途上であった、ストックホルムアピール署名、朝鮮戦争開戦前後といった１９５０年春から秋にかけてのことであったと思われる。

『われらの詩』の誌面を確認すると、第4号（１９５０年3月）「事務局報告」には研究部門制を設けてこれらの活動を実践することが予告され、第5号（１９５０年5月）では後述する四國五郎「辻詩のためのメモ」、第6号では上野邦彦（棺椋次）「朗読詩について」といった評論が掲載されている。辻詩（壁詩）を四國が、朗読・群読を上野がそれぞれ主導していたことがわかる。辻詩（壁詩）や朗読・群読といった表現活動は、戦後サークル運動では幅広く試みられたものであるが、研究部門まで設けて理論的な探求とともに実践されたことは、やはり特筆すべきである。『われらの詩』第6号（１９５０年6月）の「事務局よりのおしらせ」には、「辻詩研究部門による第一回作品十三枚を、四月二十七日、中央公民館にて発表し画期てきな反響をうけた。ひきつづき県庁内会議室、西条国立療養所にも展示し成功を収めた」「広船支部では民主青年団の呼びかけに応じ、繁華街に立って前記辻詩をかかげ、平和投票の獲得運動にのり出した」とあり、さらに第9号（１９５０年10月）には「西条療養所における八月六日平和行事はスクエアーダンスと共に当会の辻詩展覧、本紙掲載の上野氏作「荒野」の看護婦さんたちによる群読、林さんの作品の朗読等が行はれ盛会でした」などと記されている(7)。「上野氏作「荒野」」とは、上野が棺椋次のペンネームで第9号に掲載した合唱詩、朗読詩のことである。

　注意すべきは、上野も四國と同様にシベリア抑留経験者であったということだ。上野はソウル生まれ。シベリアからの引揚げ後、１９４８年8月頃峠と会う。その後、被爆者の妻と結婚。教職に就いた５１年2月以降、われらの詩の会から離れている。われらの詩の会はもちろんのこと、５０年代前半に広島で活躍した演劇関係者にもシベリアからの帰還者が多く存在している。

　ここで、付録として収めた「四國直登の日記」に関わることに少し触

図1

れておきたい。図1は、1989年頃に四國がこの当時の辻詩の運動の様子を思い出して描いたものである。署名集めを行っている人物の背後に貼られた辻詩（壁詩）の一枚に注目してもらいたい。「ピカで死んだお父さん　お母さん　こんどは　水爆ができるとか　ボクらはどうしよう…」という言葉とともに、顔を押さえてうずくまる子供の姿が描かれている。現存はしないが当時作成された辻詩（壁詩）の一つであり、『われらの詩』第12号（1951年9月）の表紙にもなっている。

『わが青春の記録』を確認すると、被爆死した弟の直登の肖像画の横に類似の絵が描かれており、瓦礫にうずくまる子供のイメージは、直接的には直登の死に向き合うなかから発想されたことがわかる。それが峠三吉の言葉と組み合わさって辻詩（壁詩）になるのだ。また『わが青春の記録』では、瓦礫にうずくまる子供のイメージと同頁に「ものいわねど」という詩が書かれているが、これは『われらの詩』第5号（1950年5月）に掲載された「心に喰い込め」の原型であろう。

また、瓦礫にうずくまる子供の辻詩（壁詩）が表紙になった『われらの詩』第12号には、四國による「弟の日記」が収められている。これは、今回付録として収録した「四國直登の日記」のうち、8月6日から9日、23日、25日から27日の内容にそれぞれ修正を施し、頭書きと後書きを加えたものである。紙幅の都合で詳細は省くが、瓦礫にうずくまる子供のイメージや「弟の日記」は、広島にとどまらずこの時期さまざまなメディアを通して広く知られていたと思われる。「弟の日記」についてだけ少しいえば、1950年10月に「原爆の図」の展覧会で広島に来た赤松俊子（丸木俊）に渡したばかりか、遡って同年8月6日の『自治労新聞』に、同月末には『濃尾時報』に転載されている(8)。これらのことは、四國個人にとどまらない被爆の記憶の共有化に関わる問題を考えるうえでも重要な手がかりを与えるだろう。

4-3　辻詩・壁詩の表現性

関係者の回想や四國の日記から判断して、四國五郎が描いた辻詩（壁詩）は、当時100枚以上あったと推定されるが、現存するものは今回付録として収めた8点のみである

そのすべてを峠が作詩しており、われらの詩の会における辻詩（壁詩）の創作は2人が中心となった共同作業であったことがうかがえる。

辻詩1は、『広島文学サークル』第4号（1950年1月）に掲載された峠三吉「なぜに」という詩をほぼそのまま使用した辻詩（壁詩）である。「なぜに」は、進駐軍兵士を相手にした街娼である「パンパン」のかなしみに語り手の「おれ」が同化するといった詩であるが、四國は「パンパン」の絵を描くとともにその周りに、「首切り」、「労働強化」、「汚職」といった言葉が躍る当時の新聞記事をコラージュして貼りつけている。「パンパン」の表象は直接的には右旋回するGHQの占領政策への

批判と言ってよいが、新聞記事のコラージュが加わることよってアメリカへの批判とともにそれを具体的に遂行する当時の保守政党への批判という文脈が可視化されている。

辻詩3は、朝鮮戦争反対運動がもっとも昂揚した50年代夏頃の作品と思われる。「われらは語りつぎ　うたいつぐ／祖国の地上にふみにじられた／ひとびとえの愛と／怒りとにくしみと」というフレーズではじまる元の詩の出所は不明であり、おそらく峠が辻詩（壁詩）の制作にあたって即興でつくったものだろう。この辻詩（壁詩）の面白さは何と言っても「ふみにじられた」という詩の言葉をイメージ化させるために、靴底の模様を取り込んでいるところにある[9]。いたってシンプルな発想にも見えるが、もしこれがいわゆる社会主義リアリズムに忠実に考えるならば、敵国の兵士が民衆を虐げる、あるいはそれに民衆が抵抗するといった写実的かつ具体的な絵が選ばれたはずだ。デザイン性の高いこうした図柄は、自由な発想と遊び心がないと生まれないだろう。

辻詩6も同時期の作品であるが、詩は、林幸子「黒いひまわり」（『われらの詩』第8号、1950年8月）をもとに峠が再構成している。峠が再構成した詩には、原詩の題名ともなった黒いひまわりの印象的な描写や、朝鮮戦争下の「バラックの街」を「よろめき歩」き「うめきと呪う「三十幾万の亡霊」の光景が消される。代わりに「おんなの髪のやけるにおい」「むすめのモンペ」「少年のゆめ」が失われたことが強調されている。こうして詩のレベルでは、女性や子供といった感情移入しやすい対象が前景する一方、抽象的な絵のレベルにおいて「三十幾万の亡霊」のイメージが表現されていると言ってもよい。そして、この抽象的かつデフォルメされた人体／亡霊は、ガリ版『原爆詩集』の表紙絵とも類似するものである（図2）[10]。

図2

現存する辻詩（壁詩）の中から3点のみ取り上げて、その表現性を検討したが、そのどれもが一見わかりやすく、単純に見えながらも創意工夫が凝らされたものであったことがわかるだろう。のちに四國は辻詩(壁詩）について「詩が、本の形で人びとに求められ、読まれるのではなく、詩を求めようとしない人びとにまでも注意を魅き、歩行者を立ち止まらせ、アクチーブに訴えようとしたもの」と語っている[11]。「アクチーブ」という言葉からは、シベリアの経験もこだまするようである。

最後に先に紹介した四國五郎「辻詩のためのメモ」（『われらの詩』第5号、1950年5月）から一部引用して、この時期の四國の辻詩（壁詩）についての理論的態度を確認しておこう。「辻詩のためのメモ」は、「巷にて」という題名と峠の署名が入った辻詩（壁詩）を例にして解説したものである（辻詩2）。

> このような内容の辻詩には絵と文字がピラミット型につみ上げられた重心の定まった構図はとりたくない。逆三角形に構図され或いは文字と絵は組み合わさって電光形に破綻と動きをもち更に或いは構図の不安定さはそれによってこれからはげしい動きをはじめるであろうことを暗示させるような組み合わせをとりたい。要はその詩の感覚、訴えを文字と絵の組合せ、構図の面でも生き生きととりあ

げることが大切なのである。

内容についての詩と絵の関係は絵が詩の単なる説明に終ってはならず、詩は絵を単に文字をもって解説したということであってはならない。

〝民主主義とはレアリズムのことだ〟とソ同盟の画家ヤーセンコフと云う人が言ったということをきいた。これはまったく正しいと思うしかしこれはロマンチシズムを否定しないだろうし、本当にわれ〳〵の感覚でうけとったものが、それが抽象的な表現でうたわれようともまたセザンヌ以後に開拓された掘りさげの深さで絵になろうとそれは否定されないだろう。

上で述べられていることを、大胆にまとめるなら、絵と詩の組合せが単なる1＋1＝2ではなく、3にも4にもなるような詩と絵の相乗効果を狙った構図、表現の志向であろう。そしてそのためには「レアリズム」はもちろん「ロマンチシズム」であれ「抽象的な表現」であれ「セザンヌ以後に開拓された掘り下げ」（ポスト印象派のことか）であれ、貪欲に取りこんでもよいというのである。

『わが青春の記録』に戻って言うならば、そこにはリアリズム的なスケッチもあれば、ピカソの《ゲルニカ》を思わせるデッサンなど、戦中戦後の日本の画家たちにも大きな影響を与えた前衛的な表現への関心も見られることを指摘しておく必要があるだろう。シベリアでの表現の取り組みを、広島でのサークル運動へと繋げるために作られた『わが青春の記録』の画風の幅の広さは、それ自体が実験的な試みであったのだ。そして、辻詩（壁詩）やガリ版『原爆詩集』の表紙からわかるのは、シベリア抑留の民主運動で獲得した表現の方法と姿勢を手掛かりにして、朝鮮戦争反対運動にもっとも果敢にコミットした時期に、自由かつ柔軟な表現の実験を試みたということである。ここには、やはり運動（政治）か表現（芸術）かという単純な対立図式ではとらえきれない、両者の複雑な関係性を考える糸口が存在しているのではなかろうか。

注

（1）第十回戦後文化運動合同研究会（2016年7月30日、早稲田大学）における「詩画人四國五郎と戦後文化運動の軌跡」。報告者は小沢節子、川口、コメンテーターは岡村幸宣。なおこのワークショップの内容をもとに、『原爆文学研究』16号（2017年12月）で四國五郎の特集が掲載される。本稿はそこに掲載される川口論文と一部重複があることを断っておく。また、70年代以降の四國の問題については、小沢節子「四國五郎と「市民が描いた原爆の絵」――被爆体験の継承と表現をめぐって」に詳しい。

（2）復刻版『われらの詩』（三人社、2013年）収録の宇野田尚哉と川口の解説、宇野田尚哉ほか編『「サークルの時代」を読む――戦後文化運動研究への招待』（影書房、2016年）などを参照。

（3）森田裕美記者。2016年1月29日、30日、31日、2月3日、4日。2017年11月現在、中国新聞平和メディアセンターHP、http://www.hiroshimapeacemedia.jpで閲覧可能。

（4）富田武『シベリア抑留――スターリン独裁下、「収容所群島」の実像』（中公新書、2016年）124頁。

（5）『日本新聞』第261号（1947年5月22日）掲載の片岡カオル「文化運動について」には、各地の収容所の演芸会のプログラムについて「たいていの場合、争議などを取り扱った進歩的な演劇と古臭い「国定忠治」などが一緒に上演されたり「アカハタ」の次に「酒は涙か」が歌われたりする。これでは見ている大衆は何所に正しい方向を見出していいのか、わからなくなってしまう。われわれは観客の感情を正確に計算し、彼等の向かって行く方向をハッキリと示すように劇を盛らねばならない」(引用は、富田武・長勢了治編『シベリア抑留関係資料集成』みすず書房、２０１７年、250頁)とある。四國たちの取り組みも大きくはこうした方向に沿ったものであった。

(６)富田前掲書128頁。

(７)ここで朗読された「林さんの作品」とは、林幸子「黒いひまわり」(『われらの詩』第８号、１９５０年８月)と思われる。

(８)これらは四國五郎の日記(１９５０年８月~10月)の記述による。『自治労新聞』『濃尾時報』とも現物未確認。四國によると後者の編集長は、元自治労連中央執行委員藤吉繁敏。自治労関係で直登の日記が流通したのは、四國が広島市役所の職員だった関係だと思われる。ついでにいえば、「四國直登の日記」の八月七日の記述には、「元の野砲の所で一名の米兵を真ぱだかにして手足をくくり棒切で通行人にうたしていた」という米兵捕虜虐待に関する箇所があり、これは重要な歴史証言であろう。

(９)四國光氏によれば、このとき使用した靴は四國五郎本人のものであったらしい。

(10)永田浩三『ヒロシマを伝える　詩画人・四國五郎と原爆の表現者たち』(ＷＡＶＥ出版、２０１６年)では、ガリ版『原爆詩集』の表紙について「一見マティスのダンスを思わせる絵」だと指摘している(153頁)。

(11)四國五郎「ガリ刷りの「原爆詩集」」(『風のように炎のように　峠三吉』(作・画・岩崎健二、峠三吉記念事業委員会、１９９３年)。

(広島大学大学院教育学研究科准教授)

父・四國五郎と『わが青春の記録』の思い出

四國　光

父・四國五郎は生涯を絵と詩で平和を訴える活動に生きた。生前の父をご存じない方は、どれだけ勇猛な闘士かと想像されると思う。しかし、実際の父はそれとは全く正反対の、限りなくもの静かで限りなく優しく、年上にも年下にも、子供に対しても、とても物腰の柔らかな人物だった。父が声を荒げた姿は全く記憶にない。そして常に描いていた。どんな時も描いていた。家でも外でも、いつも描いているので、私も姉も小さい頃は、世の中の父親というものは、みんな絵を描くものだ、と本気で思っていた程だ。息をするように、何の気負いもなくひたすら描いていた。父はそういう人だった。そんな父から、私が子供の頃、何度も聞かされた忘れられない不思議な言葉がある。

「そんな小さい事で怒るな。悪い人間は色々おるが、世の中には本当に悪い奴というのがおる。それは戦争を起こす奴だ。戦争は災害じゃない。必ず人が起こすものだ。つまらん事で怒るんじゃなくて、そういう戦争を起こす奴に対して、本気で怒れ」

私が小学生の頃など、外で気に入らぬことがあり家で癇癪を起した時など、いつもは穏やかでとても優しい父が、真剣な顔で、まるで成人を諭すように私によくこう言った。この言葉は、繰り返し何度も聞かされた。しかし、子供の頃の私は、残念ながらその意味を全く理解できなかった。第一、小さな子供相手に言うセリフではないだろう。何で今戦争の話なんかするんだ、当時はそんな違和感しかなかったように思う。この言葉の持つ、父にとっての血の出るような切実さや、戦争への燃えたぎるような怒りを私が理解したのは、かなり後になってからのことだ。

また、私には歳が2つ上の姉がいるが、姉はこんな事があったそうだ。人生で、たった一度父にこっぴどく怒られた鮮烈な記憶。姉が20歳になって初めて選挙権を得た時、何かの都合で姉は棄権した。その時の父の怒りは、静かな抑えた怒りながら凄まじかったそうだ。

「女性が選挙権を獲得するまで、日本がどれだけ苦労したか、あんたはわかっとるんか」。姉がいくら「分かりました。もう絶対に棄権しません。約束します」と言っても絶対に容赦してもらえず、「いいや、あんたはわかっとらん。全然わかっとらん。戦争はあっという間にやってくる。気が付いた時はもう遅い。戦争がどういうもんか、ちゃんと自分で知って、選挙で『戦争をしない政府』を自分たちで選び取るしかない。それがあんたにはわからんか。選挙がどれだけ大事なのか、どうしてあんたはわからんのか」。説教は延々4時間続いたという。

この2つの思い出は、父の人生観の芯のようなものをかなり正確に反映している。日本の戦争は遥か前に終わったが、父の心のなかでは死ぬまで戦争に対する怒り、そしてなによりも「戦争を起こす人間」に対する怒り、そしてそれを許してしまう「無関心な人間」に対する怒りが静かな炎となって、終生燃え続けて決して消えることがなかった。私や姉は、父のその炎に照らされながら育った。

父の最後の著作となった『四國五郎平和美術館①②』と題された二巻ものの画集に、当時広島平和文化センター理事長であった大牟田稔氏が序文を書いてくださり、父を称して「優しい視線・静かな怒り」と形容された。これほど巧みに父を表現して頂いた言葉はない。まさに、父はこの言葉通りの人間だった。常に優しく見つめ、常に心の奥底で静かに怒っていた。そしてその、優しい視線と怒りを絵や詩の「表現」に昇華させて行った。この『わが青春の記録』には、その両方が、あたかも表現の試行錯誤を重ねるように、様々なスタイルで絵画化されている。

『わが青春の記録』について

父・四國五郎は生涯「平和のために」詩と絵を描いた。息子の私から見ても、それは見事なほど、一貫しており、ぶれる事のない骨太の表現人生だったと思う。戦争とシベリア抑留、そして弟の被爆死を体験し、戦後に表現生活を再開するにあたり、まさに原点となったのがこの『わが青春の記録』だった。

当初、父はこの絵日記を「私のレジスタンス」と名づけていた。生前に何度も言っていたが、父は子供のころから徹底した軍国教育を受け、他に学ぶ機会も余裕もなく育ち、何の疑問も抱かず戦争に行き、シベリアで抑留された。その事に対して、唯々諾々と国家の暴力を受け入れ、時代に何の抵抗も出来なかった事が、自身として歯がゆくて仕方がなかった。だから、１９４８年の11月に日本に帰ってから、これからが自分の本当の人生だ、自分の平和活動がここから始まるのだ、という意味で、シベリア体験の中で生まれた意識と行動を、「レジスタンス」と呼びたかったのだと思う。

結局、どうせ書くのであればと、戦争とシベリア抑留だけでなく、１９２４年に戦中派として生まれてから25歳まで、すなわちものごころつき始めてから多感な思春期まで、どっぷりと戦争に浸かった年月を、半ば自叙伝のような視点で振り返り描いた。それがまさに自分の「青春」の全て、という意味で、描き終えてからタイトルを「私のレジスタンス」から『わが青春の記録』へと変更した。

父にとって「戦争とシベリア」を描き直すことは人生最大のライフワークだった。この『わが青春の記録』の表紙内側に１９８８年7月24日の日付で、「近くシベリアと軍隊の記録を、本格的にはじめる」とわざわざ記している。自分に向けての宣言である。また、遡って１９７５年に広島の人と歴史を辿った『広島百橋』と題する本を描いた時には、その頃すでに大学に入り家を出ていた私に宛てた手紙に、父は、これから自分のライフワークに「畢生の情熱を込めて取り掛かる」と宣言していた。「ライフワーク」とは言うまでもなく、上記の「シベリアと軍隊」を絵と文章でまとめることだった。１９７９年の元旦の日記にも「今年のプラン」のひとつとして「シベリアの青春にとりかかること」と新年の誓いのように記している。

しかし、なぜか、結局父の「シベリア抑留記」は最後まで描かれることはなかった。描く前に逝ってしまった。時間の余裕はあったはずだ。人生の集大成だったはずだ。シベリアに関する資料、書籍は膨大に集めていた。「シベリア抑留関係　全日メモ」と題し、１９４４年9月の出征直前から復員したあとの１９４９年5月まで、極めて詳細な一日刻みのカレンダーまで作っていた。それも結局枠組みだけで中身は殆ど埋められることはなかった。父は描くのが速かった。絵も詩も文章も相当のスピードで描くことができた。それなのに、なぜ、人生最大のライフワークを最後まで描かなかったのか。何らかの理由で描けなかったのか。資料は十分揃い、時間はあったはずなのに、なぜ描かなかったのか。今となってはその理由は知る由もない。

世に「シベリア抑留記」は多くあるが、もし父が描いていたら、絵と文章と詩で、軍隊とシベリア抑留の実相を、最下級兵士の低い視点から立体的に描き出す極めてリアルな父らしい作品であり記録になったはずだ。それを考えると本当に残念でならない。父としても、これを描かずに逝った事は、自分の人生で最大の悔恨だったのではないか。私としても、遺族としての立場を離れて、一読者としてぜひ「四國五郎のシベリア抑留記」を読んで見たかった。

結局この『わが青春の記録』が、唯一残された父の「シベリア抑留記」となった。戦争と抑留生活を経て民主主義への戦いに目覚めた「青春の記録」となった。

改めて、この本が生まれた背景と経緯について、多少説明させて頂きたい。

父は、20歳の時広島で徴兵され、満州で関東軍の兵士となった。余談だが、奇遇にも反骨のフォトジャーナリスト福島菊次郎が、全く同じ時期に、父が所属した広島の同じ部隊にいた。父の役割は兵站だったが、戦争の終盤にはもっぱら満州の原野で「アンパン」と呼ばれる戦車用の地雷を抱えて、当時「肉攻」と言われた、ソ連の戦車の下腹に飛び込む自爆攻撃が任務だった。陸の「特攻」である。飛び込む順番が決められており、明日か明後日に自分の番が来る、という時になって、突然日本は敗戦し戦争は終わった。

死ぬと思っていた戦争を生き延び、帰国できると思いきや、今度はそのままシベリアに強制連行され3年半の抑留生活を強いられることとなる。マイナス50度の極寒と飢えと強制労働で血を吐き昏睡状態となり、今度こそ命は尽きたと観念したが、それでも、何とかシベリアを生き抜き1948年11月に帰国する。しかし、その時、既に故郷の広島は原爆で消滅していた。その上「もし戦争から生きて帰ったら、一緒に絵を描こう」と誓い合った、3歳下の最愛の弟直登(なおと)は被爆死していた（1945年8月28日死亡）。

父は子供の頃から「絵描きになることしか考えたことがない」人間だったが、この時、東京で絵描きになる、という長年心に抱き続けた人生の目標を断念し、広島に残って「死者に代わって平和のために描く」と決心した。「それはテーマではなく、生き方である」と書いている。平和をテーマとして描くのではなく、反戦平和を描くことを自分の人生とする、という選択。ある意味その時点で、絵描きでありながら、美術界の階段を登らないという決断をした、という事だろう。

間違いなく、戦争とシベリア、そして弟の被爆死が、四國五郎を、画家になることに憧れる広島の田舎の一青年から「平和のために描く」表現者四國五郎にした。その熱源となる青春の体験のほぼ全てがこの『わが青春の記録』に凝縮されている。「過去のような日本を復活させないためには、生命を捧げてもよい」とまで思っていたこの時代の父の「覚悟」が、1,000ページに刻み込まれている。

再度シベリア抑留時代の経験に戻る。

夏の満州の戦闘から、碌な装備もないままシベリアのマイナス50度の過酷な環境へ放り込まれ、寒さと過労と栄養失調によりバタバタと周囲の人間が死んでいった。約60万人のシベリアに抑留された日本人のうち、ほぼ1割が、最初の冬に亡くなったという。

過酷な環境の中で、強制労働と旧軍隊がそのまま持ち込まれた、理不尽な暴力に死に物狂いで耐えた。収容所内で下士官や将校の優遇された立場を守る、そのためだけに下級兵士たちはことあるごとに殴られた。ソ連側から配給されるわずかな食料は将校・下士官がまず横領し、残った食料を均等に分けた。父も理由なく「顔の形が変わるほど殴られた」という。

抑留者によって書かれ出版されたほぼ全ての抑留記に、食料配分時の異様なまでの緊張感がこと細かく書かれている。極寒の中での強制労働、常時飢餓の生活では、食べなければ死ぬ。配分される食料の多い少ないが、そのまま生死に繋がった。極限までの飢餓状態に追いやられていた抑留者は、全員理性を抜き取られた餓鬼となった。父は『わが青春の記録』の中でこのように描写している。

「さて‥一つ一つなぐられたってそれは問題ではないのである。喰えればよい。喰えればよいのである。一つぶのめし、一カケラのパン、一さじのスープが多く自分の喉を通過すればよいのである。

だからパンを切るとき、みんなの目は猛獣のするどさをもってランランと光り、パン分配をする者の手もとを見つめる。等分されていないか（原文ママ）どうか。パンをならべる手が、こっそりと自分の上衣の下にパン屑をかくしはしないか。パンの外側と内側の重量は？切りあげたパンは、ランランと光る目の前で、くじをもって皆の手に分配される。そのくじもいかさまが行われてないか？

そうしてわけられたパンは、手に持たれ左右の者との大きさを、みくらべられ、ホソボソと独語され口に運ばれる。そうして油断はできない。パンから目をはなせば、いつ横の手がそのパンのすみをカキとるかもしれないのである。毎日ならんで寝ているその者の手が！‥‥（中略）ランラン　ランラン　あかによごれた顔の中にみんなの目が光り、牢名主曹長がどっかとこれをみまもる。

ピンタ！お前たち、たたっ殺してやる！

曹長にたとえなぐられても‥躰と躰をくっつけ合っていつも横にねているものでも、なんでもよいのである。一さじのスープ、一カケラのパンでもより多く口に入れればよいのである。」

このような環境の中でも、父はトイレの中やものの片隅に隠れ、丁度今のクレジットカード大の、手のひらに収まる小さな手帳を作り、密かにアリのような小さな字で、カリカリと執拗に文字や小さな絵を書きつけた。

今この小さな手帳を見ると、大部分のページは、単語の羅列だ。いつ日本に帰れるかどうかわからない状況の中、紙を節約するために、最低限の記録として単語のみを急いで書きつけていたのだろう。父は視覚的にとらえた画像に関しては、異様なほどの再現力を備えていた。時間が経って読んだとしても、単語さえ見れば、その時の情景を復元する事については相当な自信があったのだろうと思う。例えば、こんな単語、および記述が小さな紙片にびっしりと鉛筆で書かれている。

「一九四六年の正月　君が代　泪？　モミの森林　初日　天幕　岸上等兵　たばこ

夜間穴掘り　幕舎建築　入浴　丸太　大工　零下40℃　製材工場え伐採　丸太積み　小枝焚し　サボル　ラード缶の食器　囚人に丸太でひっぱたかれる　田中候ホ生　…ピンタ　メシをガメル　栄養失調　練兵休　入室　むくみ　咳　血を吐く　死とカンフル注射…」

隠れる場所などほとんどない収容所の中で、何度か書いているところをソ連兵に見つかったり、あるいは抜き打ち検査でノートを没収され、燃やされたりしたらしい。この失敗に懲りてからは、父は策を弄した。スケッチブックには日記やスケッチを書き、かたや自作のこの小さなノートには、トイレなどに隠れて、絶対に見つからぬよう細心に、スケッチブックに書いたもののエッセンスのような単語や極めて短い文章のみを書きつけた。これはいわば記録の「二重帳簿」で、万が一見つかった場合は、スケッチブックを人身御供としてしぶしぶ差し出し、命同様に大切なこの小さなノートは死守する。そういう戦略だったらしい。現にこの小さなノートは生き延びて手元にある訳なので、この「二重帳簿」戦略は功を奏したということになる。

ソ連側は、日本人が収容所内の情報を外部に持ち出すことを極端に警戒していた。特に捕虜が何かを書き残すことはスパイ行為と見なされ、即座に没収された上、厳しい罰則を与えられた。父はそれでも、密かに手に入る紙を繋ぎ合わせて小さな手帳を作りあげ、単語と短い文章を書き続けた。ソ連兵だけでなく、ソ連兵に追従し密告する日本兵もいたため、全ての人間から隠れて記録を書き続けた。父はこれを『豆日記』と呼んでいた。

アウシュヴィッツなどで強制収容所生活を送ったV・E・フランクルは、名著『夜と霧』の中で、あのような極度に抑圧された環境で人間の内面生活が崩壊するかどうかは、「内的なよりどころ」を持ち、それによって自ら目的を作ることができるかどうかによる、と書いている。間違いなく父にとって、『豆日記』は最大の「内的なよりどころ」だったのだろう。

記録するという事は、現在を未来に残そうとすることであり、主体的に未来と繋がろうとする行為だ。『豆日記』に記録する事が、あの時の父にとって、未来と繋がることへの唯一最大の回路だったのだろう。「私は毎日小さな手帳をとり出しては日記をつける。それだけが、ただ私の楽しみでもあり、人間らしい気持ちの最後の源泉である。」と書いている。

抑留生活を終えて、1948年11月、父は最終集結地であるナホトカから高砂丸に乗り故郷日本の舞鶴へ降り立つ。帰国に際し、父はそれまで誰にも知られずに書き溜めた『豆日記』を、密かに軍靴の奥に忍ばせて収容所から持ち出した。見破られぬよう、『豆日記』を足の先に密着させ、その上から、靴下がわりの古布で足と一緒に固く巻き締め、首尾よく検査の眼をすり抜けた。軍靴は『豆日記』を収容できるよう、予めナホトカで少し大きめの靴をもらっておいたという。その靴は今も家に残されている。確かに小柄な父にはやや不釣り合いなほど靴は大きい。前述の記録の「二重帳簿」といい、こういう用意周到さがいかにも父らしい。

戦後シベリア抑留者を対象に行われた調査によると、抑留者の約2％が日記を密かにつけていた、とある。(『平和の礎』財団法人全国強制抑留者協会）日本人抑留者を60万人とすると、約1万2，000人の日本人抑留者が、危険を冒してまでも、何らかの形で、恐らくは「内的なよりどころ」を求めて、日記をつけていたと想定される。しかし、その1

万2、000人の中の多くの方が、あるいはほぼすべてに近い方が、抑留中、および最終集結地のナホトカで、日記を含む全ての記録類を没収されたはずだ。父の場合、様々な策を弄し、記録をなんとか日本にまで持ち帰った、極めて運がよく、希なケースだったと言えるだろう。

戦後、シベリア抑留者の中には、自身の体験を「封印」する方も多かったなか、父は、とにかく自分が見て、聞いて、体験したことを執念のように事細かく記録し、再現した。単に戦争とシベリアでどのように苦労したか、という記録だけではなく、自分が戦争とシベリアをどう「生きたか」、戦争とシベリア体験を経て、自分がどう「変化したか」その過程を描き記した。シベリアの過酷な体験そのものよりも、その後どう生きたか、人生を支える価値観がどう変化したか、その事の方が本質的な問題だ、と思っていたのではないかと思う。

父がこの絵日記を描いていた時期は、峠三吉との運命的な出会いにより、GHQの言論統制に抗いながら「われらの詩の会」の活動や「辻詩」運動など、朝鮮戦争、レッド・パージが始まる中、芸術を武器に社会に対して盛んに声を上げていた時期だ。父としては、かけがえのない仲間を得て戦後の再出発を切りながらも、とにかく今のうちに、戦争とシベリア抑留の体験全体を、次の時代に向けての糧とするため、あの時の濃度のまま自分の中で一度全て整理しておきたい、そういう切迫した思いがあったのだろう。『わが青春の記録』はそのような時代の産物だ。

この分厚い記録を見れば見るほど、これを描き残した父の爆発的なエネルギーに圧倒される。これだけ濃密な人生を送り、これを描いた父はその時はわずか25、26歳。今で言えば、社会人になって二、三年目の、まだまだ若造のような年代だ。父達の世代の経験の濃密さと壮絶さに、今更ながら唖然とさせられる。

軍隊入営の際に「若し生きて帰れたら、戦争とはこんなものだ！というモノを描き、書く！」と心に誓った20歳の決意が、この分厚い記録を生み出す表現者としての根源的なエネルギーとなり『わが青春の記録』に結実した。

シベリア抑留の記憶が、日本に復員した後、長い間に自分の中で浄化され、発酵し、父にとってどのような存在になっていたか。父の、追憶と感傷がないまぜになった次の文章が一番如実に物語っていると思う。1991年、67歳になった父が43年ぶりに復員後初めてシベリア抑留地へ墓参の旅行に出かけた時の文章だ。

「シベリアの青春」

「昨秋、念願叶って「シベリア極東地域墓参の旅」に参加した。この団体は「シベリア捕虜体験を記録する会」代表・高橋大造氏を団長に、名通訳の中川さんを含む十九名である。

私が抑留されたのは、ハバロフスクの北方約五百キロメートル、バム鉄道の沿線フルムリ地区に二年ナホトカ終結地に一年半である。

抑留当初は身の不運を嘆き、生きて帰りたいだけだった。こんなところには二度と来たくなかった。しかし、歳を重ねると、あの時こそ青春だったと思えた。二十歳から二十四歳まで、あのときこそ一所懸命に生きた。あのときに戦前と決別し、その後に生き方を決めたのだ。私の手で埋めた友は二人。このまま死ねぬという自負もあった。これまで旅行者の立ち入れぬ地域だったので余計その思いが募った。

戦闘の末、捕虜となり野宿を重ね、貨車と徒歩で収容所に辿り着いたときは、雪が降りはじめた十月であった。この度の再訪も、夏の予定がクーデター騒ぎで十月になった。新潟からアエロフロートでハバロフスクに飛ぶ点だけを除けば、コースも季節も同じ、まさしくこれは、時空を超え私の青春へとタイムスリップしているのだと思えてならなかった。

収容所跡は、フルシチョフ時代に全部取壊わし焼却したという。昼なお暗かった樅の原生林は、視界の限り白樺の疎林となり、山が低くなった。埋葬個所は柵が設けられたところもあるが、多くは放置され、或いは忘れ去られた。埋葬した上にもその後芽生えた白樺が大きな成木になっているのだ。だから埋葬個所の特定は、記憶に、わずかな地面の盛り上がりや陥没を結びつける以外にない。

当時お互いが「白樺の肥やしになるなよ」と戒め合ったものだが、山の斜面に累々と白樺の肥やしとなった友が眠る。白樺の幹は白骨の行列だ。この土の下に私が埋められていても決して不思議ではないのだ。持参した標柱を建て、餅・饅頭・酒・故里の水などを供え、線香・灯明をあげ、団長の弔辞。藤森氏の読経そして「故郷」を合唱する手筈だった。だが団長の弔辞から狂った。途中で絶句、なんども読み続けようとしたが無理だった。たとえ続けても後ろに並ぶ皆の嗚咽がそれを拒んだに違いない。荘重にはじまった読経さえも異様な抑揚になり、まして合唱は……。涙と鼻水でぐしゃぐしゃの顔に、泣き面に蜂、式を始めると必ずワッとばかり大きな蚋と蚊が顔に群れた。この蚋や蚊は若しや？　と私は思った。これは地下から現れた霊魂では？

四十数年ぶりにやっと「戦友」が逢いに来てくれた！。嬉しさのあまり顔や首筋に武者振付き離れようとしないのだ。それに決まっている。またどっと涙が溢れた。老人が集団で身を震わせて泣いた。

後で中川さんが教えてくれた。「案内したソ連の町長、同行した数名のロシア人も貰い泣きしていましたよ」と。

旅の終わりは感傷的になる。巡る先々のロシア人は、親切で温かだった。日本海の波が沿海州の岸を噛むのを眼下に、私はナホトカ時代親しかったモデスト中尉を憶っていた。彼はマヤコフスキーの詩「ソビエトのパスポルト」を教えてくれたのだ。砂浜のテントのアトリエにやって来ては、お気に入りのその詩を暗誦した。お互い片言だが、真紅に鎌と鎚マークのパスポルトを「針鼠・カミソリ・ガラガラ蛇のように受取る連中とウインクする赤帽」のくだりはよく判った。「おれは狼のように官僚主義を噛み切る」「読め！うらめや！おれはソビエト市民だ！」のところを彼は一段と声をはりあげたものだ。誇りたかく、たのもしい兄貴に見えたタワーリッシ・モデストよ。今は白髪か、禿げあがったか。鷹のようだった眼はまだ光っているか。かつてマーリンキフドージニック（小さい画家）は赤地だが、菊の紋章のパスポートを手に帰ってゆく。青春が遠のく。機の丸窓にも雨もよいで湿度の高い日本列島が接近する。」（発表媒体時期不明）

結局父は1991年10月と1994年9月の2回、シベリアに墓参の旅に行っている。2回の旅行で分厚いスケッチブックに8冊、約700枚のスケッチを描き、やっと「胸のつかえが取れた」と語っている。その時の事を語ったメモが残っている。

「（入院した）ゴーリン病院では、死を覚悟していた状態から回復し、人間をとりもどし、平和と民主主義のために生きることを考え始めた。

：2回目（の墓参の旅）には、ゴーリン病院の抑留時代を描いた20号1枚を持参。コムソモリスク美術館に寄贈する。
ゴーリン病院裏の林の中の墓地に花とワンカップと煙草を供え冥福を祈る。50年目に宿題をすませたような気持ちなり。」

父のシベリア体験とは何であったのか。息子の安易な総括など不要なのかも知れないが、私からみてシベリアの地で死の恐怖と交換に父が手に入れた最も大きな果実は、まずは、人生で初めて日本を離れ、軍国主義以外のものの考え方に触れ、硬直した戦前の価値観を相対化する新しい視点を獲得する事ができたこと。2つ目は、シベリアでの所謂「民主運動」を通じて、どれほど強固に見える環境であろうとも、主体的に人々の声を集め束ねる事で、環境に変化を起こすことができるという感触を得た事。3つめは、恐らくこれが最も大きな果実だと思うが、絵や詩などの「表現物」によって、人々の心を動かし、人の行動を喚起できるという確かな実感を掴んだ事、ではないかと思う。加えて、描くことに飢えていた父は「民主運動」支援のため、ポスターや壁新聞、紙芝居を描くことで、とにかく絵を描ける事の喜びに浸っていたはずだ。

父が亡き今となっては確認するすべもないが、恐らく、もし生前の父にこのことを問うたならば、そうだそうだ、と父独特の静かなはにかみを見せながら同意してくれるのではないかと思う。あるいは「あんたもやっとわかったか」と上の世界で苦笑いしているかも知れない。

そして、そのシベリアでの体験が、帰国以降の峠三吉との「われらの詩」の活動、「辻詩」運動、『原爆詩集』および、美術界の権威から独立した「広島平和美術展」の開設、ひいては、後年の「市民が描く原爆の絵」プロジェクトなど、つまりは「芸術を市民の手に」取り戻す活動や、絵画や詩を通じた反戦・反核の平和運動へと発展していく土台となった。まさにシベリアは父にとって「地獄」であり「青春」であり、同時に大いなる「学びの場」であった。

『わが青春の記録』について、最後に一つだけ付け加えたい。私も最初にこの分厚い父の絵日記を読んだ時、その無邪気とも思えるソ連とスターリン礼賛に戸惑った。父は戦前「軍国主義しか知らなかったが、シベリアの収容所の中で初めて物事や世界を論理的に理解する術を知った」とよく語っていた。

子供の頃から真っ当な教育の場を剥奪され、軍国主義を暴力的に叩きこまれて育った青年には、たとえ全く外界から遮断された、有刺鉄線の柵の中での限られたものであったにせよ、収容所で新たに学んだロジックによる世界理解は、呪縛から解き放たれ目の前の雲がさっと晴れる思いだったのだと思う。当時の視野の狭さは致し方のない事だ。晩年、父自らこの絵日記を照れながら「若気の至り」と形容していた。恐らく一方的なソ連礼賛の事を示しているのだと思う。しかし、「民主運動」に関しては、一般的に「吊し上げ」に象徴される運動の行き過ぎのみが取り上げられ、世の中に正当に理解されていない事に随分と心と痛めていた。「民主運動」は父達下級兵士にとっては、まさに「生き延びるための反軍闘争」であった。もし「民主運動」がなければ「下級兵士はもっと死ぬことになっただろう」と父は繰り返し語っていた。

父は戦後から自分の絵にはロシア語でサインをしていたが1980年代の半ばから、突然サインがローマ字のGoroに変わる。姉が理由を尋ねると「ソ連のアフガン侵攻に対する抗議だ」と答えたという。

弟・直登の日記について

父は5人兄弟（政一、満、五郎、直登、克之）だったが、3歳年下の弟直登と殊更仲が良かった。父にとって直登とは、弟であり、一番忠実な子分であり、父が愛する絵や文学を理解してくれる弟子であった。もし父が戦争から生きて帰ってきたら、「一緒に絵を描こう」と誓い合っていた。だから、最愛の直登が死んだ事を知った時の父の悲嘆はどれほどのものだったかと思う。後年、この時の心の痛みを振り返り、父はこのように書いている。

「宇品町の屋根瓦も塗り壁も、畳も無いバラック。母と次兄夫婦と末弟の住む家にたどり着き、生き残った家族全員がそのことを確かめあった。母は泣いていた。私は弟の死の実感がたしかになるにつれ、怒りが増し、弟の死にざまが知りたかった。悲しみにゆすぶられ、うまく話せない母は、弟の書き残した日記をとり出した。

ああ、弟の日記。この日記は、長兄が私にしたと同様に、十二になった弟に私が教えて書かせたものである。『絶対に休んだり、止めたりしないこと。自分の初志を故なく自分で破ることは、われとわが心を恥ずかしめることだと思え！』長兄の受け売りを弟は率直に受け取った。1945年（昭和20年）8月6日も、頭髪が抜けた日も、下痢と吐血も、苦しみ抜いて息をひきとったその日まで日記を書いた。

それは弟から私にあてた遺書でもあった。」（「原爆と文学」1996年2月27日号）

父はシベリアから深夜家族の元にたどり着き、そのまま夜を徹して、直登が死の直前まで詳細に書き残した日記を読む。直登の日記を読み終わった父は、日記の最後の余白に「一九四五年（昭和20年）八月二十八日　火曜日　午前二時頃　苦悶の末　死亡（五郎）」と自らの手で書き入れた。手渡された弟からの「遺書」に対して、兄として、弟の未完の人生に、自らの手で最後の幕を引いてやる思いだったのだろう。

父は弟や日記を題材にした詩や文章を繰り返し発表している。恐らく父が書いた詩の中で、最も長い詩は直登を詠った詩だと思うし、最も多く書いた題材も直登の事だと思う。父にとって、それだけ、吐き出したい思いが体中に詰まっていたのだろう。直登を詠う事によって、生き残った自分を叱咤、鼓舞する思いだったのだろう。「戦争に行った自分が生き残り、戦争に行かなかった直登が死んでしまった」。その思いは生涯付きまとったはずだ。

恐らく相手は新聞記者だと思われるが、父が直登の日記、あるいは父が日記を詠った詩について、解説を加えた手紙が残っている。父の気持ちをとても率直に表していると思われるので、少し長くなるがそのまま引用したい。

「弟の日記についてのメモ」

○弟の日記に残されている被爆してから、8月27日夜半に死ぬるまでの22日間の記録は、被爆者数十万の人々のうけた運命のうちの、ただ一つの例にすぎません。

特に典型的な状況に直面したわけでもなければ、もっとも痛ましい例というわけでもありません。まして、被爆状況の全ぼうを適確に記録しているわけでもありません。

しかし8月6日と7日の二日間、傷ついた脚で這うようにして、燃える街の中をうろつき、やがて自宅にたどりつき、死に至るまで書きとめた、幼稚ではあるが、ほんとうに生の記録です。

○父が早く死に、長男が戦地へ行ったあと、私が二人の弟と母をつれて生活するためには、美術学校へゆきたい、などと云う夢は放てきしなければなりませんでした。その私が現役で満州へ渡ってからは、弟（直登）が小学校二年生になる末の弟と老いた母をつれて生活することになったわけです。
したがって、ろくな勉強もできません。少年工として日本製鋼所で働き、やがて防衛招集を受けたのです。

日記帳のつたない文字、誤字や脱字は、その故であり、その故に兄の私としては、いぢらしくてなりません。

○現在の17、8才の人たちと比べると、思考の幅もせまく、単純としか思われないところもありますが、それは、小さい時から軍国主義教育をうけ、戦争中を育ち、かたよりひきゆがめられた生活を強いられた時代の少年たち。しかも「鬼畜米英」との聖戦を素直に信じ込み、それに参加させられていた、当時17、8才の少年工の平均値？ではないかと思います。

○乏しい食糧も、家庭ばらばらの生活も、招集されてからの日常も、弟たちにとっては当然のことであり、その生活の中で適当に上官の悪口を言い、適当に友達と楽しみ生活は明るくユーモラスなところも随所にあるので、そのことが兄の私としては、せめてものなぐさめです。

○肉親の一人としては、この日記は非常にいたましく、いたましければ、いたましいだけ、平和や原水爆の禁止について、ひとつの行動をうながしてさえくれるのですが。一般の人々がごらんになった場合、そのうけとり方は、さまざまだと思います。
しかし、いくらかでも、ひろしまで被爆して死んだ1人の少年の日記から、当時の様子や被爆者の経験した苦しみがわかっていただければ、その数千、数万倍と伝えられる、水爆で戦争が行われることを防ぐことに、役立つのではないかとかんがえ、すこしでも多くの人がお讀み下さることを希望します。

（時期不明）


直登の日記は、これまでテレビ番組や新聞記事で何度か取り上げられ、恐らく被爆資料として寄贈を勧められたこともあったのかもしれないが、父はどうしても手元に置いておきたかったのだろう、何冊かある直登の日記を自分でまとめて製本し、常にアトリエの机の中に大事に仕舞っていた。

あるテレビ番組の中で、弟が被爆体験をリアルタイムで詳細に書き残したことについて、父は、自分も多くの絵や詩を書いたが、結局「あいつの方が人類にとって、遥かに大事なものを残した」と語っていた。「核の問題、戦争の問題を放り出しておいて、他の事はできない。この日記がある以上」。直登の日記は父にとってそれだけ重い「遺書」であった。

最後に、この本の出版にあたり「解説」のみならず編集役も担って頂いた川口隆行さん、いつものように丁寧で的確な「解説」を書いて下さった有光健さん、および本書パンフレットに素晴らしい推薦文を寄せて頂いた小沢節子さん、栗原俊雄さん。そして、父の追悼展以来常にご支援くださり、今回パンフレットにも追悼文の掲載を許可くださったジョン・ダワーMIT名誉教授。全ての方に、この場を借りてあつく御礼を申し上げます。加えて、三人社の越水治さん、担当の山本捷馬さん、どうもありがとうございました。

四國五郎　略年譜

1924年　5月11日、広島県（現三原市大和町）に、男ばかりの五人兄弟（政一、満、五郎、直登、克之）の三男として生れる。後広島市出汐町に家族で移る。

1935年　11歳、中国新聞社主催「選抜学童図画競技大会」で優勝。戦争と貧困のため絵画の専門教育を受ける事が出来ず、子供の頃は、広重『東海道五十三次』や『大菩薩峠』『宮本武蔵』等の挿絵をひたすら模写しながら独学で絵画技術を磨く。

1944年　20歳、徴兵され（第五師団広島西部第十部隊輜重兵第五連隊）。全く同じ時期、同部隊に後の反骨の写真家福島菊次郎がいた。「旧満州」琿春にて関東軍に入隊（第13125部隊、歩兵第247連隊第1大隊本部）。

1945年　ソ連国境付近でソ連軍と激戦。死を覚悟する。戦車用地雷（アンパン）を持ち戦車に飛び込む「肉攻」要員として、自爆の順序が決まっていたが、直前に敗戦となり命拾いする。弟直登（なおと）広島で被爆死（8月28日死亡）。死の前日まで詳細な日記（本書収録）を書き残す。母、末弟も被爆。捕虜となりシベリアにて抑留（フルムリ地区）。伐採、鉄道建設等の強制労働。極寒の地で凍傷、栄養失調と過労で吐血。生死の境をさまよう。

1946年　ゴーリン病院に入院。病院内で壁新聞、ポスター制作、芝居の脚本執筆などを通じて、収容所内の「民主運動」推進に従事する。最終集結地であるナホトカに移動。強制労働と共に作業として画業に従事。

1947年　主に、紙芝居やポスター、看板製作など、絵と詩で収容所内の「民主運動」を推進。

1948年　11月帰国。持ち出し厳禁とされていたシベリア抑留の記録（『豆日記』、名前を刻んだ飯盒）を命がけで日本に持ち帰る。広島の惨状と、母の被爆、共に絵描きになろうと誓いあった弟（直登）の被爆死に衝撃を受け、上京せずに広島に残り、「生涯平和のための詩や絵を描く」ことを決意。「参議院在外同胞引揚問題に関する特別委員会」に証人として出席。

1949年　峠三吉の誘いに応じて「われらの詩の会」に参加。サークル誌『われらの詩』『反戦詩歌集』の表紙を手掛けると共に、詩も多数発表し、詩と絵による反戦反核平和運動を推進。厳しい言論統制の中「辻詩」（つじし）と題した、新聞紙大の反戦反核ポスターを、峠の死まで（1953年）協働で100～150種類近く手書きで描き街頭に掲出。言論統制下にあって、市民に「声を上げる」ことを呼びかける。この年広島市役所に臨時職員として就職。この年から翌年にかけて、シベリアから持ち帰った記録を土台にして、戦争とシベリア抑留体験を、絵と文で約1000ページに渡ってまとめた『わが青春の記録』（本書）を描く。

1951年　峠三吉『原爆詩集』出版。表紙と見返し絵を描く。発売禁止を恐れた東京の出版社が出版を拒否したため、広島においてガリ版刷り（500部）で出版される。

1955年　第1回原水爆禁止世界大会に呼応する形で、既存の権威に依存しない「広島平和美術展」を広島の絵仲間達と創設。以降毎年開催し、生涯のテーマとして描いた「母子像」等多くの作品を発表。

1963年　峠三吉詩碑（広島市平和公園内）デザインを創る。

1970年　『四国五郎詩画集　母子像』（詩人会議）出版。この頃よりその後約20年以上に渡り、広島市内の被爆者介護施設、老人ホーム、病院などで似顔絵書きのボランティア活動に従事する。

1974年　NHKが起点となった「市民の手で原爆の絵を」残そうとする運動への全面協力。自らの被爆体験を描きプロジェクトの発端を作った小林岩吉と共に、TVに出演し、番組内で絵と記録の書き方を説明し被爆者に参加を呼びかけ最初の2年で2000枚を超える被爆の絵が集まる。集まった被爆体験の絵を「人類の遺産」と呼ぶ。

1975年　画文集『広島百橋』（春陽社）出版。

1978年　大田洋子文学碑（広島市中区中央公園内）デザインを創る。

1979年　『絵本　おこりじぞう』（金の星社）出版。表紙絵と挿画を描く。

1982年　『おこりじぞう』（新日本出版社）出版。表紙画と挿画を描く。

1983年　『ヒロシマのおとうさん』（汐文社）出版。表紙画と挿画を描く。

広島市役所を早期退職、画業と詩作に専念。

1985年　画文集『ひろしまのスケッチ』（広学図書）出版。

1995年　精神保健福祉活動の推進に対して広島県知事より表彰される。

1997年　ユーラシア新聞に『シベリア抑留史』の挿絵を連載。広島県三良坂平和美術館にて『四國五郎展』開催。第18回広島文化賞（広島文化振興基金）を受賞。

1999年　画集『四國五郎平和美術館』全2巻（汐文社）出版。

2005年　米マサチューセッツ工科大学（MIT）ジョン・ダワー教授のオンラインプロジェクト「Visualizing Cultures」の中に、四國が被爆者（高橋昭博元広島平和資料館館長）の生涯を描いた37枚の絵が掲載される。(Ground Zero 1945　A Schoolboy's Story)。各国からアクセスされ原爆の実相を学ぶために活用されている。

2014年　3月30日、脳出血のため広島市内で死去（享年89歳）。

2015年　NHKにてドキュメンタリー番組（45分）放映（「母子に捧げた人生」画家四國五郎」）「四國五郎追悼・回顧展」が市民ボランティアの手で広島市内において4回実施される。（第1回「わが街ひろしま」第2回「四國五郎追悼・回顧展」第3回「四國五郎のシベリア抑留記」第4回「四國五郎の原爆弟の被爆死」）

2016年　「四國五郎展　シベリア抑留から『おこりじぞう』まで」（原爆の図丸木美術館）開催。初の本格的評伝である『ヒロシマを伝える　詩画人・四國五郎と原爆の表現者たち』（永田浩三著　WAVE出版）出版される。

2017年　『四国五郎詩画集　母子像』（1970年出版）復刻版出版。峠三吉生誕100周年記念「峠三吉と四國五郎　駆け抜けた広島の青春」展が広島で開催。「四國五郎・ガタロ　師弟展」（東京練馬区ギャラリー古藤、横浜スペースナナ）開催。「四國五郎展　『おこりじぞう』とシベリア抑留」（東京世田谷区立平和資料館）開催。「四國五郎のシベリア抑留体験」展（東京千代田区九段ギャラリー）開催。

四國五郎　主な著作・表紙画、挿画

・『わが青春の記録』
　四國五郎　私家版　1950年

・『原爆詩集』
　詩　峠三吉　装丁挿画　四國五郎　1951年9月

・『詩と絵と写真集　ひろしま』
　絵と詩の一部　四國五郎　広島詩人会議　1969年8月

・『四国五郎詩画集　母子像』
　詩と絵　四國五郎　広島詩人会議　1970年7月

・『鎮魂の海峡—消えた被爆朝鮮人徴用工246名』
　文　深川宗俊　絵　四國五郎　現代史出版会　1974年9月

・『広島百橋』
　文と絵　四國五郎　春陽社出版　1975年4月

・『ひろしまの子〜愛のうた〜』
　詩　深川宗俊　絵　四國五郎　春陽社出版　1975年

・『白いチョゴリの被爆者』広島県朝鮮人被爆者協議会

絵　四國五郎　労働旬報社　1979年7月

・『絵本　おこりじぞう』
文　山口勇子　絵　四國五郎　金の星社　1979年11月

・『人形マリー』
文　山口勇子　絵　四國五郎　汐文社　1980年1月

・『おこりじぞう』
文　山口勇子　絵　四國五郎　新日本出版社　1982年6月

・『The Angry Jizo』
Beth Harrison 訳　絵　四國五郎　山口書店　1983年6月

・『ムッちゃん』
文　中川正文　絵　四國五郎　山口書店　1982年12月

・『ヒロシマのおとうさん』
文　高橋昭博　絵　四國五郎　汐文社　1983年7月

・『浜ひるがおの花が咲く』
文　おおえ　ひで　絵　四國五郎　汐文社　1985年1月

・『ひろしまのスケッチ』
文と絵　四國五郎　広学図書　1985年5月

・『SADAKO und die tausend Papierkraniche』
文　Eleanor Coerr　絵　四國五郎　1986年

・『ヒロシマの火』
文　山口勇子　絵　四國五郎　汐文社　1988年8月

・『ヒロクンとエンコウさん』
文と絵　四國五郎　汐文社　1989年4月

・『ヒロシマ語り部の歌』
文　大野允子　絵　四國五郎　汐文社　1999年3月

・『四國五郎平和美術館①ひろしまの母子像』
四國五郎　汐文社　1999年3月

・『四國五郎平和美術館②ひろしまの街』
四國五郎　汐文社　1999年3月

・『御庄博実第二詩集』
詩　御庄博実　絵　四國五郎　1999年9月

・『白夜の丘を越えて―ある欧ソ抑留脱走記―』
文　楠忠之　絵　四國五郎　私家版　2001年7月

・『シベリア抑留―いま問われるもの』
文　堀内則雄　絵　四國五郎　東洋書店　2001年11月

・サイト『Ground Zero 1945 A Schoolboy's Story』MIT Visualizing Cultures
John Dower Illustrated by Goro Shikoku　2005年

・『四国五郎詩画集　母子像』（1970年）復刻版
絵と詩　四國五郎　2017年7月

その他、書籍表紙画、挿画、ポスター、カレンダー、絵はがき、など多数。また、広島市母子手帳、広島市立図書館利用券のデザイン、挿絵、装丁等、公的機関刊行物にも膨大な作品を残した。

著者紹介

四國 五郎 SHIKOKU Goro

1924年広島県生まれ。画家、詩人。20歳で徴兵、関東軍に入隊。
敗戦後捕虜となり3年以上に及びシベリアで抑留生活を送る。
1948年に故郷広島に戻り、反核平和運動を進めた。広島市市役所勤務。
その活動は、峠三吉との『われらの詩』の活動や「広島平和美術展」の創設、
「市民の手で原爆の絵を」プロジェクトへの協力など多岐にわたり、
生涯膨大な数の絵画、詩、文章等の作品を残した。
第18回広島文化賞受賞。2014年、脳出血のため広島市内で死去。

主要著書
『四国五郎詩画集 母子像』（広島詩人会議、1970年）
『広島百橋』（春陽社、1975年）
『四國五郎平和美術館①②』（汐文社、1999年）ほか。

表紙画、挿画
『原爆詩集』（峠三吉著 ガリ版刷り、1951年）
『絵本 おこりじぞう』（金の星社、1979年）ほか。

有光　健 ARIMITSU Ken

1951年生まれ。大阪経済法科大学アジア太平洋研究センター客員研究員、シベリア抑留者支援・記録センター代表世話人。

主要著書
『未解決の戦後補償—問われる日本の過去と未来』（共著、創史社、2012年）
『戦後70年・残される課題—未解決の戦後補償Ⅱ』（同、2015年）ほか。

川口 隆行 KAWAGUCHI Takayuki

1971年生まれ。広島大学大学院教育学研究科准教授。

主要著書
『台湾・韓国・沖縄で日本語は何をしたのか—言語支配のもたらすもの—』（共編著、三元社、2007年）
『原爆文学という問題領域（プロブレマティーク）』（単著、創言社、2008年）
『戦争を＜読む＞』（共編著、ひつじ書房、2013年）
復刻版『われらの詩』（解説、三人社、2013年）
『「サークルの時代」を読む——戦後文化運動研究への招待』（共編著、影書房、2016年）
『〈原爆〉を読む文化事典』（編著、青弓社、2017年）ほか。

四國 光 SHIKOKU Hikaru

1956年生まれ。四國五郎の長男。1979年早稲田大学第一文学部卒業。
株式会社電通入社。 マーケティング局長、ビジネスディベロップメントセンター局長、
電通コンサルティング取締役兼務等を経て2016年同社定年退職。
NPO法人吹田フットボールネットワーク設立代表。職業潜水士。

『わが青春の記録』　下巻

2017年12月25日 初版 発行
2018年10月31日 第2版 発行
2019年7月10日 第2版第2刷 発行

全2巻　揃定価（本体48,000円＋税）

著　者　四國五郎
発行者　越水　治
発行所　株式会社 三人社
京都市左京区吉田二本松町4白亜荘
電話 075（762）0368
撮　影　鹿田義彦（『わが青春の記録』『豆日記』）
組　版　山響堂pro.
印　刷　オフィス泰
製　本　青木製本

乱丁・落丁はお取替えいたします。

下巻コード　ISBN978-4-908976-64-3
セットコード　ISBN978-4-908976-62-9